O mia patria, sì bella e perduta,
o membranza, sì cara e fatal.
Arpa d'or dei fatidici vati,
perché muta dal salice pendi?
Le memorie nel petto riaccendi,
ci favella del tempo che fu!

Oh meine Heimat, so schön und verloren,
oh Erinnerung, so lieb und schicksalhaft.
Goldene Harfe der prophetischen Barden,
warum hängst du stumm in der Weide?
Erwecke in unserer Brust die Erinnerung wieder,
erzähle uns von alten Zeiten!

Nabucco, Giuseppe Verdi

1

Die Glocken der Wallfahrtskirche Heilig Blut riefen eine kleine, überschaubare Festgemeinde zum Gottesdienst. Wie ein Einfallstor stand die aus dem siebzehnten Jahrhundert stammende, leuchtend gelbe Kirche am südlichen Stadtrand von Rosenheim und begrüßte die Autofahrer, die vom Süden kommend über die B15 in die oberbayerische Stadt hineinfuhren. Auf dem Vorplatz der Kirche hatten sich an diesem Juni-Vormittag bei strahlendem Sonnenschein gerade einmal zwanzig Personen eingefunden, um die Silberhochzeit von Max und Chiara Hartinger zu feiern. Der Rosenheimer Kriminalkommissar und seine aus Rom stammende Frau waren sich einig gewesen, ihren Festtag nur im kleinen Kreis zu feiern. Nach dem Jubiläums-Gottesdienst in ihrer Pfarrkirche wollten sie mit ihren Gästen zu einer Gastwirtschaft direkt am Simssee fahren, dort gemeinsam essen und angesichts der hochsommerlichen Temperaturen im Laufe des Nachmittags vielleicht sogar einen Sprung ins kühle Nass wagen.

Chiaras Eltern Aldo und Giovanna Bianchi waren schon zwei Tage zuvor, am Sonntagnachmittag, aus Rom angereist, ihr Flieger war am Münchner Flughafen nur etwa zwanzig Minuten später gelandet als der Flug aus Neapel, mit dem Chiaras einziger Bruder Francesco, der im Golf von Neapel auf der Insel *Ischia* als *Carabiniere* tätig war, zusammen mit seiner Frau Giulia angekommen war. Chiaras Eltern waren zu ihr und Max ins Auto gestiegen, Francesco und Giulia durften mit Martina, ihrer vierundzwanzigjährigen Nichte, mitfahren, während Elena, Martinas zwei Jahre jüngere Schwester, zuhause zusammen mit ihrem Freund Carlos Kaffee und Kuchen für den Besuch aus Italien vorbereitete. Wie immer, wenn sich die ganze Großfamilie Bianchi-Hartinger nach längerer Zeit wieder einmal traf, war beim Kaffee wild hin und her geredet worden, weil jeder lautstark das erzählen musste, was ihm seit dem letzten Treffen alles passiert war. Schnell hatte sich an diesem Nachmittag die Diskussion dann auch um den Fußball gedreht, schließlich hatte zwei Tage zuvor die

Weltmeisterschaft in Brasilien begonnen und vor allem Francesco hatte dem ersten Spiel seiner Italiener gegen England entgegengefiebert, das um Mitternacht auf dem Plan gestanden war. Der siebenundsiebzigjährige Aldo hatte sofort abgewunken, weil er um diese Zeit gewöhnlich schon längst im Bett war, aber Max, dessen Urlaub bereits am Montag begann, hatte es sich nicht nehmen lassen, zusammen mit seinem Schwager aufzubleiben und mit ihm den 2:1-Sieg der Italiener anzuschauen. Eine viel größere Fan-Gemeinde hatte sich dann am nächsten Tag im Wohnzimmer der Hartingers vor dem Fernseher versammelt, um den grandiosen 4:0-Auftaktsieg der deutschen Nationalmannschaft gegen Portugal zu verfolgen.

„Wenigstens haben beide ihr erstes Match gewonnen", hatte Chiara nach dem Deutschland-Spiel erleichtert festgestellt. „Damit fällt schon einmal ein Reizthema weg."

Sie kannte ihren Max und ihren Bruder nur zu gut, oft genug war sie schon dabei gewesen, als sich die beiden beim Thema Fußball die Köpfe heiß geredet hatten. Dabei fieberte sie selbst jeweils mit, wenn die Italiener oder die Deutschen bei einer Welt- oder Europameisterschaft antraten. Am Montag war sie noch einmal nach München zum Flughafen gefahren, um ihre Freundin Angelina, die ebenfalls aus Rom anreiste, abzuholen. Rechtzeitig zum ersten deutschen Tor durch Thomas Müller war aber auch sie vor dem Fernseher gesessen.

Auf dem Kirchenvorplatz begrüßte Max seinen Kollegen Wiggerl, der mit seiner Frau Gabi und seinen beiden Kindern gekommen war. Ganz stolz schob der achtjährige Sebastian den Kinderwagen seiner kleinen Schwester Anna vor sich her und hätte dabei einmal beinahe die alte Frau Mitterwieser angefahren. Von allen Mitbewohnern in ihrem Haus hatten die Hartingers den meisten Kontakt zu der freundlichen älteren Dame, die im Erdgeschoß direkt unter ihnen wohnte und jeweils ihre Blumen versorgte und den Briefkasten leerte, wenn sie wieder einmal im Urlaub, zumeist natürlich in Italien, waren. Max und Chiara wohnten inzwischen die meiste Zeit alleine in ihrer Wohnung. Martina war schon kurz nach dem Abitur mit ihrem Freund Robert zusammengezogen und Elena, die in Fürstenfeldbruck studierte, war zwar in den Semesterferien regelmäßig in Rosenheim, während des

Semesters kam sie aber mittlerweile immer seltener übers Wochenende nach Rosenheim, seit sie ungefähr ein Jahr zuvor ihren Freund Carlos, der ebenfalls in Fürstenfeldbruck studierte, kennen gelernt hatte. Robert hatte sich für diesen Tag freigenommen, genauso wie Stefan, ein langjähriger Freund von Max, der im Grunde genommen schuld daran war, dass sich Max und Chiara siebenundzwanzig Jahre zuvor begegnet waren. Max, der sich kurz davor von seiner damaligen Freundin getrennt hatte, war dem Vorschlag von Stefan, nach München zum Oktoberfest zu fahren, zuerst ablehnend gegenüber gestanden, aber Stefan war hartnäckig geblieben, weil er der Meinung gewesen war, dass etwas Ablenkung Max sehr gut tun würde. So kam es zu dem folgenreichen Zusammenstoß von Max und Chiara im Gedränge einer der Schaustellergassen auf dem Oktoberfest, bei dem es bei beiden sofort gefunkt hatte. Chiara war mit Angelina unterwegs gewesen, mit der sie an der Universität *La Sapienza* in Rom Germanistik studiert und während dieser Zeit mehrfach Deutschlandreisen unternommen hatte. Außer Angelina, die ganz in der Nähe der Kirche in einer Pension untergekommen war, hatte Chiara nur Claudia, eine Freundin und Kollegin, die wie sie an der Volkshochschule in Rosenheim Italienischkurse gab, eingeladen.

Wie immer bei Familienfestivitäten kam zuletzt Willi, der jüngere Bruder von Max, vorgefahren, was aber nicht an ihm lag, sondern an seiner Lebensgefährtin Susi. Bestimmt war sie wieder stundenlang vor dem Spiegel gestanden und hatte sich zuletzt Unmengen Parfum über den Kopf gegossen, die Hartingers waren es jedenfalls schon gewohnt, dass sie immer in einer penetrant riechenden Parfumwolke auftauchte. Damit war die Festgemeinde komplett. Die Eltern von Max waren leider beide relativ jung gestorben, schon bevor Max seine Chiara kennen gelernt hatte, andere nähere Verwandte außer seinem Bruder hatte Max nicht. Kaum hatten sich Willi und Susi zu den anderen Geladenen gesellt, kam auch schon der Pfarrer mit den Ministranten zum Kirchenvorplatz. Er wartete, bis alle Gäste in den Kirchenbänken Platz genommen hatten und zog dann zusammen mit dem Jubelpaar feierlich von hinten in die Kirche ein. Zur Überraschung ihrer Eltern hatten

Martina und Elena neben dem Organisten auch einen Solotrompeter engagiert, zusammen gaben sie dem Gottesdienst auch musikalisch einen festlichen Rahmen. In seiner Predigt betonte der Pfarrer, dass es in der heutigen Zeit leider schon lange keine Selbstverständlichkeit mehr sei, dass ein Ehepaar fünfundzwanzig Jahre zusammen bleiben würde und wünschte ihnen zum Schluss Gottes Segen für mindestens weitere fünfundzwanzig Jahre. Max griff nach Chiaras Hand und drückte sie fest. Chiara strahlte ihn an und hielt sich sehr lange tapfer, als aber nach der Kommunion der Trompeter eines ihrer Lieblingslieder anstimmte, gab es kein Halten mehr. Die Tränen kullerten ihr übers Gesicht und sogar Max, der sonst hart im Nehmen war, bekam etwas feuchte Augen.

Nach dem Gottesdienst ging es im Konvoi zum Simssee, wo in einer Gastwirtschaft direkt am See ein Nebenraum für die Hartingers festlich eingedeckt war. Der Koch hatte ein wunderbares, italienisches Vier-Gänge-Menü gezaubert, das allen vorzüglich schmeckte. Zwischen den einzelnen Gängen durften Max und Chiara ihre Geschenke auspacken. Einige davon nahmen schon Bezug auf ihre bevorstehende Silberhochzeitsreise nach Venedig. Von ihren Töchtern bekamen sie einen Bildband und einen ausführlichen Venedig-Reiseführer sowie einen Gutschein für eine halbstündige Fahrt mit einer Gondel.

„Wann genau geht's denn los Richtung Venedig?", wollte Willi wissen.

„Am Freitag um kurz nach acht fährt unser Zug", antwortete ihm Max, der ihm schräg gegenüber saß.

„Von Freitag bis Dienstag haben wir ein Hotel direkt am *Canal Grande*, dann ziehen wir an den *Lido di Venezia* um, wo wir bis Sonntag in einem Hotel ganz in der Nähe vom Strand wohnen werden", erzählte Chiara.

„Und wie viele venezianische Verbrecher willst du in dieser Zeit zur Strecke bringen, Max?", feixte Wiggerl, der natürlich wusste, wie oft sein Kollege schon in Italien mit der Klärung von Kriminalfällen beschäftigt gewesen war.

Bevor Max antworten konnte, ging Chiara dazwischen.

„In Venedig hat er absolutes Berufsverbot, sonst kann er den Wunsch vom Herrn Pfarrer, was die nächsten fünfundzwanzig

Jahre angeht, gleich vergessen", meinte sie mit ernster Miene, konnte sich dann aber ein Lachen doch nicht verkneifen.

„Hat er sich von dir schon jemals davon abhalten lassen, im Urlaub zu ermitteln, Chiara?", legte Wiggerl nach.

„Nein, eigentlich nicht", lachte sie.

„Also gut, diesmal werde ich nur mit deiner Erlaubnis ermitteln, mein Schatz", grinste Max.

„Auf die Erlaubnis kannst du lange warten", schoss sie zurück und stieß ihm mit dem Finger in die Seite, genau da, wo er besonders kitzelig war.

Max lachte laut los und wollte noch einmal etwas erwidern, wurde aber davon abgehalten, weil die Kellnerinnen den nächsten Gang servierten. Bis sie später auf den Nachtisch warteten, hatten Max und Chiara alle Geschenke ausgepackt. Von ihren Eltern bekamen sie einen Gutschein für einen Flug nach Rom, was Chiara als Wink mit dem Zaunpfahl verstand, weil sie ihre Eltern schon länger nicht mehr zuhause in Rom besucht hatte. Angelina, deren Mann Luca in Rom ein sehr gut gehendes Antiquitätengeschäft besaß, hatte ihnen eine kleine, geschnitzte Muttergottes-Figur mitgebracht.

„Sie ist wunderschön", freute sich Chiara. „Vielen Dank."

„Und auch einen herzlichen Dank an Luca", ergänzte Max. „Ich nehme an, die stammt aus seinem Geschäft."

„Richtig. Er hat sie schon vor ein paar Monaten reinbekommen und als ich sie dort zum ersten Mal gesehen habe, hatte ich gleich die Idee, sie euch zu schenken."

Nach dem üppigen Essen brach fast die gesamte Festgesellschaft zu einem Spaziergang am See auf, nur Carlos und Robert, die sich erst kurz zuvor kennen gelernt und auf Anhieb sehr gut verstanden hatten, blieben sitzen, genauso wie Frau Mitterwieser und Chiaras Mutter Giovanna, die beide nicht mehr ganz so gut zu Fuß unterwegs waren. Draußen am See tummelten sich sehr viele Kinder, die das herrliche Wetter während ihrer Pfingstferien natürlich ausgiebig ausnutzten. Fast eine Stunde waren Max und Chiara mit ihren Gästen unterwegs und kehrten dann zur Gastwirtschaft zurück, wo bereits für Kaffee und Kuchen eingedeckt war. Wiggerl hatte eine Marzipan-Hochzeitstorte spendiert, die die beiden Jubilare unter großem Beifall gemeinsam anschnitten.

„Heute vor fünfundzwanzig Jahren hatten wir eine dreistöckige Torte“, erzählte Max, weil Wiggerl damals noch nicht sein Kollege und deshalb auch nicht bei der Hochzeit dabei gewesen war. „Und gleich nach der Hochzeit ging es für zwei Wochen auf die Malediven. Das war wirklich eine traumhafte Reise, die uns mein lieber Schwiegervater Aldo damals geschenkt hatte.“

Nach dem Kaffee wartete schon die nächste Überraschung auf Max und Chiara. Während sie am See spazieren gegangen waren, hatten Carlos und Robert eine kleine Stereoanlage aufgebaut und als sie dann die Musik aufdrehten, kamen die beiden Jubilare nicht umhin, ihren Brautwalzer zu wiederholen. Es war nur relativ wenig Platz zum Tanzen, trotzdem gesellten sich ab dem zweiten Lied auch Elena und Martina mit ihren Freunden sowie Francesco und Giulia und auch Wiggerl und Gabi mit dazu. Aufgrund der sommerlichen Temperaturen wurde es den Tänzern schnell ziemlich heiß und Martina und Elena beschlossen, zur Abkühlung kurz in den See zu springen. Sebastian bettelte auch sofort bei seiner Mama, damit er ebenfalls ins Wasser gehen durfte. Von den Erwachsenen wollte sonst nur Giulia mitgehen, sie war es von *Ischia* ohnehin gewohnt, jeden Tag im Meer zu schwimmen. Chiara wäre liebend gern mit ihrer Schwägerin mit, aber sie hätte es dann doch etwas unpassend gefunden, wenn sie Max mit den restlichen Gästen alleine gelassen hätte.

Am Spätnachmittag löste sich die Festgesellschaft schön langsam auf. Max und Chiara hatten den Nebenraum der Gastwirtschaft zwar bis abends reserviert, hatten aber von vornherein angegeben, dass sie nicht wussten, ob ihre Gäste bis zum Abendessen bleiben würden. Claudia, Chiaras Kollegin, verabschiedete sich als erste, weil sie zu ihrem Italienischkurs in der Volkshochschule musste. Auch Wiggerl und Gabi brachen bald danach auf, weil die kleine Anna immer quengeliger wurde und sich kaum mehr beruhigen ließ. Stefan musste noch zu einer Geburtstagsfeier in der Familie, schließlich brach am Ende die gesamte Großfamilie Hartinger-Bianchi mit Angelina und Frau Mitterwieser gemeinsam auf. Jeder hatte angegeben, dass er so schnell nichts mehr zu essen brauchte, weil nach dem opulenten Mittagessen alle auch ordentlich bei der Hochzeitstorte und den anderen Kuchen zugelangt hatten.

Am Abend fielen alle ziemlich müde in ihre Betten. Elena hatte ihr Zimmer Francesco und Giulia zur Verfügung gestellt und übernachtete mit Carlos in der Wohnung von Martina und Robert. Ihr Onkel und ihre Tante mussten am nächsten Tag schon wieder nach Neapel zurückfliegen. Giulia, die auf *Ischia* in einem Hotel arbeitete, hatte nur nach mehrmaligem Bitten überhaupt frei bekommen, normalerweise galt für sie in den Sommermonaten eine Urlaubssperre. Chiaras Eltern hatten auch gleich für den Tag nach der Silberhochzeit ihren Rückflug nach Rom gebucht. Wenn Max und Chiara die Abreise zu ihrem Venedig-Urlaub nicht gleich für das Ende der Woche, in der ihr Fest lag, geplant hätten, dann wären sie schon noch länger in Rosenheim geblieben. Chiara hatte Angelina angeboten, auch sie wieder zum Flughafen zu bringen, aber Angelina wollte noch einen Tag in München verbringen, deshalb setzte sie sich schon am Morgen in den Zug und fuhr dann erst gegen Abend aus der Münchner Innenstadt mit der S-Bahn zum Flughafen hinaus, um mit der Abendmaschine nach Rom zurückzufliegen.

Als Chiara gegen Mittag nach einem wie immer tränenreichen Abschied von ihren Eltern vom Flughafen nach Rosenheim zurückgekommen war, hatte sich Max gerade eine kräftige Brotzeit hergerichtet. Chiara wollte als Mittagessen nur einen Salat, weil zum Abendessen schon wieder eine richtige Schlemmerei anstand. Martina und Robert hatten sie zum Grillen eingeladen, um zusammen mit Elena und Carlos die Festivitäten zur Silberhochzeit ausklingen zu lassen. Am Nachmittag nutzten Max und Chiara das herrliche Wetter zu einer Radltour zu den Seen im Süden von Rosenheim, blieben schließlich am Floriansee, gingen schwimmen und fuhren gegen Abend mit dem Radl direkt zur Wohnung ihrer Tochter Martina. Robert hatte zusammen mit Carlos auf der Terrasse schon den Grill angeheizt, Martina und Elena waren damit beschäftigt, verschiedene Salate herzurichten. Max ließ es sich nicht nehmen, mit den Freunden seiner Töchter am Grill zu stehen, so konnte er sich dann auch das größte Stück

Grillfleisch sichern. Beim Essen blieben ihm ausnahmsweise die Sticheleien seiner Familie erspart, weil sich alles um die bevorstehende Venedig-Reise drehte. Elena und Carlos planten, in den Semesterferien an die obere Adria zu fahren und von dort aus einen Tagesausflug nach Venedig zu unternehmen, weil sie beide noch nie dort gewesen waren. Chiara erzählte, dass sie im Jahr bevor sie Max kennen gelernt hatte, mit einer Freundin ein paar Tage in der Lagunenstadt verbracht hatte.

„Das ist jetzt aber schon achtundzwanzig Jahre her, ich bin gespannt, wieviel sich in der Stadt verändert hat."

„Ich war überhaupt noch nie dort", musste Max zugeben.

„Ihr könnt euch schon mal auf massenhaft Touristen einstellen", meinte Robert, der mit Martina erst zwei Jahre zuvor auf dem Rückweg von einem *Toscana*-Urlaub noch zwei Tage in Venedig angehängt hatte.

Martina schwärmte sofort von ihrem Aufenthalt dort und hatte gleich einen Tipp für ihre Eltern parat.

„Auf den *Campanile* müsst ihr unbedingt rauf, von dort hat man den besten Überblick über die ganze Stadt."

Schon während des Essens hatte Carlos immer wieder nervös auf die Uhr geschaut. Er hatte eine deutsche Mutter und einen auf Mallorca geborenen spanischen Vater, deshalb fieberte er dem zweiten Gruppenspiel der spanischen Nationalmannschaft entgegen. Der Auftakt zur Fußball-WM war für den Titelverteidiger mit 1:5 gegen Holland völlig in die Hose gegangen, umso wichtiger war das Spiel gegen Chile, das um neun angepfiffen werden sollte. Carlos erntete zwar einen finsteren Blick von seiner Elena, als er kurz vor neun von der Terrasse ins Wohnzimmer wechselte und den Fernseher einschaltete, ließ sich davon aber nicht beirren, zumal ihm Max auch relativ schnell folgte. Robert interessierte sich nicht so sehr für Fußball, ihm waren seine Pferde auf dem väterlichen Pferdehof viel wichtiger. Die anfängliche Euphorie von Carlos wich schnell der Ernüchterung, als die Chilenen bereits nach zwanzig Minuten in Führung gingen. Als dann auch noch kurz vor der Halbzeit das zweite Tor für Chile fiel, war er völlig konsterniert und ließ sich nicht einmal von Elena, die inzwischen schon länger neben ihm saß, aufmuntern.

In der Halbzeit des Spiels brachen Max und Chiara auf und radelten nach Hause. Am nächsten Morgen wollten sie, wieder mit dem Fahrrad, zur gemeinsamen Fronleichnamsfeier aller Rosenheimer Stadtpfarreien auf dem Max-Josefs-Platz fahren. Das in Italien „*Corpus domini*" genannte Fest wird in den italienischen Pfarreien entweder am Donnerstagabend selbst oder dann erst am folgenden Sonntag mit einer Prozession gefeiert, da der Fronleichnamsdonnerstag in Italien kein Feiertag ist. Weil sie nicht wussten, ob sie am Sonntag in Venedig die Gelegenheit zur Teilnahme an einer Prozession haben würden, wollten sie das Fest unbedingt in der Rosenheimer Fußgängerzone mitfeiern. Zuhause angekommen sperrte Max ihre Räder in die Garage. Bis er dann in die Wohnung hinaufkam, war Chiara schon im Bad. Während er sich anschließend dort die Zähne putzte, hörte er sich im Radio die Nachrichten an und ging dann zu Chiara ins Schlafzimmer hinüber.

„In der zweiten Halbzeit ist kein Tor mehr gefallen, die Spanier haben schon nach dem zweiten Spiel keine Chance mehr aufs Weiterkommen."

„Der arme Carlos."

„Er wird's verkraften", meinte Max und konnte eine gewisse Schadenfreude nicht verbergen, nachdem die Spanier bei der letzten Weltmeisterschaft die deutschen Fußballer im Halbfinale besiegt hatten.

„Freu dich nicht zu früh, Max. Du weißt nicht, was der deutschen Mannschaft in ihren nächsten Spielen noch blüht."

„Diesmal kommen wir sehr weit, da bin ich mir ganz sicher."

„Außer ihr trefft wieder auf die Italiener, denn dann ist wie immer Schluss für euch."

Jetzt konnte sich Chiara ein schadenfrohes Grinsen nicht verkneifen, weil sie wusste, wie lange so manche Niederlage der deutschen Fußballer gegen die Italiener an Max genagt hatte. Dazu wollte Max lieber nichts sagen, deshalb wechselte er schnell das Thema. Sie diskutieren kurz darüber, was sie am Feiertag nach der Prozession unternehmen könnten, stellten die Entscheidung darüber aber erst einmal zurück, weil sie abwarten wollten, ob es am Nachmittag, wie vom Wetterbericht angekündigt, tatsächlich regnen würde. Schließlich schliefen sie dann Hand in Hand ein.

Am nächsten Vormittag konnten die Rosenheimer Katholiken bei strahlendem Sonnenschein das Fronleichnamsfest feiern. Als Max und Chiara nach der Prozession zu ihren Fahrrädern zurückgehen wollten, lief ihnen Claudia, Chiaras Arbeitskollegin, über den Weg. Max hatte nichts dagegen, dass sich die beiden am Tag vor der Abreise in den Urlaub noch zum Ratschen zusammensetzen wollten. Während er nach Hause radelte, setzten sich Chiara und Claudia im Freien vor eine italienische Eisdiele, bestellten sich einen *Cappuccino* und ließen die letzten Tage, besonders die Silberhochzeit, noch einmal Revue passieren. Als Chiara dann mehr als zwei Stunden später nach Hause kam, hatte Max seinen Koffer schon fertig gepackt, aber wie so oft war er übervoll.

„Sei froh, dass wir nicht mit dem Flieger unterwegs sind, sonst müsstest du die Hälfte wieder auspacken“, lästerte Chiara lachend.

„Im Zug ist es doch egal, wie schwer er ist und du musst ihn doch sowieso nicht tragen.“

„Ich möchte aber ungern mit dem *Vaporetto* im *Canal Grande* untergehen, nur weil dein Koffer so schwer ist, dass wir es nicht mehr vom Bahnhof bis zu unserem Hotel schaffen.“

Max streckte ihr die Zunge raus, was sie veranlasste, noch nachzulegen.

„Du schleppst doch selbst schon ein ordentliches Gewicht mit, hoffentlich darfst du damit überhaupt *Vaporetto* fahren.“

Max, der es gewohnt war, dass ihn Chiara und auch seine beiden Töchter wegen seines Appetits und seines ständigen Übergewichts regelmäßig aufzogen, drehte sich etwas zur Seite und streichelte sich über seinen dicken Bauch.

„Hätte ich mich vorgestern etwa bei dem vorzüglichen Essen zurückhalten sollen? Schließlich feiert man nur einmal Silberhochzeit.“

„Stimmt. Aber wenn du bei unserer Goldenen Hochzeit auch noch einmal einen Brautwalzer mit mir tanzen willst, dann darfst du in den nächsten fünfundzwanzig Jahren nicht genauso viele Kilos zulegen wie in den vergangenen fünfundzwanzig. Sonst ist mir das Risiko zu groß, dass du beim Tanzen stolperst, auf mich fällst und mich erdrückst.“

Chiara konnte sich gar nicht mehr halten vor Lachen über ihren eigenen Witz. Max griff nach dem Kissen, das neben ihm auf dem Bett lag und schleuderte es ihr an den Kopf. Chiara hätte beinahe das Gleichgewicht verloren, aber bevor sie hätte hinfallen können, war Max schon bei ihr und umarmte sie mitsamt dem Kissen. Er wusste genau, wie er sich für ihre Frotzeleien revanchieren konnte. Während sie versuchte, sich aus seiner Umklammerung zu befreien, begann er, sie zu kitzeln. Chiara kreischte und schrie, aber Max hörte nicht auf, sondern machte nur noch mehr weiter. Erst als sie vor lauter Kreischen und Lachen derart nach Luft schnappte, dass er meinte, sie wäre kurz davor, zu ersticken, lockerte er seinen Griff.

„Willst du jetzt, ohne weiter über mein Gewicht zu lästern, deinen Koffer packen oder soll ich weitermachen?"

Chiara war völlig außer Atem und stammelte deswegen nur leise, dass sie mit dem Kofferpacken anfangen wolle. Max ließ sie los und grinste sie an. Chiara, die ein ganzes Stück kleiner war als er, trommelte mit den Fäusten an seine Brust.

„Ich hätte doch auf meinen Vater hören sollen, der mich immer davor gewarnt hat, einen deutschen Polizisten zu heiraten."

„Das hättest du dir aber schon vor fünfundzwanzig Jahren überlegen müssen, mein Schatz. Jetzt ist es dafür zu spät."

„Ja, leider."

Max meinte, dass es jetzt genug war mit den gegenseitigen Sticheleien, er umarmte sie wieder, diesmal aber bedeutend sanfter, und gab ihr einen langen Kuss.

„Ich bin ganz froh, dass du nicht auf deinen Vater gehört hast, denn ich möchte keinen Tag der letzten fünfundzwanzig Jahre missen."

„Ich doch auch nicht, Max. Und ich freue mich wahnsinnig auf unsere Reise."

„Ich auch. Das werden bestimmt ganz schöne Urlaubstage."

„Aber denk dran, was du mir versprochen hast. Keine kriminalistischen Tätigkeiten in Venedig."

„Außer du erlaubst es mir."

„Niemals."

Nachdem der angekündigte Regen ausgeblieben war, legte sich Max nach dem Kofferpacken in seinen Liegestuhl auf den Balkon, während nun Chiara ihrerseits daran ging, ihr

Reisegepäck herzurichten. Mit Elena hatten sie vereinbart, dass sie am nächsten Morgen spätestens um halb acht in der Früh zur Wohnung ihrer Eltern kommen sollte, um sie zum Bahnhof zu fahren. Elena und Carlos waren noch bei Martina und Robert geblieben, obwohl Elenas Zimmer schon wieder frei war. Nach der Abreise ihrer Eltern wollte sie aber mit Carlos wieder in ihr Zimmer umziehen, beide wollten dann gemeinsam am folgenden Sonntag zurück nach Fürstenfeldbruck fahren. Während Chiara am Packen war, hatte Max überlegt, was er von seinem prall gefüllten Koffer vielleicht doch noch daheim lassen könnte. Um der Lästerei von Chiara zu entgehen, wartete er solange, bis sie fertig war und sich auch auf den Balkon legte, dann beeilte er sich, einzelne Sachen wieder auszupacken, bevor sie vielleicht noch einmal ins Schlafzimmer kommen würde.

„Ich habe unsere Bahntickets schon einmal auf den Küchentisch gelegt, damit wir sie morgen auf keinen Fall vergessen“, meinte er scheinheilig, als er vom teilweisen Ausräumen seines Koffers wieder auf den Balkon kam.

Am Abend kam Martina noch kurz vorbei, um ihnen eine gute Reise zu wünschen. Chiara ging anschließend bald ins Bett, Max wollte sich wie jeden Abend eines der Vorrundenspiele bei der Weltmeisterschaft ansehen. Diesmal schaltete er den Fernseher aber schon zur Halbzeit aus. Als er dann zu Chiara ins Bett kroch, legte sie gerade ihr Buch zur Seite. Max nahm sie in den Arm.

„Ich bin fast so aufgeregt wie vor fünfundzwanzig Jahren, am Vorabend unserer Reise auf die Malediven“, gestand sie ihm.

„Warum denn? Wir sind doch schon so oft miteinander verreist.“

„Trotzdem, eine zweite Hochzeitsreise ist doch etwas ganz besonderes. Ich hoffe, sie wird genauso unvergesslich wie die erste.“

„Ganz bestimmt.“

Chiara kuschelte sich noch enger an ihn. Es dauerte nicht lange, da zeigte ihm ihr gleichmäßiger Atem, dass sie bereits eingeschlafen war. Max ging in Gedanken noch einmal die Etappen ihrer Reise bis in ihr Hotel in Venedig durch und schlummerte bald darauf auch langsam ein.

2

Wie immer, wenn eine Reise anstand, war Chiara in der Früh zeitig auf den Beinen, damit alles ohne Stress und Hektik ablaufen konnte. Auch Max war kurz nach ihr aufgestanden. Sie hatten kaum ihr gemeinsames Frühstück beendet, da stand auch schon Elena abfahrbereit parat.

„Habt ihr alles eingepackt? Eure Ausweise, die Zugtickets, die Bestätigung der Hotelbuchungen? Nicht, dass wir hernach noch einmal umdrehen müssen und ihr euren Zug versäumt."

„Du kannst es wohl gar nicht erwarten, mit deinem Carlos hier eine sturmfreie Bude zu haben", grinste Max sie schelmisch an.

„Papa, ich bin doch kein Teenager mehr", entrüstete sie sich übertrieben laut.

Chiara kam dazu, ihre von Elena erhoffte Hilfe blieb aber aus, im Gegenteil, sie stieß ins selbe Horn wie Max.

„Dafür ist man doch nie zu alt", lachte sie. „Du kannst schon zugeben, dass es dir lieber ist, hier mit Carlos allein zu sein."

Elena lief knallrot an, blickte demonstrativ auf ihre Uhr und klimperte mit dem Autoschlüssel in ihrer Hand.

„Ich glaube, es ist besser, wir fahren jetzt los."

Von den Kurzzeitparkplätzen im Süden des Bahnhofsgeländes war einer frei, so dass Elena mit ihren Eltern bis zum Gleis mitgehen konnte.

„Die Strecke bis *Verona* fahre ich heute schon zum dritten Mal hintereinander", stellte Max fest, der im Vorjahr an einem internationalen Austauschprogramm teilgenommen hatte und deshalb für vier Wochen seinen Arbeitsplatz mit einem *Carabiniere* aus *Lazise* am Gardasee getauscht hatte.

Zwei Jahre zuvor war er in *Verona* umgestiegen, um bis nach *Assisi* weiterzufahren, wo er sich auf Anraten des Polizeipsychologen in einem Franziskanerkloster davon erholen sollte, dass er in Rosenheim im Einsatz einen mutmaßlichen Mörder erschossen hatte.

„Heute bleibst du aber bitte in *Verona* bei mir sitzen", lachte Chiara. „Es ist schon praktisch, dass wir ohne Umsteigen bis Venedig fahren können."

Sie standen ganz alleine am Bahnsteig und bis der Zug einfuhr, waren gerade einmal zwei Fahrgäste dazugekommen. Elena umarmte ihre Eltern und wünschte ihnen eine wunderschöne Reise.

„Irgendetwas zum Kriminalisieren wirst du bestimmt wieder finden", flüsterte Elena ihrem Papa so leise ins Ohr, dass es Chiara nicht hören konnte, und blinzelte ihm zu.

Sie hatte von ihrem Vater die kriminalistische Ader geerbt und war drauf und dran, beruflich in seine Fußstapfen zu treten. Seit drei Jahren studierte sie deshalb in Fürstenfeldbruck an der Fachhochschule für öffentliche Verwaltung und Rechtspflege in Bayern, Fachbereich Polizei. Ihr Freund Carlos war dort von Anfang an ihr Studien-Kollege gewesen, aber erst im Frühling des Vorjahres hatte es bei den beiden gefunkt.

„Fahrt vorsichtig, wenn ihr euch am Sonntag auf den Weg nach Fürstenfeldbruck macht", war die immer wieder von Chiara vorgebrachte Ermahnung, wenn eine ihrer Töchter eine etwas längere Strecke mit dem Auto unterwegs war.

„Macht euch um uns keine Sorgen, genießt eure zweiten Flitterwochen in Venedig."

Als Max und Chiara einstiegen, ging Elena außen am Zug bis zu dem Abteil, in dem die reservierten Plätze ihrer Eltern waren und blieb solange stehen, bis sich der Zug in Bewegung setzte. Wie üblich vergoss Chiara zum Abschied ein paar Tränen, bis ihre Tochter schön langsam aus ihrem Blickfeld verschwand. Dann ließ sie sich neben Max auf ihren Platz fallen und lehnte sich an ihn. Fast während der ganzen Fahrt hatten sie das Abteil für sich allein, erst in *Verona* stieg ein anderes Ehepaar zu, das nur für eine Nacht ein Hotel in Venedig gebucht hatte und schon am Samstagabend nach *Verona* zurückfahren wollte. Mit einigen Minuten Verspätung erreichten sie um kurz nach zwei die *Stazione Santa Lucia*, den Bahnhof von Venedig.

Der Kopfbahnhof liegt am Ende des *Ponte della Libertà*, der die Lagunenstadt mit dem Festland verbindet. Seinen Namen übernahm der Bahnhof von der *Chiesa di Santa Lucia*, die Mitte des neunzehnten Jahrhunderts abgerissen wurde, um Platz für den Bahnhofsneubau direkt am *Canal Grande* zu schaffen. Direkt gegenüber, auf der anderen Seite des *Canal Grande*, steht die wegen ihrer hohen Kuppel weithin sichtbare *Chiesa di San Simeone Piccolo*, die einen kreisrunden Grundriss aufweist und vor allem wegen des von Tintoretto geschaffenen Gemäldes des letzten Abendmahls die Besucher anzieht. Die meisten der ankommenden Touristen hatten dafür aber erst einmal keinen Blick. Max und Chiara reihten sich ein in den endlosen Strom von Reisenden, der die Bahnhofshalle durchquerte, um zu den Anlegestellen der *Vaporetti* und der privaten Wassertaxis zu gelangen. Da ihr Hotel ganz in der Nähe der Haltestelle *Santa Maria del Giglio* lag, brauchten sich Max und Chiara kein Wassertaxi zu nehmen, sondern konnten mit dem *Vaporetto* fahren.

„Soll ich uns gleich ein Touristen-Tagesticket kaufen?"

„Ich glaube nicht, dass wir das heute ausnutzen würden, Max. Von unserem Hotel aus sind doch der Markusplatz und andere Sehenswürdigkeiten gut zu Fuß zu erreichen. Deswegen werden wir heute für den Rest des Tages kaum noch einmal ein *Vaporetto* brauchen, ein Einzelticket sollte also ausreichen."

Max zog die zwei Tickets aus dem Automaten, die sie beim Zugang zur *Vaporetto*-Haltestelle noch entwerten mussten. Sein Koffer war immer noch richtig schwer, was er aber gegenüber Chiara nicht zugeben wollte. Deshalb war er froh, dass sie bis zu der Haltestelle am *Canal Grande* nicht so weit laufen mussten. Gerade legte ein *Vaporetto* ab, das nächste schaukelte aber schon auf den Wellen des *Canale*, um sofort den leeren Platz am Anleger einzunehmen und den nächsten Schwung an Fahrgästen an Bord zu nehmen. Da sie als erste einsteigen konnten, fanden sie am Bug des *Vaporetto* noch zwei freie Plätze. Kaum hatten sie mit dem *Vaporetto* abgelegt, fuhren sie unter dem *Ponte degli Scalzi* hindurch und Chiara machte Max darauf aufmerksam, dass es nur drei Brücken über den *Canal Grande* gab, den berühmten *Ponte di Rialto*, den *Ponte dell'Accademia* und eben den *Ponte degli Scalzi*.

„Sonst kommt man nur mit einem Boot auf die andere Seite des Kanals."

Bei ihrer Fahrt durchquerten sie auf dem *Canal Grande* einmal fast die ganze Stadt. Max beobachtete den teilweise ziemlich chaotisch wirkenden Schiffsverkehr, der aber doch so geordnet abzulaufen schien, dass es keine Zusammenstöße auf dem Wasser gab. Fasziniert war er auch von den grandiosen *Palazzi* auf beiden Seiten des *Canal Grande*, auch wenn bei vielen ganz offensichtlich war, dass da ein erheblicher Sanierungsbedarf bestand. Die Fahrt zog sich ziemlich in die Länge, weil das *Vaporetto* an jeder Haltestelle anlegte. Besonders viele Fahrgäste stiegen bei der *Rialto*-Brücke ein und aus, danach waren es noch fünf Stopps, bis sie die Haltestelle *Santa Maria del Giglio* erreicht hatten. Max und Chiara mussten sich durch die Masse der Fahrgäste hindurchquetschen, um aussteigen zu können. Nachdem er seinen eigenen Koffer von Bord gehievt hatte, half Max seiner Frau mit ihrem Koffer.

„So, gleich haben wir es geschafft. Laut Stadtplan liegt das Hotel gleich hier ein paar Häuser weiter. Wenn man aber nicht mit einem privaten Boot ankommt, muss man sozusagen hintenherum zum Hoteleingang gehen."

Max schaute noch einmal kurz auf seinen Stadtplan und steckte ihn dann in die flache Seitentasche von seinem Koffer. Über die schmale *Calle Gritti* gelangten sie zum *Campiello Santa Maria Zobenigo*, einen kleinen Platz vor der Kirche *Santa Maria del Giglio*. Während einige Touristen auf dem Sockel der weißen Kirchenmauer saßen und sich die Sonne ins Gesicht scheinen ließen, suchten andere im Schatten der gegenüberliegenden Häuser etwas Abkühlung. Vom *Campiello* waren es nur wenige Schritte bis sie in die *Calle dei Preti* abbiegen konnten, wo der Hintereingang ihres Hotels lag.

An der Rezeption des *Gran Paradiso* mussten sie warten, weil kurz vor ihnen zwei Ehepaare gleichzeitig angekommen waren. In der Lobby fiel der Blick von Max auf einen großen Flachbildschirm, vor dem mehrere große Sessel standen, dahinter waren zwei Stuhlreihen aufgestellt.

„Das ist hier wohl das WM-Studio des Hotels", freute er sich. „Dann wissen wir gleich, wo wir uns morgen das zweite deutsche Spiel anschauen können."

„Heute Abend sind aber erst einmal wir dran", entgegnete ihm Chiara, die in diesem Fall die Italiener meinte.

Nach mehr als fünfundzwanzig Jahren in Rosenheim sagte sie bei der deutschen Nationalmannschaft aber auch längst ‚wir'.

„Vielleicht können wir uns das Spiel heute um sechs auch irgendwo im Freien anschauen, Max."

„Da gibt es bestimmt viele Möglichkeiten, wobei es auch seinen Reiz hätte, während des Spiels der Italiener ganz gemütlich und völlig ungestört durch Venedig zu schlendern, denn dann werden die Straßen sicher leergefegt sein."

„Klar. Morgen wird das doch in Deutschland nicht anders sein, wenn es gegen Ghana geht."

Während sie sich unterhielten, wo sie sich die beiden Spiele ihrer Heimatländer eventuell anschauen könnten, waren die Ehepaare vor ihnen fertig mit dem Einchecken.

„*Buongiorno, benvenuto a Venezia*", wurden nun auch Max und Chiara an der Rezeption freundlich begrüßt.

Schnell waren alle Formalitäten erledigt und sie konnten in Begleitung eines Hotelpagen in den dritten Stock zu ihrem Zimmer hinauffahren. Ohne mit der Wimper zu zucken hatte er den schweren Koffer von Max und den viel leichteren von Chiara hochgehoben und zum Lift getragen. Oben angekommen stellte er das Gepäck auf die Kofferablage am Fußende des Doppelbettes, zog die dunklen Vorhänge auf, bedankte sich bei Max für das großzügige Trinkgeld und wünschte ihnen einen schönen Aufenthalt in Venedig.

„Das ist ja eine traumhafte Aussicht", schwärmte Chiara, die die beiden Flügel des großen Fensters geöffnet hatte, um frische Luft hereinzulassen.

„Die Fotos auf der Internetseite des Hotels haben nicht zu viel versprochen."

Über den *Canal Grande* sahen sie nach *Dorsoduro* mit der alles beherrschenden großen Kuppel der *Basilica Santa Maria della Salute* hinüber. Max holte seinen Stadtplan und den Reiseführer hervor.

„Die sechs Stadtviertel von Venedig werden *Sestieri* genannt. Wir sind hier im *Sestiere San Marco*, auf der anderen Seite des *Canal Grande*, das ist *Dorsoduro*, dahinter liegt der *Canale della Giudecca*, an dessen anderem Ufer die langgezogene Inselgruppe der *Giudecca* liegt, die verwaltungstechnisch zu *Dorsoduro* gehört."

„Nach *Dorsoduro* können wir zu Fuß hinüberlaufen, denn bis zum *Ponte dell'Accademia*, unter dem wir vorhin kurz vor unserer *Vaporetto*-Haltestelle noch durchgefahren sind und der *San Marco* und *Dorsoduro* verbindet, ist es gar nicht weit. Wie ich am Bahnhof schon gesagt habe, gibt es genügend Ziele für uns, die wir ganz gut zu Fuß erreichen können."

„Am liebsten wäre mir jetzt, wenn wir schnell etwas zu Essen erreichen würden, ich habe schon einen Bärenhunger."

„Wann hast du den nicht?", kicherte Chiara. „Lass mich nur schnell ein paar Sachen aus dem Koffer holen und in den Schrank hängen, damit sie nicht zu sehr zerknittern, dann können wir los. Willst du zum Einstand gleich hier im Hotel essen?"

Sie hatten ihr Hotel nur mit Frühstück gebucht, um tagsüber und abends möglichst flexibel für Besichtigungen und andere Unternehmungen zu sein. Wenn sie wollten, konnten sie aber natürlich jederzeit auch im Hotel selbst essen.

„Ich weiß nicht, ob die Hotelküche am Nachmittag überhaupt auf ist. Unabhängig davon würde ich mich aber gerne draußen irgendwo hinsetzen, wenn das für dich okay ist."

„Na klar. Mir würde jetzt ein *Panino* oder etwas ähnliches reichen, wenn wir dann abends in ein *Ristorante* gehen. Zum Glück spielen wir schon um sechs, dann ist danach noch ausreichend Zeit zum Kochen, denn ich bezweifle, dass es während des Spiels etwas Gescheites zu Essen gibt, wenn die Köche auch alle vor dem Fernseher hängen, um der *Squadra Azzurra* die Daumen zu drücken."

Max lachte laut los.

„Da könntest du Recht haben. Dann können wir uns nach dem Spiel also noch etwas Zeit lassen, um uns irgendwo in der Nähe oder doch direkt hier im Hotel ins *Ristorante* zu setzen."

Max packte nun seinen Koffer auch teilweise aus, wartete aber nur darauf, dass Chiara fertig werden würde und sie aufbrechen konnten.

Auf demselben Weg, auf dem sie zum Hotel gekommen waren, gingen sie bis zum *Campiello Santa Maria Zobenigo* zurück und bogen dort nach rechts in die *Calle delle Ostreghe* ab, wo ihnen viele Touristen entgegen kamen, die vom Markusplatz kommend offenbar in Richtung des *Ponte dell'Accademia* unterwegs waren. Sie überquerten den *Rio de l'Albero*, auf der anderen Seite des schmalen Kanals begann die *Calle Larga XXII. Marzo*, eine der Hauptgeschäftsstraßen im

Sestiere San Marco, die auf direktem Weg zum Markusplatz führte. In einer Seitengasse entdeckten sie eine kleine Bar, vor der im Freien sechs Tische aufgestellt waren, einer davon war noch nicht besetzt. Während sich Chiara schon einmal hinsetzte, holte Max für sie ein *Panino* mit Tomaten und *Mozzarella* und für sich selbst zwei *Panini* mit Schinken und Käse sowie mit *Mortadella* und Käse, dazu eine große Flasche *Acqua minerale*. In der engen Gasse staute sich die Hitze, selbst unter dem großen Sonnenschirm, unter dem sie saßen, war es richtig heiß, weshalb Max nach einer Weile noch eine zweite große Flasche *Acqua minerale* holte. Als auch diese fast ausgetrunken war, lehnte sich Max auf seinem Stuhl zurück und seufzte zufrieden.

„So kann man es aushalten, gutes Essen, herrliches Wetter. Nur etwas zu viele Touristen laufen mir hier herum."

Von seinem Platz aus hatte er die ganze Zeit die belebte *Calle Larga XXII. Marzo* im Blick, durch die sich praktisch pausenlos ein Touristenstrom hindurch wälzte.

„Dir wird aber nichts anderes übrig bleiben, dich auch gleich ins Getümmel der Touristen zu stürzen, wenn wir uns ein bisschen umschauen wollen."

„Wo willst du denn als erstes hin?"

„Ich würde vorschlagen, wir gehen von hier aus zum Markusplatz vor, da können wir dann weitersehen, ob wir vielleicht zur *Rialto*-Brücke weitergehen oder an der *Riva degli Schiavoni* entlang in Richtung *Giardini Pubblici* spazieren gehen, je nachdem, wie lange wir uns am Markusplatz aufhalten."

Max war einverstanden. Sie brachen auf und schlenderten über die *Calle Larga XXII. Marzo* weiter, bis sie direkt zur südwestlichen Ecke des Markusplatzes gelangten. Auf der riesigen *Piazza* tummelten sich unzählige Menschen, viele hielten sich unter den Schatten spendenden Arkaden auf. Sie gingen in etwa bis zur Mitte des Platzes, dort blieb Chiara stehen.

„Die *Piazza San Marco* ist der einzige Platz in Venedig, der tatsächlich auch *Piazza* genannt wird, alle anderen haben die Bezeichnung *Campo* im Namen. Schau, Max, hier rechts ist das berühmte *Caffè* Florian, bei dem zur Unterhaltung der Gäste oft Livemusik im Freien geboten wird."

„Willst du unter den Arkaden einen Schaufensterbummel machen?"

„Nein, jetzt nicht, dazu ist in den nächsten Tagen bestimmt noch einmal Gelegenheit."

Chiara zeigte mit dem ausgestreckten Finger nach vorne.

„Direkt vor uns, das ist unverkennbar die *Basilica di San Marco* mit ihren fünf Kuppeln. Rechts daneben liegt der *Palazzo Ducale*, der Dogenpalast, der lange Zeit das Zentrum der weltlichen Macht von Venedig war. Der *Campanile* ist das höchste Gebäude der Stadt, früher hatte er mit einer beleuchteten Spitze die Funktion eines Leuchtturmes. Der ursprüngliche Turm war 1902 eingestürzt, der Neubau im Stil des Vorgängers wurde zehn Jahre später am Markustag, also am 25. April, eingeweiht. Und links neben der *Basilica* siehst du das erzbischöfliche Palais, aus dem zwei der letzten sechs Päpste hervorgegangen sind."

„Gleich zwei Päpste? Ich weiß nur, dass Angelo Roncalli der Patriarch von Venedig war, bevor er 1958 zum Papst gewählt wurde und sich den Namen Johannes XXIII. gab."

„Stimmt, Max. Aber auch Johannes Paul I., der mit bürgerlichem Namen Albino Luciani hieß und der 1978 nach nur dreiunddreißig Tagen im Amt überraschend starb, war vorher hier in Venedig Kardinal."

„Man könnte also auch sagen, zwei der letzten drei italienischen Päpste kamen aus Venedig, denn nach Johannes Paul I. folgten doch bisher drei Nicht-Italiener auf dem Stuhl Petri."

Sie spazierten weiter und steuerten auf die *Basilica* zu, um sie auch von innen zu besichtigen. Als sie näher kamen, mussten sie allerdings feststellen, dass sich vor dem Eingang eine ziemlich lange Schlange gebildet hatte, genauso wie vor dem gegenüber liegenden *Campanile*.

„Ich glaube, hier müssen wir zu einer anderen Tageszeit vorbeikommen, vielleicht gleich am frühen Vormittag, sonst müssen wir mindestens eine Stunde anstehen."

„Siehst du, Max, genau deshalb wollte ich ein Hotel direkt in Venedig haben. Vielleicht haben wir schon gegen Abend die Gelegenheit in die *Basilica* oder auf den *Campanile* zu gehen, wenn ein Großteil der Tagestouristen bereits wieder weg ist."

Max folgte Chiara, die nach links schwenkte und auf das erzbischöfliche Palais zuging. An der Fassade Richtung

Markusplatz hatten die Venezianer voller Stolz zwei große Marmortafeln angebracht, die darauf hinwiesen, dass dies der Bischofssitz von zwei späteren Päpsten gewesen war. Schräg gegenüber wies ein gelbes Schild auf den Weg zur *Rialto*-Brücke hin. Als Max sah, welche Menschenmassen sich deshalb von der *Piazza* kommend in diese kleine Gasse drängten, schüttelte er mit dem Kopf.

„Ich frage mich, wie Venedig zu dem Beinamen *La Serenissima* gekommen ist, die Übersetzung ‚sehr heiter' trifft vielleicht sogar noch zu, aber ‚sehr ruhig' und ‚sehr gelassen' auf keinen Fall", meinte er. „Die meisten hetzen doch nur von einer Sehenswürdigkeit zur anderen oder laufen irgendeiner Reiseleiterin mit einem roten Fähnchen an einem langen Stock hinterher."

„Die wörtliche Übersetzung für *serenissima* darfst du als Erklärung für den Namen nicht hernehmen, Max. Er kommt von dem alten offiziellen Staatstitel *La Serenissima Repubblica di San Marco*, was also in etwa ‚die allerdurchlauchteste Republik des heiligen Markus' heißt."

„Aha, schon wieder etwas gelernt", grinste Max sie an und gab ihr einen Kuss. „Bei dem Gewusel in Richtung *Rialto* ist es wohl besser, wenn wir uns die berühmte Brücke auch zu einem anderen Zeitpunkt anschauen. Was war deine Alternative zur *Rialto*-Brücke, Schatz?"

„Wir könnten am *Canale di San Marco* spazieren gehen."

„*Canale di San Marco*?"

„Ja. Der *Canal Grande* geht auf Höhe des Markusplatzes in den *Canale di San Marco* über, der sich dann bis zur südöstlichsten Ecke von Venedig erstreckt. Dort entlang könnten wir in Richtung der *Giardini Pubblici* gehen, dabei kommen wir an der Seufzerbrücke und dem *Arsenale*, der alten Schiffswerft der Venezianer, vorbei."

„Das hört sich interessant an."

Entlang der *Basilica* und des *Palazzo Ducale* schlenderten sie in Richtung des *Canale* und blieben zwischen den beiden Säulen stehen, die am Rand der *Piazzetta* vor dem *Palazzo Ducale* standen. Auf der linken Säule war unverkennbar der Markus-Löwe angebracht, bei der Figur, die an der Spitze der rechten Säule thronte, war das nicht so einfach zu erkennen. Deshalb zog Max den Reiseführer aus seiner Hosentasche, blätterte etwas darin und konnte Chiara dann erklären, dass die beiden Säulen den beiden Stadtheiligen von Venedig gewidmet waren. Neben dem heiligen Markus, war dies der heilige Theodorus, die Figur auf der rechten Säule sollte also *San Teodoro* darstellen, der auf einem Drachen thront.

An den Säulen beginnt die *Riva degli Schiavoni*, der breite, gepflasterte Uferweg entlang des *Canale di San Marco*.

„Was ist denn da vorne los?", fragte Max erstaunt, als er sah, dass sich auf der ersten Brücke, die sie überqueren mussten, eine Traube von Menschen ans breite, linke Geländer drängte und den kleinen Kanal entlang sah.

„Dort, auf der Rückseite des *Palazzo Ducale*, befindet sich der *Ponte dei Sospiri*, die Seufzerbrücke", erklärte ihm Chiara. „Über diese Brücke mussten die verurteilten Verbrecher vom Dogenpalast in den gegenüber liegenden Kerker hinüber gehen, den viele von ihnen nicht mehr lebend verlassen haben."

„Deshalb also die Seufzer."

„Genau."

Auf der Brücke war das pausenlose Klicken der Fotoapparate zu hören, mehrere japanische Touristen hielten auch ihre Tablets in die Höhe, um damit die Brücke zu fotografieren. Ins nächste dichte Gedränge von Touristen kamen sie nur ungefähr einhundert Meter weiter, wo sich neben der *Vaporetto*-Haltestelle *San Zaccaria* auch die Anlegestelle für die Schiffe befand, die hauptsächlich von *Punta Sabbioni* kommend die Touristen nach Venedig brachten. Dies war die schnellste Möglichkeit, um von den Urlaubsorten an der oberen Adria, wie *Lido di Jesolo*, *Caorle* oder *Bibione*, einen Tagesausflug in die Lagune von Venedig zu unternehmen. Hinter diesen Anlegestellen konnten Max und Chiara dann endlich ganz gemütlich und ohne Gedränge weiter spazieren. Nach drei weiteren Brücken erreichten sie den *Rio del Arsenale* und gingen an dessen rechtem Ufer ein Stück in Richtung *Arsenale*.

„Kann man das *Arsenale* auch besichtigen, Chiara?"

„Soviel ich weiß, gibt es dafür nur zwei Möglichkeiten. Zum einen kann man sich mit einer Vorlaufzeit von vier Wochen für eine Sonderführung anmelden. Einfacher ist es aber, während der *Biennale* herzukommen, denn da werden einige Gebäude als Ausstellungsräume genutzt."

„So oft gibt es diese Möglichkeit dann also auch nicht."

„Wahrscheinlich öfter als du denkst. Die Kunst-*Biennale* findet zwar nur alle zwei Jahre zwischen Mai und November statt, immer in den ungeraden Jahren. Im Wechsel damit gibt es aber in den geraden Jahren eine Architektur-*Biennale*. Zusätzlich gehören zur *Biennale* jährlich die berühmten Filmfestspiele am *Lido di Venezia* sowie ein Musik-, Tanz- und Theaterfestival. Ich war nur einmal während der Kunst-*Biennale* hier, deshalb weiß ich, dass sich das meiste in den *Giardini Pubblici* abspielt, wo die einzelnen Länder dann ihre Pavillons aufgestellt haben. Viele andere teilnehmende Länder haben aber in der gesamten Stadt auch Ausstellungsräume wie eben hier im *Arsenale* angemietet."

„Kann man dann während der *Biennale* nur in die *Giardini Pubblici*, wenn man Eintritt bezahlt?"

„Nein, ein Teil der Parkanlagen ist immer für die gesamte Bevölkerung offen, nur für den Teil, in dem die Pavillons stehen, muss man bezahlen."

„Dann lass uns doch weitergehen."

Sie machten kehrt und gingen weiter am *Canale di San Marco* entlang. An der nächsten Brücke begann die *Riva delle Sette Martiri*, von der gleich nach links die breite *Via Giuseppe Garibaldi* abzweigte. Dort waren auf beiden Seiten viele kleine Geschäfte sowie ein *Ristorante* und *Caffè* nach dem anderen, deren Tische im Freien alle besetzt waren.

„Hierher müssen wir auch unbedingt einmal zum Bummeln gehen", schlug Chiara vor und Max sah sich schon den ganzen Tag vor einer Umkleidekabine nach der anderen wartend stehen.

Wenn er eines überhaupt nicht mochte, dann waren das endlose Einkaufsbummel. Wenn er neue Kleidung brauchte, war das meist schnell erledigt. Seine Frau und noch mehr seine Töchter konnten sich aber ewig in irgendwelchen Klamotten-Läden aufhalten, zig Teile anprobieren, nur um dann festzustellen, dass man doch lieber in den nächsten Laden gehen wolle, wo dann die ganze Prozedur von neuem begann.

„Vielleicht haben wir dazu gar keine Zeit", hoffte er insgeheim, ohne das gegenüber Chiara laut zu erwähnen.

Viel mehr als ein Einkaufsbummel in der *Via Giuseppe Garibaldi* interessierte ihn die riesige Yacht, die gegenüber im

Canale di San Marco lag und an der *Riva* festgemacht hatte. Auf dem Vorderdeck war niemand zu sehen und bei den Seitenscheiben waren die Vorhänge zugezogen, so dass man von außen nicht sehen konnte, was sich im Inneren abspielte. Die Yacht hatte auch das Interesse anderer Touristen geweckt, die auf den steinernen Bänken entlang des *Canale* saßen und darauf warteten, dass sich an Deck etwas tun würde oder sich der sicher prominente Eigentümer der Yacht einmal zeigen würde. Auch Chiara war ziemlich neugierig.

„Welchem Multimillionär die wohl gehören wird?“, fragte sie sich laut.

„Ich glaube kaum, dass der am Schiffsrumpf irgendwo ein Namensschild hingepappt haben wird“, frotzelte Max, während sie an der Yacht entlangspazierten.

Am Heck war eine schmale Alubrücke zur *Riva* herübergeschoben. Ein Bodyguard, dessen schwarzer Anzug um die breiten Schultern herum fast aus seinen Nähten platzte, stand auf der Yacht am Ende der Alubrücke und passte auf, dass niemand Unbefugter an Bord kam.

„Hero of the sea“, las Max laut den Namen vor, der am Heck in großen, goldenen Buchstaben angebracht war. „Ob der Eigentümer wohl auch ein Held ist? Bei einem so zur Schau getragenen, übermäßigen Reichtum bin ich immer sofort am Zweifeln, ob die Millionen auch wirklich auf legalem Weg erworben wurden.“

„Irgendein Verbrecher würde sich doch aber mit seiner Yacht bestimmt nicht in so exponierter Lage präsentieren, Max.“

„Vielleicht fühlt er sich gar nicht als Verbrecher. Schau dir doch mal den Django am Heck an, sicher hat er viele solche Leute, die die Drecksarbeit für ihn erledigen, ohne dass er sich selbst die Hände schmutzig machen muss und ohne dass man ihm im Zweifelsfall irgendeine Beteiligung bei seinen unsauberen Geschäften nachweisen kann.“

„Max, glaubst du nicht, dass du dich gerade in etwas hinein verrennst? Vielleicht ist er doch auch nur ein Medienmogul oder ein arabischer Scheich, der aus irgendeiner stinkreichen Öl-Dynastie stammt.“

Max nickte.

„Vielleicht hast du Recht, Chiara. Bei mir kommt eben immer gleich der Kriminaler durch.“

„Gut, dass du mir versprochen hast, während unserer Reise die Finger von irgendwelchen Ermittlungen zu lassen, sonst wärst du noch imstande, hier in der Nacht herumzuschnüffeln."

Beide lachten laut los und Max fragte sich, ob Chiara Gedanken lesen könne, denn er hatte tatsächlich kurz darüber nachgedacht, was man wohl am späten Abend mitbekommen würde, wenn man sich in der Nähe der Yacht aufhalten würde. Chiara hakte sich bei ihm unter und erreichte so, dass sie weitergingen. Hinter der Hero of the sea hatten noch zwei kleinere Yachten festgemacht, die aber von der vorderen im wahrsten Sinne des Wortes in den Schatten gestellt wurden. Links vom Eingang zu den *Giardini Pubblici,* die sie nach wenigen Minuten erreichten, waren am linken Straßenrand zwei rote Sonnenschirme und ein kleines Tischchen aufgestellt. An der vorderen Tischkante war ein großes weißes Plakat, das fast bis zum Boden reichte, festgeklebt. Darauf stand in dicker roter Schrift „*Salvate Venezia* - Save Venice - Rettet Venedig". Hinter dem Tisch standen ein junger Mann und eine junge Frau, die Max sofort musterte, so wie er es von seinem Job als Kriminalkommissar gewohnt war. Er schätzte beide auf Anfang zwanzig. Während er zottelige, helle Haare hatte und eine ausgebleichte Jeans und ein weißes T-Shirt trug, hatte sie lange dunkle Haare, die ihr fast bis zur Hüfte reichten. Ihr enges rotes Top und der schwarze Minirock betonten ihre schlanke Figur sehr gut.

„*Buongiorno Signori*", sprach sie Max und Chiara an, nahm zwei der Flugblätter, die vor ihr auf dem Tischchen lagen und drückte sie den beiden in die Hand.

Der Text auf dem Flugblatt war auch mit „*Salvate Venezia*" überschrieben. Bevor die beiden jungen Leute noch etwas zu ihnen sagen konnten, nutzte Max es aus, dass Chiara immer noch bei ihm untergehakt war, denn nun war er derjenige, der sie mitzog und mit ihr in die *Giardini Pubblici* verschwand. Er wollte das Flugblatt nicht an Ort und Stelle lesen, vor allem aber hatte er keine Lust, sich auf irgendeine Diskussion mit den beiden einzulassen, bevor er nicht einmal wusste, wogegen sie eigentlich demonstrierten. Max steuerte sofort auf eine Bank zu, die im Schatten lag. Nachdem sie seit ihrem Imbiss nur herumgelaufen waren, kam ihm eine kleine Pause ohnehin ganz recht und auch Chiara war froh, sich wieder einmal hinsetzen zu können.

„Jetzt bin ich aber gespannt, was die hier schreiben“, meinte sie, während Max sofort zu lesen begann.

Je weiter sie im Text vorwärts kamen, desto unruhiger wurden sie beide. Schließlich ließ Chiara ihre Arme mit dem Flugblatt in der Hand mit einem lauten Seufzer in ihren Schoß fallen.

„Das ist ja schrecklich. Dass es um die Zukunft von Venedig wahrscheinlich nicht allzu gut bestellt ist, darüber habe ich schon einiges gelesen, aber dass es so düster aussieht, war mir nicht bewusst.“

Max schüttelte ungläubig mit dem Kopf.

„Das sind schon heftige Behauptungen, die hier aufgestellt werden. Aber wenn auch nur ein Teil davon stimmen sollte, dann ist es natürlich nachvollziehbar, warum sich besonders die jungen Leute Sorgen um ihre Heimatstadt machen.“

„Bestimmt sind die genannten Zahlen richtig, Max, denn bei so einer konkreten Aussage kann man doch am einfachsten überprüfen, ob sie wahr ist oder falsch. Stell dir das mal vor, nur noch achtundfünfzigtausend Einwohner leben hier und genauso viele Touristen fallen im Durchschnitt täglich über die Stadt her.“

„Noch krasser finde ich, dass die Einwohnerzahl damit nur geringfügig höher ist wie nach der großen Pest-Epidemie von 1438. Reine Spekulation ist natürlich die Hochrechnung bis ins Jahr 2030.“

„Findest du? So spekulativ ist doch die Aussage gar nicht, dass bis 2030 alle Einwohner die Stadt verlassen hätten, wenn sich der Wegzug der letzten Jahre im gleichen Maß fortsetzen sollte. Das stützt sich doch auch auf konkrete Zahlen.“

„Stimmt. Trotzdem kann man das doch nicht eins zu eins in die Zukunft fortschreiben, Chiara.“

„Aber der Trend geht leider schon dahin, dass Venedig immer mehr zu einer reinen Touristenstadt verkommt. Ich finde es ganz gut beschrieben, dass man sich seit Jahren praktisch in einem Teufelskreis befindet. Wegen des Bevölkerungsschwundes werden immer mehr öffentliche Einrichtungen wie Kindergärten und Schulen geschlossen und die immer lückenhafter werdende Infrastruktur veranlasst dann noch mehr Einwohner, die Stadt Richtung Festland zu verlassen."

„Interessieren würde mich, wie der Kampf aussieht, den sie mit ihrem Schlusssatz ‚WIR KÄMPFEN WEITER' ankündigen. Die internationalen Konzerne, die sich eine Immobilie nach der anderen unter den Nagel reißen und offenbar einen Großteil der Gewinne aus dem Tourismus abschöpfen, ohne dass die Stadtkasse davon etwas sieht, werden sich kaum von ein paar fast noch jugendlichen Idealisten aufhalten lassen. Bei privaten Investoren, die ihre Millionen gut anlegen wollen, wird es nicht anders aussehen."

„Aber sollen sie denn einfach tatenlos zusehen, wie ihre Heimatstadt zugrunde geht?"

„Nein, natürlich nicht, Chiara. Ich glaube nur nicht, dass sie mit ein paar Flugblättern etwas verändern können."

„Die machen doch bestimmt noch mehr, als nur Flugblätter zu verteilen. Schau, hier ist eine Internet-Seite genannt, da gibt's mit Sicherheit viele weitere Infos und Hinweise, was die alles unternehmen."

„Wir können sie auch selbst danach fragen, wenn wir hernach wieder zurückgehen und an ihrem Stand vorbeikommen."

Sie blieben noch eine ganze Weile sitzen und genossen die Ruhe des Parks. Dann spazierten sie durch die Grünanlagen und Chiara zeigte Max, wo während der Kunst-*Biennale* die Pavillons der Länder aufgestellt waren. An einem kleinen Kiosk kaufte sich Max ein Eis. Chiara hatte zuerst vorgehabt, sich etwas Kaltes zu trinken zu kaufen, entschied sich dann aber auch für ein Eis. Solange bis sie ihr Eis aufgegessen hatten, setzten sie sich noch einmal auf eine Bank, anschließend wollten sie sich auf den Rückweg zu ihrem Hotel machen. Als sie aus der schattigen Ruhe des Parks vom Kieselweg wieder auf die gepflasterte *Riva delle Sette Martiri* hinaustraten, wollten sie sofort zu dem Stand der beiden jungen Leute hingehen, aber der Platz, wo vorhin der Tisch und die zwei roten Sonnenschirme gestanden hatten, war leer.

„Schade", seufzte Chiara leise. „Ich hätte mich jetzt gerne ein bisschen mit ihnen unterhalten."

„Du kannst dir doch später im Hotel auf meinem Tablet ihre Internet-Seite anschauen."

„Das hätte ich sowieso gemacht."

Nicht nur der Infostand war verschwunden, auch eine der beiden kleinen Yachten an der *Riva* hatte inzwischen abgelegt. Am Heck der Hero of the sea stand der Bodyguard immer noch in unveränderter Pose da, man hätte fast meinen können, er wäre eine mit einem schwarzen Anzug bekleidete Schaufensterpuppe. An dem Platz, wo eine Stunde zuvor noch eine der kleineren Yachten gelegen hatte, war jetzt ein weißes Boot festgemacht, an dessen Bug das Stadtwappen von Venedig aufgemalt war.

„Schau, Chiara, dein Scheich hat gerade Besuch vom Bürgermeister", lachte Max.

Chiara streckte ihm die Zunge raus und gab ihm mit dem Ellenbogen einen leichten Stoß in die Rippen.

„Also erstens ist es nicht mein Scheich und zweitens ist bestimmt nicht nur der Bürgermeister mit einem Boot unterwegs, das das Stadtwappen trägt. Das könnte doch auch ein Stadtrat oder irgendein hohes Tier aus der Stadtverwaltung sein."

„Dann geht es auf der Yacht vielleicht gerade darum, welche Immobilien sich der stinkreiche Hero-Eigentümer als nächstes unter den Nagel reißen darf, ohne dass die Stadt-spitze etwas dagegen hat."

„Meinst du? Ich glaube kaum, dass der Stadtrat seinen Segen dazu geben muss, wenn ein privater Immobilienbesitzer hier in der Stadt etwas verkaufen will. Anders würde es natürlich bei öffentlichen Gebäuden aussehen."

„Stimmt, genau so etwas stand doch auch auf dem Flugblatt."

Max zog das zusammengefaltete Blatt aus seiner Hosentasche.

„Hier steht's. Das Gebäude des Hauptpostamtes, das 2010 geschlossen worden war, wurde von der Stadt an Benetton verkauft."

„Aber warum tut der Stadtrat nichts dagegen und macht sogar bei dem Ausverkauf noch mit, Max?"

„Wahrscheinlich stopft man so Jahr für Jahr die Haushaltslöcher. Wenn immer weniger Einnahmen aus dem Tourismus in die öffentlichen Kassen fließen, muss der städtische Etat aus anderen Quellen gedeckt werden, wenn sich die Stadt nicht immer mehr verschulden will. Da ist es doch ganz praktisch, wenn die Käufer für Immobilien quasi Schlange stehen."

„Anscheinend ist es denen also egal, wenn das ursprüngliche Venedig dadurch nach und nach stirbt."

„Daran werden wir beide leider nichts ändern können, Chiara. Ehrlich gesagt habe ich auch keine Lust, mich jetzt im Urlaub mit Problemen zu beschäftigen, die andere geschaffen haben und die ich nicht lösen kann."

Als sie an der riesigen Yacht vorbeigingen, war an Deck wieder niemand zu sehen, das vermeintliche Treffen des Yacht-Eigentümers mit einem Vertreter der Stadt fand also mehr oder weniger im Geheimen statt.

Auf dem ersten Stück ihres Rückweges zur *Piazza San Marco* konnten Max und Chiara ganz gemütlich spazieren, je näher sie allerdings an die Haltestelle *San Zaccaria* kamen, desto dichter wurde das Gedränge. Am Anleger selbst drückten und quetschten sich hunderte Tagestouristen durch die überdachten Zugänge zu den Schiffen, um noch einen der Plätze auf dem nächsten Schiff zu ergattern. Dahinter, auf dem letzten Stück bis zum Markusplatz, kamen ihnen noch viele Tagestouristen auf dem Weg zum Anleger entgegen, auf dem Platz selbst war es dann schon bedeutend ruhiger. Sogar die Schlange vor der *Basilica di San Marco* war relativ kurz.

„In fünfundzwanzig Minuten geht es in Brasilien los. Sollen wir uns noch anstellen, Chiara?"

„Wenn wir nur ein paar Minuten warten müssen, dann könnten wir schon kurz reinschauen."

Sie reihten sich am Ende der Schlange ein und während sich Chiara die überreich verzierte Fassade der *Basilica* etwas genauer ansah, zog Max den Reiseführer aus seiner Hosentasche und las ihr einige Infos zu dem mehr als eintausend Jahre alten Gotteshaus vor.

„In dem Bau, der 1094 fertiggestellt wurde, sollten die Reliquien des Evangelisten Markus beigesetzt werden, die 828 von venezianischen Kaufleuten auf einem Schiff aus Alexandria, angeblich unter einem Berg von Schweinefleisch, nach Venedig gebracht worden waren."

Es ging so schnell vorwärts, dass sie schon nach ungefähr fünf Minuten die *Basilica* betreten konnte. Max war froh, dass er bereits im Freien in seinem Reiseführer gelesen hatte, denn innen war es sehr finster. Fotografieren war ohnehin verboten, wäre aber ohnehin wegen des schwachen Lichts sehr schwierig gewesen. Chiara deutete zur Decke.

„Schau dir diese riesigen Mosaike an, Max."

„Im Reiseführer steht, dass es ungefähr viertausend Quadratmeter sind."

Chiara meinte daraufhin, dass man sich allein für die Mosaike, die biblische Szenen darstellten, einige Stunden Zeit nehmen müsse, um sich alles ein bisschen genauer anzuschauen und um im Reiseführer nachzulesen, was die einzelnen Bilder darstellten. Wie beim Betreten der *Basilica* bekreuzigten sie sich auch beim Verlassen wieder mit Weihwasser und machten eine Kniebeuge. Als sie von dem dunklen Kirchenraum nach draußen traten, waren sie vom hellen Sonnenlicht richtig geblendet. Auf dem Rückweg Richtung Hotel kamen sie an mehreren Bars vorbei, bei denen die italienischen Fußballfans zum Teil schon bis auf die Straße hinaus standen und dem Anpfiff des zweiten Gruppenspiels gegen Costa Rica entgegenfieberten.

„Ich glaube, es wird am besten sein, wenn wir tatsächlich ins Hotel gehen, hier werden wir jetzt wohl nirgends mehr einen Platz finden, von dem aus wir das Spiel richtig verfolgen könnten."

Chiara nickte.

„Außerdem habe ich keine Lust, jetzt fast zwei Stunden zu stehen."

Als sie das Hotel erreichten, kamen die Mannschaften in Recife gerade aus der Kabine und stellten sich zu den Nationalhymnen auf. Sie ergatterten die letzten beiden freien Stühle und setzten sich. Chiara sprang aber sofort wieder auf, als die italienische Hymne angestimmt wurde.

„Fratelli d'Italia, l'Italia s'è desta…", sang sie laut mit, genauso wie die meisten anderen Gäste und alle Angestellten des Hotels.

Max, der ebenfalls aufgestanden war und den Text der Hymne natürlich auch auswendig kannte, sang leise mit. Das Ende der Hymne wurde von allen lautstark beklatscht und ebenso wie die Spieler auf dem grünen Rasen klatschten sich die Hotelangestellten gegenseitig ab. Die anfängliche Euphorie wich aber schnell der Ernüchterung, als der Außenseiter aus Costa Rica mehr und mehr das Heft in die Hand nahm. Als die Italiener dann nach einer halben Stunde zwei große Torchancen hatten, hofften alle auf eine Wende im Spiel, doch weit gefehlt. Kurz vor der Pause fiel die Führung der Mittelamerikaner, die diese bis zum Schluss nicht mehr hergaben. Wie die anderen *Tifosi* war Chiara während der zweiten Halbzeit immer nervöser geworden, aber das Zittern und Bangen war umsonst. Nach dem Schlusspfiff war die Lobby innerhalb von zwei Minuten leer. Die Hotelangestellten gingen wieder an die Arbeit und die Gäste verschwanden schnell in ihren Zimmern.

Max nahm Chiara in den Arm, als sie mit dem Lift nach oben fuhren.

„Noch ist nichts verloren, mein Schatz, ihr könnt doch das Weiterkommen im letzten Gruppenspiel noch klar machen."

Insgeheim freute er sich aber, dass durch das Ergebnis der Italiener nach den Spaniern nun auch die Engländer bereits nach dem zweiten Spiel ausgeschieden waren.

In ihrem Zimmer ließen sie sich erst einmal erschöpft aufs Bett fallen. Chiara nahm sofort ihr Buch zur Hand, in dem sie während der Zugfahrt nach Venedig zu lesen begonnen hatte. Max blickte im Liegen zum Fenster hinaus, sah auf der anderen Seite des *Canal Grande* die Dächer der Häuser von *Dorsoduro* und dahinter den von der langsam untergehenden Sonne angestrahlten blauen Himmel.

„Hoffentlich ist es nächste Woche noch genauso schön, damit wir viel Zeit am Strand verbringen können, wenn wir von hier in unser Hotel am *Lido* umgezogen sind", dachte er sich.

Im Nachdenken darüber, was sie an den kommenden Tagen noch alles unternehmen könnten, schlummerte er ein und wachte erst wieder auf, als ihm Chiara einen Kuss auf den Mund gab. Ziemlich verschlafen räkelte er sich und gähnte laut.

„Aufwachen, mein Brummbär, es ist Zeit fürs Abendessen."

Max brauchte ein paar Minuten, bis er richtig wach war, währenddessen ging Chiara kurz ins Bad. Nachdem er sich danach auch noch kurz frisch gemacht hatte, fuhren sie ins Erdgeschoss hinunter. Das *Ristorante* des Hotels hatte eine große Terrasse zum *Canal Grande*, im Freien waren allerdings schon alle Tische besetzt. Deshalb nahmen sie am ersten freien Tisch dahinter Platz, wo sie in nächster Nähe zur Terrasse sitzen konnten. Die Auswahl ihres Abendessens fiel Chiara nicht schwer, sie hatte sich schon den ganzen Tag auf einen frischen Fisch gefreut. Max tendierte zuerst eher zu einem Braten, entschied sich dann aber auch für einen Fisch. Nach dem vorzüglichen Essen, zu dem sie eine ganze Flasche *Vino bianco* getrunken hatten, wollte Chiara noch einen kurzen Spaziergang zum Markusplatz machen.

„Dann siehst du einmal, was vielen Touristen entgeht, wenn sie nach ein paar Stunden schon wieder abreisen und deshalb gar keine Gelegenheit haben, die wichtigsten Bauwerke beleuchtet zu sehen."

Auf demselben Weg, den sie bereits am Nachmittag gegangen waren, erreichten sie den Markusplatz. Die Häuser an den beiden Längsseiten des Platzes waren mit drei durchgängigen, horizontal verlaufenden Lichterreihen erhellt, an der Stirnseite gegenüber der *Basilica* waren es zwei Reihen mit Lichtern, bei der *Basilica* selbst war die Fassade angestrahlt und der *Palazzo Ducale* wurden durch kleinere Lampen auf Höhe der ersten Etage sowie durch mehrere helle Straßenlaternen beleuchtet. Sehr verwundert waren sie beide, dass am *Campanile* keine einzige Lampe brannte. Max und Chiara gingen einmal quer über den Platz, auf dem sich nur etwa dreißig bis vierzig Personen aufhielten. Im Tageslicht und voller Menschen hatte der Markusplatz viel kleiner gewirkt. Max schaute zum *Campanile* hinauf.

„Es wäre bestimmt auch interessant, sich Venedig im Finstern von oben anzuschauen."

„Ich weiß nicht, ob du da überhaupt so viel sehen würdest, Max. Sicher schaut die beleuchtete *Piazza* von oben auch sehr beeindruckend aus, aber es gibt nicht so viele Bauwerke, die derart angestrahlt werden. Und alles sieht man von oben auch nicht, bei der *Rialto*-Brücke kann man es beispielsweise nur erahnen, wo sie den *Canal Grande* überquert."

Sie schlenderten weiter über die *Piazzetta* bis zu den beiden Säulen mit den Schutzpatronen Venedigs. Von dort blickten sie zu der direkt gegenüberliegenden *Chiesa San Giorgio Maggiore* auf der gleichnamigen Insel, die zum *Sestiere San Marco* gehört. Ebenso stach der beleuchtete Rundbau der *Basilica Santa Maria della Salute* aus der dunklen Nacht hervor. An *San Giorgio Maggiore* vorbei konnte man bis zum *Lido* hinübersehen, dessen Küstenlinie durch viele Straßenlaternen und andere Beleuchtungen nachgezeichnet wurde. Besonders gut war der *Tempio votivo* zu erkennen, an dessen Spitze eine *Madonna* wechselnd in rot, gelb, grün und blau angestrahlt wurde. Max legte seinen Arm um Chiara.

„Es war wirklich eine wunderbare Idee von dir, hierher zu fahren, mein Schatz."

Chiara blickte ihn an.

„Es war ein wunderschöner erster Tag unserer Reise, wenn man das WM-Spiel einmal ausklammert. Jetzt bin ich aber richtig müde und freue mich auf mein Bett."

„Dann lass uns doch zurückgehen."

Auf dem Rückweg kamen ihnen einige italienische *Tifosi* entgegen, die versucht hatten, ihren Frust über die Niederlage im Wein zu ertränken und nun grölend durch die Gassen zogen. Max und Chiara waren froh, dass sie von ihnen nicht auch noch angepöbelt wurden. Als sie sich an der Rezeption des Hotels ihren Zimmerschlüssel abholten, machte der Portier auch ein ziemlich griesgrämiges Gesicht, er hatte die Niederlage wohl auch noch nicht verdaut. In ihrem Zimmer gingen Max und Chiara nur ganz kurz ins Bad, machten es sich dann im Bett gemütlich und waren, ziemlich erledigt vom ersten Tag ihrer Reise, innerhalb von wenigen Minuten eingeschlafen.

3

Am nächsten Morgen, als Max aufwachte, saß Chiara im Bett und hatte sein Tablet auf den Knien. Er streckte sich zu ihr hinüber und gab ihr einen Kuss.

„Guten Morgen, mein Schatz."

„Morgen, Max."

„Wie lange bist du denn schon wach?"

„Noch nicht so lange, eine Viertelstunde vielleicht. Ich habe mir gerade die Homepage von *Salvate Venezia* angesehen. Die beiden, die wir gestern bei den *Giardini Pubblici* an ihrem Infostand gesehen haben, heißen Alessia und Gianni und sind anscheinend die Initiatoren der Gruppe, die derzeit sechs Leute umfasst. Es sind anscheinend hauptsächlich Studenten, aber auch ein Rechtsanwalt ist dabei."

„Den können sie vermutlich hin und wieder ganz gut brauchen."

„Bestimmt, vor allem wenn es darum geht, ältere Venezianer zu unterstützen, die mit den perfidesten Mitteln aus ihren Wohnungen hinausgeekelt werden sollen, damit sie dem Verkauf und der anschließenden Luxussanierung ihres Hauses nicht mehr im Wege stehen. Die Wohnungen werden dann an betuchte Touristen vermietet oder das ganze Haus gleich an ausländische Investoren verkauft."

Max stand auf und zog den Vorhang zur Seite.

„Heute wird das Wetter offenbar genauso herrlich wie gestern. Aber damit es ein richtig guter Tag wird, brauche ich erst einmal ein anständiges Frühstück."

„Das ist wieder typisch. Hier werden alte Leute aus ihren Wohnungen vertrieben und du denkst nur ans Essen", echauffierte sich Chiara so übertrieben laut, so dass leicht herauszuhören war, dass es nicht ganz ernst gemeint war.

„Stimmt gar nicht. Bei dir denke ich oft auch an etwas ganz anderes", grinste er sie an. „Sollen wir noch ein bisschen im Bett bleiben?"

„Nein, nein", lachte sie. „Ich will doch nicht, dass du mir hier verhungerst. Ich gehe gleich mal duschen, damit du dann auch ins Bad kannst."

Während Chiara unter der Dusche stand, las Max auf seinem Tablet die Vorberichte zum zweiten deutschen Gruppenspiel bei der Fußball-Weltmeisterschaft. Anschließend beeilte er sich, im Bad auch schnell fertig zu werden, damit sie zum Frühstück nach unten fahren konnten.

Nach dem Frühstück, bei dem Max ordentlich zugelangt hatte, während Chiara sich auf ein Müsli und etwas Obst beschränkt hatte, mussten sie noch einmal kurz in ihr Zimmer, um ihre Sonnenbrillen, den Fotoapparat und den Reiseführer zu holen. Direkt vor ihrer Zimmertür, die einen Spalt offen stand, war der Servicewagen des Reinigungspersonals mit frischen Handtüchern und frischer Bettwäsche sowie einem großen Sack für die gebrauchte Wäsche abgestellt. Sie ließen sich davon nicht abhalten und gingen in ihr Zimmer hinein. Das Bett war bereits gemacht und mit einer Tagesdecke zugedeckt. Aus dem Bad, dessen Tür breit offen stand, strömte der frische Duft von Reinigungs- und Putzmitteln. Das Zimmermädchen, eine junge Frau in weißem Kittel und mit langen dunklen Haaren, stand am geöffneten Fenster und drehte ihnen den Rücken zu. Offenbar hatte sie Max und Chiara nicht hereinkommen gehört. Draußen, hinter den Häusern von *Dorsoduro*, fuhr gerade ein riesiges Kreuzfahrtschiff vorbei.

„*Buongiorno*", sagte Max laut.

„*Oh mio dio*", schrie sie und drehte sich abrupt um. „Entschuldigen Sie, ich habe Sie gar nicht hereinkommen gehört."

Max und Chiara starrten sie an und auch die junge Frau war sich sofort bewusst, dass das nicht ihre erste Begegnung war.

„Aber, aber", stammelte Chiara. „Aber Sie sind doch Alessia von *Salvate Venezia.*"

„Richtig, ich heiße Alessia Dogaletto und Sie beide waren gestern Nachmittag an unserem Infostand an der *Riva delle Sette Martiri.*"

„Genau. Leider waren Sie schon weg, als wir aus den *Gardini Pubblici* zurückkamen. Aber ich habe mir vorhin Ihre Homepage angesehen, habe Ihr Foto gesehen und dabei natürlich Ihren Namen gelesen."

„Entschuldigen Sie, dass ich hier an Ihrem Fenster stehen geblieben bin, aber ich könnte jedes Mal wieder die Faust in der Tasche ballen, wenn wieder eines dieser Kreuzfahrt-Monster durch den *Canale della Giudecca* in Richtung Hafen fährt."

Max stellte sich erst einmal etwas unwissend.

„Was stört Sie denn daran, dass mit den Kreuzfahrtschiffen so viele Touristen nach Venedig kommen?"

„Die Touristen an sich stören mich nicht. Viele Passagiere der Kreuzfahrtschiffe machen nicht einmal einen Landgang, denen reicht der Blick vom Schiff aus auf die *Serenissima*. Deswegen fahren die Kapitäne auch so nahe am Markusplatz vorbei. Ein Schaden für uns alle sind die riesigen Schiffe, die hier in der Lagune jedes Jahr um die fünfhundert Tonnen Feinstaub in die Luft blasen. Nicht umsonst gibt es hier eine der höchsten Lungenkrebsraten von ganz Italien. Genauso schlimm ist die schiere Größe der Schiffe. Können Sie sich vorstellen, was für eine Verdrängung diese Ungetüme haben? Der starke Wellengang setzt sich in alle Kanäle der Stadt fort und sorgt dafür, dass das Mauerwerk unserer Häuser immer mehr ausgewaschen wird. Die Stadt stellt immer wieder Untersuchungen an, wie es unter der Wasseroberfläche mit den Fundamenten der Häuser aussieht."

„Bestimmt nicht so gut", warf Chiara ein.

„Das ist anzunehmen. Genau wissen wir es aber nicht, weil die Stadt die Untersuchungsergebnisse immer unter Verschluss hält."

„Was?", rief Max erstaunt. „Dann bringen doch die Untersuchungen gar nichts, wenn man das Ergebnis nicht kennt und keine Konsequenzen daraus ziehen kann."

„Eben. Wissen Sie, wenn nur hin und wieder ein Kreuzfahrtschiff unseren Hafen anlaufen würde, dann wäre das noch verkraftbar, aber bei uns kommen mittlerweile mehr Kreuzfahrtschiffe an als in New York."

„Unvorstellbar. Und die Stadt unternimmt nichts dagegen?", fragte Chiara.

„Nein, im Gegenteil. Es wird sogar schon seit einiger Zeit gemunkelt, dass diese Wahnsinnigen der Stadtverwaltung demnächst den Hafen tatsächlich auch noch ausbauen und aufrüsten wollen, damit dann Schiffe bis zu einer Länge von dreihundertfünfzig Metern festmachen können. Für mich sind die sowieso alle korrupt."

„Oh, oh, mit so einer Aussage wäre ich vorsichtig“, mahnte sie Chiara mit leicht erhobenem Zeigefinger. „Noch dazu, wenn ein Polizist dabei ist.“

„Sie sind bei der Polizei?“, fragte Alessia erschrocken.

„Ja, ich bin in Bayern bei der Kripo“, antwortete ihr Max.

Chiara stellte sich und Max vor, erzählte, dass sie in Rom geboren war und dass der Anlass ihrer Venedig-Reise ihre Silberhochzeit war.

„Dann darf ich Ihnen noch herzlich gratulieren. Bis dahin ist es bei mir noch weit. Mein Freund Gianni und ich, wir wollen erst heiraten, wenn wir mit dem Studium fertig sind.“

„Was studieren Sie denn?“, wollte Chiara wissen.

„Gianni studiert Philosophie und ich Wirtschaft. Mit dem Job hier im *Gran Paradiso* finanziere ich mir mein Studium.“

Max nickte anerkennend.

„Und neben Studium und Job haben Sie auch noch Zeit für *Salvate Venezia*?“

„Die Zeit nehme ich mir gerne. Auch wenn ich gerade erwähnt habe, dass mich beziehungsweise uns die Touristen nicht stören, so sehen wir es schon auch als unsere Aufgabe an, sie darüber zu informieren, wie und warum das ursprüngliche Venedig mehr und mehr verloren geht. Aber es geht uns nicht nur um das Wohl unserer Stadt im Allgemeinen, sondern auch um viele Einzelschicksale. Im Moment beschäftigen uns zum Beispiel die Probleme eines Bäckers in *Dorsoduro*, der aus seinem Geschäft mit angrenzender Backstube vertrieben werden soll. Der arme Mann ist schon Mitte fünfzig. Glauben Sie, dass der woanders einen Job bekommt oder ein vergleichbares und auch bezahlbares Geschäft? Außerdem, wenn einer der letzten Bäcker von *Dorsoduro* auch noch aufgibt, haben die Venezianer dort schon fast keine Möglichkeit mehr, frisches Brot zu kaufen. Zudem würde er natürlich auch seine Wohnung im selben Haus nie freiwillig aufgeben, im vierten Stock, mit zwei Dachterrassen, von denen man einen herrlichen Ausblick hat.“

Obwohl Chiara ahnte, warum der Bäcker aus dem Geschäft und seiner Wohnung vertrieben werden sollte, fragte sie nach.

„Warum soll er die Bäckerei aufgeben?“

„Das Haus soll verkauft werden. Alle anderen Mieter, die über der Bäckerei gewohnt haben, sind schon ausgezogen.

Signor Altino, der Bäcker, hat allerdings einen langfristigen Mietvertrag, der erst vor zwei Jahren um zehn Jahre verlängert worden ist."

„Was unternehmen Sie in so einem Fall?", hakte Chiara nach.

„Zuerst einmal wird sich unsere ganze Gruppe heute Abend zusammensetzen und beratschlagen, wie wir ihm am besten helfen können. Einige Bekannte von ihm wollen eventuell auch dabei sein."

Alessia war der neugierige Blick von Chiara nicht entgangen, deshalb ergänzte sie:

„Gäste sind uns natürlich auch immer herzlich willkommen. Ich würde mich freuen, wenn Sie auch kommen würden. Wir treffen uns um halb neun drüben in *Dorsoduro*."

Chiara sah Max fragend an. Der schüttelte sofort mit dem Kopf und antwortete ihr auf Deutsch.

„Heute Abend um neun ist Fußball. Du würdest aber schon gern hingehen, oder?"

Chiara nickte.

„Wäre es ein Problem für dich, allein hinzugehen? Ich will mir unser WM-Spiel eigentlich nicht entgehen lassen."

„Okay, ich habe ja noch Zeit, es mir zu überlegen."

Chiara wandte sich wieder Alessia zu und stellte ihr in Aussicht, dass sie eventuell dazukommen würde. Daraufhin erklärte ihr das Zimmermädchen, wo sie in *Dorsoduro* die Bäckerei finden würde.

„Direkt links von dem Laden geht's ins Treppenhaus. Wir werden im vierten Stock in der Wohnung der Altinos sein, das ist die einzige Wohnung im Haus, die noch nicht leer steht."

„Das finde ich bestimmt."

„So, jetzt muss ich aber weitermachen mit meiner Arbeit. Es war sehr nett, Sie kennen gelernt zu haben."

Sie gab Max die Hand und verabschiedete sich dann auch von Chiara.

„Ich würde mich wirklich freuen, wenn es bei Ihnen heute Abend klappt."

Alessia nahm zwei Putzlappen sowie den Putzkübel, der neben der Badezimmertür stand, und verließ das Zimmer.

Kurz darauf, als sie mit dem Fahrstuhl nach unten fuhren, wollte Max von Chiara wissen, warum sie nicht gleich zugesagt hatte.

„Ich habe dir doch angesehen, dass du da unbedingt dabei sein willst."

„Interessieren würde mich das Thema schon, vor allem könnte ich unter Umständen als Touristin und ehemalige Reiseführerin auch Dinge mit beitragen, an die die jungen Leute vielleicht gar nicht denken würden. Ich habe nur nicht sofort zugesagt, weil ich dich bei unserer zweiten Hochzeitsreise eigentlich nicht alleine lassen will."

Max legte ihren Arm um sie.

„Darüber brauchst du dir überhaupt keine Gedanken machen, mein Schatz. Auch wenn ich den Abend natürlich viel lieber mit dir zusammen verbringen würde, macht es mir wirklich nichts aus, wenn du zu der Versammlung gehst, während ich Fußball schaue."

Eine kleine spitze Bemerkung konnte er sich dann aber wie meistens doch nicht verkneifen.

„Vergiss aber nicht, dass wir schon am Dienstag an den *Lido* umziehen und in einer Woche wieder nach Hause fahren werden. Ich will dich hier nicht als *Salvate Venezia*-Aktivistin zurücklassen."

Chiara streckte ihm die Zunge raus.

„Bist du jetzt etwa eifersüchtig? Ich will doch die jungen Leute einfach nur ein bisschen unterstützen, weil ich es gut finde, was sie machen. Eher könnte ich eifersüchtig werden, ich habe schon bemerkt, dass dir die Alessia ganz gut gefällt."

Max war sich zwar nicht sicher, ob diese letzte Bemerkung nicht doch ernst gemeint gewesen war, trotzdem wollte er Chiara mit seiner Antwort etwas reizen.

„Was soll ich sagen? Sie hat genauso eine tolle Figur wie du und hat ebenso schöne dunkle Haare, aber sie ist halt dreißig Jahre jünger."

Zum ersten Mal seit langem war Chiara wirklich sprachlos, musste ein paar Mal schlucken und zischte ihn dann an.

„Du gemeiner, alter Lustmolch."

Im selben Augenblick hielt der Fahrstuhl im Erdgeschoß an. Ohne Max noch eines Blickes zu würdigen, marschierte Chiara los, durch die Hotellobby ins Freie hinaus. Max beeilte sich, ihr hinterher zu kommen, aber erst kurz vor dem *Campiello Santa Maria Zobenigo* hatte er sie eingeholt.

„Du hast das jetzt aber gerade nicht ernst genommen, oder?"

Sie sagte nichts, sondern warf ihm einen ziemlich bösen Blick zu. Da ging er vor ihr auf die Knie und nahm ihre Hände in seine.

„Oh du meine über alles geliebte Chiara, kannst du mir noch einmal verzeihen", flötete er.

Jetzt konnte sich Chiara nicht mehr halten vor Lachen.

„Komm, steh auf du Depp, die Leute schauen schon."

Arm in Arm gingen sie weiter bis zum Markusplatz. Wie erhofft waren um diese Zeit noch sehr wenige Touristen unterwegs, so dass die Schlange vor dem *Campanile* sehr kurz war. Es dauerte gerade einmal fünf Minuten, dann hatten sie schon den Ticketschalter im Erdgeschoss des Turmes erreicht. Nach dem Bezahlen ging es per Fahrstuhl hinauf auf eine Höhe von ungefähr sechzig Metern, wo sich die Glocken befinden und von wo aus man in alle vier Himmelsrichtungen einen wunderbaren Ausblick über die Stadt und die Lagune genießen kann. Zuerst blickten sie Richtung Südosten. Im *Canale di San Marco* näherte sich schon das nächste riesige Kreuzfahrtschiff, um weiter durch den *Canale della Giudecca* zum Hafen hinüber zu fahren.

„Alessia hat schon Recht, Max. Von hier oben sieht man erst einmal, wie gigantisch groß diese Schiffe sind, die überragen sogar sämtliche Häuser, nur hier oben ist man noch ein Stückchen höher."

Sie sahen dem Schiff eine Weile zu, blickten aber auch zum *Lido di Venezia*, nach *San Giorgio Maggiore* und der *Giudecca* sowie nach *Dorsoduro* hinüber. Dann wechselten sie auf die nächste Seite des Turmes, von wo aus sie steil nach unten auf den Markusplatz schauen konnten.

„Schau, Max, das hohe, an der Seite ockergelbe Gebäude mit dem hellen Dach dort hinten ist das *Teatro La Fenice*, das berühmte Opernhaus von Venedig."

„Ist das nicht das Opernhaus, das vor einigen Jahren komplett abgebrannt ist?"

„Ja, leider ist es schon mehrfach abgebrannt, zuletzt 1996, als es gerade renoviert wurde. Wie sich im Zuge der Ermittlungen herausgestellt hat, war das Feuer vorsätzlich von einem Elektroingenieur gelegt worden, der mit seinen Arbeiten in Verzug war und so die fällige Konventionalstrafe umgehen wollte.

„So ein Wahnsinniger."

„Man kann das *La Fenice* auch besichtigen, da stehen auch nie so viele Touristen an wie hier oder bei der *Basilica*."

Vom *Campanile* aus war auch ein weiteres Kreuzfahrtschiff zu sehen, das den *Canale della Giudecca* bereits durchfahren und nicht mehr weit bis zum Hafen hatte, während dort ein anderes längst vor Anker lag.

„Von hier oben sind die Kanäle kaum zu sehen", stellte Max fest, als sie in nordwestlicher Richtung hinunter sahen. „Auch den *Canal Grande* kann man eigentlich nur anhand der durchgehenden Lücke in der Bebauung erahnen."

„Ich habe dir doch schon gestern Abend gesagt, dass man von hier oben nicht einmal die *Rialto*-Brücke sieht. Wenn du deiner Frau genau zuhören würdest und ihr auch einmal etwas glauben würdest, dann müsstest du dich jetzt nicht darüber wundern."

„Heute bist du aber bissig", schoss Max sofort lachend zurück.

„Ich bin eben schon kampfeslustig für heute Abend, wenn wir für den armen Bäcker Altino einen Schlachtplan entwickeln werden. Der Hauseigentümer dürfte mir nicht über den Weg laufen, dem würde ich vielleicht was erzählen. Aus eigener Profitgier einem anderen die Existenz zerstören, das ist wirklich das allerletzte."

Max hielt sich wie immer mit einem vorschnellen Urteil über jemanden zurück, den er kaum oder gar nicht kannte. Weil er über dieses Thema auch nicht weiter diskutieren wollte, ging er wieder eine Turmseite weiter, zog den Reiseführer aus der Hosentasche und faltete den Stadtplan auseinander, der auf der letzten Seite des Reiseführers befestigt war.

„Dort drüben, die große Kirche mit der Kuppel, das ist die *Chiesa di San Francesco della Vigna*, die Bäume im Hintergrund stehen alle auf der Friedhofsinsel *San Michele* und dahinter, das ist *Murano*, die Insel der Glasbläser."

„Auf *Murano* war ich auch noch nicht, vielleicht könnten wir da morgen oder am Montag noch hinüberfahren."

„Das können wir gerne machen."

Chiara bat einen anderen Touristen, sie zusammen mit Max zu fotografieren. Einmal stellten sie sich so hin, dass man die Stadt im Hintergrund erkennen konnte. Zu einem weiteren

Foto drehten sie sich um, so dass sie nun unterhalb der fünf Glocken des *Campanile di San Marco* standen. Danach postierten sie sich am Fahrstuhl, um wieder hinunter zu fahren. Unten reihten sie sich gleich in die Schlange vor der Markus-*Basilica* ein, die um diese Zeit noch viel kürzer war als am vorangegangenen Nachmittag, als sie die Besichtigung der Kirche zurückgestellt hatten. Während der Wartezeit blätterte Max wieder im Reiseführer und als sie dann das Gotteshaus betreten konnten, ließen sie sich sehr viel Zeit, um sich den von Mosaiken übersäten Boden und die an den oberen Teilen der Wände sowie der Decke hauptsächlich in Goldtönen gehaltenen Mosaike anzusehen. Am meisten beeindruckt waren Chiara und Max aber von der *Pala d'oro*, dem fast dreieinhalb auf eineinhalb Meter großen, goldenen Altarbild, in das auch Silber, Edelsteine und Emailarbeiten eingefügt sind. Der Besuch der *Basilica* an sich war kostenlos, damit man aber für die Besichtigung der *Pala d'oro* Eintritt verlangen konnte, war das Altarbild um einhundertachtzig Grad gedreht, so dass man es nur ansehen konnte, wenn man hinter dem Hauptaltar stand. Dieser Bereich konnte relativ einfach abgesperrt und mit Zugangskontrollen versehen werden. Das Fotografieren war wie in der gesamten *Basilica* natürlich nicht erlaubt.

Wiederum wurden sie von der Sonne regelrecht geblendet, als sie gegen Mittag die *Basilica* wieder verließen.

„Ob du schon Hunger hast, brauche ich sicher nicht zu fragen", lachte Chiara.

„Willst du auch schon etwas essen?", antwortete Max mit einer Gegenfrage.

Sie besprachen, dass es sinnvoller wäre, sich an diesem Tag ein etwas umfangreicheres Mittagessen zu gönnen und abends vielleicht nur eine *Pizza* zu essen, damit Chiara pünktlich in *Dorsoduro* und Max rechtzeitig um neun vor dem Fernseher sein würde. Sie spazierten in Richtung *Rialto* und setzten sich dann zum Mittagessen in ein *Ristorante* direkt am *Canal Grande*, von wo aus sie die berühmteste der Brücken Venedigs im Blick hatten. Nach einem vorzüglichen Drei-Gänge-Menü, bei dem Chiara als Hauptgericht ein *Risotto con i finocchi*, ein *Risotto* mit frischem Fenchel und Max gefüllte Fischfilet-

Röllchen mit *Polenta*, die sich *Rotolo di pesce con la polenta* nannten, gewählt hatten, blieben sie noch eine Weile sitzen und beobachteten die Touristen, die rund um die Brücke unterwegs waren. Chiara machte den Vorschlag, den Gutschein für die Gondelfahrt, den ihnen Martina und Elena geschenkt hatten, an diesem Nachmittag einzulösen.

„Gute Idee", stimmte ihr Max zu und gab dem *Cameriere* einen Wink, damit er die Rechnung fürs Mittagessen bringen würde.

Zwischen dem *Ristorante* und der *Rialto*-Brücke war eine Anlegestelle für die Gondeln. Der *Gondoliere* half ihnen beim Einsteigen in das auf dem Wasser schaukelnde schmale Boot. Als Max und Chiara sicher saßen, stieß sich der *Gondoliere* mit dem Ruder vom Ufer ab und lenkte die Gondel zuerst unter der *Rialto*-Brücke hindurch und folgte dem *Canal Grande* bis hin zum *Rialto*-Markt. Hinter dem Markt bog er nach links in einen kleineren Kanal ab, musste erst einigen anderen Gondeln ausweichen und hatte dann freie Fahrt auf dem schmalen Kanal, der links und rechts direkt an die Häuser grenzte.

„*O sole mio*", trällerte der *Gondoliere* und sein Gesang hallte von den hohen Hauswänden wider.

Chiara lehnte sich an Max.

„Es war wirklich ein schöner Einfall von unseren Mädchen, uns diese Fahrt zu schenken."

Max nickte.

„Ich weiß nicht, ob ich sonst auf die Idee gekommen wäre, mich in so eine schaukelnde Nussschale zu setzen", lachte er.

Nachdem der *Gondoliere* dreimal abgebogen war und bei einer Brücke den Kopf hatte einziehen müssen, um überhaupt darunter hindurch fahren zu können, erreichten sie wieder den *Canal Grande*. In dem Durcheinander von Lastkähnen, privaten Booten, *Vaporetti* und anderen Gondeln musste der *Gondoliere* Schwerstarbeit verrichten, um mit keinem anderen Boot zusammen zu stoßen und um vorwärts zu kommen. Immer wieder konnte er Max und Chiara kurze Infos zu den *Palazzi* entlang des *Canal Grande* geben oder etwas über deren aktuellen oder ehemaligen Eigentümer erzählen. Als sie unter dem *Ponte dell'Accademia* durchfuhren, fragte sie der *Gondoliere*, ob sie direkt an der *Piazza San Marco* aussteigen wollten. Max und Chiara beratschlagten sich kurz und baten ihn dann, sie direkt beim *Gran Paradiso* abzusetzen. Geschickt lenkte der *Gondoliere* dann seine schwarze Gondel an die Anlegestelle des Hotels. Auf der direkt daneben liegenden Hotelterrasse saßen einige Gäste beim Nachmittagskaffee. Max und Chiara setzten sich dazu und während sie sich einen *Cappuccino* bestellte, wollte er lieber einen Eisbecher. Im Schatten der großen Sonnenschirme war es nicht nur angenehm zu sitzen, man hatte auch stets im Blick, was sich auf dem *Canal Grande* alles tat. Fast pausenlos fuhren kleinere und größere Boote vorbei und auf der anderen Seite des Kanals konnte man verfolgen, wie ständig Touristen auf dem Weg zur *Basilica Santa Maria della Salute* waren.

„Was hältst du davon, heute Abend beizeiten nach *Dorsoduro* rüber zu gehen, mein Schatz? Dann könnten wir uns dort auch ein bisschen umsehen und uns eine *Pizzeria* suchen. Danach gehe ich hierher zurück zum Fußball und du kannst gleich drüben bleiben zur Versammlung von *Salvate Venezia*."

„Gute Idee. Bis dahin können wir gerne sitzen bleiben, das ständige Herumlaufen macht ganz schön müde."

„Ich habe nichts dagegen, noch eine Weile hier zu bleiben, unsere Stadtbesichtigung soll ja nicht in Stress ausarten, schließlich haben wir Urlaub."

„Brauchst du auch etwas von oben? Ich will mir mein Buch herunter holen."

Max stand sofort auf.

„Bleib sitzen, ich geh schnell rauf und hole mir auch mein Tablet. Das Buch liegt auf deinem Nachtkästchen, oder?"

„Ja genau. Danke, Max."

Als er wenig später zurückkam, begann Chiara gleich zu lesen und Max surfte mit dem Tablet auf den Knien etwas im Internet. Per Mail verschickte er einige Urlaubsgrüße nach Rosenheim. Danach schaltete er sein Tablet aus, lehnte sich auf seinem Stuhl zurück und schloss die Augen. Neben dem Geklapper von Geschirr waren nur die gleichmäßig brummenden Motorgeräusche der Boote zu hören. Es dauerte nicht lange, dann war er eingeschlummert. Chiara war zu sehr in ihre Lektüre vertieft gewesen, um mitzubekommen, dass er das Tablet längst weggelegt hatte. Sie bemerkte es erst, als Max neben ihr zu Schnarchen begann. Sie gab ihm einen leichten Stoß an die Schulter, sodass der zusammenzuckte und aufwachte.

„Hey, warum schlägst du mich?“, sah er sie verschlafen an.

„Ich habe dich doch noch nie geschlagen, Max“, lachte sie. „Wenn du hier so laut schnarchst, dass die anderen Gäste herschauen, dann muss ich dich doch ein bisschen wachrütteln.“

Max brummte etwas Unverständliches und schloss die Augen wieder. Diesmal konnte er aber nicht noch einmal einschlafen.

Gegen sechs Uhr gingen sie von der Hotelterrasse in ihr Zimmer hinauf, machten sich frisch und zogen sich für den Abend um. Bevor sie aufbrachen, wollte Chiara unbedingt noch zu Hause anrufen.

„Elena und Carlos werden jetzt kaum in der Wohnung sein, in Rosenheim soll laut dem Wetterbericht im Internet auch so schönes Wetter sein wie hier.“

Chiara ließ sich dadurch nicht von ihrem Vorhaben abbringen, aber Max hatte natürlich Recht. Zuhause meldete sich niemand. Sofort probierte es Chiara auch bei Elenas Handy.

„*Ciao* Mama, geht’s euch gut?“, meldete sich Elena schon beim dritten Klingeln. „Wir sind noch am See, hier ist es heute richtig heiß.“

Chiara erzählte ihr, was sie an ihren beiden ersten Urlaubstagen schon alles unternommen hatten und was für den Abend geplant war.

„Carlos will das Spiel natürlich auch sehen. Wir werden bei Martina wieder grillen und dann alle zusammen schauen.“

„Dann sag allen einen lieben Gruß von mir und vom Papa natürlich auch. *Ciao* Elena.“

Sie legte auf, gab auch Elenas Grüße an Max weiter und erzählte ihm, wo sich ihre Töchter mit ihren Freunden fürs WM-Spiel treffen würden. Chiara holte sich anschließend für den Abend noch ihre Strickjacke aus dem Schrank, dann brachen sie auf. Bis zum *Campiello Santa Maria Zobenigo* war es ihr inzwischen gewohnter Weg, dort bogen sie aber nicht nach rechts in Richtung Markusplatz, sondern nach links in Richtung *Ponte dell’Accademia* ab. Nachdem sie zwei Brücken, den *Campo San Maurizio* und eine dritte Brücke überquert hatten, erreichten sie den großen *Campo Santo Stefano*, einen der größten Plätze der Lagunenstadt, auf dem sie nach links abbiegen und nur dem Strom der Touristen folgen mussten, um den *Ponte dell'Accademia* zu erreichen. Die ursprüngliche Eisenkonstruktion der Brücke stammte aus der Mitte des neunzehnten Jahrhunderts, die aufgrund ihres schlechten Zustandes im Jahr 1932 durch eine Konstruktion aus Holz ersetzt worden war. Das ursprünglich nur als Provisorium gedachte Holzbauwerk hält allerdings bis heute stand. Auf den flachen breiten Holzstufen standen links und rechts viele Touristen, die auf die Boote auf dem *Canal Grande* hinunter blickten und in Richtung *Basilica Santa Maria della Salute* fotografierten. Neben dem Brückenaufgang am anderen Ufer stand ein großer Kiosk, bei dem neben Bildpostkarten, T-Shirts und Stadtplänen allerlei Touristen-Krimskrams verkauft wurde. Überquert man die Brücke in Richtung *Dorsoduro,* steuert man direkt auf das Kunstmuseum *Gallerie dell' Accademia* zu. Max und Chiara gingen links an der *Galleria* vorbei und bogen dann wie die meisten Touristen nach links in die *Calle Nuova Sant'Agnese* ab. In dieser meist relativ schmalen Gasse waren links und rechts viele kleinere Läden und Bars. Chiara blieb immer wieder stehen, um sich die Auslagen in den Schaufenstern anzusehen. Hinter einer *Trattoria* öffnete sich die *Calle* zu einem kleinen *Campo*. Geradeaus führte eine kleine Brücke über den *Rio de San Vio*, nach rechts ging der *Campo* in den gepflasterten Uferweg *Fondameta Venier Sebastiano* über.

„Schau, dort drüben ist die Bäckerei Altino", rief Chiara plötzlich laut.

Tatsächlich war beim zweiten Haus am gegenüber liegenden Ufer des *Rio de San Vio* über dem Laden im Erdgeschoss ein großes weißes Schild mit der roten Aufschrift „*Panificio Altino*" angebracht. Über der Bäckerei waren vier Stockwerke, an der Fassade in Richtung *Rio* gab es auf jeder Etage drei Balkone, nur unterm Dach, bei der von Alessia beschriebenen Wohnung des Bäckers, befand sich nur in der Mitte des Hauses ein Balkon, links und rechts davon waren die beiden Dachterrassen.

„In so einem Haus zu leben würde mir auch gefallen, Max, mit diesen schnuckeligen Balkonen überall, und oben die großen Dachterrassen."

„Wenn man das ganze Haus sanieren und komplett verkaufen kann, wird man sicher einen Spitzenpreis erzielen. Die Lage direkt am *Rio* ist ideal und die Balkone sind auch schön in Richtung Abendsonne ausgerichtet."

Das Ufer vorm Haus war mit einer hohen Mauer befestigt, die genau auf Höhe der Bäckerei unterbrochen war. Dort führten einige Stufen bis zum Wasser hinunter, wo ein Boot festgebunden war. Rechts neben Altinos Bäckerei war ein kleines Hotel, vor dem ebenfalls einige Treppenstufen zu einer Bootsanlegestelle hinunterführten.

„Jetzt, nachdem ich das Haus schon einmal gesehen habe, bin ich noch mehr auf hernach gespannt, wenn wir uns dort oben treffen."

„Zuerst müssen wir aber noch etwas essen", entgegnete ihr Max mit einem Augenzwinkern. „Du brauchst doch Kraft, damit du bis in den vierten Stock hinaufsteigen kannst."

„Deine Ausreden, was das Essen angeht, waren auch schon mal einfallsreicher, Max. Dir geht's doch nur um deinen dicken Bauch."

Weil Max wusste, dass er bei dieser Diskussion sowieso den Kürzeren ziehen würde, ging er auf Chiaras Konter nicht ein.

„Willst du in die *Trattoria* gehen, bei der wir gerade vorbeigekommen sind oder sollen wir noch ein Stück weitergehen?"

Sie sah auf die Uhr.

„Ich denke, wir haben noch genügend Zeit, noch bisschen weiter zu gehen. Vielleicht kommen wir noch an einer *Pizzeria* vorbei."

Sie überquerten den *Rio de San Vio*, der Weg setzte sich in die *Calle della Chiesa* fort, die teilweise noch schmaler war als die *Calle Sant'Agnese*, in der sich aber ähnlich viele kleine Läden befanden. In einem Eckhaus entdeckten sie dann eine *Pizzeria*, die auch einige Tische im Freien hatte. Nach einem kurzen Blick auf die ausgehängte Speisekarte waren sie sich einig, dass sie dort essen wollten.

„Vorher könnten wir aber noch zur *Basilica Santa Maria della Salute* gehen", schlug Chiara vor und Max war einverstanden.

Den Weg zur *Basilica* mussten sie gar nicht suchen, es reichte aus, geradeaus weiter zu gehen und sich an die vielen Touristen anzuhängen, die alle zu dem fast ganz am östlichsten Ende von *Dorsoduro* gelegenen Gotteshaus unterwegs waren. Vor der *Basilica* setzten sie sich auf die flachen Stufen und Max las Chiara aus seinem Reiseführer das Wichtigste zu dem Kirchenbau vor.

„Die *Basilica* wurde nach einem Pest-Gelübde des Dogen erbaut, der 1630, als die Pest ungefähr ein Drittel der venezianischen Bevölkerung dahin gerafft hatte, den Bau versprochen hatte. Der Innenraum ist auf den ersten Blick eher nüchtern gehalten, hervorzuheben sind der kostbare Marmorfußboden und die aufwändig gestalteten Altäre in den Kapellen des Rundbaus. Besonders eindrucksvoll ist der Hochaltar mit der großen *Madonna*, zu deren Füßen links eine allegorische Darstellung der *Venezia* kniet, während auf der rechten Seite eine Engel die Pest in der Gestalt einer alten, hässlichen Frau vertreibt. Unterhalb der *Madonna* bildet eine byzantinische Ikone mit einem Muttergottesbild den Mittelpunkt des Hochaltares."

Nach dieser Einführung gingen Max und Chiara in die *Basilica* hinein und ließen sich Zeit, die prachtvollen Altäre zu bewundern. Beim Hinausgehen erzählte Max, dass jedes Jahr am 21. November mit Hilfe von Schiffen eine Brücke über den *Canal Grande* errichtet werde und dass dann über diese Brücke eine Prozession von der *Chiesa Santa Maria del Giglio* hinüber zur *Basilica* führte, um so der Muttergottes für die Errettung von der Pest zu danken.

Auf dem gleichen Weg, auf dem sie gekommen waren, gingen sie zu der *Pizzeria* zurück, die sie sich zuvor ausgesucht hatten, und nahmen im Freien Platz.

„Inzwischen habe ich schon einen ziemlichen Hunger."

„Ich freue mich jetzt auch richtig auf die *Pizza*, Max."

Chiara bestellte sich eine *Pizza Tonno* mit Thunfisch, Max blieb wie immer bei seiner *Pizza* mit Salami. Da es für das Abendessen noch relativ früh war, saßen neben ihnen nur wenige Gäste in der *Pizzeria*, weshalb es auch nur zehn Minuten dauerte, bis sie ihre herrlich duftende *Pizza* serviert bekamen. Wie in Italien üblich tranken sie zur *Pizza* Bier.

Nach und nach füllte sich die *Pizzeria*, die meisten Gäste waren offensichtlich auch Touristen, die sich in einem deutsch-englisch-italienischen Stimmengewirr unterhielten. Max und Chiara blieben bis kurz nach acht sitzen. Erst als sie aufstanden, sahen sie, dass es nicht nur wegen der langsam untergehenden Sonne immer finsterer wurde, sondern dass am Himmel immer mehr dunkle Wolken aufzogen.

„Das schaut ziemlich bedrohlich aus, Max."

„Ich kann das schwer einschätzen, wie schnell oder langsam hier ein Gewitter aufzieht. Bis ich im Hotel bin, wird es hoffentlich noch aushalten."

Sie schlenderten in Richtung *Rio de San Vio* zurück. Als sie die Brücke über den kleinen Kanal erreichten, kamen ihnen Alessia und Gianni entgegen.

„Haben Sie sich doch entschieden, mitzukommen, *Signor* ‚artinger?", fragte ihn Alessia überrascht und verschluckte bei seinem Namen das im Italienischen stimmlose ‚H'.

„Nein, nein, ich werde mir schon das WM-Spiel meiner deutschen Nationalmannschaft anschauen. Wir waren hier in der Nähe gerade beim *Pizza*-Essen, ich wollte mich gleich auf den Rückweg zum Hotel machen."

„Wir haben vorhin schon die Bäckerei von *Signor* Altino entdeckt", ergänzte Chiara. „Ich hatte vor, hier auf der Brücke oder direkt vor der Bäckerei auf Sie zu warten."

Gianni, der bis dahin nur stumm dabeigestanden war, stellte sich vor und gab Chiara und Max die Hand.

„Gesehen haben wir uns ja gestern schon bei den *Giardini Pubblici*, schön dass Sie sich für unsere Gruppe interessieren."

Max wollte sich schnell ausklinken, deshalb fragte er, wie lange das Treffen der Gruppe ungefähr dauern würde.

„Es kommt darauf an, auf welche konkreten Maßnahmen wir uns einigen können und was wir davon heute schon vorbereiten können", erwiderte Alessia. „Rechnen Sie mal mit mindestens zwei Stunden."

„Gut, das Spiel ist gegen dreiviertel elf aus, dann mache ich noch einen Spaziergang und hole dich wieder hier ab, mein Schatz. Dann brauchst du nicht mitten in der Nacht alleine nach Hause gehen. Außerdem kann ich dir dann auch einen Schirm mitbringen."

„Danke, Max."

„Ich glaube nicht, dass in zwei Stunden noch ein Schirm notwendig sein wird. Die Gewitter bei uns verziehen sich meistens so schnell, wie sie gekommen sind", erklärte ihnen Gianni.

Chiara umarmte Max zum Abschied und gab ihm einen Kuss. „Viel Spaß und viel Erfolg beim Fußball."

„Danke, Schatz. Und euch auch einen erfolgreichen Abend."

Er gab Alessia und Gianni die Hand, drehte sich um und marschierte in die *Calle Nuova Sant'Agnese* hinein, während Chiara mit ihren beiden Begleitern in Richtung Bäckerei Altino ging.

Als Max hinter dem *Ponte dell'Accademia* den *Campo Santo Stefano* erreicht hatte, bekam er die ersten Regentropfen ab. Er beschleunigte seine Schritte, der restliche Weg bis zum *Gran Paradiso* war aber zu weit, als dass er es bis dorthin hätte schaffen können, bevor der Regen richtig loslegte. Ziemlich nass kam er ungefähr eine Viertelstunde vor dem Anpfiff beim Hotel an. Er fuhr ins Zimmer hinauf, um sich noch etwas abzutrocknen sowie sich ein trockenes Hemd und eine andere Hose anzuziehen. Inzwischen ergoss sich draußen ein Wolkenbruch und grelle Blitze erhellten den Abendhimmel. Als er wieder nach unten kam, waren in der Hotellobby schon mehr als die Hälfte der Sitzplätze vor dem großen Fernseher besetzt. Kaum hatte er sich hingesetzt, durfte er schon wieder zur Nationalhymne aufstehen. Die Lobby war fest in deutscher Hand, bestimmt drei Viertel der Fußballfans sprachen deutsch, dazu gesellten sich wieder einige Hotelangestellte und Gäste anderer Nationalitäten. Während der ersten Halbzeit übertönte einige Male das heftige Donnergrollen das laute Stimmengewirr. Wie immer bei einem spannenden Spiel rutschte Max nervös auf seinem Stuhl hin und her, stöhnte bei vergebenen Torchancen laut auf und schimpfte über vermeintliche Fehlentscheidungen des Schiedsrichters. Bis zur Anfangsphase der zweiten Halbzeit musste er warten, dann fiel in der einundfünfzigsten Minute endlich das 1:0 für Deutschland. Die Freude darüber währte aber nicht lange, denn nur drei Minuten später glich Ghana aus und ging nach weiteren zehn Minuten sogar in Führung. Max war geschockt, denn er war natürlich von einem deutschen Sieg ausgegangen. Zum Glück hielt die Führung der Ghanaer auch nur acht Minuten, dann fiel der Ausgleich für Deutschland. Ein älterer Hotelgast aus Heidelberg, der neben Max saß, fieberte genauso mit wie er.

„Wir haben noch knapp zwanzig Minuten Zeit, vielleicht reicht es doch noch zum Siegtreffer", hoffte Max.

Sein Sitznachbar war eher der Meinung, dass man nun nicht mehr unbedingt auf Sieg spielen, sondern lieber das Unentschieden sichern sollte. Max wollte darauf noch einmal etwas erwidern, kam aber nicht mehr dazu, weil sein Handy klingelte. Er war erstaunt über den Anruf von Chiara, denn sie wusste doch, dass das Spiel noch lief.

„Hallo, mein Schatz, seid ihr schon fertig?"

„Nein, wir mussten das Treffen leider abbrechen. Ich bin auch nicht mehr in *Dorsoduro*."

„Nicht? Wo bist du denn dann?"

„Wir sitzen alle im *Comando Provinciale* der *Carabinieri* am *Campo San Zaccaria*."

Max sprang auf.

„Wie bitte? Was ist denn passiert?"

„Der Vermieter von Altino ist direkt vor der Bäckerei tot aufgefunden worden."

4

Für Chiara ließ Max sogar das Ende des Fußballspiels sausen. Noch während er mit ihr telefonierte, war er aus dem Hotel hinausgelaufen. Der Gewitterschauer war inzwischen vollends abgezogen.

„Wo genau ist denn der *Campo San Zaccaria?*"

„Du weißt doch, dass an der *Riva degli Schiavoni*, kurz hinter der Brücke, von der aus man auf die Seufzerbrücke schauen kann, die Anlegestelle *San Zaccaria* ist, wo unter anderem die Ausflugsschiffe, die von *Punta Sabbioni* kommen, anlegen. Genau gegenüber ist in der Häuserzeile ein kleiner Durchgang zum *Campo San Zaccaria*. Da musst du reingehen, kurz vor dem *Campo* mit der *Chiesa di San Zaccaria* liegt auf der rechten Seite das rote Gebäude der *Carabinieri*."

„Ich bin schon unterwegs. Was genau ist denn passiert?"

„Max, ich muss Schluss machen, die haben mir nur ein kurzes Telefonat erlaubt."

„Mach dir keine Sorgen, ich bin so schnell wie möglich da."

Max hatte überhaupt nicht überlegt, ob er nicht vielleicht am schnellsten wäre, wenn er zur Haltestelle *Santa Maria del Giglio* gehen und von dort mit einem *Vaporetto* bis nach *San Zaccaria* fahren würde. Er hatte sich einfach zu Fuß auf den Weg gemacht. Im Laufschritt gelangte er bis zum Markusplatz und wäre auf dem nassen, glatten Steinpflaster der venezianischen Gassen mehrfach beinahe ausgerutscht. Den Markusplatz, auf dem sich kaum noch Leute aufhielten, überquerte er etwas langsamer, weil er erst einmal wieder zu Atem kommen musste. An der *Riva degli Schiavoni* begann er wieder zu laufen, entdeckte auch sofort den von Chiara beschriebenen Durchgang zum *Campo San Zaccaria* und erreichte schon nach nur fünfzig Metern das *Comando Provinciale* der *Carabinieri*.

„*Buonasera*, wie kann ich Ihnen helfen?", fragte ihn der junge *Vice Brigadiere*, der wie ein Pförtner gleich hinter der schweren, hölzernen Haustür saß.

Max stellte sich vor, erwähnte, dass er in Deutschland bei der Kripo arbeiten würde und fragte, wo er seine Frau Chiara finden würde, die zusammen mit den Mitgliedern von *Salvate Venezia* aufs Revier gebracht worden sei.

„Es wird noch etwas dauern, bis alle Verdächtigen erkennungsdienstlich behandelt sind."

„Alle Verdächtigen? Wegen was wird die Gruppe denn verdächtigt?"

„Tut mir leid, *Commissario*, ich kann Ihnen nicht viel sagen, weil ich selbst nicht mit am Tatort war, aber wir müssen natürlich von jedem, der mit in diesem Haus in *Dorsoduro* war, die Personalien festhalten, schließlich könnte jeder von denen der Mörder sein."

„Ein Mord?", fragte Max verdutzt.

Chiara hatte zwar erwähnt, dass man den Hauseigentümer tot aufgefunden hatte, aber dass er ermordet worden war, hatte sie nicht erwähnt.

„Ja, hier geht es um Mord. Genaueres kann Ihnen sicher *Maresciallo* Cona sagen, sobald die Kollegen alle notwendigen Angaben der Verdächtigen haben. Nehmen Sie doch bitte solange Platz."

Er deutete auf die Bank, die gegenüber von seinem Schreibtisch an der Wand stand. Max setzte sich und versuchte, sich aus den wenigen Informationen, die er bisher hatte, zusammenzureimen, was passiert war. Der Vermieter vom Bäcker Altino war also vor dem Haus ermordet aufgefunden worden. Wie Blitze zuckten ihm die Fragen durch den Kopf. War der Hauseigentümer nur zufällig zum Zeitpunkt der Versammlung von *Salvate Venezia* vor Ort gewesen oder hatte er von der Zusammenkunft gewusst? Wenn es kein Zufall war, wer von *Salvate Venezia* hatte gewusst, dass er an diesem Abend zu seiner Immobilie kommen würde? Wie war er ums Leben gekommen? War ein Unfall wirklich auszuschließen? Wer hatte die Leiche gefunden? Wo waren die Mitglieder von *Salvate Venezia* zum vermeintlichen Tatzeitpunkt? Hatte sich während der Versammlung jemand von der Gruppe entfernt? Was hatte Chiara eventuell beobachtet? Plötzlich hatte er ihre Bemerkung vom Vormittag im Ohr, dass es besser für den Hauseigentümer wäre, wenn er ihr nicht über den Weg laufen würde. Für einen Moment lief es ihm eiskalt den Rücken runter, dann erschrak er über sich selbst, dass er überhaupt auch nur einen Gedanken daran verschwendet hatte, Chiara könnte irgendetwas mit dem Tod von Altinos Vermieter zu tun haben. Dafür kam eher jemand in Frage, der mit dem Hauseigentümer im Streit lag, wie der Bäcker Altino und seine Frau, oder jemand, der sich an ihm für irgendetwas rächen wollte. Dazu fielen Max die anderen Mieter des Hauses ein, die wegen der Sanierung und dem Verkauf des Hauses schon längst aus ihren Wohnungen ausgezogen waren.

Max sah auf die Uhr. Mittlerweile saß er schon eine Viertelstunde auf der Bank im Eingangsbereich des *Comando Provinciale*, ohne dass aus den Amtsräumen irgendjemand herausgekommen war. So lange konnte doch die Feststellung der Personalien gar nicht dauern. Was ging da drin vor sich? Er musste tatenlos herumsitzen, während Chiara noch nicht einmal wusste, dass er längst da war. Auch wenn er nach ihrer Bemerkung bei ihrem kurzen Anruf nicht davon ausgehen konnte, dass die *Carabinieri* ihr das Handy zur freien Verfügung gelassen hatten, schrieb er ihr eine kurze Whatsapp-Nachricht:

„Hallo Schatz, bin schon seit einer Viertelstunde da, darf aber noch nicht rein. Wie ist die Lage?"

Er hoffte, Chiara allein schon durch den Klingelton des Handys das Signal geben zu können, dass er längst in ihrer Nähe war. Nach dem Abschicken der Nachricht stand er auf und ging ungeduldig vor seiner Bank auf und ab. Der *Vice Brigadiere* beobachtete ihn eine Zeit lang.

„Sie können sich ruhig wieder hinsetzen, *Commissario*, das kann schon noch ein Weilchen dauern."

„Aber warum dauert das so lange? Nur die Personalien aufzunehmen ist doch in ein paar Minuten erledigt."

„Wie gesagt, ich kann Ihnen keine näheren Auskünfte geben. Meine Kollegen werden schon einen Grund haben, den einen oder anderen der Gruppe oder vielleicht gleich alle zusammen etwas eingehender zu befragen."

„Meine Frau war aber nur als Gast dabei, zum ersten Mal überhaupt. Sie hat mit einem Mord hundertprozentig nichts zu tun."

Widerwillig setzte er sich wieder hin, weil der *Vice Brigadiere* auf seine letzte Bemerkung überhaupt nicht reagiert hatte. Immer wieder schaute er in den folgenden zehn Minuten auf sein Handy, aber die erhoffte Antwort auf seine Nachricht blieb aus. Dann tat sich endlich doch etwas. Die Tür zu den Amtsräumen des *Comando Provinciale* ging auf und ein Mann und eine Frau kamen heraus. Wegen des Alters tippte Max sofort darauf, dass es sich dabei um den Bäcker und dessen Frau handelte. Danach gingen kurz hintereinander mehrere fremde Personen an Max vorbei, zum Schluss kamen schließlich Chiara, Alessia und Gianni heraus. Chiara fiel Max sofort um den Hals.

„Gott sei Dank, dass du da bist, Max, die haben uns da drin ganz schön in die Mangel genommen."

„Warum denn? Was werfen sie euch denn vor?"

„Das ist eine längere Geschichte. Vielleicht sollten wir uns mit Alessia und Gianni irgendwo zusammensetzen, dann können wir dir alles ganz genau erzählen."

Sie hatten sich auf Deutsch unterhalten, weshalb Alessia und Gianni nichts verstanden hatten, nur dass ihre Namen gefallen waren, hatten sie natürlich gehört. Chiara wiederholte ihren Vorschlag auf Italienisch und ihre beiden jungen Bekannten stimmten zu. Max überlegte kurz, ob er sofort mit dem zuständigen *Maresciallo* reden sollte, hielt es dann aber doch für besser, erst einmal von seiner Frau zu hören, was in *Dorsoduro* vorgefallen war. Gemeinsam verließen sie das *Comando Provinciale*. Alessia wusste, dass auf dem *Campo San Zaccaria*, genau gegenüber der *Chiesa di San Zaccaria,* eine kleine Bar war.

„Die müsste noch geöffnet haben."

Bis zu der Bar war es nur ein Katzensprung, der *Barista* war völlig alleine und freute sich, so spät noch vier Gäste zu bekommen. Chiara bestellte sich einen Tee, Max ein Bier und die beiden jungen Italiener wollten auf den Schreck hin einen *Prosecco*. Max wartete, bis alle ihre Getränke hatten.

„So, dann erzählt mal, was heute Abend bei euch passiert ist."

Die drei sahen sich gegenseitig an, schließlich ergriff Alessia das Wort.

„Nachdem Sie sich auf der Brücke von uns verabschiedet hatten, sind wir drei zu Altinos Haus. Er und seine Frau warteten schon oben in der Wohnung auf uns. Kurz danach trafen die vier weiteren Mitglieder unserer Gruppe ein, Donato, Pancrazio, Michela und unser Rechtsanwalt Severino Fossa.

Die Bekannten von Altino hatten kurzfristig abgesagt, so dass wir damit komplett waren. *Signora* Altino hatte eigentlich eine der beiden Dachterrassen für uns hergerichtet. Wir kamen gerade rechtzeitig, um ihr zu helfen, die Flaschen und Gläser sowie die Polster der Balkonstühle ins Wohnzimmer zu tragen, bevor der Gewitterschauer so richtig einsetzte. Die Dachterrasse ist zwar überdacht, aber bei stürmischem Wind wird der Regen immer auch unters Dach gepeitscht, wie uns *Signora* Altino erzählte. Kurz darauf war da draußen wirklich alles patschnass."

„Mich hat es kurz vor dem Hotel noch richtig erwischt", warf Max ein und überließ dann wieder Alessia das Feld.

„Als wir dann alle beieinander saßen, hat uns *Signor* Altino berichtet, mit welchen Mitteln sein Vermieter, ein gewisser Oreste Spinea, in den letzten Wochen versucht hat, ihn aus dem Haus zu vertreiben. So ist zum Beispiel in der letzten Zeit immer wieder ganz plötzlich der Strom in der Bäckerei ausgefallen, ohne dass Altino die Ursache dafür feststellen konnte. Der Stromausfall war immer in den frühen Morgenstunden, also genau dann, wenn Altino den Strom am dringendsten für seine Öfen brauchte. Schon allein dadurch ist ihm ein erheblicher finanzieller Schaden entstanden, denn wer kauft schon ein nur halb fertig gebackenes *Panino*? Wenn der Backvorgang für eine Stunde unterbrochen war, kann man die meisten Backwaren nach dieser Unterbrechung auch nicht noch fertig backen."

„Seit wann versucht dieser Spinea, die Altinos aus dem Haus zu jagen?", fragte Max dazwischen.

„Das zieht sich schon einige Monate hin. Von den anderen Mietern sind die ersten schon im Februar ausgezogen, weil im Winter genau immer dann, wenn es hier am kältesten war, plötzlich die Heizung ausgefallen ist."

„Das hat ganz offensichtlich Methode, Strom- und Heizungsausfälle immer genau zum ungünstigsten Zeitpunkt", ergänzte Gianni den Bericht seiner Freundin.

„Wie ist Altino auf Sie aufmerksam geworden?", wollte Max wissen.

Diesmal überließ Alessia ihrem Freund die Antwort.

„Altino kann sich keinen Anwalt leisten und dachte sich, dass er das Ganze aussitzen könnte. Zufällig hat er dann in der *La*

Nuova di Venezia einen Artikel über uns gelesen und sich daraufhin an uns gewandt. Wir haben Severino zuerst einmal den Mietvertrag überprüfen lassen, aber der ist wasserdicht. Spinea hätte also keine Chance gehabt, den Vertrag vorzeitig zu beenden."

„Und deshalb musste er sich eben etwas einfallen lassen, damit Altino von sich aus den Laden und die Wohnung räumt, denn eine Abfindung für die vorzeitige Vertragsauflösung wollte er ihm natürlich nicht bezahlen. Für Altino wäre das auch wirklich nur die allerletzte Lösung gewesen, weil er doch einfach nur seinen Laden und seine Wohnung behalten will", ergänzte Chiara, die, wie Max erst jetzt auffiel, ziemlich blass war.

Der Verlauf des Abends schien Chiara doch sehr mitgenommen zu haben, Max vermied es aber, sie vor den beiden jungen Leuten danach zu fragen. Die Informationen, die er bisher über Altino und das Treffen erhalten hatte, reichten ihm bei weitem noch nicht aus.

„So, jetzt kenne ich die Vorgeschichte, weiß aber immer noch nicht, was heute Abend wirklich passiert ist."

Nun war wieder Alessia an der Reihe.

„Altino hatte uns von den letzten Stromausfällen berichtet und machte schon ein bisschen den Eindruck, dass er schön langsam etwas mürbe werden würde. Denn der dauernde Produktionsausfall ist natürlich auch eine nicht unerhebliche finanzielle Belastung für ihn. Wir haben ihn bestärkt, nicht klein beizugeben, sondern in die Offensive zu gehen und von Spinea eine ordentliche Abfindung für die vorzeitige Auflösung der Mietverträge zu fordern. Gleichzeitig wollte sich Severino darum kümmern, eine Unterlassungsklage gegen Spinea vorzubereiten, auch wenn der Beweis, dass er wirklich hinter den Strom- und Heizungsausfällen steckt, nicht ganz einfach werden würde."

„Wie hat er auf diese Vorschläge reagiert?", fragte Max.

„Er kam nicht mehr dazu, zu unseren Vorschlägen etwas zu sagen, weil plötzlich Spinea im Zimmer stand. Das war wie in einem schlechten Film, draußen blitzte es gerade besonders heftig und plötzlich steht der vor uns. Zuerst hatten wir vermutet, dass einer von uns vielleicht die Wohnungstür nicht richtig zugemacht hatte, inzwischen glauben wir aber eher, dass sich Spinea mit einem Zweitschlüssel selbst Zutritt verschafft hat."

„Hat er sich nicht dazu geäußert, warum er in Ihr Treffen geplatzt ist?"

„Nein, er hat gleich losgelegt, was denn das hier für ein konspiratives Treffen sei, das im Übrigen einen nicht vertragsgemäßen Gebrauch seiner Wohnung darstelle."

„Wie hat Altino auf diesen Auftritt reagiert?"

„Altino war zuerst erstaunlich ruhig. Er hat Spinea geantwortet, dass es ihn nichts angehen würde, wenn er und seine Frau sich privat ein paar Gäste einladen würden. Spinea hat dann angefangen, ihm zu drohen. Zuerst meinte er, er würde Altino die Lebensmittelkontrolleure des Gewerbeaufsichtsamtes in die Bäckerei schicken. ‚Die finden immer was' grinste er triumphierend und fügte dann noch hinzu: ‚Da ist so eine Bäckerei schneller geschlossen als Sie denken'. Altinos Frau konnte ihren Mann nur noch mit Mühe zurückhalten, ich glaube, er wäre Spinea am liebsten an den Kragen gegangen."

„Das ist leicht nachvollziehbar, denn mit der Umsetzung seiner Drohung hätte er ihm seine Existenz auf Dauer zerstört. Hat denn nur Altino selbst mit ihm gesprochen oder hat sich aus Ihrer Gruppe auch jemand in den Disput mit eingeschaltet?"

„Severino hat erst nach der nächsten Drohung von Spinea reagiert."

„Mit was hat er denn noch gedroht?"

„Er hat noch einmal den eingangs erwähnten Vorwurf der nicht vertragsgemäßen Nutzung der Wohnung aufgegriffen und Altino mit einer Räumungsklage gedroht, weil er seine Wohnung für öffentliche Versammlungen zur Verfügung stelle."

„Was ist daraufhin passiert?"

„Severino hat ihm gesagt, dass er vom Mietrecht anscheinend wenig Ahnung hätte, sonst würde er nicht auf solche völlig abwegigen Drohungen kommen. *Signora* Altino ließ sich dadurch aber nicht beruhigen, sie sprang auf, hat eine leere Weinflasche genommen und hat einen Schritt zu Spinea hin gemacht. Sie holte mit der Flasche wie zu einem Schlag aus und fauchte ihn an. ‚Wenn Ihnen Ihr Leben lieb ist, dann verlassen Sie augenblicklich unsere Wohnung oder ich kann für nichts mehr garantieren'. Soviel Courage hätte ich ihr gar nicht zugetraut."

Chiara und Gianni nickten zustimmend.

„Wie war Spineas Reaktion darauf?"

„Relativ ruhig. ‚Schlagen Sie ruhig zu, dann kommt zur Räumungsklage auch noch eine Anzeige wegen versuchten Mordes. Dann können Sie sich wenigstens die Suche nach einer neuen Wohnung sparen, sondern wandern direkt in den Knast' hat er ihr geantwortet. *Signora* Altino machte daraufhin noch einen Schritt auf ihn zu, immer noch mit der Flasche in der hoch erhobenen Hand. Deshalb ist es Spinea anscheinend doch ein wenig mulmig geworden, er hat sich umgedreht und ist ohne ein weiteres Wort verschwunden."

„Als er wieder weg war, konnten wir natürlich nicht einfach so weiter machen wie vorher", ergänzte Gianni. „Deshalb hat Altino vorgeschlagen, erst einmal eine kurze Pause zu machen. Alle waren einverstanden und Altino wollte die Unterbrechung nutzen, um nach unten in seine Bäckerei zu gehen, wo er für uns etwas hergerichtet hatte."

„Altino hat also unmittelbar nach Spinea die Wohnung auch verlassen?", hakte Max nach.

Gianni antwortete ihm, dass Altino nicht sofort nach Spinea hinausgegangen war, sondern dass da in etwa drei bis vier Minuten dazwischen gelegen hatten.

„Und der Rest der Truppe? Seid ihr alle im Wohnzimmer sitzen geblieben?", fragte Max weiter.

„Nein, eigentlich waren wir alle mal draußen", erzählte ihm Alessia. „*Signora* Altino verschwand in der Küche, Michela, Chiara und ich, wir mussten zur Toilette und sind nacheinander hinausgegangen. Donato und Pancrazio waren auf der einen Dachterrasse zum Rauchen und Severino war auf die andere Dachterrasse hinaus, weil er ungestört telefonieren wollte. Nach ungefähr zehn Minuten waren wir alle wieder im Wohnzimmer versammelt. *Signora* Altino hatte aus der Küche einen Stapel Teller gebracht. Ihr Mann kam mit einem Tablett voller noch warmer *Cornetti*, die mit Schinken und Käse gefüllt waren. Die hatte er extra für uns gebacken und in einem seiner Öfen warm gestellt."

Alessia machte eine kurze Pause und Max ahnte, was nun kommen würde.

„Wir waren gerade wieder in unsere Diskussion eingestiegen, da hörten wir unten vor dem Haus plötzlich eine Frau ganz laut schreien. Sie wohnt mit ihrem Mann in dem kleinen Hotel, das direkt neben der Bäckerei liegt. Die beiden hatten das Gewitter abgewartet und wollten, als der Regen endlich nachließ, noch einen Abendspaziergang machen. Wir sind sofort auf den Balkon hinaus, als sie zu schreien anfing und haben Spinea unten vor dem Haus liegen gesehen. Die Frau hat immer noch geschrien, ihr Mann versuchte vergeblich, sie zu beruhigen. Mit Ausnahme von *Signora* Altino, die gerade bisschen Probleme mit dem Knie hat, sind wir alle nach unten gelaufen."

Wieder machte Alessia eine Pause.

„Das war wirklich kein schöner Anblick, er hat aus einer Wunde am Kopf geblutet und seine Arme waren beide seltsam verrenkt. Severino hat sofort nach seinem Puls gefühlt, aber da war nichts mehr festzustellen. Aus dem Hotel waren inzwischen auch mehrere Leute gelaufen gekommen, einer der Angestellten sagte uns, dass er bereits den Rettungsdienst und die *Carabinieri* verständigt hätte. Die waren auch relativ schnell da. Die Rettungssanitäter konnten aber nur noch Spineas Tod feststellen. Die *Carabinieri* hatten inzwischen die *Fondamenta Bragadin*, also die Gasse vor der Bäckerei, mit einem rot-weißen Band abgesperrt und uns gebeten, wieder ins Haus zu gehen und darauf zu warten, dass sie zu uns zu einer Befragung hineinkommen würden. Zuerst vermuteten sie einen Suizid oder einen Unfall. Es dauerte aber nicht lange, da kamen zwei von denen in Altinos Wohnung und berichteten uns, dass Spinea ganz offensichtlich ermordet worden sei."

„Wie kamen die so schnell zu diesem Ergebnis?"

Diesmal antwortete ihm Chiara.

„Ganz einfach, Max. Spinea ist anscheinend von einem der Balkone seines Hauses in die Tiefe gestürzt und hatte zwei verschiedene Kopfverletzungen, die unmöglich beide von dem Sturz herrühren konnten. Eine Platzwunde war an der Stirn oberhalb des rechten Auges und eine große Wunde hatte er am Hinterkopf. Er kann ja schlecht mit der Stirn und dem Hinterkopf gleichzeitig aufgeschlagen sein, also war eine der Verletzungen offenbar schon vor dem Sturz da oder hat zu diesem geführt."

„Richtig, mein Schatz. Bei diesen beiden unterschiedlichen Verletzungen kann man nur zu dem Schluss kommen, dass er ermordet wurde."

„Die *Carabinieri* haben in einer der leeren Wohnungen im dritten Stock eine leere Weinflasche gefunden, die sich als Tatwaffe herausgestellt hat, weil sie blutverschmiert war", erzählte Chiara weiter.

Max wollte gleich noch einmal dazwischenfragen, aber seine Frau kam ihm zuvor.

„Die Flasche ist natürlich sofort nach Fingerabdrücken untersucht worden, es waren aber leider keine darauf zu finden."

„Haben die *Carabinieri* sonst irgendwelche Spuren gefunden?"

„Dazu haben die uns nichts gesagt. Sie haben uns gefragt, wann wir Spinea zuletzt gesehen hätten und als wir von unserem Treffen und von Spineas Auftritt in Altinos Wohnung berichteten, sind sie natürlich hellhörig geworden. Alessia hat vorhin schon erzählt, dass wir die Pause, nachdem Spinea gegangen war, alle irgendwo anders verbracht haben, somit konnten wir uns gegenseitig kein ausreichendes Alibi geben. Jeder von uns hätte also die Gelegenheit gehabt, Spinea ein Stockwerk tiefer die Flasche über den Schädel zu ziehen und ihn über den Balkon nach unten zu befördern. Deswegen haben uns die *Carabinieri* gleich alle unter Tatverdacht gestellt und mitgenommen."

„Aber weil sie gegen keinen von euch ausreichend Beweise hatten, mussten sie euch alle wieder laufen lassen."

Chiara, Alessia und Gianni nickten einträchtig.

„Haben sie euch auch gesagt, wie es jetzt weitergehen soll?"

„Also von mir wollten sie wissen, in welchem Hotel ich wohne und wie lange ich noch in Venedig bleiben will. Außerdem dürfte ich momentan die Stadt nicht verlassen. Ob wir wie geplant am Dienstag an den *Lido* umziehen dürfen, habe ich noch gar nicht gefragt."

„Das werden wir schon noch rechtzeitig klären, mein Schatz."

Auch Alessia und Gianni erzählten, dass sie die Auflage erhalten hätten, bis auf weiteres Venedig nicht zu verlassen, weil sie wie alle anderen Teilnehmer des Treffens bei Altino immer noch unter Tatverdacht stünden.

„Hoffentlich finden die schnell den wahren Mörder, Max, damit wir nicht länger befürchten müssen, dass uns die irgendetwas anhängen."

„Ohne stichhaltige Beweise kann man euch gar nichts anhängen."

„Kannst du uns nicht helfen, dass wir da alle rauskommen, ohne dass die Mordvorwürfe in irgendeiner Weise an uns hängen bleiben?"

Max stutzte einen Augenblick und musste sich trotz der ernsten Situation ein Grinsen verkneifen, denn er hatte sofort Chiaras mehrfache, energische Reaktion im Ohr, als er ihr bei der Feier der Silberhochzeit und dann am Tag vor ihrer Abreise versprechen musste, er würde in Venedig nicht seinem Job nachgehen, außer sie würde es ihm erlauben.

„Niemals", hatte sie mehrfach betont und jetzt bat sie ihn tatsächlich darum, für sie zu ermitteln.

„Da muss ich erst einmal schauen, was ich für euch überhaupt tun kann", sagte er zuerst noch mit diplomatischer Zurückhaltung, dann aber schlug bei ihm sofort der Kriminalkommissar voll durch. „Als erstes müsste ich mich mit dem ermittelnden *Maresciallo* treffen, um zu hören, ob ihr wirklich noch unter Tatverdacht steht und was die *Carabinieri* für Spuren im Haus und an der Leiche gefunden haben. Außerdem sollte ich mich auch mit Altino unterhalten, er müsste doch am ehesten etwas bemerkt haben, was mit dem Mord in Zusammenhang stehen könnte, schließlich ist er laut euren Aussagen der Einzige gewesen, der wie Spinea die Treppen hinuntergegangen ist."

„Sie würden uns allen wirklich sehr helfen, wenn Sie das für uns tun würden, *Signor* 'artinger", flehte ihn Alessia geradezu an und Gianni nickte dazu.

Max fand, dass es an der Zeit war, den beiden das Du anzubieten, denn er hatte das Gefühl, dass er in den nächsten Tagen noch häufiger mit ihnen zu tun haben würde.

„Ich denke, jetzt ist es am sinnvollsten, wenn wir erst einmal alle heimgehen. Morgen Vormittag werde ich dann als erstes zum *Comando Provinciale* gehen und versuchen, so viele Infos wie möglich zu bekommen."

Gemeinsam verließen sie die Bar und gingen am *Comando Provinciale* vorbei zurück zur *Riva degli Schiavoni*. Alessia und

Gianni, die im *Sestiere Castello*, in einer Seitenstraße der *Via Giuseppe Garibaldi*, eine kleine Wohnung hatten, bogen dort nach links ab, nachdem sie sich von Chiara mit einer Umarmung und von Max mit einem Händedruck verabschiedet hatten. An der Haltestelle *San Zaccaria* legte gerade ein *Vaporetto* der Nachtlinie, die im Zwanzig-Minuten-Takt verkehrt, in Richtung *Rialto* ab.

„Das macht gar nichts, Max, ich will sowieso lieber zu Fuß gehen, denn ein paar Schritte zu laufen wird mir jetzt ganz gut tun."

Obwohl es mittlerweile schon weit nach Mitternacht war, waren sie entlang der *Riva* nicht alleine unterwegs. Auf dem immer noch nassen Markusplatz spiegelten sich die Lichter der ringsherum beleuchteten Häuser. Erst als sie in den letzten Gassen vor ihrem Hotel unterwegs waren, begegnete ihnen überhaupt niemand mehr. Die ersten Minuten ihres Rückweges schwieg Chiara, erst als Max sie fragte, wie es ihr jetzt gehen würde, begann sie zu reden.

„Es war ein furchtbarer Anblick, den toten Spinea auf der Straße liegen zu sehen. Auch wenn er ein äußerst unsympathischer Kerl war, so etwas hat niemand verdient."

„Heute Vormittag hast du aber noch getönt, dass er dir lieber nicht begegnen sollte, weil du nicht wüsstest, was du dann mit ihm anstellen würdest", grinste Max sie an.

Aber Chiara war nicht zum Scherzen zumute.

„Heute Vormittag, da habe ich das nur so dahingesagt, da kannte ich ihn doch nur aus den Erzählungen von Alessia. Du weißt, dass ich niemandem so etwas antun könnte."

„Würdest du es einem aus der Gruppe zutrauen?"

Chiara überlegte eine Zeit lang und zuckte dann mit den Schultern.

„Um das zu beurteilen, müsste ich sie ein bisschen besser kennen. *Signora* Altino ist zwar auf Spinea mit der Flasche losgegangen, ich glaube aber nicht, dass sie damit tatsächlich zugeschlagen hätte."

„Und ihr Mann? Schließlich hatte er am meisten unter seinem Vermieter zu leiden und hätte das nachvollziehbarste Motiv, ihn umzubringen."

„Stimmt. Aber er hat unten vor dem Haus und auch später bei der ersten Befragung durch die *Carabinieri* derart geschockt gewirkt, dass ich mir fast nicht vorstellen kann, er hätte ihn umgebracht.“

„Vielleicht war er aber auch nur deshalb so geschockt, weil er ihm mit dem Schlag auf den Kopf nur eine Lektion erteilen wollte und Spinea dann, unter welchen Umständen auch immer, vom Balkon gestürzt ist, ohne dass Altino das wollte.“

„Das wäre natürlich möglich. Aber wenn er beim *Comando Provinciale* etwas in die Richtung ausgesagt hätte, dann hätten ihn die *Carabinieri* sicher nicht wieder heimgehen lassen.“

Als sie im Hotel in den Aufzug gestiegen waren, lehnte sich Chiara an Max und er legte seinen Arm um sie.

„Ich hätte doch bei dir bleiben und das WM-Spiel anschauen sollen, dann wäre mir dieser Mord erspart geblieben. Wie ist es eigentlich ausgegangen?“

„Wie du angerufen hast, ist es 2:2 gestanden, dabei ist es leider dann auch geblieben. Versäumt hab ich also nichts mehr.“

„Und was bedeutet das Ergebnis jetzt?“

„Fürs Achtelfinale sind wir noch nicht qualifiziert, wir müssen am Donnerstag gegen die USA schon noch mal richtig Gas geben, dann sollte das mit dem Weiterkommen auch klappen.“

Im Zimmer schaltete Max sein Tablet ein, weil er die ersten Kommentare und Analysen zum Spiel lesen wollte. Chiara ging nur kurz ins Bad und legte sich dann sofort ins Bett. Normalerweise konnte sie immer sehr schnell einschlafen, aber in dieser Nacht lag sie auch noch wach, als Max ungefähr fünfundzwanzig Minuten später ebenfalls unter die Bettdecke kroch. Chiara drehte sich zu ihm herum.

„Ich bringe diese Bilder nicht aus dem Kopf, Max.“

„Das kenne ich, leider habe ich mir schon oft genug die Leichen Ermordeter ansehen müssen, das war weiß Gott in vielen Fällen ein furchtbarer Anblick. Wie ich dir schon öfter erzählt habe, kann ich das aber meistens ganz gut ausblenden, wenn ich mit der Aufklärung des Verbrechens beschäftigt bin, auch wenn ich in vielen Fällen die Tatortfotos immer wieder mal zur Hand nehmen muss. Versuch einfach, an etwas anderes zu denken, an unsere schöne Feier am Dienstag zum Beispiel, dann wirst du bestimmt etwas zur Ruhe kommen.“

Chiara rutschte im Bett etwas zu ihm herüber und kuschelte sich an ihn. Max merkte, dass sie schon nach ein paar Minuten immer ruhiger wurde und gleichmäßiger atmete, anscheinend war sie dann doch relativ schnell eingeschlafen. Ihm selbst ging noch einmal der aufregende Abend durch den Kopf, angefangen mit dem Hin und Her beim zweiten WM-Spiel der deutschen Nationalmannschaft, dann der Anruf von Chiara, die Warterei im *Comando Provinciale* und schließlich Alessias Schilderungen des dramatischen Abends im Haus der Bäckerei Altino. Im Grunde stand auch Chiara, selbstverständlich völlig zu Unrecht, unter Mordverdacht. Diesen Vorwurf musste er natürlich entkräften, auch wenn das nicht ganz einfach werden würde. Zu wenig wusste er über die Hintergründe der Tat, über das Opfer oder über den in seinen Augen Hauptverdächtigen Altino. Da ihn Chiara selbst darum gebeten hatte, in dem Fall zu ermitteln, konnte er also am nächsten Morgen, was sie betraf, ungehindert loslegen. Zuerst wollte er zum ermittelnden *Maresciallo* gehen und dann Altino in der Bäckerei aufsuchen. Im Nachdenken darüber, was er sonst eventuell noch alles unternehmen könnte, schlummerte auch er schließlich langsam ein.

5

Der Sonntagmorgen war klar und sonnig. Das kräftige Gewitter vom Vorabend hatte die Luft gereinigt, im Vergleich zum Samstag war es in der Früh allerdings ein paar Grad kälter. Chiara hatte sich in den Morgenstunden im Bett hin und her gewälzt und ziemlich unruhig geschlafen. Max, der es gewohnt war, dass seine Frau meistens tief und fest schlief, war dadurch immer wieder einmal aufgewacht. So waren sie beide, als es Zeit zum Aufstehen war, ziemlich gerädert.

„Guten Morgen, mein Schatz."

„Das ‚gut' kannst du ruhig weglassen, Max. Ich habe schon lange nicht mehr so schlecht geschlafen wie heute Nacht. Ständig habe ich wirres Zeug geträumt, mal lag Altino tot vor dem Haus, dann war es Gianni und einmal sogar *Signora* Altino."

Max, der sich schon aufgesetzt hatte, beugte sich zu Chiara hinunter und gab ihr einen Kuss.

„Vielleicht kann ich dafür sorgen, dass der Spuk schnell ein Ende hat. Was willst du unternehmen, während ich bei den *Carabinieri* und bei Altino bin? Machst du einen Einkaufsbummel?"

„Eigentlich habe ich keine Lust, alleine herumzulaufen. Aber die Idee, Shoppen zu gehen, ist gar nicht schlecht, vielleicht komme ich da auf andere Gedanken. Allerdings weiß ich nicht, ob heute überhaupt alle Geschäfte auf haben."

Am Samstagvormittag hatten sie sich an der *Chiesa Santa Maria del Giglio* die ausgehängte Gottesdienstordnung angesehen und besprochen, dass sie um zehn in den Sonntagsgottesdienst gehen wollten. Nach dem dramatischen Verlauf des Samstagabends hatten sie auf ihrem Rückweg mitten in der Nacht an der Kirche nochmals kurz Halt gemacht und gelesen, dass es um achtzehn Uhr auch noch einen Abendgottesdienst gab. Deshalb konnten sie den Vormittag anders verplanen.

Während Chiara im Bad war, nahm Max sein Tablet zur Hand und schaute sich die Internetseiten verschiedener italienischer Tageszeitungen sowie weitere Nachrichtenseiten an, aber nirgends fand er einen Artikel oder wenigstens eine kurze Meldung zu dem Mord an Spinea. Danach, als sie im Aufzug nach unten fuhren, beklagte sich Chiara, dass ihr nicht einmal die Dusche geholfen hatte, richtig wach zu werden. Beim Frühstück hatte Max wie immer einen ordentlichen Appetit, Chiara dagegen stocherte mit dem Löffel in ihrem Müsli herum und brachte kaum etwas hinunter. Schließlich ließ sie die Hälfte stehen und trank nur eine Tasse Kaffee. Als Max auch endlich mit seinem üppigen Frühstück fertig war, wollte er gar nicht mehr ins Zimmer hinauf, sondern gleich in Richtung *Comando Provinciale* aufbrechen.

„Ich werde bisschen später zum Shoppen gehen, jetzt leg ich mich erst einmal aufs Bett zum Lesen."

„Sobald ich wichtige Neuigkeiten habe oder dann bei den *Carabinieri* und Altino fertig bin, rufe ich dich an, dann können wir uns in der Stadt irgendwo treffen."

„Gute Idee. Bis später, Max."

„*Ciao* Chiara."

Wie am Vortag stand der Wagen des Zimmerservices im Flur, diesmal aber bereits ein Zimmer weiter. Die Tür des Nachbarzimmers stand einen Spalt breit offen, deswegen rief Chiara nach Alessia, die sofort herauskam.

„*Buongiorno* Chiara, mit eurem Zimmer bin ich schon fertig. Wie geht's dir?"

„Nicht gut, ich habe furchtbar schlecht geschlafen? Und du?"

„Ging mir genauso, Gianni dagegen hat neben mir geschlafen wie ein Murmeltier. Wo ist Max?"

„Er ist nach dem Frühstück gleich los zu den *Carabinieri*. Hoffentlich bekommt er überhaupt Auskunft, damit er uns helfen kann. Hast du von den anderen noch etwas gehört?"

„Heute Früh noch nicht. Wir haben uns nur über Whatsapp für heute Abend um sieben im *Casanova* verabredet. Das ist eine *Trattoria* in der *Via Giuseppe Garibaldi*. Kommt ihr auch dazu?"

„Sieben werden wir wahrscheinlich nicht ganz schaffen, weil wir um sechs noch in einen Sonntagsgottesdienst gehen wollen. Ursprünglich hatten wir das für heute Vormittag vorgehabt, aber Max wollte lieber gleich zu den *Carabinieri* gehen und versuchen, Einzelheiten zu dem Mord an Spinea zu erfahren. Arbeitest du jeden Sonntag hier?"

„Nein, eigentlich nur in den Sommermonaten, wenn das Hotel ständig voll ist. Was machst du jetzt alleine, während Max unterwegs ist?"

Chiara erzählte ihr von ihren Plänen.

„Gianni und ich werden an den *Lido* rüberfahren, sobald ich hier fertig bin. Kommt doch später auch rüber."

„Den *Lido* haben wir, wie du weißt, für den zweiten Teil unserer Reise eingeplant. Ich hoffe, dass ich am Dienstag überhaupt von hier weg darf und wir in unser reserviertes Hotelzimmer am *Lido* umziehen können."

„Ach, dein Mann wird das schon richten. Wir wissen ja, dass wir unschuldig sind."

„Das reicht aber nicht, solange die *Carabinieri* nicht auch davon überzeugt sind. Ich rufe dich an, sobald ich weiß, was Max beim *Comando Provinciale* erreicht hat. Dann kann ich dir auch sagen, ob wir heute Abend nachkommen."

Ihre Handy-Nummern hatten sie bereits am Vorabend ausgetauscht. Sie verabschiedeten sich und während sich Alessia wieder an die Arbeit machen musste, legte sich Chiara, so wie sie es vorgehabt hatte, in ihrem Zimmer aufs Bett, um weiter in ihrem Buch zu lesen.

Max hatte sich wieder zu Fuß auf den Weg gemacht. Während er mit schnellen Schritten Richtung *San Zaccaria* marschierte, nahm er kaum wahr, was um ihn herum auf dem Markusplatz oder entlang der *Riva degli Schiavoni* passierte. In Gedanken saß er bereits dem zuständigen *Maresciallo* gegenüber und überlegte sich dabei, wie er ihm am besten möglichst viele Infos zu dem Mord an Spinea entlocken könnte. Als er von der *Riva degli Schiavoni* in den Durchgang zum *Campo San Zaccaria* abbog, fiel ihm auf, wie ruhig es sofort war. Als er das *Comando Provinciale* betrat, saß gleich neben der Tür derselbe *Vice Brigadiere*, der auch am Vorabend im Dienst gewesen war.

„*Buongiorno Commissario*, wie kann ich Ihnen helfen?"

„*Buongiorno*. Sie wissen, dass ich gestern Abend hier auf meine Frau gewartet habe, die zum Verhör wegen des Mordes in *Dorsoduro* hier war. Könnte ich jetzt bitte kurz den ermittelnden *Maresciallo* sprechen?"

„Warten Sie hier, dann werde ich für Sie nachfragen."

„Vielen Dank."

Der uniformierte *Vice Brigadiere* verschwand hinter der Tür neben seinem Schreibtisch. Es dauerte nur zwei Minuten, dann kam er zurück.

„*Maresciallo* Cona nimmt sich gerne Zeit für Sie. Kommen Sie bitte mit."

Gemeinsam gingen sie bei der Tür hinein und kamen in einen weiteren Vorraum, von dem aus sechs Türen in weitere Räume führten. Der *Vice Brigadiere* steuerte auf eine nur angelehnte Tür zu, klopfte an, stieß die Tür leicht auf und machte einen Schritt zur Seite, damit Max eintreten konnte.

Max hatte in Italien mit den *Carabinieri* schon die verschiedensten Erfahrungen gemacht. Am meisten hatte er natürlich mit seinem Schwager Francesco zu tun gehabt, mit dem er auf *Ischia* und in Rom schon zwei spektakuläre Kriminalfälle aufgeklärt hatte. Mit zwei relativ unerfahrenen *Carabinieri* war er in *Tropea* und in *Assisi* zusammengetroffen, die ganz froh darum gewesen waren, dass er ihnen mit seiner langjährigen Erfahrung zur Seite gesprungen war, als sie mit einem komplizierten Kriminalfall beschäftigt waren. Ganz offiziell hatte Max im Vorjahr in *Lazise* am Gardasee ermitteln können, als er für vier Wochen den Arbeitsplatz mit einem *Carabiniere* getauscht hatte. Mit den *Carabinieri* aus *Lazise* stand er immer noch in regelmäßigem Kontakt und hatte mit Chiara auch schon besprochen, dass sie im Laufe des Jahres einmal für ein verlängertes Wochenende an den Gardasee fahren würden, um die alten Kollegen wieder zu sehen.

So betrat Max voll gespannter Erwartung das Büro des *Maresciallo*. Was er nicht erwartet hatte, war, dass der *Maresciallo* einen dunkelblauen Rock und eine blaue Bluse tragen und schulterlange, dunkle Haare haben würde. Sie kam hinter ihrem Schreibtisch hervor und gab ihm die Hand.

„*Buongiorno, Maresciallo* Valentina Cona", stellte sie sich vor.

Max nannte ebenfalls seinen Namen und zeigte ihr seinen Dienstausweis der Rosenheimer Kripo. Sie zog erstaunt die Augenbrauen hoch.

„Aha, ein bayerischer Kollege", stellte sie fest. „Mit der bayerischen Polizei habe ich noch nie zu tun gehabt."

„Dann wird's Zeit", entgegnete ihr Max lachend.

Sie bot ihm an, sich zu setzen und nahm selbst auch wieder hinter ihrem Schreibtisch Platz. Max schätzte sie auf Anfang dreißig, trotz ihrer zarten Hände hatte sie einen kräftigen Händedruck gehabt. Und obwohl sie auch sehr weiche Gesichtszüge hatte, war der erste Eindruck von Max, dass sie ihren Job zielgerichtet und mit der gebotenen Härte ausüben würde.

„Sie sind also wegen dem Mordfall Spinea hier, wie mir der *Vice Brigadiere* sagte."

„Richtig. Ich war auch gestern Abend schon einmal hier, weil meine Frau bei dem gestrigen Treffen von *Salvate Venezia* zufällig dabei war und deswegen von Ihnen auch hierher gebracht worden war."

Max erzählte ihr, wie sie am Infostand von *Salvate Venezia* vorbeigekommen waren und wie ihnen Alessia Dogaletto am nächsten Morgen im Hotel über den Weg gelaufen war.

„Wie kam es dazu, dass Ihre Frau noch am selben Tag gleich bei diesem Treffen bei Saverio Altino dabei war?"

„Sie hat sich für die Themen der jungen Leute interessiert gezeigt, deswegen hatte uns *Signorina* Dogaletto beide eingeladen, am Abend bei der Zusammenkunft dabei zu sein. Ich für meinen Teil habe gleich abgesagt, meine Frau Chiara wollte es sich noch überlegen. Nachdem ich kein Problem damit hatte, mir das deutsche WM-Spiel am Abend alleine im Fernsehen anzuschauen, hat sie sich entschieden, doch nach *Dorsoduro* hinüber zu gehen."

„Warum kommen Sie nun zu mir, *Commissario*? Wollen Sie zu den Ereignissen vom gestrigen Abend eine Aussage machen?"

„Nein, das kann ich nicht. Ich habe erst gehört, was passiert war, als mich Chiara anrief. Und da war sie schon hier bei Ihnen. Ich bin hier, weil ich von den Mitgliedern von *Salvate Venezia*, von Alessia Dogaletto und von Gianni Zambelli, gebeten wurde, ihnen zu helfen, ihre Unschuld zu beweisen."

„Und wenn sie gar nicht unschuldig sind?"

„Dann hätten sie mich wohl kaum gebeten, für sie tätig zu werden", konterte Max sofort. „Aber wenn ich etwas für sie unternehmen will, bräuchte ich natürlich erst einmal die genauen Einzelheiten zu dem, was gestern passiert ist. Genau deswegen bin ich hier."

Valentina Cona stand auf, machte einen Schritt zum Fenster und schaute auf den *Campo San Zaccaria*, den großen Vorplatz der *Chiesa di San Zaccaria*, hinaus.

„Mein lieber *Commissario*, wie stellen Sie sich das vor? Sie sind mit einer unserer Verdächtigen verheiratet, platzen hier herein und wollen von mir detaillierte Auskünfte zu einem Mordfall. Woher soll ich denn zum Beispiel wissen, ob der Dienstausweis, den Sie mir gezeigt haben, auch wirklich echt ist?"

Max erwiderte nichts, sondern nahm vom Schreibtisch einen Zettel und einen Stift und notierte darauf zwei Telefonnummern. Dann stand er ebenfalls auf, trat neben Valentina Cona ans Fenster, reichte ihr den Zettel und erklärte ihr, wessen Telefonnummern das waren.

„Die obere Nummer ist vom Revier der *Carabinieri* von *Ischia Porto*, dort ist mein Schwager, *Maresciallo* Francesco Bianchi, tätig. Unter der zweiten Nummer erreichen Sie Ihren Kollegen, *Maresciallo* Emilio Brentani, den Leiter der *Carabinieri*-Einheit in *Lazise* am Gardasee. Dort habe ich letztes Jahr im Juni ganz offiziell für vier Wochen für die *Carabinieri* gearbeitet. Während ich in *Lazise* tätig war, war im Austausch für mich einer der italienischen Kollegen in Rosenheim und hat dort solange meinen Platz im Kommissariat eingenommen. Darüber hinaus könnte ich Ihnen noch *Carabinieri*-Kollegen in *Tropea* oder *Assisi* nennen, mit denen ich im Urlaub auch schon zusammengearbeitet habe und die ich unterstützt habe, relativ komplizierte Kriminalfälle zu lösen."

Valentina Cona hatte ihm interessiert zugehört, sie hatte natürlich nicht erwartet, dass der bayerische Kommissar offenbar schon mehrfach mit ihren italienischen Kollegen zusammengearbeitet hatte. Trotzdem blieb sie skeptisch und wollte sich absichern.

„Also gut", meinte sie relativ emotionslos, nahm Max den Zettel aus der Hand, nahm wieder hinter ihrem Schreibtisch Platz und rief in *Lazise* an.

Glücklicherweise hatte sie gleich Emilio Brentani selbst in der Leitung. Sie schilderte ihm kurz, was ihr Max erzählt hatte und hörte dann eine Weile still zu.

„*Grazie mille* für Ihre Auskunft, *Maresciallo*", bedankte sie sich schließlich.

Anschließend legte sie aber nicht auf, sondern reichte Max den Telefonhörer hinüber.

„Er will Sie auch kurz sprechen."

Max, der ihr sowieso den Hinweis gegeben hätte, dass er auch mit Emilio Brentani sprechen wolle, nahm ihr gern den Hörer aus der Hand.

„*Salve* Emilio."

„*Salve* Max, ich habe gehört, du machst jetzt Venedig unsicher", lachte Emilio laut.

„Wie du weißt, bin ich mit Chiara hergekommen, um nach unserer Silberhochzeit unsere zweiten Flitterwochen hier zu verbringen. Ich bin beim Fußball gesessen, als hier ein Mord passiert ist, bei dem Chiara zufällig in der Nähe war."

„Nur keine Ausreden", stichelte Emilio weiter. „Du wirst eben deinem Ruf wieder einmal gerecht, dass überall, wo du auftauchst, gleich ein Verbrechen passiert."

Max ging auf den Ruf, der ihm vorauseilte, gar nicht ein, sondern erzählte Emilio, dass er nach ihrem letzten Telefonat mit Chiara besprochen hatte, eventuell im Herbst für ein verlängertes Wochenende nach *Lazise* zu kommen.

„Gute Idee, Max. Du weißt, dass ihr uns hier immer willkommen seid. Stand heute werde ich im Herbst auch nicht in Urlaub sein."

Sie verabschiedeten sich und legten auf.

„Entschuldigen Sie, *Commissario*, dass ich etwas misstrauisch war."

„Kein Problem. Ich hätte mich gewundert, wenn Sie es nicht gewesen wären. Bei unserem Job gehört doch ein gewisses Maß an Skepsis immer dazu, man kann doch nie vorsichtig genug sein."

„Eben. Was wissen Sie denn schon alles über den Mordfall Spinea?"

Max fasste die Erzählungen von Chiara, Alessia und Gianni zusammen.

„Für das Obduktionsergebnis ist es sicher noch viel zu früh."

„Richtig, ich erwarte das heute im Laufe des Nachmittags. Mein Kollege, *Brigadiere* Verde, ist gerade noch einmal mit der Spurensicherung vor Ort. Wir hatten zwar gestern Abend mehrere Strahler, um den Bereich vor dem Haus auszuleuchten, aber in der Wohnung, in der unserer Ansicht nach der Mord geschehen ist, war der Strom schon abgeschaltet und mit den Lampen konnten wir doch nicht alles so ausleuchten, wie es nötig gewesen wäre. Da hilft das Tageslicht jetzt sicher weiter."

„Stimmt es, dass er mit einer Flasche erschlagen wurde?"

„Ja, davon gehen wir im Moment aus und ich glaube nicht, dass die Obduktion zu einem anderen Ergebnis führen wird. Unklar ist allerdings noch, ob der Schlag mit der Flasche allein schon tödlich war oder ob Spinea erst durch den Sturz vom Balkon tödlich verletzt worden ist."

„Der Gerichtsmediziner wird sicher feststellen können, ob er nach dem Schlag auf den Kopf noch etwas fester angepackt oder gestoßen wurde, dann hätten wir gleich den Nachweis, dass da noch etwas nachgeholfen worden ist."

Max sprach wie selbstverständlich von ‚wir', als würde er ganz offiziell zum Ermittlungsteam gehören. Er bemerkte allerdings am Gesichtsausdruck von *Maresciallo* Cona, dass ihr diese Wortwahl anscheinend nicht so ganz gepasst hatte. Da sie aber nichts dazu sagte, redete Max einfach weiter.

„Wurden bisher überhaupt keine verwertbaren Spuren gefunden?"

„An der Flasche gab es keine Fingerabdrücke, der Fußboden in der betreffenden Wohnung war zwar sehr staubig, aber der oder die Täter haben trotzdem keine deutlich nachweisbaren Fußspuren hinterlassen."

„Wie sieht es mit der Haustür aus?"

„Keinerlei Einbruchsspuren."

„Wenn weder das Ehepaar Altino, noch einer von *Salvate Venezia* hinter dem Mord steckt, dann müsste Spinea seinen Mörder selbst ins Haus gelassen haben."

„Oder der Mörder hatte einen Schlüssel zum Haus. Ich halte es aber nach wie vor für nicht unwahrscheinlich, dass einer aus der Gruppe oder Altino selbst der Mörder ist, auch wenn ich noch keine Beweise dafür habe."

„Also für meine Frau Chiara lege ich die Hand ins Feuer. Wegen des Zugangs zum Haus dürfen wir die anderen Mieter des Hauses, die bereits ausgezogen sind, nicht außer Acht lassen. Für die wäre es doch ein Leichtes gewesen, vor dem Auszug noch eine Kopie vom Hausschlüssel anfertigen zu lassen. Ein Motiv hätten die genauso wie Altino, schließlich hat Spinea sie alle aus dem Haus geekelt."

„Die Liste aller Mieter habe ich bereits von Spineas Frau eingefordert."

„Wie hat sie die Nachricht vom Tod ihres Mannes aufgenommen?"

„Ungewöhnlich ruhig und gefasst. Ehrlich gesagt hatte ich nicht den Eindruck, dass ihr das sonderlich viel ausgemacht hat. Auf meine Frage, ob es in ihrer Ehe Probleme gab, hat sie mir nur kurz geantwortet, dass die Ehe eigentlich nur noch auf dem Papier bestand, sie aber in Frieden nebeneinander her gelebt haben."

„Vielleicht steckt ja sie dahinter. Sie dürfte doch einen Großteil des Vermögens erben, je nachdem, wie viele Kinder da sind. Hat sie ein Alibi für gestern Abend?"

„Ja, das dürfte wasserdicht sein. Als ich sie heute Nacht über den Tod ihres Mannes unterrichten wollte, kam sie gerade mit einer Freundin, die im Nachbarhaus wohnt, nach Hause. Die beiden waren zuerst zusammen in *Dorsoduro* im Kino und dann noch etwas essen. Die Kinokarten hatten beide noch dabei. Ich lasse aber heute im Laufe des Tages natürlich noch überprüfen, ob sie wirklich in dem angegebenen *Ristorante* waren."

„Dann könnten wir sie als Mörderin praktisch ausschließen."

„So sieht es aus, obwohl sie wahrscheinlich die Alleinerbin sein wird, denn die Ehe der beiden blieb kinderlos."

„Wie alt war Spinea eigentlich?"

„Vierundsechzig."

„War er noch berufstätig?"

„Das weiß ich noch nicht."

Max lehnte sich auf seinem Stuhl zurück und ließ die Infos, die er bisher bekommen hatte, erst einmal sacken. Valentina Cona stand währenddessen auf, holte von dem kleinen Sideboard, das hinter ihrem Schreibtisch an der Wand stand, eine Karaffe mit Wasser und zwei Gläser, goss die beiden Gläser voll und stellte eins zu Max hinüber.

„Vielen Dank."

Er trank das Glas in einem Zug bis zur Hälfte leer und legte dann wieder los.

„Besaß Spinea noch mehr Immobilien?“

„Ja, es waren drei vermietete Häuser sowie die Wohnung, in der er mit seiner Frau lebte.“

„Hat sich *Signora* Spinea denn in irgendeiner Weise dazu geäußert, wer ein Motiv gehabt haben könnte, ihren Mann zu ermorden?“

„Ich habe sie explizit danach gefragt. Namen hat sie mir keine genannt, hat jedoch erwähnt, dass ihr Mann nicht gerade zimperlich vorgegangen ist, wenn er einen bestimmten Plan oder ein bestimmtes Vorhaben in die Tat umsetzen wollte. Damit waren für mich eindeutig seine Methoden gegenüber seinen Mietern gemeint. Genau deswegen habe ich sie auch aufgefordert, mir eine Liste der ehemaligen Mieter im Haus an der *Fondamenta Bragadin* zusammenzustellen.“

„Wie sieht es bei den anderen beiden Häusern aus? Ist er da auch gerade dabei, die Mieter rauszuekeln?“

„Das konnte mir *Signora* Spinea nicht sagen, weil sie angeblich nicht weiß, ob er diese beiden Häuser in absehbarer Zeit auch komplett sanieren wollte.“

„Drei Mietshäuser“, dachte Max laut nach. „Er wird es wohl kaum nötig gehabt haben, noch berufstätig zu sein.“

„Stimmt. Trotzdem muss ich mich in der Hinsicht noch schlau machen. Generell brauche ich einen Überblick über seine finanziellen Verhältnisse, denn vielleicht findet sich da ein Hinweis auf ein mögliches Motiv.“

Max nickte zustimmend.

„Wenn es keine Beziehungstat war, steht hinter den meisten Morden irgendeine Geldangelegenheit, was mich in diesem Fall nochmal zu *Signora* Spinea bringen würde. Wenn sie ihn tatsächlich allein beerben sollte, hätte sie ein erstklassiges Motiv.“

„Grundsätzlich haben Sie natürlich Recht, aber wenn ihr Alibi wirklich bestätigt wird, nutzt uns ihr mögliches Motiv leider überhaupt nichts.“

„Dann müssen wir das eben solange offen lassen. Haben Sie heute Nacht noch mit den Nachbarn oder den Hotelgästen von nebenan sprechen können?“

„Nur mit dem Ehepaar, dass Spinea gefunden hat. Die anderen wird *Brigadiere* Verde aufsuchen, sobald er mit der Spurensicherung am Tatort fertig sein wird. Es ist im Moment einfach unbefriedigend, weil ich manche Ermittlungstätigkeiten zurückstellen muss, so kann ich mich zum Beispiel erst morgen über die finanziellen Verhältnisse oder das Testament von Spinea erkundigen, dieses Problem haben wir aber immer, wenn wir an einem Sonntag mit unserer Ermittlungsarbeit beginnen müssen. Die Handy-Verbindungsdaten von Spinea liegen mir auch noch nicht vor, aber es wäre fast zu schön um wahr zu sein, wenn sein Mörder da gestern Abend noch mit einem Anruf eine Spur hinterlassen hätte. Was wollen Sie heute noch unternehmen?"

„Ich werde jetzt gleich zu Altino gehen und mit ihm und seiner Frau sprechen, dann will ich mich mit meiner Frau treffen, sie hatte inzwischen sicher Kontakt zu Alessia und Gianni. Ich hoffe, dass ich kurzfristig für heute auch noch ein Treffen von *Salvate Venezia* organisieren kann, damit ich mir von allen Mitgliedern ein Bild machen kann."

„Also bei uns waren sie heute Nacht nicht sehr gesprächig und konnten sich gegenseitig nicht unbedingt ein wasserdichtes Alibi geben."

„Was die Alibis angeht, habe ich das so ähnlich auch von Chiara gehört. Aber wenn ich sie schon unterstützen soll, muss ich wenigstens mit allen einmal etwas intensiver gesprochen haben."

Maresciallo Cona griff in ihre Schreibtischschublade und reichte Max eine Visitenkarte hinüber. Er seinerseits schrieb ihr seine Handynummer und die Nummer vom Zimmertelefon im *Hotel Gran Paradiso* auf.

„Wir wollen am Dienstag an den *Lido* umziehen, bis dahin sind wir im *Gran Paradiso*, am besten bin ich aber sicher am Handy erreichbar."

Sie stand auf und kam zu ihm um den Schreibtisch herum.

„*Commissario*, ich weiß es zu schätzen, dass Sie sich für die Mitglieder von *Salvate Venezia* so engagieren, muss Sie aber eindringlich bitten, uns bei unseren Ermittlungen nicht dazwischen zu funken. Denken Sie daran, Sie sind hier nicht im Dienst und dürfen sich natürlich auch nicht als Mitarbeiter der *Carabinieri* ausgeben."

Während des gesamten Gesprächs war sie sehr freundlich und nett gewesen, ihr Appell an Max kam nun aber mit einer sehr ernsten Miene. Max hatte das nicht anders erwartet, denn als junge Frau kam man sicher nur in ihre Position, wenn man ab und zu auch einmal auf den Tisch hauen konnte und den Job mit der nötigen Härte ausführte. Max reichte ihr die Hand.

„Ja, ich bin mir sicher, dass es da keine Probleme geben wird und Sie letztlich sogar von meinen Recherchen auch profitieren werden."

Erst jetzt, als sie sich so nahe gegenüber standen, nahm er den süßlichen, aber nicht zu aufdringlichen Geruch ihres Parfums wahr. Als sie ihm dann ihre Hand gab, lächelte sie ihn auch schon wieder an. Sie hatte das gleiche bezaubernde Lächeln, dass er an seiner Chiara so sehr liebte und das oft jegliche schlechte Laune bei ihm vertreiben konnte.

„*Arrivederci Commissario*."

„Ich bin mir sicher, dass wir uns sehr bald wiedersehen werden, *Maresciallo*."

Er ließ ihre Hand los, die er die ganze Zeit gehalten hatte, drehte sich um und verließ ihr Büro.

Als er vor die Tür des *Comando Provinciale* trat, bog er nicht sofort nach links ab, sondern ging nach rechts die wenigen Meter bis zu der Bar, in der sie in der Nacht gewesen waren, als er Chiara abgeholt hatte. Dort ließ er sich einen *Cappuccino* und ein mit Schokolade gefülltes *Cornetto* schmecken. Erst dann machte er sich auf den Weg nach *Dorsoduro*, wollte diesmal aber nicht zu Fuß gehen. An der Haltestelle *San Zaccaria* kaufte er sich ein Einzelticket und bestieg das nächste *Vaporetto*, das über den *Canal Grande* in Richtung *Stazione Santa Lucia* fuhr. Als das *Vaporetto* das *Gran Paradiso* passierte, hielt er nach Chiara Ausschau. Das Fenster ihres Zimmers war geschlossen, auch auf der Terrasse hielt sie sich nicht auf. Offenbar war sie doch zu einem Einkaufsbummel losgezogen. An der Haltestelle *Accademia,* die direkt an dem *Ponte dell'Accademia* liegt, stieg er mit einigen anderen Touristen aus und marschierte dann schnurstracks in Richtung Bäckerei Altino, während die Touristen immer wieder stehen blieben, um sich die Auslagen der Geschäfte anzusehen.

Die Tür der Bäckerei stand offen, es waren aber gerade keine Kunden im Laden, als Max dort ankam. Neben der Tür hing ein Schild im Schaufenster mit dem Hinweis, dass die Bäckerei am

Sonntag jeweils bis um zwölf geöffnet hatte. Max betrat den Laden, der Herr mit den leicht angegrauten Haaren, der hinter der Theke stand, war derjenige, den er am Abend zuvor schon im *Comando Provinciale* gesehen hatte.

„*Buongiorno*, Sie wünschen?"

„*Buongiorno*. *Signor* Saverio Altino?"

„Ja, das bin ich."

Max stellte sich vor und erklärte Altino, warum er da war.

„Ich kann im Moment nicht weg, aber solange kein Kunde hereinkommt, können wir uns auch hier unterhalten."

„Kein Problem. Wenn es notwendig ist, müssen wir eben kurz unterbrechen. Haben Sie jeden Sonntag geöffnet?"

„Ja. Ich beliefere das Hotel nebenan jeden Tag, sonst würde ich mich am Sonntag nicht in die Backstube stellen. Aber wenn der Ofen am Sonntag ohnehin läuft, dann kann ich auch meinen vielen Stammkunden frische *Panini* anbieten. Die Frage ist nur, wie lange noch. Was wollen Sie denn alles von mir wissen?"

„*Signor* Altino, schildern Sie mir doch bitte aus Ihrer Sicht, was gestern Abend passiert ist."

Altino fasste den Beginn des Treffens mit den Leuten von *Salvate Venezia* zusammen bis zu dem Zeitpunkt, als Spinea plötzlich in das Treffen geplatzt war.

„Das war für mich der letzte Beweis dafür, dass er hinter den Stromausfällen und den anderen Schikanen steckte, wenn er nicht einmal davor zurückschreckte, einfach in fremde Wohnungen einzudringen. Er konnte also überall im Haus hin, wenn er sich sogar Zutritt zu meiner Wohnung verschaffen konnte."

„Hat er keinen Grund genannt, warum er so plötzlich bei Ihnen hereingeplatzt ist?"

„Direkt gesagt hat er es nicht, er hat nur gleich drauflos geschimpft, wir würden in meiner Wohnung konspirative Treffen abhalten."

„Von wem könnte er denn erfahren haben, dass Sie die Aktivisten von *Salvate Venezia* zu sich eingeladen hatten?"

Altino zuckte mit den Schultern.

„Ich weiß es nicht, von mir ganz bestimmt nicht und meine Frau hat mir auch versichert, dass sie mit niemandem darüber gesprochen hat. Ich kann mir aber nicht vorstellen, dass er nur ganz zufällig genau während unseres Treffens dazu gestoßen ist."

„Demnach müsste er also einen Tipp bekommen haben."

„Darüber habe ich auch schon nachgedacht, mir ist aber niemand eingefallen. Die Mitglieder von *Salvate Venezia* werden doch kaum ihr eigenes Treffen an ihn verraten haben."

Max sagte dazu nichts, denn er hatte sich bereits am Samstagabend darüber Gedanken gemacht, ob es bei *Salvate Venezia* nicht einen Maulwurf gab. Er hatte darüber aber nicht einmal mit Chiara gesprochen, weil er die Idee an sich abwegig fand. Doch als es jetzt auch Altino erwähnte, nahm er sich vor, bei dem von ihm geplanten Treffen alle Mitglieder von *Salvate Venezia* nach dieser Möglichkeit ein wenig abzuklopfen.

„Die ganze Situation ist ja dann ziemlich schnell eskaliert."

„Ja, weil Spinea offen damit gedroht hat, mir meine berufliche Existenz zu vernichten. Da ist meine Frau mit einer leeren Weinflasche in der Hand auf ihn losgegangen. Deswegen hat er den Schwanz eingezogen und ist abgehauen."

„Hätten Sie Ihrer Frau zugetraut, dass sie mit der Flasche auch zuschlägt?"

„Nein, niemals", antwortete Altino ohne Zögern.

„Was ist passiert, als Spinea dann wieder weg war?"

„Wir haben uns kurz darüber unterhalten, wie ich auf seine Drohungen reagieren könnte, dann wollten wir erst einmal eine Pause machen."

„Haben Sie in der Pause die Wohnung sofort verlassen?"

„Ja, ich bin gleich bei der Wohnungstür raus und wollte hier im Erdgeschoss die gefüllten *Cornetti* holen, die ich am Spätnachmittag frisch gebacken hatte."

„Wieviel Zeit lag Ihrer Meinung nach zwischen dem Zeitpunkt, als Spinea Ihre Wohnung verlassen hatte und der Pause?"

„Ich schätze, das waren nicht mehr als fünf Minuten."

„Ist Ihnen im Treppenhaus beim Hinuntergehen nichts Ungewöhnliches aufgefallen?"

„Doch. Als ich ein Stockwerk tiefer war, meinte ich, aus der Wohnung, die direkt unter unserer liegt, Stimmen gehört zu haben. Ich blieb stehen und lauschte eine Weile, aber weil ich dann nichts mehr hörte, dachte ich mir, dass ich mich vielleicht getäuscht hatte."

„Haben Sie das gestern Abend den *Carabinieri* auch so erzählt?"

„Ja, sicher. In der Wohnung haben die dann auch die Flasche gefunden, mit der Spinea vermutlich erschlagen worden ist. Ich kann mir das alles nicht erklären, denn das hieße ja, dass sich neben Spinea noch jemand Zutritt zum Haus verschafft haben müsste. Meine Frau hat deswegen die ganze Nacht kein Auge zugetan, weil sie befürchtete, mitten in der Nacht würde wieder jemand plötzlich in unserer Wohnung stehen."

Max ging darauf nicht ein, weil er die Möglichkeit, dass es sich bei dem Täter vielleicht um einen der ehemaligen Nachbarn von Altino gehandelt haben könnte, nicht erwähnen wollte.

„Sie sind dann also in Ihre Bäckerei herunter und haben die *Cornetti* geholt. War die Haustür geschlossen?"

„Ja, ganz bestimmt. Mir wäre aufgefallen, wenn sie offen oder auch nur angelehnt gewesen wäre."

Von der Backstube und dem Laden gab es keinen direkten Zugang zum Treppenhaus. Altino musste also bei der Haustür hinaus und direkt daneben bei der Ladentür wieder hinein, wenn er in seine Bäckerei wollte.

„Wie lange haben Sie sich hier unten aufgehalten?"

„Ich habe nur einige Minuten gebraucht, um die *Cornetti* vom Backblech auf ein großes Tablett hinüber zu legen, dann bin ich sofort wieder hinauf. Auf der Treppe ist mir niemand begegnet und auch bei der Wohnung im dritten Stock habe ich im Vorbeigehen nichts mehr gehört."

Damit hatte er die Antworten auf die nächste Frage von Max schon vorweg genommen.

„Wie ist es dann weitergegangen?"

„Ein paar Minuten, nachdem ich wieder oben war, sind nach und nach alle wieder in unser Wohnzimmer hereingekommen. Wir sind aber nicht mehr dazugekommen, wieder in die Diskussion einzusteigen, weil kurz darauf von unten die Schreie der Frau, die nebenan im Hotel wohnt, zu hören waren."

„Hat sich Ihrer Meinung nach hier vor dem Haus irgendjemand eigenartig oder ungewöhnlich verhalten, bis die *Carabinieri* eintrafen und den Fundort abgesperrt haben?"

Bevor Altino antworten konnte, musste er eine Kundin, die in den Laden gekommen war, bedienen. Er reichte ihr die Tüte mit den frischen *Panini* über die Theke und wartete, bis sie den Laden wieder verlassen hatte.

„Wir standen alle unter Schock, schließlich hatten wir Spinea kurz zuvor noch lebend gesehen. Mir ist aber nicht aufgefallen, dass einer von denen, die um Spineas Leiche herumstanden, ungewöhnlich nervös gewirkt hätte. Sehr lange waren wir ohnehin nicht da draußen, weil uns die *Carabinieri* wieder ins Haus getrieben haben. An eine normale Diskussion oder Erörterung meiner Probleme mit Spinea war dann natürlich nicht mehr zu denken."

„Haben sich Ihre Probleme mit dem Tod Spineas nicht von selbst erledigt?"

„Was wollen Sie mir unterstellen?", echauffierte sich Altino.

„Gar nichts. Ich denke nur laut darüber nach, wer einen Vorteil durch Spineas Tod hätte und da komme ich zwangsläufig auf Sie."

„Ich habe aber mit dem Mord rein gar nichts zu tun. Ich war doch schon eine ganze Weile wieder oben in unserer Wohnung, als die Leiche entdeckt wurde."

„Wir wissen nicht, wie viel Zeit zwischen dem Sturz vom Balkon und dem Auffinden der Leiche vergangen ist. Somit haben Sie leider nicht unbedingt ein Alibi."

„Ich war es aber trotzdem nicht."

Max wollte es dabei bewenden lassen, weil er der Meinung war, dass er von Altino keine weiteren nützlichen Infos mehr bekommen würde.

„Ist Ihre Frau oben in der Wohnung?"

„Was wollen Sie denn von Eugenia? Sie kann Ihnen auch nichts anderes erzählen als ich."

„Dennoch muss ich auch mit ihr sprechen. Also, ist sie oben?"

„Ja, wahrscheinlich steht sie gerade in der Küche."

„Vielen Dank für Ihre Auskünfte, *Signor* Altino. *Arrivederci*."

Max verließ die Bäckerei, Altino lief hinter ihm her.

„Warten Sie, ich sperre Ihnen die Haustür auf."

„Vielen Dank."

Auf dem Weg nach oben dachte Max darüber nach, was für ein großes Risiko es für den Täter gewesen war, in dem fast unbewohnten Haus nur über die Treppe fliehen zu können, denn ein Aufzug war nicht vorhanden. Jeder, der sich im Treppenhaus aufgehalten hätte, wäre doch sofort aufgefallen.

„Wieder ein Aspekt, der meines Erachtens für Altino als Täter spricht", sagte Max zu sich selbst.

Im dritten Stock war eine der Wohnungstüren von den *Carabinieri* versiegelt worden, dort also war der Mord passiert. Oben angekommen musste Max dreimal klingeln, bis Eugenia Altino endlich öffnete. Zuerst wollte sie die Tür sofort wieder zumachen, erst als sie hörte, dass er Chiaras Ehemann war, noch dazu bei der Kripo arbeitete und für *Salvate Venezia* unterwegs war, trat sie zur Seite und ließ ihn hinein.

„Wir können im Wohnzimmer Platz nehmen. Saverio, also mein Mann, kommt kurz nach zwölf zum Essen rauf, ich habe aber alles schon soweit vorbereitet und in den Ofen geschoben, dass ich mich jetzt nicht die ganze Zeit in der Küche aufhalten muss. Darf ich Ihnen einen *Caffè* anbieten? Ich habe vorhin gerade einen aufgesetzt."

„Danke, da sage ich nicht nein."

Während sie in die Küche hinüberging, um den *Caffè* zu holen, sah sich Max im Wohnzimmer um. Es war sehr groß und aufgrund der breiten Türen zu den Dachterrassen sehr hell. Vor einer der Türen stand ein runder Tisch mit sechs Stühlen, der Sessel, in dem Max saß und auch die Couch wirkten schon etwas durchgesessen, dafür waren der Flachbild-Fernseher und die Stereoanlage relativ neu. Max wollte aufstehen, um zu sehen, was man von hier oben für einen Ausblick hatte, in dem Moment kam aber *Signora* Altino mit dem *Caffè* zurück.

„*Grazie mille.*"

„*Prego.*"

Max nahm einen Schluck und hätte sich beinahe die Zunge verbrannt, weil der *Caffè* fast noch zu heiß war zum Trinken. Dann kam er auf den Grund seines Besuches zurück.

„*Signora* Altino, ich versuche gerade zu rekonstruieren, was gestern Abend hier im Haus wirklich passiert ist, um alle, die bei dem Treffen von *Salvate Venezia* dabei waren, von dem Mordverdacht zu entlasten."

„Der Verdacht ist doch sowieso völlig abwegig."

„So abwegig finde ich ihn leider nicht, wenn praktisch das ganze Haus leer steht und nur Sie, Ihr Mann und Ihre Gäste sich offiziell hier aufgehalten haben und noch dazu Ihr Mann ein sehr starkes Motiv hat, sich für die Schikanen, die offenbar von Spinea initiiert wurden, zu revanchieren."

„Natürlich waren wir sauer auf Spinea, aber deswegen bringen wir ihn doch nicht gleich um."

„Aber mit der leeren Weinflasche in der Hand sind Sie schon auf ihn losgegangen."

„Das war doch etwas völlig anderes. Ich wollte ihm doch damit nur zeigen, dass wir uns nicht alles gefallen lassen, schließlich hatte er ganz offen damit gedroht, die berufliche Existenz von meinem Mann komplett zu zerstören. Sollte ich da etwa tatenlos zusehen?"

„Sie sind ihm nicht bis ins Treppenhaus gefolgt?"

„Nein", antwortete sie energisch mit deutlich lauterer Stimme. „Ich habe gestern Abend die Wohnung überhaupt nicht verlassen."

„Wo haben Sie sich während der Pause aufgehalten?"

„Ich bin mehrfach zwischen Wohnzimmer und Küche hin und her, weil ich leere Flaschen weggeräumt und volle hereingetragen habe. Schließlich habe ich auch noch einen Stapel Teller für die *Cornetti*, die mein Mann unten vorbereitet hatte, hereingebracht."

„Ihr Mann hat nicht zufällig auch eine leere Flasche weggeräumt?"

Sie stutzte ein wenig, wusste dann aber gleich, worauf Max hinaus wollte.

„Nein, der ist mit leeren Händen aus dem Wohnzimmer hinaus und nach unten gegangen, um die *Cornetti* zu holen."

„Wieviel Zeit war seit dem Abgang von Spinea vergangen?"

„Das dürften so ungefähr fünf Minuten gewesen sein."

Max schwieg eine Weile. Die Aussagen deckten sich in etwa mit denen von Alessia und Gianni. Sie konnten sich natürlich alle abgesprochen haben, Max hatte aber bei keinem der vier den Eindruck gehabt, angelogen zu werden. Außerdem hatte auch Chiara den Verlauf des Abends so geschildert und ihr vertraute er blind.

„Außer Ihrem Mann hat niemand die Wohnung verlassen?"

„Ich habe nicht speziell darauf geachtet, wo die einzelnen Mitglieder der Gruppe in der Pause hin sind, aber aufgefallen ist mir diesbezüglich nichts. Zwei der jungen Herren sind von den Dachterrassen hereingekommen, als wir weitergemacht haben. Bei den beiden würde ich es ausschließen, denn ich habe auch gesehen, wie sie zu Beginn der Pause auf die Terrassen hinausgegangen sind."

„Ist Ihnen, unabhängig von gestern Abend, in der letzten Zeit, seit die anderen Mieter ausgezogen sind, irgendwann ein Fremder im Haus aufgefallen?"

„Nein, den hätte ich doch sofort angesprochen, was er in unserem Haus will. Spinea war allerdings einmal da und hatte noch jemanden mit dabei, das dürfte aber einer von der Baufirma gewesen sein, die unser Haus sanieren will."

„Wann war das ungefähr?"

„Wenn ich mich richtig erinnere, dann muss das Anfang April gewesen sein, ein paar Tage nachdem die letzten Mieter, die außer uns noch hier waren, ausgezogen sind."

„Wo sind die denn alle hin?"

„Eine Familie ist aufs Festland gezogen. Die beiden Buben, es sind Zwillinge, kommen im September ins Gymnasium, deswegen haben sich die Eltern fürs Festland entschieden, obwohl sie aus ihrer Wohnung hier im Haus natürlich auch nicht raus wollten. Von den zwei alten Damen, die hier gewohnt haben, hat eine ein Appartement in einem Seniorenheim bezogen, die andere konnte im Haus ihrer Tochter unterkommen. Zwei Wohnungen stehen schon seit dem Herbst leer. Die jeweiligen Mieter sind letztes Jahr im Februar und März ausgezogen. Offenbar hatte Spinea da schon die Sanierung im Kopf, weil er die Wohnungen nicht mehr langfristig, sondern über den Sommer nur noch wochenweise an Touristen vermietet hat. Der Laden links von der Haustür, in dem sich eine kleine Galerie befand, steht auch schon seit letztem September leer, weil der Mieter nach längerer Suche in Florenz eine viel größere Galerie gefunden hatte."

Max trank wieder von seinem *Caffè*, jetzt hatte er genau die richtige Temperatur. *Signora* Altino wartete einen Augenblick und fuhr dann fort.

„Fehlt noch das Ehepaar Masena, das waren die letzten, die ausgezogen sind. Ich dachte immer, dass *Signor* Masena genauso ein Durchhaltevermögen haben würde wie mein Mann, aber letztlich haben er und seine Frau dann doch das Handtuch geworfen."

„Kennen Sie den Grund dafür?“

„Nein, aber ich könnte mir vorstellen, dass sie einen Schlussstrich ziehen wollte. Ich habe einmal mitbekommen, wie *Signor* Masena am Telefon mit Spinea gestritten und ihn als Verbrecher und geldgierigen Menschenschinder beschimpft hat. Deswegen glaube ich nicht, dass er von sich aus aufgegeben hat. Mein Mann hat auch gemeint, dass sich Spinea vielleicht bei den Masenas eher durchgerungen hat, eine Auszugsprämie zu zahlen oder sie hat ihren Mann solange bekniet, bis er ihr nachgegeben hat.“

„Wo sind die Masenas hingezogen?“

„Sie haben tatsächlich hier in *Dorsoduro* eine Wohnung gefunden, die fast genauso groß war wie die hier im Haus. Es ist übrigens die ehemalige Wohnung der Masenas, in der Spinea gestern Abend vermutlich mit der Flasche erschlagen wurde.“

Max ließ sich nicht anmerken, wie überrascht er über diese Nachricht war. Dass einer der ehemaligen Hausbewohner sich vor dem Auszug vielleicht einen Schlüssel hatte nachmachen lassen, das hatte er schon in Betracht gezogen. Er hatte dabei aber nur an die Haustür und nicht an die einzelnen Wohnungstüren gedacht. Die Tatsache, dass Spinea in der ehemaligen Masena-Wohnung ermordet worden war und die Hinweise von *Signora* Altino, dass zuletzt neben den Masenas nur noch zwei ältere Damen sowie eine Familie im Haus gewohnt hatten, grenzte den Kreis der Verdächtigen natürlich ziemlich ein. Wenn sich also einer vor dem Auszug eventuell einen Nachschlüssel besorgt hatte, dann könnte das am wahrscheinlichsten *Signor* Masena gewesen sein.

„*Signora* Altino, Sie haben die Vermutung von Ihrem Mann erwähnt, Spinea hätte den Masenas eine Auszugsprämie bezahlt. Ihnen hat er aber nie eine Prämie oder ähnliches angeboten?“

„Nein, mein Mann hat gegenüber Spinea sogar mehrfach damit argumentiert, dass wir aufgrund unserer langfristigen Mietverträge für die Wohnung und die Bäckerei, wenn überhaupt, nur bei Zahlung einer entsprechenden Prämie bereit wären, über einen Auszug nachzudenken. Spinea hat diese Forderung aber immer kategorisch abgelehnt.“

„*Signor* Masena oder seine Frau haben Sie aber nicht explizit danach gefragt?“

„Nein, mir ist diese Frage zwar mehrfach auf der Zunge gelegen, letztlich habe ich mir dann aber gedacht, dass sie mir vielleicht sowieso nicht die Wahrheit sagen würden, weil sie sich eventuell vertraglich zum Stillschweigen verpflichtet haben.“

„Nun ist die Situation durch den Tod von Spinea aber eine völlig andere. Haben Sie die neue Adresse der Masenas?“

Signora Altino stand auf und holte aus einer Schublade des Wohnzimmerschrankes einen Zettel und einen Stift und schrieb Max die Adresse und Telefonnummer der Masenas auf.

„Die Wohnung liegt ganz in der Nähe der *Accademia*.“

„Vielen Dank. Nun habe ich nur noch eine Frage an Sie. Sind Sie tagsüber die ganze Zeit hier oder sind Sie auch berufstätig?“

„Normalerweise bin ich jeden Tag als einzige Verkäuferin unten in der Bäckerei. Vor zwei Wochen habe ich mich allerdings am Knie verletzt, deswegen kann ich momentan nicht so lange stehen. Wir haben kurzfristig eine Aushilfe eingestellt, die von Montag bis Samstag da ist.“

Sie deutete auf ihr bandagiertes Knie, um ihre Aussage zu untermauern. Max stand auf, um zu gehen.

„Vielen Dank für Ihre Auskünfte. Sie haben mir sehr weitergeholfen. Gute Besserung für Ihr Knie, damit Sie bald selbst wieder im Laden sein können.“

„*Grazie. Arrivederci.*“

Sie brachte ihn zur Tür und schüttelte ihm die Hand. Unten warf Max noch einen kurzen Blick in den Laden. Altino war gerade dabei, zwei Kundinnen zu bedienen, deswegen ging er nicht noch einmal hinein, sondern marschierte in Richtung *Ponte dell'Accademia* zurück. Unterwegs griff er zum Handy und rief Chiara an. Sie meldete sich erst beim fünften Klingeln.

„*Ciao*, mein Schatz, wo bist du denn gerade?“

„Ich bin im Hotel, Max, und du?“

„Ich war gerade bei den Altinos und bin auf dem Rückweg. Warum bist du denn nicht zum Bummeln gegangen?“

„Ach, irgendwie hatte ich dann doch nicht sonderlich Lust dazu, außerdem war ich die ganze Zeit so müde, dass mir beim Lesen ständig die Augen zugefallen sind. Jetzt habe ich auch gerade wieder geschlafen.“

„Ich komme jetzt zu Fuß zum Hotel zurück, dann können wir uns überlegen, wohin wir zum Mittagessen gehen und was wir am Nachmittag unternehmen könnten."

„In Ordnung, bis gleich. *Ciao*."

Auf dem Weg zum *Ponte dell'Accademia* kamen Max sehr viele Touristen entgegen, die in Richtung *Basilica Santa Maria della Salute* unterwegs waren. Im Gegensatz zum Samstagabend konnte er das letzte Stück bis zum Hotel zurücklegen, ohne wegen eines einsetzenden Gewitterschauers schnell laufen zu müssen, denn nun schien die Sonne vom strahlend blauen Himmel.

6

Chiara lag noch auf dem Bett, als Max beim Hotel ankam.

„Hast du bei den *Carabinieri* und bei Altino etwas erreicht?"

Max antwortete ihr mit einer Gegenfrage.

„Warum hast du gestern nicht erwähnt, dass der zuständige *Maresciallo* eine Frau ist?"

„Weil es für mich nicht relevant ist, ob da eine Frau oder ein Mann ermittelt. Wärst du etwa nicht hingegangen, wenn du es gewusst hättest?"

„Nein, natürlich wäre ich trotzdem genauso hin."

Max kannte seine Chiara zu gut, um zu wissen, dass es sicher noch einen anderen Grund für sie gegeben hatte, ihm den weiblichen *Maresciallo* zu verschweigen. Schon seit einiger Zeit war ihm immer wieder aufgefallen, dass Chiara in den verschiedensten Alltagssituationen sehr eifersüchtig reagiert hatte, ohne dass er ihr bewusst einen Grund dafür gegeben hatte. Dabei war Eifersucht bei ihnen beiden eigentlich nie ein Thema gewesen. Es kam ihm fast so vor, als hätte sie nach fünfundzwanzig Jahren Ehe nun plötzlich Angst, ihn an eine jüngere Frau zu verlieren. Deswegen war am Samstagvormittag seine lustig gemeinte Bemerkung über die junge Alessia natürlich eher kontraproduktiv gewesen. Aus diesem Grund verkniff er es sich jetzt auch, auf die Person Valentina Cona näher einzugehen, sondern beschränkte sich bei seinem Bericht auf die Informationen, die den Mordfall Spinea betrafen.

„*Maresciallo* Cona wollte mir zuerst überhaupt keine Auskunft geben, weil du schließlich zu den Verdächtigen gehörst. Erst als ich sie aufgefordert habe, Emilio in *Lazise* anzurufen und er ihr bestätigt hatte, dass ich schon für die *Carabinieri* gearbeitet habe, ist sie mit den Infos zum Fall Spinea herausgerückt."

„Und wie war es bei Altino?"

„Er hat natürlich geleugnet, irgendetwas mit Spineas Tod zu tun zu haben. Sehr interessant waren die Aussagen seiner Frau."

Max erzählte ihr, was er alles über die ehemaligen Hausbewohner, insbesondere die Masenas, erfahren hatte.

„Und offenbar ist Spinea in der ehemaligen Masena-Wohnung ermordet worden.“

„Wie willst du jetzt weiter vorgehen?“

„Am aufschlussreichsten wären Befragungen des Ehepaars Masena und der Frau von Spinea. Allerdings müssen die mir natürlich keine Auskunft geben. Wenn die nicht mit mir sprechen wollen, dann schaue ich ganz schön in die Röhre. Auf alle Fälle muss ich mich noch mit allen Mitgliedern von *Salvate Venezia* unterhalten.“

Chiara erzählte ihm, dass Alessia und Gianni den Tag am *Lido* verbringen wollten und für den Abend ein Treffen mit den anderen Gruppenmitgliedern geplant hatten.

„Ich habe Alessia schon angekündigt, dass wir wahrscheinlich nach dem Abendgottesdienst auch dazu kommen werden, muss sie aber deswegen noch einmal anrufen.“

„Es wäre zwar besser, wenn ich mir jeden einzeln vorknöpfen könnte, aber wenn sie ohnehin alle zusammen sind, muss ich eben versuchen, bei einer gleichzeitigen Befragung von allen herauszufinden, ob nicht doch einer von denen Spinea ermordet hat.“

Chiara rief Alessia am Handy an.

„*Ciao* Chiara, habt ihr es euch doch noch überlegt, auch an den *Lido* zu kommen?“

„Nein, wir haben noch gar nicht entschieden, was wir am Nachmittag machen, weil Max gerade eben erst ins Hotel zurückgekommen ist. Ich wollte dir nur Bescheid geben, dass wir heute Abend auch ins *Casanova* kommen.“

„Gut, dann sehen wir uns abends. Bis später.“

„*Ciao*, bis später.“

Als Chiara eingehängt hatte, meinte Max, dass es Zeit wäre, zum Mittagessen zu gehen.

„Mir knurrt schon richtig der Magen.“

„Irgendwie habe ich noch überhaupt keinen großartigen Appetit, Max.“

Er nahm sie in den Arm.

„Was macht dir mehr zu schaffen, mein Schatz? Die Gedanken an den Mord in deiner unmittelbaren Nähe oder die Tatsache, dass dich die *Carabinieri* zu den Verdächtigen zählen?“

Chiara zuckte mit den Schultern.

„Wegen dem Verdacht mache ich mir keine Sorgen, weil ich ja weiß, dass ich unschuldig bin. Ich finde die ganze Situation einfach schrecklich, vor allem, weil ich auch nicht mit hundertprozentiger Sicherheit sagen kann, dass es keiner von *Salvate Venezia* war, der Spinea mit der Flasche den Schädel eingeschlagen hat."

„Das werde ich hoffentlich bald herausgefunden haben, damit wir dann in Ruhe den Rest von unserem Urlaub genießen können."

„Ich habe mir unsere Reise auch anders vorgestellt. Vielleicht ist es am besten, wenn wir jetzt hier im Hotel essen. Ich will ohnehin nur eine Kleinigkeit bestellen und du findest bestimmt auch etwas Passendes."

„Gut, dann lass uns gleich runtergehen."

Max, der immer einen großen Appetit hatte, egal ob er mitten in einem komplizierten Fall steckte oder ausnahmsweise einmal weniger zu tun hatte, bestellte sich das dreigängige Tagesmenü, während sich Chiara mit einem Salat begnügte. Als *Secondo* bekam Max *Baccalà alla vicentina* serviert, in kleine Stücke geschnittenen Stockfisch, der in einem Sud aus Zwiebeln, Olivenöl, Petersilie, Milch und *Parmigiano Reggiano* mehrere Stunden gegart und dann mit *Polenta* serviert wird. Nach dem Essen wollte Max es Chiara überlassen, was sie am Nachmittag unternehmen würden. Sie war der Meinung, dass er sofort versuchen sollte, die Masenas und Spineas Frau zu treffen.

„*Signora* Spinea wird sich wahrscheinlich eher zuhause aufhalten als die Masenas. Wegen dem plötzlichen Todesfall kann sie doch heute am Sonntag ohnehin noch nichts auf Ämtern und Behörden erledigen. Von ihr habe ich aber noch nicht einmal die Adresse, ich hoffe, sie steht im öffentlichen Telefonbuch drin. Bei den Masenas muss ich es eben auf gut Glück versuchen, deren neue Adresse hat mir *Signora* Altino aufgeschrieben. Was willst du machen, wenn ich unterwegs bin?"

„Ich weiß nicht, ich habe heute keine Lust, alleine herum zu laufen, egal ob zum Schaufensterbummel oder zum Anschauen irgendwelcher Sehenswürdigkeiten."

„Magst du nicht an den *Lido* rüberfahren? Wenn Alessia und Gianni auch da sind, wärst du doch nicht allein und die

Möglichkeit, ein paar Stunden am Strand zu verbringen, lässt du dir doch sonst nie entgehen."

Chiara schob sich noch eine Gabel voll Salat in den Mund, überlegte eine Weile und meinte dann schließlich:

„Du hast Recht, ein paar Stunden am Strand sind heute vielleicht das Sinnvollste für mich. Und wenn du weder *Signora* Spinea, noch die Masenas antreffen solltest, könntest du sogar noch nachkommen."

Max konnte nur mit einem Kopfnicken antworten, weil er gerade ein Stück Fisch im Mund hatte.

Nach dem Essen packte Chiara sofort ihre Badesachen zusammen, während Max im Internet-Telefonbuch nach der Adresse von Spinea suchte. Er hatte Glück, die Telefonnummer war tatsächlich samt genauer Anschrift im Telefonbuch aufgeführt. Er überlegte kurz, ob er *Signora* Spinea vorab anrufen sollte, wollte dann aber doch lieber auf ein Überraschungsmoment setzen. Gemeinsam verließen sie ihr Hotelzimmer. Chiara musste nur das kurze Stück bis zur Haltestelle *Santa Maria del Giglio* laufen, um von dort aus mit einem *Vaporetto* an den *Lido* zu fahren. Da die Wohnung der Spineas wie die Bäckerei und die neue Wohnung der Masenas drüben in *Dorsoduro* lag, schlug Max zum wiederholten Mal den Weg in Richtung *Ponte dell'Accademia* ein, um auf der hölzernen Brücke den *Canal Grande* zu überqueren. Er ließ die Touristen nach links weiterlaufen, er selbst marschierte rechts an der *Accademia* entlang. Im Internet hatte er gesehen, dass sich die Wohnung von Spinea im Süden von *Dorsoduro*, direkt am *Canale della Giudecca*, befand. Hinter der *Accademia* bog er nach rechts in die *Calle Larga Nani* ab, in der sich jetzt, am frühen Nachmittag, niemand aufhielt, ging bis zum *Rio de San Trovaso*, schwenkte dann nach links und lief den *Rio* entlang, bis er zum *Canale della Giudecca* kam. Auf der großen Terrasse eines *Ristorante* direkt am *Canale* ließen sich gerade noch viele Gäste ihr Mittagessen schmecken. Max musste nur noch die Brücke über den *Rio de San Trovaso* überqueren, um die breite *Fondamenta Zattere al Ponte Longo* zu erreichen. Er passierte ungefähr einhundert Meter nach der Brücke das Gebäude der *Capitaneria di Porto* und hatte nach weiteren einhundert Metern das Haus erreicht, in dem die Spineas wohnten. Im

Erdgeschoss befand sich eine kleine *Gelateria*, direkt daneben im Nachbarhaus ein *Ristorante*. Nachdem sich Max rechts von der *Gelateria*, an der doppelflügeligen Haustür, die Klingelschilder angesehen hatte, trat er ein paar Schritte zurück. Die Fensterläden in der Wohnung über der *Gelateria* waren geschlossen, ob als Sonnenschutz oder weil die Wohnung unbewohnt war, konnte er natürlich nicht wissen. Da aber in dieser Häuserzeile im Süden von *Dorsoduro* etliche Fenster mit Rollläden oder Fensterläden verschlossen waren, vermutete er, dass es doch eher ein Schutz vor der Nachmittagssonne war. Im zweiten Stock über der *Gelateria*, die Wohnung mit dem üppigen bewachsenen Balkon, war wahrscheinlich sein Ziel. Während er noch nach oben sah, ging die Haustür auf und eine ältere Dame, die an der Leine einen kleinen Hund hinter sich her zog, trat ins Freie. Max machte einen Satz nach vorne und schlüpfte, unbemerkt von der Hundebesitzerin, ins Haus, bevor die Tür ins Schloss fiel. In dem relativ dunklen Treppenhaus stieg er über knarzende Holzstufen in den zweiten Stock hinauf und fand dort an dem Klingelschild der einzigen Wohnungstür den Namen Spinea vor.

Auf seinem Fußweg hatte sich Max die Fragen an *Signora* Spinea durch den Kopf gehen lassen. Als er nun den silbernen Klingelknopf drückte, hoffte er, dass er sich nicht umsonst vorbereitet hatte, weil die *Signora* vielleicht gar nicht zuhause war oder weil sie ihn nicht hineinlassen wollte. Nach dem Klingeln dauerte es nur wenige Sekunden, bis innen der Schlüssel herumgedreht wurde und die Wohnungstür aufging.

„Ja, bitte?“

„Filippa Spinea?“

„Richtig.“

„Mein herzliches Beileid zum Tod von Ihrem Mann.“

Sie nickte stumm und sah Max weiter fragend an. Er stellte sich vor, zeigte ihr seinen bayerischen Dienstausweis und erklärte ihr, in welcher Funktion er unterwegs war.

„Ich weiß, dass Sie den *Carabinieri* heute Nacht schon Auskunft gegeben haben. Würden Sie mir trotzdem noch einige Fragen beantworten?“

Sie zögerte einen Augenblick, machte dann aber einen Schritt zur Seite und ließ ihn in die Wohnung hinein.

„Wir gehen am besten gleich links ins Wohnzimmer.“

Auch *Signora* Spinea hatte die Fensterläden fast ganz zugeklappt, durch den schmalen Spalt sah Max wieder auf den dicht bewachsenen Balkon.

„Ich habe schon von unten Ihren Balkon bewundert.“

„Ja, die Pflanzen sind meine ganze Leidenschaft. In diesem Jahr haben sie sich besonders gut entwickelt. Ich liebe diesen Ausblick über den Balkon hinaus auf den *Canale*.“

Sie öffnete einen Flügel der Balkontür und stieß den Fensterladen auf.

„Die Aussicht ist wirklich herrlich“, stimmte ihr Max zu.

„Oreste war davon auch immer fasziniert.“

Diese Bemerkung über ihren Mann machte ihr wieder bewusst, warum Max zu ihr gekommen war. Abrupt beendete sie das Thema Blumen, zog den Fensterladen wieder fast ganz zu, schloss die Balkontür und fragte ihn, ob sie ihm ein Wasser anbieten könne.

„Ja, gerne.“

Während er in einem der Sessel Platz nahm, holte sie aus der Küche eine Karaffe und zwei Gläser, goss beide voll, schob eins zu Max hinüber und setzte sich auf der anderen Seite des kleinen Tisches auf die Couch.

„Was wollen Sie denn jetzt über meinen Mann wissen?“

„Haben Sie sich schon etwas von dem Schock von heute Nacht erholt?“

„Es geht einigermaßen. Wissen Sie, ich habe gegenüber den *Carabinieri* keinen Hehl daraus gemacht, dass unsere Ehe nicht mehr die beste war, trotzdem muss man schon gewaltig schlucken, wenn man so eine Nachricht erhält. Oreste und ich, wir haben uns über die Jahre einfach auseinander gelebt, besonders verstärkt hat sich das, als er vor ungefähr vier Jahren in den Vorruhestand gegangen ist. Einerseits wollte er das unbedingt, andererseits wusste er dann oft nichts mit sich anzufangen und hat seine schlechte Laune an mir ausgelassen. Aber trotz allem habe ich natürlich ein großes Interesse daran, dass sein Tod aufgeklärt wird. Zumindest das bin ich ihm für unsere schönen Jahre, die es auch gab, schuldig.“

„Wo hat er denn gearbeitet?“

„Er war fast vierzig Jahre in der Verwaltung der *Capitaneria di Porto* tätig.“

„Ach, an dem Gebäude der venezianischen Hafenbehörde bin ich vorhin gerade vorbeigegangen."

„Ja, die Nähe zur *Capitaneria* war einer der Gründe, warum wir uns damals für diese Wohnung hier entschieden haben."

„Seit wann wohnen Sie hier?"

„Seit etwas mehr als vierundzwanzig Jahren. Wir haben eher spät geheiratet, Oreste war bereits vierzig, ich bin nur ein Jahr jünger. Sein Vater wollte uns zur Hochzeit eine Wohnung schenken und von denen, die damals zur Auswahl standen, war diese hier mit Abstand die beste."

„Ein ziemlich großzügiges Geschenk von ihrem Schwiegervater."

„Ja, großzügig war er immer und auch meine Schwiegermutter war eine herzensgute Frau. Ich habe mich mit beiden immer sehr gut verstanden. Oreste war ein Einzelkind und ich hatte oft das Gefühl, dass sie in mir die Tochter sahen, die sie nie hatten."

„So ein Hochzeitsgeschenk muss man sich aber auch erst einmal leisten können", stellte Max fest, um von ihr noch mehr über die finanziellen Verhältnisse der Familie Spinea zu erfahren.

„Geld war in Orestes Familie nie ein Problem. Sein Großvater hatte drüben in *Mestre* eine kleine chemische Fabrik aufgebaut, die sein Vater Nicodemo später zu einem ziemlich ertragreichen Betrieb immer weiter ausgebaut hatte, bis er Mitte der achtziger Jahre die ganze Firma an einen großen Konzern verkaufen konnte. Den Verkaufserlös hat er in Immobilien investiert, die er bei seinem Tod alle Oreste vererbt hat."

„Eine dieser Immobilien ist wohl das Haus, vor dem er gestern Nacht zu Tode gekommen ist, oder?"

Sie nickte.

„Es waren insgesamt drei Wohnhäuser, die anderen beiden liegen im *Sestriere San Marco* und im *Sestriere Castello*."

„Haben Sie überhaupt keine Vermutung, wer hinter seinem Tod stecken könnte?"

„Nein, gar keine. Ist denn inzwischen sicher, dass er ermordet wurde?"

„Das Obduktionsergebnis liegt noch nicht vor, aber bei allem, was wir bisher wissen, müssen wir davon ausgehen, dass er mit einem Schlag auf den Kopf schwer verletzt wurde. Wie es anschließend zum Sturz über das Balkongeländer kam, wissen wir noch nicht."

Zum ersten Mal bekam sie etwas feuchte Augen, hatte sich aber schnell wieder gefangen.

„Namentlich kann ich Ihnen niemanden nennen, der dahinter stecken könnte, aber mein Mann hat sich natürlich nicht gerade Freunde gemacht, als er so rigoros vorging, um seine Mieter zum Auszug zu bewegen, damit er das Haus sanieren könne."

„Ich dachte, er wollte das Haus verkaufen."

„Das stand noch nicht fest. Er war da noch etwas unentschlossen. Der Hausverkauf nach der Sanierung wäre sicherlich am lukrativsten gewesen. Aber auch das Haus zu sanieren, um es dann wieder viel teurer zu vermieten war eine Überlegung, auch weil Oreste immer im Hinterkopf hatte, dass er beim Verkauf das Erbe seines Vaters aus der Hand geben würde."

„Haben Sie die Liste der Mieter vom Haus in *Dorsoduro* für die *Carabinieri* schon herausgesucht?"

„Ja, die habe ich eine halbe Stunde, bevor Sie gekommen sind, an das *Comando Provinciale* gefaxt."

„Könnten Sie mir dann bitte auch eine Kopie mitgeben?"

„Natürlich, ich hole Sie Ihnen gleich aus Orestes Büro."

Sie stand auf und ging hinaus, bald darauf konnte Max aus einem der anderen Zimmer das typische Geräusch eines Kopierers hören. Kaum war der Kopierer wieder verstummt, kam Filippa Spinea auch schon mit der Kopie für Max zurück ins Wohnzimmer.

„Vielen Dank."

Er überflog die Liste, sie entsprach auf den ersten Blick den Angaben von *Signora* Altino zu den ehemaligen Mitbewohnern ihres Hauses.

„Haben Sie im Büro Ihres Mannes heute einen Hinweis darauf gefunden, dass er bei seinen anderen beiden Mietshäusern genauso vorgehen wollte wie bei dem Haus hier in *Dorsoduro*?"

„Nein, ich habe aber auch nicht speziell danach gesucht. Über die Sanierung des Hauses mit Altinos Bäckerei hat Oreste öfter gesprochen, die beiden anderen hat er in der letzten Zeit diesbezüglich nie erwähnt. Ich bin mir sicher, dass er das auch vorgehabt hat. Aber so wie er vom Typ her war, nichts zu viel auf einmal anzupacken, sondern lieber Schritt für Schritt vorzugehen, glaube ich, dass er die beiden anderen Häuser erst angehen wollte, wenn das erste saniert und verkauft oder neu vermietet gewesen wäre."

„Von den *Carabinieri* weiß ich, dass Sie keine Kinder haben."

„Ja, das stimmt."

„Haben Sie sonst nähere Verwandte?"

„Oreste war, wie bereits erwähnt, ein Einzelkind. Mein Bruder ist wegen seiner Arbeit vor fast dreißig Jahren nach Rom gegangen und hat dort geheiratet. Er ist vor zwölf Jahren bei einem Verkehrsunfall ums Leben gekommen. Zu meiner Schwägerin und meinen beiden Neffen habe ich leider gar keinen Kontakt mehr."

„Und von der Familie Spinea ist gar niemand mehr da?"

„Nur ein Cousin von Oreste, er lebt in *Verona* und hat uns immer wieder einmal besucht, wenn er in Venedig war. Mit ihm habe ich heute Vormittag schon telefoniert, er ist seit ein paar Wochen im Ruhestand und will auf alle Fälle zur Beerdigung kommen. Wissen Sie schon, bis wann die sein kann?"

„Schwer zu sagen, das hängt vom Obduktionsergebnis und vom Fortgang der Ermittlungen ab. In der Regel wird aber der Leichnam so bald wie möglich freigegeben, um die schwere Zeit der Angehörigen bis zum Begräbnis nicht unnötig zu verlängern."

„Organisieren kann ich heute ohnehin nichts, das erste kann ich morgen in Angriff nehmen. Wenigstens muss ich mich nicht um einen Grabplatz bemühen, da in dem Familiengrab der Spineas auf *San Michele* noch Platz ist."

„Wenn Sie keine näheren Angehörigen haben, werden Sie Ihren Mann wohl zu hundert Prozent beerben, außer er hat ein Testament errichtet."

„Davon weiß ich nichts, darüber hat er mit mir nie gesprochen, das hat mich bisher auch nicht interessiert."

„Kennen Sie sich mit der Verwaltung von Immobilien aus?"

„Wenig, denn das hat Oreste immer alles alleine gemacht. Natürlich habe ich das eine oder andere mitbekommen, richtig damit beschäftigt habe ich mich nie. Wenn ich die drei Häuser tatsächlich erben sollte, müsste ich die Verwaltung wahrscheinlich an einen professionellen Verwalter abgeben, um mich zu entlasten."

Max wollte es zum Thema Finanzen dabei bewenden lassen und kam noch einmal auf das schlechte Verhältnis von Spinea zu seinen Mietern zurück.

„Hatte er, abgesehen von seinen Mietern, sonst noch mit irgendjemandem Streit? Hier im Haus oder in der Nachbarschaft vielleicht?"

„Nein, da fällt mir niemand ein. Mit unseren direkten Nachbarn hier im Haus gibt es keine Probleme, mit denen verstehen wir uns ausnahmslos gut."

„Wie sieht es mit seinem Freundes- und Bekanntenkreis aus? Gab es da Ärger oder Streit?"

Wieder schüttelte sie mit dem Kopf.

„Oreste war eher ein Einzelgänger. Wenn er viele Freunde gehabt hätte, dann hätte er seinen Ruhestand bestimmt auch besser genießen können. Im Grunde hat er sich nur monatlich einmal mit seinen ehemaligen Kollegen getroffen. Ich wüsste aber nicht, dass es da mal Ärger gegeben hätte, außerdem sind die Treffen im April und Mai ausgefallen, das nächste wäre am kommenden Freitag auf dem Plan gestanden. Zwischendurch hatten sie, soviel ich weiß, keinen Kontakt."

„Warum ist Ihr Mann überhaupt in den Vorruhestand gegangen, wenn er mit seiner Freizeit wenig anzufangen wusste?"

„Das ist eine berechtigte Frage. Zum einen hatte er es aufgrund der Mieteinnahmen finanziell nicht nötig, weiter zu arbeiten. Zum anderen wurde die *Capitaneria di Porto* vor einigen Jahren organisatorisch ziemlich umgekrempelt. Ihm wurde dann ein recht junger Kollege als neuer Chef vor die Nase gesetzt, mit dem er nie zurechtgekommen ist. Da gab es ständig Unstimmigkeiten, bis Oreste schließlich genug hatte."

„Auch wenn das jetzt schon vier Jahre zurückliegt, könnte es aus dieser Zeit noch irgendein Motiv für einen Mord geben?"

„Das kann ich mir nicht vorstellen. Wenn damals etwas so Gravierendes vorgefallen wäre, hätte ich das sicher irgendwann einmal mitbekommen."

Plötzlich verdunkelte es sich im Wohnzimmer. Max, der mit dem Rücken zum Fenster saß, drehte sich um, konnte aber auf Anhieb den Grund für die Verdunkelung nicht erkennen.

„Schon wieder eines dieser riesigen Ungetüme", seufzte *Signora* Spinea. „Es werden immer mehr Kreuzfahrtschiffe, die hier durch den *Canale della Giudecca* zum Hafen hinüberfahren. Manchmal vibriert das ganze Haus durch das Dröhnen der riesigen Schiffsmotoren."

Sie stand auf und öffnete die Balkontür, damit sie den Fensterladen zur Seite klappen konnte.

„Sehen Sie sich das an, die Dimensionen dieser Schiffe sind eigentlich unvorstellbar. Überlegen Sie sich das einmal, der *Canale* ist hier ungefähr dreihundert Meter breit, die größten Schiffe allerdings sind heutzutage schon länger als dreihundert Meter, wenn die wenden müssten, würden sie sich mit Bug und Heck an beiden Ufern des *Canale* verkeilen."

Max war inzwischen auch aufgestanden und schaute auf das langsam vorbeifahrende Kreuzfahrtschiff hinaus. Auf die Schnelle zählte er vierzehn Stockwerke. Der Kapitän wollte offenbar gerade etwas beschleunigen, aus einem der Schornsteine wurde ein Schwall schwarzer Abgase herausgestoßen und, wie von *Signora* Spinea schon erwähnt, vibrierte dabei das Haus regelrecht.

„Und den ganzen Dreck, den die in die Luft blasen, müssen wir hier einatmen", echauffierte sie sich weiter.

„War Ihr Mann mit dem Problem der vielen Kreuzfahrschiffe beruflich beschäftigt, als er noch bei der *Capitaneria di Porto* war?"

„Direkt nicht, aber das Thema war damals auch schon oft präsent. Die Entscheidung darüber, wie viele und wie große Schiffe unseren Hafen anlaufen dürfen, trifft aber der Stadtrat. Die Hafenbehörde setzt dann nur die Beschlüsse des Stadtrates um. Wenn es nach Oreste gegangen wäre, dann wäre die Zahl und die Größe der Kreuzfahrtschiffe längst begrenzt worden, nicht nur, weil die direkt vor unserer Wohnung vorbeifahren."

„Hat er diesbezüglich etwas unternommen?"

„Was hätte er denn bei der *Capitaneria* alleine ausrichten können?"

„Und außerhalb der *Capitaneria*? Es gibt doch genügend engagierte Bürger und Gruppierungen, die sich für eine Begrenzung des Massentourismus in Venedig einsetzen. Wissen Sie, dass die Gruppe, mit der er kurz vor seinem Tod in der Wohnung vom Bäcker Altino eine Konfrontation hatte, sich paradoxerweise genau dafür einsetzt?"

„Nein, das habe ich nicht gewusst. Das ist wirklich paradox."

„Die Gruppe *Salvate Venezia*, die mich, wie eingangs erwähnt, um Hilfe gebeten hat, engagiert sich nicht nur für Mieter, die aus ihren Wohnungen vertrieben werden sollen, sondern will in erster Linie verhindern, dass Venedig mehr und mehr zu einer reinen Touristenstadt verkommt und bei den dafür notwendigen Maßnahmen gehört natürlich auch eine zahlenmäßige und größenmäßige Begrenzung der Kreuzfahrtschiffe dazu."

„So eine Gruppe wäre vielleicht genau das richtige gewesen für Oreste."

„Wissen Sie, warum er gestern Abend überhaupt dort hingegangen ist?"

„Er meinte nur, er müsse dort wieder einmal nach dem Rechten sehen. Ich habe natürlich sofort nachgefragt, warum das ausgerechnet an einem Samstagabend sein müsse, da hat er mir geantwortet, dass man am besten zu einer Zeit auftauchen sollte, wenn der Mieter nicht damit rechnet. Da könne man ihn am besten dabei erwischen, wenn er die Wohnung und, wie im Fall Altino, den Laden nicht vertragsgemäß nutzt. Ich habe erst gar nicht versucht, es ihm auszureden, denn er hätte sowieso nicht auf mich gehört."

„Hat er das schon öfter gemacht, zu so einer ungewöhnlichen Zeit eines seiner Häuser aufzusuchen?"

„Meines Wissens nicht, deswegen habe ich mich schon etwas darüber gewundert. Aber da ich mich für den Abend bereits mit einer Freundin fürs Kino verabredet hatte und wir ohnehin nur noch so nebeneinander her gelebt haben, war es mir ehrlich gesagt ziemlich egal, wo und mit wem er seinen Samstagabend verbringen wollte."

Max hatte wieder den Gedanken im Kopf, dass es bei *Salvate Venezia* eventuell einen Maulwurf geben könnte.

„Hat er vielleicht vorher einen Anruf bekommen, aufgrund dessen er am Abend zu dem fast leeren Haus gegangen ist?"

„Das kann ich Ihnen leider nicht beantworten. Er hat am Samstagvormittag mal telefoniert, mit wem oder worum es dabei ging, habe ich aber nicht mitbekommen."

Max lehnte sich auf seinem Sessel zurück. Mittlerweile hatte er schon sehr viele Infos über das Mordopfer erhalten, neben dem verständlichen Hass der von Spinea drangsalierten Mieter hatte er aber aus den Aussagen von Filippa Spinea kein weiteres Mordmotiv herauslesen können.

„Ganz dringend brauchen wir das Obduktionsergebnis und Spineas Handy-Daten, sonst kommen wir nicht weiter“, sagte er in Gedanken zu sich selbst und wandte sich dann wieder an *Signora* Spinea.

„Gibt es schon Unterlagen zur geplanten Haus-Sanierung?“

„Ja, ich denke schon. Als ich vorhin die Mieterliste für die *Carabinieri* rausgesucht habe, sind mir einige Skizzen von dem Haus untergekommen. Oreste hat für jedes seiner Häuser separate Ordner mit sämtlichen Unterlagen angelegt.“

Sie bot ihm an, mit ihr ins Büro von ihrem Mann hinüber zu gehen, damit er sich die fraglichen Unterlagen von dem Haus in *Dorsoduro* selbst ansehen könne. Gemeinsam gingen sie hinüber. In dem kleinen Büro fiel Max sofort auf, dass es mehr als ordentlich aufgeräumt war. Aus seiner Sicht fast schon zu ordentlich, was ihn sofort etwas misstrauisch machte. Hatte Spinea selbst diesen Raum so zurückgelassen? Kein Blatt Papier, kein Stift, kein Briefkuvert, kein Lineal lag irgendwo herum, der Schreibtisch war komplett leer, alle Ordner standen fein säuberlich in einem Regal, das eine Wand des kleinen Zimmers fast vollständig einnahm.

„Entweder war er so penibel, dass er keinerlei Unterlagen und keinen Schriftverkehr, ja nicht einmal etwas zum Schreiben auf seinem Schreibtisch liegen gelassen hat oder seine Frau hat hier so ordentlich aufgeräumt, weil sie etwas zu vertuschen hat und nicht will, dass man bei den Ermittlungen in diesem kleinen Büro auf eine bestimmte Fährte kommt“, dachte er sich.

„Hat Ihr Mann sein Büro immer so ordentlich zurückgelassen?“

„Ja, immer, in der Hinsicht war er echt extrem. Schon seine Kollegen in der *Capitaneria di Porto* haben sich immer über ihn lustig gemacht, weil er an seinem Arbeitsplatz auch immer so penibel war. Ich war in den letzten Jahren vor seinem Ruhestand kaum mehr in der *Capitaneria* drin, sein Büro hat aber immer so ausgesehen wie das hier. Und wehe, einer seiner Kollegen hat ihm seine Post oder andere Unterlagen einfach nur so auf den Schreibtisch geworfen, da konnte er fuchsteufelswild werden.“

Max ging zum Regal und zog den letzten der vier Ordner heraus, die mit *Fondamenta Bragadin* beschriftet waren. Er legte ihn auf den Schreibtisch und klappte ihn auf. Obenauf war die Liste der Mieter abgeheftet, die ihm *Signora* Spinea bereits kopiert hatte. Dahinter kamen, mit einem Heftstreifen vom Rest der Unterlagen separiert, eine ganze Reihe von Berechnungen und Kalkulationen, Skizzen und Pläne, die alle die Sanierung des Hauses in der *Fondamenta Bragadin* betrafen. Als letztes befand sich in dem Stapel dieser zusammengehefteten Unterlagen ein Vertrag mit einer Baufirma, der sogar schon von dem Firmeninhaber, nicht jedoch von Oreste Spinea unterschrieben war.

„Das ist aber eigenartig“, sagte er zu ihr gewandt. „Hier gibt es einen Vertrag über die Sanierung des kompletten Hauses von Ihrem Mann, der bereits vor zwei Monaten verfasst worden ist. Allerdings ist der Vertrag noch nicht rechtskräftig, weil ihn Ihr Mann nicht unterschrieben hat. Nur ein gewisser Angelo Sattorini, der offenbar der Inhaber der Baufirma ist, hat unterzeichnet.“

Den fragenden Blick von Max beantwortete sie mit einem Schulterzucken.

„Ich weiß nicht, warum Oreste den Vertrag nicht unterschrieben hat. Über die Verwaltung seiner Immobilien haben wir uns nie unterhalten.“

„Es könnte natürlich sein, dass Ihr Mann nur deshalb mit der Unterschrift noch gewartet hat, weil noch nicht alle Mieter des Hauses ausgezogen waren.“

Wieder zuckte sie mit den Schultern.

„Da bin ich überfragt.“

„Kennen Sie diesen Sattorini oder seine Firma?“

„Der Name kommt mir schon irgendwie bekannt vor, ich kann mich aber nicht erinnern, schon einmal direkt mit ihm zu tun gehabt zu haben.“

„Darf ich mir von den Vertragsunterlagen hier eine Kopie machen? Ich würde sie mir gerne in Ruhe ansehen.“

„Aber natürlich.“

Sie drehte sich um und schaltete den Kopierer ein, während Max den Vertrag aus dem Ordner nahm. Er sah keinen Anlass dafür, sich auch die anderen Unterlagen zur Sanierung des Hauses zu kopieren, deswegen heftete er, nachdem er sich den

Vertrag kopiert hatte, alles wieder zusammen und stellte den Ordner ins Regal zurück. Anschließend warf er noch einen Blick in den jeweils letzten Ordner mit den Unterlagen der beiden anderen Mietshäuser, aber wie von Filippa Spinea schon vermutet, fanden sich dort keine Hinweise, dass die Sanierung dieser beiden Häuser auch schon konkret geplant sei.

Nachdem Max seiner Ansicht nach vorerst genügend Infos zur Sanierung des Hauses in der *Fondamenta Bragadin* hatte, war für ihn nur noch ein Punkt offen. Dazu wollte er aber mit Filippa Spinea nicht mehr ins Wohnzimmer zurückgehen.

„Vielen Dank für Ihre ausführlichen Auskünfte."

„Keine Ursache, hoffentlich finden Sie damit eine Spur zu Orestes Mörder."

„Das wird sich zeigen. Im Moment sehe ich zwar noch keinen direkten Hinweis auf ein konkretes Mordmotiv oder einen möglichen Mörder, aber jedes Puzzleteil auf dem Weg zur Klärung des Falles kann sehr wichtig sein. Nun hätte ich nur noch eine Frage an Sie."

Filippa Spinea sah ihn erwartungsvoll an.

„Könnte es sein, dass Ihr Mann eine Geliebte hatte?"

Mit dieser Frage hatte sie offenbar überhaupt nicht gerechnet und Max hatte den Eindruck, dass sie darüber auch noch nicht nachgedacht hatte.

„Also, ich weiß nicht", stotterte sie. „In der Hinsicht ist mir nie etwas aufgefallen. Allerdings...", sie machte eine kurze Pause. „Allerdings haben wir seit einiger Zeit in getrennten Zimmern geschlafen, ich war in den letzten Wochen sehr häufig mit meinen Freundinnen unterwegs und bin hin und wieder sehr spät heimgekommen. Was Oreste in der Zwischenzeit gemacht hat, kann ich Ihnen nicht sagen, ich habe aber auch nie nachgeschaut, ob er in seinem Bett lag, als ich nach Hause gekommen bin. Theoretisch könnte er sich also an diesen Abenden schon mit einer anderen Frau getroffen haben. Dass er einmal nach mir nach Hause gekommen wäre, habe ich aber nie mitbekommen."

„Wieder ein Punkt, den wir eventuell über die Handy-Daten klären können", dachte sich Max und meinte dann an *Signora* Spinea gewandt: „Wenn er tatsächlich ein Verhältnis gehabt haben sollte, dann hat er es vielleicht bewusst darauf angelegt, dass Sie nichts bemerken."

Er machte eine kurze Pause, um sie dann zu fragen, wie es bei ihr selbst aussehen würde.

„Verzeihen Sie meine Neugier, aber gab es bei Ihnen, seit Ihre Ehe praktisch gescheitert war, einen anderen Mann?"

Zuerst sah sie ihn schon ziemlich überrascht an, aber sie verstand natürlich, dass er diese Frage stellen musste.

„Nein", lächelte sie. „Für mich hat es, seit ich Oreste kennen gelernt hatte, keinen anderen Mann gegeben und er hat mir auch nie einen Anlass für Eifersucht gegeben. Also wenn Sie da nach einem Mordmotiv suchen wollen, da sind Sie bestimmt auf einer falschen Fährte."

Max verkniff sich die Bemerkung, dass die meisten Morde aus Eifersucht oder wegen Geld verübt wurden. Für ihn war nur wichtig, dass er diesen Punkt auch angesprochen hatte. Damit war er aktuell auch am Ende seiner Fragen angelangt.

„Nochmals vielen Dank, *Signora*, dass Sie mir so detailliert Auskunft gegeben und mir Einblick in die Unterlagen vom Haus gewährt haben. Wie ich eingangs erwähnt hatte, bin ich zwar in erster Linie für die Gruppe *Salvate Venezia* unterwegs, um deren Unschuld zu beweisen, aber selbstverständlich bin ich auch angehalten, die wichtigsten Infos an *Maresciallo* Cona weiterzugeben, schließlich führt sie ganz offiziell die Ermittlungen bei den *Carabinieri*."

„Damit habe ich kein Problem, alles was Ihnen oder den *Carabinieri* hilft, den Mörder von Oreste dingfest zu machen, werde ich Ihnen gerne liefern."

„Danke. Es kann gut sein, dass ich mich in den nächsten Tagen noch einmal bei Ihnen melden werde, falls sich noch die eine oder andere Frage ergibt."

„Ich schreibe Ihnen meine Handy-Nummer auf, denn ab morgen werde ich doch öfter einmal unterwegs sein, um die notwendigen Formalitäten auf den Ämtern zu erledigen und um die ersten Dinge für die Beerdigung zu regeln."

Sie nahm einen Zettel und einen Stift aus der Schreibtischschublade, schrieb ihre Handy-Nummer darauf, reichte ihn Max und brachte ihren Besucher anschließend zur Tür. Max verabschiedete sich mit einem Händedruck und verließ ihre Wohnung.

Die Befragung von *Signora* Spinea hatte viel länger gedauert, als Max erwartet hatte und auch wenn er noch keinen konkreten Anhaltspunkt für ein Mordmotiv gefunden hatte, waren einige Informationen doch sehr interessant gewesen. Über die knarzenden Holzstufen ging er ins Erdgeschoss hinunter und trat auf die *Fondamenta Zattere al Ponte Longo* hinaus. Während seines Gesprächs mit Filippa Spinea hatte er sich schon die ganze Zeit auf ein Eis gefreut. Nachdem er aber viel länger als erwartet bei ihr gewesen war, wollte er sich nicht nur zwei Kugeln Eis in einer Waffel, sondern gleich einen großen Eisbecher genehmigen. Er setzte sich im Freien an einen der kleinen Tische, überflog die Eis-Karte und hatte sich schnell für eine *Coppa Cuba* entschieden. Während er auf seinen Eisbecher wartete, beobachtete er den Schiffsverkehr auf dem *Canale della Giudecca*, der im Vergleich zum *Canal Grande* etwas geringer war. Die Schiffe waren aber größer und offenbar darauf ausgelegt, weitere Strecken zurückzulegen, als die viel kleineren *Vaporetti*, die nur Personen beförderten. Ein etwas eigenartig geformtes, größeres Schiff, das vorbeifuhr, trug den Schriftzug *Lido di Venezia*. Das Wasser lief ihm im Mund zusammen, als der *Cameriere* den Eisbecher brachte. Mehrere Kugeln mit Vanille-, Schokoladen- und *Cappuccino*-Geschmack waren mit viel Sahne garniert, mit sehr viel Schokoladensoße übergossen und mit vielen schokolierten Kaffeebohnen überstreut. Langsam und genussvoll löffelte Max den großen Glaskelch leer. Nachdem er bezahlt hatte, rief er Chiara an.

„*Ciao*, mein Schatz, hast du Alessia und Gianni am *Lido* gleich gefunden?“

„Ja, Max, das war kein Problem. Der Strand ist heute natürlich ziemlich voll, aber ich konnte mich trotzdem noch direkt bei ihnen dazulegen. Was hast du bisher alles herausgefunden?“

Er fasste ihr in wenigen Sätzen die Erkenntnisse seines Besuches bei Filippa Spinea zusammen.

„Nun habe ich zwar viele Infos über das Mordopfer, was das Motiv angeht, bin ich aber noch nicht sonderlich weiter gekommen.“

„Gehst du jetzt noch zu den ehemaligen Mietern?“

„Ja, zur neuen Wohnung der Masenas ist es von hier aus gar nicht so weit. Es wäre nicht schlecht, wenn ich sie zuhause antreffen würde und sie genauso auskunftsfreudig wären wie die Spinea.“

„Viel Glück. Ich gehe jetzt erst einmal ins Wasser. Bis später.“

Max hängte ebenfalls ein, stand auf und ging am *Canale della Giudecca* entlang auf dem gleichen Weg zurück, den er gekommen war. Nach dem Überqueren des *Rio de San Trovaso* bog er aber nicht sofort links ab, sondern lief noch ein Stück geradeaus weiter. Hinter der *Chiesa di Santa Maria del Rosario* führte nach links der *Rio Terrà Foscarini* wieder in Richtung *Accademia* zurück. Am Ende des *Campo di Sant'Agnese* passierte Max die *Chiesa di Sant'Agnese* und bog dann in etwa auf der Höhe, als auf der linken Seite bereits der große, weiße Bau der *Accademia* begann, nach rechts in die kleine *Calle Pompea* ab. Die schmale Gasse mündete schon nach wenigen Metern in einen tiefen, dunklen tunnelartigen Durchgang, durch den man in einen winzigen Innenhof gelangte. Max war froh, als er auf den Klingelschildern eines der beiden Häuser, deren Haustüren sich in dem Innenhof befanden, den Namen Masena vorfand. Die Wohnung von Cristoforo und Altea Masena befand sich im ersten Stock. Nach dem ersten Klingeln wartete Max bestimmt eine Minute, aber nichts rührte sich. Er wollte schon enttäuscht wieder weggehen, drückte die Klingel dann aber doch noch ein zweites Mal und blieb mit dem Finger etwas länger drauf. Diesmal dauerte es nur wenige Sekunden, bis eine Reaktion darauf erfolgte.

„Hallo, wer ist denn da?“

„*Polizia*“, antwortete Max spontan, obwohl das natürlich nicht ganz richtig war.

Sofort summte der elektrische Türöffner und Max konnte die massive Holztür aufdrücken. *Signora* Masena erwartete ihn an der offenen Wohnungstür.

„Ist etwas passiert?“

Bevor er darauf antwortete, fragte Max, ob ihr Mann auch zuhause sei.

„Ja, er ist da.“

Sie drehte sich um und rief in die Wohnung hinein.

„Cristoforo, kommst du mal?“

Cristoforo Masena, den Max wie seine Frau auf etwa fünfzig schätzte, tauchte augenblicklich hinter ihr auf.

„Was ist los?“

„*Signori*, ich muss Ihnen mitteilen, dass Ihr ehemaliger Vermieter Oreste Spinea gestern Abend tot aufgefunden worden ist."

„Ach, hat den alten Choleriker endlich der Schlag getroffen?", fragte Masena und konnte sich dabei ein leichtes Grinsen nicht verkneifen, wofür er von seiner Frau einen kurzen Stoß mit dem Ellenbogen erntete.

„Nein", antwortete Max. „So wie es im Moment aussieht, ist er ermordet worden. Dürfte ich kurz reinkommen und Ihnen ein paar Fragen stellen?"

„Wer sind Sie denn überhaupt?", wollte Cristoforo Masena wissen.

Max, der für sich registrierte, dass das Ehepaar nicht danach gefragt hatte, wie Spinea zu Tode gekommen war oder wer ihn ermordet hatte, zeigte ihm seinen Dienstausweis.

„Ich arbeite mit den ermittelnden *Carabinieri* zusammen und komme gerade von einem längeren Gespräch mit *Signora* Spinea."

„Was? Sie sind nicht einmal von der italienischen Polizei? Ich wüsste nicht, warum wir mit Ihnen reden sollten."

Bevor Max etwas dazu sagen konnte, hatte ihm Masena die Tür vor der Nase zugeknallt. Aber so leicht ließ sich er nicht abwimmeln. Er klopfte an die Wohnungstür und sprach laut:

„Sie müssen natürlich nicht mit mir reden, Sie können auch gerne darauf warten, bis Sie in den nächsten Tagen die Vorladung vom *Comando Provinciale* der *Carabinieri* bekommen. Dann müssen Sie eben nach *San Zaccaria* hinüber, um Ihre Aussage zu machen."

Max war sich bewusst, dass er sich damit schon sehr weit aus dem Fenster lehnte, denn er wusste natürlich nicht, ob *Maresciallo* Cona nicht doch noch selbst mit dem Ehepaar Masena reden wollte, auch wenn sie ihm schon seine Fragen beantwortet hatten. Aber seine Drohung verfehlte ihre Wirkung nicht. Cristoforo Masena öffnete die Wohnungstür wieder.

„Dann kommen Sie halt herein. Eigentlich hatte ich gehofft, dass ich von diesem Leuteschinder nie wieder etwas hören werde."

Altea Masena stand stumm daneben. Ihr Mann bat Max mit auf den Balkon hinaus, sie folgte den beiden und setzte sich zu ihnen an den kleinen runden Tisch. Max war erstaunt, dass er vom Balkon in einen üppig bewachsenen kleinen Garten hinunterschauen konnte. Der Garten war an drei Seiten von Wohnhäusern, auf der vierten Seite durch eine hohe, fensterlose Mauer begrenzt.

„So einen schönen Garten würde man mitten in Venedig gar nicht vermuten."

„Das geht vielen Venedig-Besuchern so, sie kennen nur Kanäle, *Palazzi* und Gassen, aber es gibt hier sehr viele wunderschöne Gärten, die man aber meistens nicht besichtigen kann, weil sie in privater Hand sind", erklärte ihm Altea Masena.

„Ja, die Stadt hält immer neue Überraschungen bereit, auch wenn es manchmal ganz unliebsame Überraschungen sind, so wie gestern Abend."

Wieder reagierten beide nicht auf seine letzte Bemerkung, deswegen redete er weiter.

„Wann sind Sie aus dem Haus in der *Fondamenta Bragadin* ausgezogen?"

„Das war am zwölften April", antwortete Cristoforo Masena sofort.

„Ich nehme an, Sie werden Ihre Wohnung ungern geräumt haben."

„Das dürfen Sie annehmen. Meine Frau und ich haben dort seit unserer Hochzeit, also seit fast sechzehn Jahren gewohnt. Immer haben wir unsere Miete pünktlich gezahlt, nie gab es ein Problem, bis Spinea mit dem Plan daherkam, das Haus komplett zu sanieren. Dabei wäre das aus meiner Sicht überhaupt nicht notwendig."

„Sie werden doch sicher noch einen länger laufenden Mietvertrag gehabt haben und hätten bis zum Ende der regulären Kündigungsfrist auf alle Fälle in der Wohnung bleiben können. Was hat Sie dazu bewogen, doch auszuziehen?"

Masena sah zu seiner Frau hinüber, in ihrem Gesicht waren aber keinerlei Regungen zu erkennen. Wieder überließ sie ihm die Antwort.

„Wir waren einfach am Ende mit unseren Nerven, nachdem im Winter immer wieder die Heizung ausgefallen war und es später bei Strom und Wasser auch immer wieder zu Ausfällen kam. Obwohl wir immer noch die Hoffnung hatten, bleiben zu können, haben wir uns parallel dazu natürlich auch nach Alternativen umgesehen. Durch Zufall erfuhr ich, dass die bisherigen Bewohner dieser Wohnung zusammen in ein Haus für betreutes Wohnen gegangen waren und deshalb hier neu vermietet werden sollte. Diese Chance wollten wir uns nicht entgehen lassen, um Spineas Schikanen endlich zu entkommen."

„Haben Sie wenigstens noch eine ordentliche Abfindung mit ihm aushandeln können?"

Wieder sahen sich die Masenas gegenseitig an, diesmal reagierte sie sogar. Max sah ihr kaum merkliches Nicken.

„Dass wir eine neue Wohnung gefunden hatten, haben wir ihm natürlich nicht verraten, sonst wäre er auf unsere Forderung sicher nie eingegangen. Erst als ich Ende März das Geld in der Hand hatte, habe ich ihm angekündigt, dass wir schon zwei Wochen später ausziehen werden."

„Die einzige Bedingung war, dass wir gegenüber den Altinos Stillschweigen bewahren", ergänzte *Signora* Masena.

„Waren Sie nach dem zwölften April noch einmal in Ihrem bisherigen Wohnhaus?"

„Nein", antworteten beide unisono.

„Und wann sind Sie Oreste Spinea zuletzt begegnet?"

„Das war auch am zwölften April", erzählte Cristoforo Masena. „Nachdem unsere ehemalige Wohnung leergeräumt war, habe ich ihm unten vor dem Haus die Wohnungsschlüssel übergeben, das war's. Wir hatten auch nicht das Bedürfnis, ihn noch einmal wiederzusehen."

„Was haben Sie gestern Abend gemacht?"

„Verdächtigen Sie uns etwa, mit seinem Tod etwas zu tun zu haben?", entrüstete sich *Signor* Masena.

„Diese Frage muss ich doch routinemäßig stellen und wenn Sie nichts zu verbergen haben, dann können Sie mir die Frage doch auch ganz einfach beantworten."

„Meine Frau und ich sind gestern hier auf dem Balkon gesessen, bis das Gewitter kam. Eigentlich wollten wir wie fast jeden Abend im Sommer hier draußen essen, mussten das dann aber kurzfristig ins Wohnzimmer verlegen. Nach dem Essen haben wir gemeinsam Musik gehört und sind gegen Mitternacht ins Bett. Reicht Ihnen das?"

Max sah Altea Masena an.

„Können Sie das bestätigen?"

Sie sah Max einen Moment lang etwas überrascht an, nickte dann aber und meinte:
„Natürlich. Warum sollte mein Mann Sie auch anlügen?“
Bevor Max darauf eingehen konnte, stellte Cristoforo Masena endlich die Frage, auf die Max schon die ganze Zeit gewartet hatte.
„Was ist denn eigentlich mit Spinea passiert?“
„Er ist vermutlich über einen der Balkone Ihres ehemaligen Wohnhauses in die Tiefe gestürzt, wobei aber allem Anschein nach jemand nachgeholfen hat.“
Altea Masena schlug sich vor Schreck mit der Hand auf den Mund.
„Das ist ja furchtbar.“
Ihr Mann sagte vorerst nichts, Max sah ihm an, dass er auf weitere Details wartete.
„Vor dem Todessturz hat er sich offenbar in Ihrer ehemaligen Wohnung aufgehalten.“
„Oh mein Gott“, reagierte nun auch Cristoforo Masena. „Deshalb sind Sie also gleich zu uns gekommen.“
Das wollte ihm Max so nicht bestätigen.
„Wir hätten auch mit Ihnen sprechen müssen, wenn es anderswo passiert wäre. Haben Sie bei Ihrem Auszug alle Schlüssel der Wohnung zurückgegeben?“
„Selbstverständlich. Oder glauben Sie, dass Spinea unsere Mietkaution herausgegeben hätte, wenn wir auch nur einen Briefkastenschlüssel zurückbehalten hätten“, herrschte Masena seinen Gegenüber an, weil er natürlich herausgehört hatte, mit welchem Hintergedanken Max diese Frage gestellt hatte.
Nachdem Masena ohnehin schon innerlich kochte, wollte sich Max nicht zurückhalten, sondern legte noch einmal nach.
„Sie hätten sich aber theoretisch vor der Rückgabe der originalen Schlüssel noch eine Kopie davon anfertigen lassen können.“
Cristoforo Masena schlug mit der Faust auf den kleinen runden Tisch.
„Jetzt reicht's aber! Wie kommen Sie dazu, mir solche Sachen zu unterstellen?“
„Das war keine Unterstellung, sondern eine mögliche Theorie. Dazwischen ist ein himmelweiter Unterschied.“
„Aber auch für Ihre Theorie gibt es keinerlei Anlass.“

„Das sehe ich anders. Sie haben Oreste Spinea einmal am Telefon als Verbrecher und geldgierigen Menschenschinder beschimpft, wegen ihm mussten Sie sich eine neue Wohnung suchen und dann stürzt er mit Fremdeinwirkung vom Balkon Ihrer ehemaligen Wohnung in die Tiefe. Es wäre geradezu fahrlässig, wenn wir da nicht in Betracht ziehen würden, dass Sie sich eventuell in der alten Wohnung noch einmal mit ihm getroffen haben oder sich mit einem nachgemachten Schlüssel Zutritt zu Ihrer ehemaligen Wohnung verschafft haben."

„Da haben Sie sich ja etwas Schönes zusammengereimt", entgegnete ihm Cristoforo Masena. „Was hätte ich denn für einen Grund haben sollen, mich über zwei Monate nach unserem Auszug noch einmal mit Spinea in unserer ehemaligen Wohnung zu treffen? Und warum hätte ich mir für eine Wohnung, bei deren Sanierung sicher auch die Wohnungstür durch eine neue ersetzt wird, einen Nachschlüssel machen lassen sollen?"

„Wenn Sie von vornherein vorgehabt hätten, sich an Spinea für seine Schikanen zu rächen, dann hätten Sie eben doch einen Grund gehabt, sich einen Nachschlüssel machen zu lassen, egal was später mit der Wohnungstür oder dem Schloss der Tür passiert."

„So hätte es theoretisch sein können, so war es aber nicht", verteidigte er sich weiter. „Ich habe keinen Nachschlüssel anfertigen lassen."

Weil er das ‚ich' so stark betont hatte, wollte Max Altea Masena, die die ganze Diskussion nur stumm verfolgte, wieder ins Gespräch mit einbeziehen.

„*Signora* Masena, Ihr Mann hat die Betonung gerade darauf gelegt, dass er sich keinen Nachschlüssel besorgt hat. Aber vielleicht waren ja Sie es, die den Schlüssel hat anfertigen lassen."

„Nein, nein", antwortete sie ohne Zögern. „Mit Ihrer Vermutung bezüglich eines Nachschlüssels sind Sie völlig auf dem Holzweg. Auch ich habe keine Kopie unseres Wohnungsschlüssels anfertigen lassen."

Nachdem auch diese Aussage von ihr relativ emotionslos kam, konnte Max schwer einschätzen, ob sie wirklich die Wahrheit sagte. Deswegen wollte er es dabei belassen, nicht ohne den beiden noch eine Warnung mitzugeben.

„Gut, lassen wir es vorerst dabei. Es könnte aber durchaus sein, dass die *Carabinieri* diese Aussage von Ihnen noch einmal unter Eid haben wollen."

So hatte er ihnen schon den Wind aus den Segeln genommen, wenn sie trotz ihrer ausführlichen Aussage gegenüber ihm auch noch von den *Carabinieri* verhört werden sollten.

„Wie gut haben Sie Spinea eigentlich gekannt? Immerhin waren Sie sechzehn Jahre seine Mieter."

„Das stimmt nicht ganz", erwiderte Cristoforo Masena. „Als wir eingezogen sind, da gehörte das Haus noch seinem Vater. Das war ein ganz feiner Herr, unter seiner Ägide wäre es sicher niemals zu den Schikanen gekommen, denen wir in den letzten Monaten dort ausgesetzt gewesen waren. Aber konkret zu Ihrer Frage: Wir haben Oreste Spinea selten gesehen, immer nur zufällig, wenn er in seinem Haus nach dem Rechten sehen wollte. Viel miteinander gesprochen haben wir aber bei diesen Begegnungen nicht."

Altea Masena nickte, hatte den Ausführungen von ihrem Mann diesmal aber nichts hinzuzufügen.

„Könnten Sie sich vorstellen, wer sonst ein Motiv gehabt haben könnte, ihn zu ermorden?"

Beide schüttelten mit dem Kopf. Dann antwortete wieder er.

„Am nachvollziehbarsten wäre es wohl, wenn ihn Altino um die Ecke gebracht hätte, denn dem hat er doch mit seinem geplanten Rauswurf aus der Wohnung und der Bäckerei und noch dazu mit den Stromausfällen am meisten geschadet. Aber eigentlich traue ich ihm so eine Tat überhaupt nicht zu."

„Und seiner Frau?"

„Der erst recht nicht."

„War Spinea denn in den Wochen vor Ihrem Auszug einmal mit irgendeinem Fremden im Haus?"

Diesmal kam die Antwort sofort von ihr.

„Ende März ist er einmal mit einem mir Unbekannten im Haus gewesen. Sie haben sich das Treppenhaus näher angesehen und auch eine Wohnung im ersten Stock, die schon leer stand, näher inspiziert. Das war sicher der Architekt oder sonst ein Verantwortlicher der Baufirma, die das Haus sanieren soll."

Cristoforo Masena konnte dazu keine Aussage treffen, weil er in der Arbeit gewesen war, als Spinea mit seinem Begleiter das Treppenhaus und die Wohnung besichtigt hatte.

„Was arbeiten Sie denn?“, wollte Max abschließend wissen.

„Ich habe zusammen mit drei Kollegen eine Steuerberatungskanzlei.“

„Und ich bin Hausfrau“, ergänzte Altea Masena.

Max hatte vorerst genug gehört. Er dankte ihnen, dass sie sich für ihn Zeit genommen hatten und verabschiedete sich. Cristoforo Masena brachte ihn zur Tür. Dort wiederholte Max, dass die *Carabinieri* eventuell doch noch einmal auf ihn und seine Frau zukommen würden, gab Masena die Hand und verließ die Wohnung. Unten in der kleinen Gasse sah er auf die Uhr und war überrascht, dass es bereits kurz vor halb fünf war. Er überlegte, ob er *Maresciallo* Cona sofort anrufen und über seine Gespräche mit Altino, dessen Frau, *Signora* Spinea und dem Ehepaar Masena informieren sollte, dachte sich dann aber, dass es besser wäre, ungestört vom Hotelzimmer aus zu telefonieren als auf der Straße. Das Handy, das er bereits in der Hand gehabt hatte, steckte er in die Hosentasche zurück, nachdem er nachgesehen hatte, ob ihm Chiara in der Zwischenzeit vielleicht eine Nachricht geschickt hatte. Dann machte er sich auf seinen etwa zehnminütigen Fußmarsch zurück zum *Gran Paradiso*.

7

An dem Kiosk neben dem *Ponte dell'Accademia* kaufte sich Max eine Flasche *Acqua minerale* und ein mit Schinken belegtes *Panino*, das er längst verspeist hatte, als er beim Hotel eintraf. Chiara war noch nicht vom *Lido* zurück, deswegen zog Max sofort die Visitenkarte von *Maresciallo* Cona aus seinem Geldbeutel und wählte ihre Nummer im *Comando Provinciale*. Es meldete sich ein *Vice Brigadiere* Cirossi, der ihn gleich zu Cona durchstellte.

„*Buonasera Maresciallo*. Ich bin gerade aus *Dorsoduro* zurückgekommen und wollte Ihnen sofort von meinen Gesprächen mit den Altinos, mit der Witwe von Spinea und dem Ehepaar Masena berichten."

Valentina Cona hörte sich seinen Bericht an, stellte die eine oder andere Zwischenfrage und wollte von Max schließlich wissen, welches Fazit er selbst aus den Aussagen der Befragten ziehen würde.

„*Signora* Spinea ist für mich am wenigsten verdächtig. Wenn sich ihre Aussage über den gestrigen Kinobesuch als wahr herausstellt, dann ist sie sowieso aus dem Schneider. Die Masenas hätten zwar ein Motiv, aber ich sehe keinen Grund dafür, warum sie sich zwei Monate nach ihrem Auszug mit Spinea noch einmal in ihrer alten Wohnung hätten treffen sollen und warum Spinea auf einen Vorschlag zu so einem Treffen hätte eingehen sollen. Allerdings haben sie sich für gestern Abend nur gegenseitig ein Alibi gegeben, das könnte natürlich auch fingiert sein. Nach wie vor am verdächtigsten ist für mich Saverio Altino. Er hat das stärkste Motiv und war ganz in der Nähe des Tatortes. Die Frage ist nur, wie wir es ihm beweisen könnten. Haben Sie von der Spurensicherung oder durch den Obduktionsbericht etwas, was uns weiterhelfen könnte?"

„Die Kollegen von der Spurensicherung haben uns leider keine neuen Erkenntnisse liefern können. Auf der Flasche wurden keine DNA-Spuren gefunden, leider auch nicht an den Türklinken oder an der Balkontür und dem Balkongeländer."

„Dann müssen wir wohl davon ausgehen, dass es kein Mord im Affekt, sondern ein geplanter Mord war, sonst hätte sich der

Täter kaum durch Handschuhe oder ähnliches davor geschützt, Fingerabdrücke oder DNA-Spuren zu hinterlassen."

„Diese Schlussfolgerung würde ich auch ziehen, *Commissario*. Allerdings würde das Saverio Altino entlasten, denn so wie die Mitglieder von *Salvate Venezia* ausgesagt haben, ist Spinea doch völlig unerwartet in Altinos Wohnung aufgetaucht."

„Richtig, aber wenn Altino in erster Linie nicht nach unten gegangen wäre, um die *Cornetti* zu holen, sondern um Spinea nach seinem unmöglichen Auftritt beim Treffen der Gruppe irgendwo im Haus noch abzufangen, dann wäre er sicher so vorsichtig gewesen, sich Handschuhe anzuziehen, um keine Spuren zu hinterlassen, wenn er Spinea um die Ecke bringt."

„Altino hätte also in so kurzer Zeit einen Mord planen und dabei auch noch die Vermeidung von jeglichen Spuren berücksichtigen sollen? Er ist doch kein professioneller Killer. Ich weiß nicht, *Commissario*, das überzeugt mich nicht so ganz, da ist mir noch viel zu viel Spekulation dabei."

„Haben Sie den Obduktionsbericht inzwischen erhalten?"

„Ja, aber er gibt nicht allzu viel her. Fest steht, dass Spinea mit einer Flasche erschlagen wurde. Ob er beim Sturz vom Balkon noch gelebt hat, ist meines Erachtens irrelevant, weil allein der Schlag mit der Flasche schon tödlich gewesen wäre."

„Wissen wir, ob er von allein heruntergestürzt ist oder ob da jemand nachgeholfen hat?"

„Es sieht schon danach aus, dass sein Mörder auf Nummer sicher gehen wollte. Spinea hatte an beiden Oberarmen leichte Hämatome, was darauf hindeutet, das ihn jemand an beiden Armen gepackt hat. Durch die schwere Kopfverletzung dürfte Spinea schon mehr oder weniger handlungsunfähig gewesen sein, wahrscheinlich konnte er sich kaum mehr wehren, als ihn sein Mörder übers Geländer nach unten geworfen hat."

„Wir reden bisher immer nur von einem Mörder. Theoretisch könnten es doch auch mehrere gewesen sein."

„Das stimmt natürlich, *Commissario*. Aber wenn Spinea von zwei Personen übers Balkongeländer geworfen worden wäre, dann hätte unser Gerichtsmediziner normalerweise noch mehr Hämatome finden müssen."

„Hat sich heute im Laufe des Tages sonst noch etwas ergeben, was uns weiterhelfen könnte?"

„Nein, außer dem Obduktionsbericht und den Ergebnissen der Spurensicherung haben wir nichts Neues. Die Befragung der Nachbarn und der Hotelgäste hat bisher auch nichts gebracht. Keiner hat gesehen, wie Spinea vom dritten Stock nach unten gestürzt ist. Leider hat auch niemand beobachtet, wer vor dem Mord das Haus betreten hat."

„Der Mörder könnte schon längst im Haus gewesen sein, bevor Spinea dort eintraf. Offen ist immer noch die Frage, wie er ins Haus und dann vermutlich auch noch in die ehemalige Masena-Wohnung kam und wie der Mörder überhaupt davon erfahren hat, dass Spinea ausgerechnet an diesem Abend in seinem Haus sein würde."

Maresciallo Cona dachte eine Weile nach.

„Und wenn einer von *Salvate Venezia* das Treffen verraten hat? Vielleicht gar nicht einmal mit Absicht, sondern aus Versehen?"

Auch *Maresciallo* Cona hatte also schon darüber nachgedacht, dass es innerhalb von *Salvate Venezia* eventuell einen Maulwurf geben könnte.

„Aus Versehen? Vielleicht. Ganz gezielt und dann wahrscheinlich anonym? Aus welchem Grund sollte ein Mitglied der Gruppe das getan haben? Wenn, dann doch nur, um Spinea ins Haus zu locken, um ihn dort umzubringen. Das führt mich jetzt automatisch wieder zu Altino. Vielleicht war seine Entrüstung über das plötzliche Auftreten von Spinea nur gespielt. Als langjähriger Mieter wusste er doch, wie aufbrausend Spinea sein konnte. Er gibt ihm anonym einen Hinweis auf das Treffen von *Salvate Venezia* und bereitet für den Abend in der Bäckerei die *Cornetti* vor, um einen Grund zu haben, während des Treffens die Wohnung verlassen zu können. Zudem hätte er damit vorab ausreichend Zeit gehabt, sich so darauf vorzubereiten, dass er bei der Tat keine Spuren hinterlässt."

„Das klingt alles plausibel, *Commissario*. Sie vergessen aber, dass wir an der Tür der Masena-Wohnung keinerlei Einbruchsspuren gefunden haben. Woher hätte Altino also einen Zweitschlüssel zu dieser Wohnung haben sollen?"

Max zuckte mit den Schultern.

„Ich weiß nicht, vielleicht von Masena selbst."

„Meinen Sie nicht, dass das ein bisschen weit hergeholt ist? Demnach hätten Masena und Altino schon Anfang April, also bevor die Masenas ausgezogen sind, gemeinsam planen müssen, Spinea zu ermorden. Warum hätten sie sich dazu mehr als zwei Monate Zeit lassen sollen?“

Max antwortete nicht sofort, da bei Conas letztem Satz Chiara bei der Zimmertür hereingekommen war, die Tasche mit ihren Badesachen neben der Badezimmertür abgestellt und Max einen Kuss auf den Mund gegeben hatte. Max hatte den Eindruck, dass Chiara nun wesentlich gelöster war als noch beim Mittagessen, der Nachmittag am Strand hatte ihr offenbar sehr gut getan. Er hielt sein Handy mit ausgestrecktem Arm weg und flüsterte ihr zu:

„Ich bin gleich fertig.“

Dann wandte er sich wieder seinem Telefonat zu.

„Für die zwei Monate Wartezeit habe ich leider auch keine Erklärung, ich könnte mir nur vorstellen, dass sie etwas abwarten wollten, damit wir im Zweifelsfall keine Verbindung mehr zum Auszug der Masenas herstellen. Natürlich könnte der Mörder Spinea auch mit vorgehaltener Waffe gezwungen haben, die Wohnungstür aufzusperren, aber das halte ich für eher unwahrscheinlich. Ihn zuerst mit einer Waffe zu bedrohen und ihn dann zu erschlagen, passt für mich auch nicht zusammen.“

„Schön langsam drehen wir uns im Kreis und kommen nicht weiter.“

„Meine Frau ist gerade vom *Lido* zurückgekommen, wir treffen hernach gleich die Mitglieder von *Salvate Venezia*, ich hoffe, dass ich da vielleicht noch interessante Infos bekomme, bisher konnte ich doch nur mit Alessia Dogaletto und Gianni Zambelli sprechen. Ansonsten sind wir dringend darauf angewiesen, morgen die Handy-Verbindungsdaten von Spinea und Einblick in seine finanziellen Verhältnisse zu erhalten. Die Anrufliste könnte schon helfen, herauszufinden, wer ihn gestern zu seinem Haus gelockt hat.“

„In Ordnung, *Commissario*, ich wünsche Ihnen hernach viel Erfolg, wir sprechen uns dann morgen Vormittag wieder. Vielen Dank, dass Sie Ihren Sonntag für den Fall geopfert haben. Bis morgen. *Ciao*.“

„*Ciao*.“

Er hängte ein und Chiara fragte ihn sofort, warum er so verwundert dreinschauen würde.

„Die Cona war jetzt sehr kooperativ. Gestern hat sie mir noch das Gefühl gegeben, dass sie mich bei den Ermittlungen eigentlich nicht dabei haben will und jetzt hat sie sich sogar ausdrücklich bei mir bedankt, dass ich heute den ganzen Tag für die Befragungen unterwegs war."

Chiara gab ihm noch einmal einen Kuss.

„Hast du dabei schon etwas Interessantes rausgefunden?"

Nun fasste Max seine Befragungen auch noch einmal kurz für seine Frau zusammen und ergänzte noch, welche Schlussfolgerungen er mit *Maresciallo* Cona daraus gezogen hatte.

„Ich kann mir nicht vorstellen, dass Altino so dreist war, Spinea regelrecht in eine Falle zu locken und dass er uns allen bei dem Treffen nur etwas vorgespielt hat."

„Ich ehrlich gesagt auch nicht, aber im Moment ist er unser Hauptverdächtiger. Um ihn allerdings zu überführen, fehlen uns die Beweise. Wie war's am *Lido*?"

„Sehr schön, wenn auch sehr voll. Alessia und Gianni sind immer wieder auf gestern Abend zu sprechen gekommen, sie sind sich absolut sicher, dass niemand von *Salvate Venezia* an dem Mord beteiligt war. Außer der Gruppe und den Altinos muss noch irgendwer im Haus gewesen sein, anders können sie es sich nicht erklären."

Max konnte darauf nichts mehr erwidern, weil sein Handy klingelte.

„*Salve* Emilio."

„*Salve* Max, wie geht's euch in Venedig?"

„Gut, aber ohne den Mordfall würde es uns noch viel besser gehen."

„Das kann ich mir denken, wer braucht schon im Urlaub einen Mord? Max, du scheinst meine venezianischen Kollegen ja ganz schön nervös gemacht zu haben", lachte er. „Nach *Maresciallo* Cona hat mich jetzt auch noch deren Chef, *Colonello* Dardanelli, angerufen und hat sich nach dir erkundigt."

„Jetzt gerade?"

„Nein, das war schon vor ungefähr eineinhalb Stunden. Ich konnte dich nur nicht gleich anrufen, weil wir zu einem Einsatz gerufen wurden."

„Was hast du dem *Colonello* erzählt?"

„Im Grund auch nichts anderes als der Cona. Ich habe ihm bestätigt, dass du im letzten Jahr ganz offiziell für uns gearbeitet und wesentlich dazu beigetragen hast, hier einen ziemlich undurchsichtigen Mordfall aufzuklären. Außerdem habe ich ihm versichert, dass man sich auf dich hundertprozentig verlassen kann."

„Danke für deine Hilfe, Emilio. Jetzt weiß ich auch, warum die Cona vorhin am Telefon viel kooperativer war als noch heute Vormittag. Die Rückendeckung von ihrem Chef macht es uns natürlich beiden viel einfacher."

„Eben, ich hätte sicher genauso gehandelt wie sie. Ich muss leider schon wieder Schluss machen, Max. Sag einen lieben Gruß an Chiara. Viel Erfolg beim Ermitteln, damit der Fall hoffentlich schnell geklärt ist und ihr noch genug Zeit zum Erholen habt."

„Das hoffe ich auch. Nochmals vielen Dank, Emilio. *Ciao*."

„*Ciao*, Max."

Er richtete Chiara die Grüße von Emilio aus und erklärte ihr, warum *Maresciallo* Cona kurz zuvor auf einmal viel kooperativer gewesen war. Mittlerweile war es schon halb sechs. Chiara sprang noch schnell unter die Dusche, zog sich dann ein längeres Kleid an, nahm sich für den Abend noch eine Strickjacke aus dem Schrank und war startklar. Max hatte währenddessen die ganze Zeit grübelnd am Fenster gesessen und dem pausenlosen Schiffsverkehr unten am *Canal Grande* zugesehen. Aber so oft er sich die Gespräche des ganzen Tages auch durch den Kopf gehen ließ, er fand keinen weiteren Ansatzpunkt, der auf ein neues Motiv oder irgendeinen Täter hinweisen würde. Auf dem kurzen Weg zur *Chiesa Santa Maria del Giglio* erzählte Chiara, dass sie während der Rückfahrt vom *Lido* kurz mit Elena telefoniert hatte.

„Carlos und sie wollten gerade aufbrechen und nach Fürstenfeldbruck zurückfahren. Sie musste nur noch unseren Wohnungsschlüssel zur Frau Mitterwieser hinunterbringen. Bei Martina ist soweit auch alles in Ordnung."

Die Kirche war bei dem sonntäglichen Abendgottesdienst fast bis auf den letzten Platz gefüllt, was sicher auch daran lag, dass an diesem Abend das Fronleichnams-Fest vom vorangegangenen Donnerstag nachgefeiert wurde. Nach dem Evangelium zog der Priester mit der Monstranz in Begleitung des Altardienstes in einer kleinen Prozession durch das Gotteshaus, in dem sich der wohlriechende Weihrauch immer mehr verbreitete. In einer kurzen, aber prägnanten Predigt legte der Priester dar, welche Bedeutung das Fest für die katholischen Christen hatte. Als Max und Chiara das Gotteshaus wieder verließen, war es schon kurz nach sieben, deswegen beschlossen sie, nicht zu Fuß bis zur *Via Giuseppe Garibaldi* zu laufen, sondern ein *Vaporetto* zu nehmen. An ihrer nahegelegenen Haltestelle *Santa Maria del Giglio* mussten sie nicht lange warten, bis ein *Vaporetto* der Linie 1 anlegte, mit dem sie vorbei am Markusplatz bis zur Haltestelle *Arsenale* fahren konnten. Das letzte Stück bis zur Abzweigung der *Via Giuseppe Garibaldi* liefen sie am *Canale di San Marco* entlang und konnten schon von weitem sehen, dass die Luxusjacht Hero of the sea dort immer noch vor Anker lag.

„Schau, Chiara, dieses Bonzenschiff ist noch immer da."

Dafür interessierte sich Chiara aber nicht, sie blieb nicht einmal stehen, sondern bog sofort nach links in die *Via Giuseppe Garibaldi* ab. Die *Trattoria Casanova* befand sich nach etwa einhundert Metern auf der rechten Seite im Erdgeschoss eines Hauses, das von außen einen ziemlich verwahrlosten Eindruck machte. Die sechs Mitglieder von *Salvate Venezia* hatten im Freien zwei Tische zusammengestellt und für Max und Chiara zwei Plätze freigehalten. An den zum Teil schon fast leeren Gläsern konnte Max erkennen, dass sie wahrscheinlich schon länger als erst seit sieben Uhr beieinander saßen. Er stellte sich allen kurz vor, erfuhr dabei auch die Namen der einzelnen Gruppenmitglieder, die er noch nicht kannte, und nahm dann inmitten der Gruppe neben Chiara Platz. Der *Cameriere* hatte sie kommen gesehen, deswegen war er sofort da, um ihre Getränkebestellung aufzunehmen.

„Mit dem Essen wollten wir auf euch warten", erklärte ihnen Alessia.

Schnell waren dann die Speisekarten an alle verteilt.

„Was kannst du mir empfehlen, Alessia?", fragte Chiara.

„Die hausgemachte *Pasta* schmeckt immer hervorragend. Wir sind relativ häufig hier, nicht nur weil wir von unserer Wohnung hierher keine fünf Minuten unterwegs sind. Ich esse oft auch nur einen Salat, da kann man nie etwas falsch machen.“

Max wollte zuerst eine *Bruschetta* mit frischen Tomaten und viel Knoblauch, außerdem bestellte er sich die hausgemachten *Tortellini* mit Schinken-Sahne-Soße. Chiara wollte auch die frische *Pasta* probieren und wählte für sich die mit Spinat und *Ricotta* gefüllten *Ravioli*, die in einer Butter-Salbei-Soße serviert wurden. Von den Gruppenmitgliedern bestellten auch alle Nudelgerichte, nur Michela wollte lieber einen Salat. Während sie aufs Essen warteten, erzählte Max, was er tagsüber schon unternommen hatte, um die Unschuld der Mitglieder von *Salvate Venezia* zu beweisen, verschwieg aber teilweise, mit wem er schon alles gesprochen hatte.

„Heute Vormittag war ich bei Altino in der Bäckerei, er hat mir den Ablauf des gestrigen Abends ähnlich geschildert wie ihr, Alessia und Gianni.“

„Hast du erwartet, dass er dir etwas anderes erzählt als wir?“, unterbrach ihn Gianni sofort.

„Ich wollte damit natürlich niemandem unterstellen, dass er bewusst etwas Falsches ausgesagt hat, Gianni. Aber es kommt gar nicht einmal so selten vor, dass gewisse Ereignisse, vor allem wenn sie überraschend eintreten, von einzelnen Personen völlig unterschiedlich dargestellt werden. Aber in diesem Fall waren eure Aussagen und die von Altino und seiner Frau ziemlich deckungsgleich. Mit ihr habe ich nämlich auch noch gesprochen. Außerdem hatte ich ein längeres Gespräch mit Spineas Frau.“

Max nannte dazu keine Details und wollte auch von dem, was er mit *Maresciallo* Cona besprochen hatte, nicht zu viel preisgeben, solange er nicht ausschließen konnte, dass der Täter vielleicht gerade mit am Tisch saß.

„Es steht mittlerweile zweifelsfrei fest, dass Spinea mit einer Flasche erschlagen wurde, und zwar in einer Wohnung direkt unter der Altino-Wohnung. Solange der Täter nicht gefasst ist und solange ihr alle kein wasserdichtes Alibi vorweisen könnt, werdet ihr von den *Carabinieri* auch weiterhin zu den Verdächtigen gezählt.“

Er machte eine Pause, weil der *Cameriere* ihnen die Getränke und Max auch schon die *Bruschetta* brachte. Damit er gleich essen konnte, wollte er erst einmal die anderen reden lassen.

„Donato, wo bist du hin, als ihr gestern Abend nach Spineas Abgang die Pause gemacht habt?“

„Nachdem Spinea die Wohnung nach seinem überraschenden Auftritt wieder verlassen hatte, haben wir noch kurz über sein unmögliches Verhalten gesprochen und waren uns einig, dass wir unser so plötzlich unterbrochenes Treffen nicht wie gehabt fortsetzen konnten und dass erst einmal eine Pause sinnvoll sei. Als dann alle aufgestanden sind, bin ich zusammen mit Pancrazio auf eine der Dachterrassen hinaus und habe mir wie er eine Zigarette angezündet.“

„Hast du noch gesehen, wo die anderen inzwischen alle hin sind?“, bohrte Max nach.

„Nein, nicht bei allen. *Signora* Altino ist in ihre Küche gegangen und ihr Mann war sofort bei der Wohnzimmertür draußen, er wollte doch in seiner Bäckerei unten im Erdgeschoss etwas zum Essen für uns holen.“

Max spülte den Bissen, den er gerade im Mund hatte, mit einem großen Schluck Rotwein hinunter.

„Ward ihr die ganze Zeit gemeinsam auf der Terrasse?“

„Nein, ich musste noch zur Toilette, deswegen bin ich schon ein bisschen eher wieder reingegangen.“

Pancrazio nickte und bestätigte so die Aussage von Donato. Dies reichte Max aber bei Weitem nicht aus.

„Wer ist dir auf dem Weg zur Toilette begegnet?“

Donato antwortete ihm nicht sofort, aber nicht, weil er auch den Mund voll hatte, sondern weil er es anscheinend nicht mehr so genau wusste.

„Ich bin durchs Wohnzimmer zur Toilette hinaus, auf alle Fälle war da Chiara auf der Couch gesessen, aber ich kann beim besten Willen nicht sagen, wer da noch dabei war, ich habe einfach nicht darauf geachtet.“

Diese Aussage von Donato musste Max erst einmal so stehen lassen. Von Pancrazio wollte er anschließend wissen, wie lange er noch auf der Dachterrasse geblieben war.

„Ich habe nicht auf die Uhr geschaut, wie viele Minuten ich noch draußen war, nachdem Donato schon wieder reingegangen war“, antwortete ihm Pancrazio. „Jedenfalls bin ich gerade rechtzeitig rein, als wir wieder weitermachen wollten.“

Max überlegte, dass Pancrazio theoretisch Spineas Sturz über das Balkongeländer hätte sehen können, wenn er selbst an der

Brüstung der Dachterrasse gestanden wäre und nach unten geschaut hätte.

„Wo bist du draußen gestanden?“

„Relativ nahe an der Tür zum Wohnzimmer, weil der Wind den Regen immer noch unter das Dach reingeweht hat.“

Als Max bei *Signora* Altino gewesen war, hatte er sich kurz umschauen können. Er hatte dabei gesehen, dass man sowohl vom Wohnzimmer, als auch vom Flur aus auf die beiden Dachterrassen hinausgehen konnte. Nachdem er von Donato alleine gelassen worden war, hätte Pancrazio also theoretisch über die Tür im Flur wieder in die Wohnung und von dort, vielleicht von allen anderen unbemerkt, ins Treppenhaus hinausgehen können, um dort noch einmal auf Spinea zu treffen. Allerdings hätte dann auch Altino seinem Vermieter im Treppenhaus noch über den Weg laufen müssen, wenn sich Spinea noch im dritten oder vierten Stock aufgehalten hätte, denn es stand außer Frage, dass Altino zu Beginn der Pause als Erster die Wohnung verlassen hatte.

„Das passt alles irgendwie überhaupt nicht zusammen. Wenn Altinos Aussage stimmt, dass er beim Hinuntergehen in der ehemaligen Masena-Wohnung Stimmen gehört hat, dann kommt Pancrazio eigentlich nicht als Täter in Frage“, grübelte Max, während er sich das letzte Stück *Bruschetta* in den Mund schob.

Der aufmerksame *Cameriere* hatte gesehen, dass Max, der als Einziger eine Vorspeise bestellt hatte, die *Bruschetta* aufgegessen hatte. Deswegen konnte er nun allen das Hauptgericht servieren. Chiara und Max probierten gegenseitig ihre *Pasta*, sowohl die *Ravioli*, als auch die *Tortellini* waren ein Gedicht.

„Du hast Recht gehabt, Alessia, die hausgemachte *Pasta* schmeckt wirklich phantastisch.“

Alle anderen stimmten Chiara mit vollem Mund nickend zu. Während des Essens hielt sich Max mit weiteren Fragen zurück, aber als sein eigener Teller leer war und die anderen nach und nach auch alle fertig wurden, setzte er seine Befragung fort. Als nächstes wollte er sich Severino vorknöpfen.

„Severino, wenn ich richtig informiert bin, warst du während der Pause auf der zweiten Dachterrasse zum Telefonieren draußen.“

„Stimmt, ich bin sofort zu Beginn unserer Pause hinaus, habe mit meiner Freundin telefoniert und habe das Gespräch erst beendet, als ich durch die Glastür gesehen habe, dass sich alle anderen inzwischen wieder im Wohnzimmer versammelt hatten. Ich bin die ganze Zeit nahe an der Glastür gestanden, weil ich nicht nass werden wollte."

Für Max war demnach bei Severino ein ähnliches Szenario möglich wie bei Pancrazio, auch er hätte über die Tür zum Flur die Dachterrasse verlassen und Spinea ins Treppenhaus nachlaufen können. Aber wie Pancrazio konnte er nicht der Täter sein, wenn Altino wahrheitsgemäß ausgesagt hatte.

Nun blieb nur noch Michela übrig. Sie erzählte, dass sie als allererste zur Toilette hinausgelaufen und danach sofort wieder ins Wohnzimmer zurückgegangen war.

„Da war ich ganz kurz völlig allein, dann ist *Signora* Altino mehrmals hereingelaufen, schließlich sind nacheinander Chiara und Alessia von der Toilette zurückgekommen. Als Donato von der Dachterrasse kam, war ich mit Chiara gerade alleine im Wohnzimmer."

Nachdem er nun die Aussagen aller *Salvate Venezia*-Mitglieder hatte, war Max schon etwas ernüchtert. Er hatte aus diesem Kreis keinen Tatverdächtigen, aber wie schon von *Maresciallo* Cona festgestellt, hatten sich die Mitglieder gegenseitig keine derart stichhaltigen Alibis gegeben, so dass sie alle aus dem Schneider gewesen wären. Max wusste nicht, was er nun für die Gruppenmitglieder noch tun konnte. Als könne er die Gedanken von Max lesen, fragte Gianni:

„Was hast du jetzt vor?"

Max wollte sich seine Ratlosigkeit nicht anmerken lassen, deswegen richtete er sich etwas auf seinem Stuhl auf, um das Fazit seiner Befragung zu ziehen.

„Theoretisch hätten einige von euch während der Pause die Wohnung unbemerkt von den anderen verlassen können, auch wenn ich das aufgrund der Schilderungen aller eher für unwahrscheinlich halte. Dazu kommen die Aussagen der Altinos, die einen Täter aus eurem Kreis ohnehin fast zwangsläufig ausschließen."

Während er sprach, ließ er seine Blicke umherschweifen, ob jemand aus der Gruppe spontan sehr erleichtert aussehen würde, aber alle sahen ihn nur erwartungsvoll an, weshalb er weiterredete.

„Ich werde mich morgen Früh mit *Maresciallo* Cona treffen, vielleicht kann ich sie anhand der Aussagen von euch und der Altinos davon überzeugen, dass keiner von euch etwas mit dem Mord an Spinea zu tun hat."

„Gestern Abend hat sie sich nicht so angehört, als wollte sie uns recht schnell aus ihren Krallen entkommen lassen", meinte Gianni etwas skeptisch.

„Das hätte ich an ihrer Stelle aber auch gemacht", erwiderte Max. „Am besten wäre ohnehin, wir würden schnell den wahren Mörder finden."

Den Rest des Abends klammerten sie das Thema Spinea aus, sondern unterhielten sich darüber, welche Aktionen als nächstes anstanden, um dem Namen, den sich die Gruppe gegeben hatte, gerecht zu werden. Gegen elf gab Chiara Max mit einem Augenzwinkern ein Zeichen, dass sie aufbrechen wollte, alle anderen dagegen hatten noch keine Lust, nach Hause zu gehen. Max winkte den *Cameriere* heran und bat um die Rechnung für das Essen und die Getränke von ihm und Chiara.

„Sobald ich Neuigkeiten habe, melde ich mich bei euch", versprach Max und blickte dabei Alessia und Gianni an.

Alle bedankten sich bei ihm für seinen Einsatz und wünschten den beiden einen guten Heimweg.

Chiara brannte eine Frage unter den Nägeln, sie wartete damit aber, bis sie und Max außer Hörweite der anderen waren.

„Hast du das im Ernst gemeint, dass sie für dich alle aus dem Schneider sind oder wolltest du sie nur in Sicherheit wiegen?"

„Meine bisherigen Ermittlungen lassen tatsächlich keinen anderen Schluss zu. Wenn es stimmt, dass Altino beim Hinuntergehen im Treppenhaus aus der ehemaligen Masena-Wohnung Stimmen gehört hat, dann kann keiner von den *Salvate Venezia*-Mitgliedern dort drin gewesen sein, weil die zu dem Zeitpunkt noch alle oben in der Wohnung waren. Und wenn Altino in diesem Punkt gelogen hat, dann doch nur, um von sich selbst als Täter abzulenken, dann sind die anderen doch erst recht alle unschuldig."

Während sie dann schweigend bis zur *Vaporetto*-Haltestelle *Arsenale* gingen, überlegte Max, ob es strategisch richtig gewesen war, gegenüber Chiara eine Schuld der *Salvate Venezia*-Mitglieder so kategorisch auszuschließen. Schließlich hatte sie ihm nur erlaubt, zu ermitteln, weil sie zusammen mit den Gruppenmitgliedern unter Verdacht stand. Er hoffte, dass sie nicht auf die Idee kam, von ihm zu fordern, bei diesem spannenden Fall nun seine Ermittlungen einzustellen, denn sein Bauchgefühl sagte ihm, dass der Fall Spinea nicht ganz einfach zu lösen sein würde. Um Chiara keine weitere Angriffsfläche zu bieten, hatte er sich auch vorgenommen, sich mit Bemerkungen über Valentina Cona zurückzuhalten, um nicht ohne Grund ihre unnötige Eifersucht zu schüren. Da ihnen ein *Vaporetto* vor der Nase weggefahren war, mussten sie diesmal etwas länger warten, bis sie zu ihrer Einstiegshaltestelle *Santa Maria del Giglio* zurückfahren konnten. Im Hotelzimmer ging Chiara sofort ins Bad, bereits im Aufzug hatte sie erwähnt, dass sie sehr müde war und gleich ins Bett gehen wollte. Max dagegen schaltete den Fernseher ein, weil er wusste, dass bei der WM in Brasilien um Mitternacht die beiden deutschen Gruppengegner USA und Portugal aufeinander trafen. Die erste Szene, die er sah, war das 0:1, das bereits in der fünften Minute fiel. Als Chiara kurz darauf unter die dünne Bettdecke kroch, schaltete Max den Ton ab und verschwand selbst kurz im Bad. Chiara schlief schon, als er wieder herauskam und sich noch einmal vor den Fernseher setzte. Weil ihm aber schon nach kurzer Zeit immer wieder die Augen zufielen, schaltete er bereits vor der Halbzeitpause den Fernseher aus, schlüpfte zu Chiara unter die Bettdecke und war auch innerhalb weniger Minuten eingeschlafen.

8

Am nächsten Morgen hatte Chiara beim Frühstück einen deutlich besseren Appetit als am Vortag. Während sie sich ein Schüsselchen Müsli, frisches Obst und schließlich noch ein *Cornetto* schmecken ließ, besprach sie mit Max ihre Pläne für den Vormittag. Er hatte vor, nach dem Frühstück sofort zum *Comando Provinciale* zu gehen, währenddessen wollte Chiara den ursprünglich schon für Sonntag geplanten Einkaufsbummel machen. Später wollten sie sich treffen, um endlich auch wieder einmal etwas gemeinsam zu unternehmen. Als sie mit dem Frühstück fertig waren, ging Max gar nicht mehr mit ins Zimmer hinauf, sondern brach gleich in Richtung *San Zaccaria* auf. Obwohl er davon ausgehen konnte, jetzt am frühen Vormittag nicht so lange wie in der Nacht auf ein *Vaporetto* warten zu müssen, machte er sich wieder zu Fuß auf den Weg zum *Comando Provinciale*. Der Markusplatz war noch relativ leer, vor dem *Campanile* und dem Dom bildeten sich aber bereits die ersten kleinen Schlangen. Als er am Anleger *San Zaccaria* vorbeikam, spülten mehrere Schiffe, die offenbar relativ gleichzeitig angekommen war, den nächsten großen Schwung an Tagestouristen in die Lagunenstadt.

An der Pforte des *Comando Provinciale* saß *Vice Brigadiere* Umberto Mogliano, der auch am Samstagabend im Dienst gewesen war, als Chiara von *San Zaccaria* aus Max zu Hilfe gerufen hatte.

„*Buongiorno Vice Brigadiere*, ich habe mit *Maresciallo* Cona gestern besprochen, dass ich heute Morgen vorbeikommen werde.“

„*Buongiorno Commissario*. Es tut mir leid, aber *Maresciallo* Cona ist im Moment nicht im Haus. Sie wurde zu einem Einsatz gerufen und ist mit zwei Kollegen unterwegs.“

„Können Sie abschätzen, wann sie ungefähr zurück sein wird?“

„Schwer zu sagen. Sie war kaum da, als kurz nach sieben ein Notruf kam. Wie Sie sicher aus eigener Erfahrung wissen, hängt es von den äußeren Umständen beim Auffinden einer

Leiche ab, wie lange man vor Ort bleiben muss. Sie können aber gerne hier auf *Maresciallo* Cona warten."

„Ein Leichenfund? Schon wieder ein Mordfall?"

„Einzelheiten kann ich Ihnen leider nicht sagen."

Max setzte sich ohne weiteren Kommentar auf die Bank, auf der er am Freitagabend auf Chiara gewartet hatte. Er war überzeugt davon, dass der *Vice Brigadiere* weitaus mehr wusste, als er ihm verraten hatte.

„Der Fund einer Leiche muss nicht automatisch gleich wieder ein neuer Mordfall sein", überlegte er. „Aber wenn es tatsächlich so wäre, dann könnte das bedeuten, dass mir die Cona noch mehr freie Hand bei den Ermittlungen im Fall Spinea lässt, wenn sie gleichzeitig noch einen zweiten Mord zu lösen hat."

Nachdem Chiara bisher keinerlei Andeutungen gemacht hatte, dass er aufgrund des bisherigen Ermittlungsstandes seine Recherchen aufgeben und endlich einfach nur mit ihr Urlaub machen solle, ging er davon aus, dass er sich weiterhin aktiv an der Suche nach dem Mörder von Spinea beteiligen konnte. Während er auf Valentina Cona wartete, ließ er sich die weitere Vorgehensweise durch den Kopf gehen. Für die klassischen Mordmotive Geld und Eifersucht sah er momentan noch keine Ansatzpunkte, dazu hatte er aber auch noch viel zu wenige Informationen. Er hoffte, dass sich das vielleicht noch am Vormittag mit dem Vorliegen der Handy-Verbindungsdaten von Spinea und einem Einblick in seine finanziellen Verhältnisse ändern würde.

Um sich die Wartezeit zu verkürzen, zog er die zusammengefaltete Kopie des Vertrages von Spinea mit der Baufirma aus seiner Hemdtasche. Er las den Kontrakt nun schon zum dritten Mal, konnte dabei aber weiterhin keine Auffälligkeiten finden. Schließlich griff er zu seinem Smartphone und googelte den Namen Angelo Sattorini. Er staunte nicht schlecht, wie viele Suchergebnisse es zu diesem Namen gab. Zuerst schaute er sich auf der Homepage der Baufirma Sattorini die Angaben zur Geschäftsleitung näher an. Angelo Sattorini war alleiniger Geschäftsführer und offenbar auch Mehrheitseigner der Firmenanteile. Anhand der Fotos von Sattorini konnte er feststellen, dass es sich bei einem venezianischen Stadtrat gleichen Namens und dem Geschäftsführer der Baufirma um ein und dieselbe Person handelte.

„In einer Stadt, in der so viel restauriert wird, im Stadtrat zu sitzen und gleichzeitig Inhaber einer Baufirma zu sein, das ist bestimmt ein einträgliches Geschäft", mutmaßte Max sofort, ohne zu wissen, ob Sattorini in seiner Funktion als Stadtrat überhaupt etwas mit der Vergabe von städtischen Bauaufträgen oder der Genehmigung von Bauvorhaben zu tun hatte.

Er war so sehr in seine Recherche vertieft, dass er nicht mitbekommen hatte, wie das Telefon geklingelt und wie *Vice Brigadiere* Mogliano kurz telefoniert hatte.

„*Maresciallo* Cona ist bereits auf dem Rückweg hierher", rief er Max zu, der sofort von seinem Smartphone aufblickte.

„Hat sie schon etwas zum aktuellen Leichenfund gesagt?"

„Ich denke, es ist besser, wenn sie Ihnen das gleich alles selbst erzählt."

Max wusste, dass es keinen Sinn machte, noch weiter nachzufragen, denn das war bei Mogliano auch am Samstagabend zwecklos gewesen. Zum Glück musste er sich nur noch eine knappe Viertelstunde gedulden, bis *Maresciallo* Cona endlich eintraf.

„*Buongiorno Commissario*, Sie haben hoffentlich nicht allzu lange auf mich gewartet."

Max schüttelte mit dem Kopf und stand auf.

„Ich habe die Zeit sinnvoll nutzen können."

„Gut. Geben Sie mir noch fünf Minuten, dann hole ich Sie in mein Büro."

„In Ordnung. Danke."

Er setzte sich wieder und beobachtete Mogliano dabei, wie er sofort bereitstand, um ihr mit einem breiten Lächeln die Tür aufzuhalten und welchen Blick er ihr dabei hinterher warf.

„Der enge dunkelblaue Rock betont ihren knackigen Hintern aber auch besonders gut, da kann man schon mal etwas lüstern hinterher schauen", dachte sich Max und musste über sich selbst lachen.

Dem *Vice Brigadiere* war anscheinend eher nicht zum Lachen zumute. Kaum hatte er die Tür hinter Valentina Cona wieder zugemacht, drehte er sich um und setzte sich mit einer ziemlich ernsten Miene wieder an seinen Platz.

„Oha, da scheint einer unglücklich verliebt zu sein in seine Chefin", dachte sich Max, anders wusste er die beiden so unterschiedlichen Blicke von Mogliano nicht zu deuten.

Es dauerte dann nicht einmal die angekündigten fünf Minuten, bis *Maresciallo* Cona wieder herauskam und ihn in ihr Büro holte.

„Was sagt denn Ihre Frau dazu, dass Sie sie schon wieder alleine lassen?", fragte sie scherzhaft.

„Chiara macht gerade einen Einkaufsbummel, dafür habe ich sowieso immer viel zu wenig Geduld. Wir treffen uns aber hernach gleich wieder. Was hatte es denn mit Ihrem heutigen Leichenfund auf sich? Noch ein Mordfall?"

Valentina Cona seufzte und schob Max ein Passfoto des Toten über den Schreibtisch. Max schätzte ihn auf dem Foto auf etwa Mitte fünfzig.

„Auf den ersten Blick war es ein Suizid, ich will aber vorerst nicht ausschließen, dass es sich nicht doch um einen Mordfall handelt."

Max sagte nichts, sondern sah sie nur fragend an.

„Wir wurden heute kurz nach sieben alarmiert, dass in *Dorsoduro* bei der *Chiesa delle Eremite*, an der kleinen Brücke über den *Rio de le Romite*, eine Leiche hängt. Als ich mit meinen beiden *Brigadieri* Verde und Stradona dort eintraf, war an der Brücke trotz der frühen Uhrzeit schon ein ziemlicher Menschenauflauf. Der Strick war am Brückengeländer befestigt und die Leiche hing mit den Füßen im Wasser. Am gegenüberliegenden Brückengeländer war ein kleiner Hund angebunden, der die ganze Zeit nur leise gewinselt hat, so als würde er um sein Herrchen weinen. Nachdem wir den Bereich um die Brücke weiträumig abgesperrt hatten, haben meine Kollegen den Toten nach oben gezogen."

„Hatte er einen Abschiedsbrief oder etwas Ähnliches dabei?"

„Nein, aber er hatte seinen Geldbeutel mit seinem Ausweis in der Hosentasche, so dass wir ihn sofort identifizieren konnten. Er hieß Mattia Novello und war siebenundfünfzig Jahre alt. Anhand des Ausweises haben wir auch gesehen, dass er ganz in der Nähe wohnte. Verde und Stradona blieben dort, um auf die Rettungssanitäter und die Spurensicherung zu warten, während ich mich sofort zu Fuß auf den Weg zu Novellos Adresse machte."

„Haben Sie dort jemanden angetroffen?“

„Ja, *Signora* Novello. Sie hat einen regelrechten Weinkrampf bekommen, als ich ihr die schlimme Nachricht überbracht habe. Nach einiger Zeit konnte ich aber doch noch etwas ausführlicher mit ihr über ihren Mann sprechen.“

„Glaubt sie an einen Selbstmord?“

„Nein, den hat sie sofort kategorisch ausgeschlossen.“

„Warum?“

„Weil sie dafür überhaupt keinen Grund sah. Im Gegenteil, sie hat gemeint, dass sie ihren Mattia schon lange nicht mehr so glücklich gesehen hat wie in der letzten Zeit. Die beiden sind erst vor drei Wochen zum ersten Mal stolze Großeltern geworden und der frischgebackene Opa war ganz vernarrt in seinen kleinen Enkelsohn. Vor kurzem war er darüber hinaus bei einer Vorsorgeuntersuchung bei seinem Arzt, der ihm eine hervorragende Gesundheit bescheinigt hat. Außerdem ist ihm von seinem Arbeitgeber angeboten worden, zum Jahresende in den Vorruhestand zu gehen und schließlich haben er und seine Frau erst am Samstag endlich eine lange geplante Reise gebucht. Das alles spricht auch für mich ganz massiv gegen einen Selbstmord.“

„Stimmt, Novello scheint es offensichtlich gerade sehr gut gegangen zu sein, das schließt aber dennoch nicht aus, dass es nicht trotzdem irgendeinen Grund für einen Suizid gegeben hätte. Was hat er denn gearbeitet?“

„Er war seit fast vierzig Jahren bei der *Capitaneria di Porto*.“

„Das gibt’s ja nicht, genau wie Spinea. Glauben Sie an Zufälle? Ich nicht!“

„Spinea hat auch bei der *Capitaneria* gearbeitet? Das wusste ich gar nicht.“

„Er war schon im Vorruhestand, seit vier Jahren, aber davor war auch er dort beschäftigt. Das hat mir seine Frau gestern erzählt. Sie kann uns bestimmt auch sagen, wie gut er Mattia Novello gekannt hat und ob er zu den Kollegen gehörte, mit denen sich Spinea nach seinem Eintritt in den Vorruhestand immer wieder einmal getroffen hat. Warum war Novello überhaupt so früh unterwegs?“

„Er ist laut seiner Frau regelmäßig um sechs mit dem Hund raus.“

„Ach ja, der Hund. Haben Sie ihr den gleich mitgebracht?“

„Nein, wir wussten doch nicht mit Sicherheit, dass er wirklich Novello gehörte. Ob er mit dem Hund heute früher oder später raus ist als sonst, konnte mir seine Frau nicht sagen, weil sie noch geschlafen hat, als ihr Mann aufgestanden ist. Würden Sie Ihren Hund mitnehmen, wenn Sie vorhaben, sich umzubringen?"

„Eher nicht."

„Eben. Also wieder etwas, das gegen einen Selbstmord spricht."

„Gut, wenn wir jetzt einmal davon ausgehen, dass auch Novello ermordet wurde, dann müssen wir uns vielleicht erst einmal bei der *Capitaneria di Porto* auf die Spurensuche machen."

„Wenn sich die beiden außerhalb der *Capitaneria*, also privat, häufiger getroffen haben, könnte ein Motiv für die Morde natürlich auch im Privatleben der beiden zu finden sein, aber ich gebe Ihnen Recht, dass wir mit der *Capitaneria* einen sehr guten Ansatzpunkt haben."

Max freute sich, dass sie mittlerweile von ‚wir' sprach, wenn es um die Ermittlungsarbeit ging, bevor er aber noch einmal etwas zu ihrer letzten Bemerkung sagen konnte, klopfte es und *Vice Brigadiere* Mogliano brachte seiner Chefin mehrere zusammengeheftete DinA4-Blätter herein.

„Das sind die Telefonlisten von Oreste Spinea. Zuerst die Daten vom Festnetzanschluss in seiner Wohnung, anschließend seine Handy-Daten."

„Ist dir schon etwas aufgefallen, Umberto?"

„Ja, es gibt drei Nummern, die immer wieder einmal sowohl beim Festnetz, als auch beim Handy auftauchen. Die Nummer, mit der er in der letzten Zeit am häufigsten telefoniert hat, ist allerdings nur bei den Handy-Daten zu finden, sie gehört einer gewissen Fiorella Caltana. Sie ist in unseren Archiven ein unbeschriebenes Blatt, trotzdem habe ich herausgefunden, dass sie neunundzwanzig ist und als Rechtsanwalts-Gehilfin in einer Kanzlei arbeitet."

„Gute Arbeit, Umberto, danke."

Mogliano erwiderte darauf nichts mehr, sondern drehte sich um und ging wieder zu seinem Platz an der Pforte zurück.

„Sieht ganz so aus, als hätte sich der alte Spinea ein junges hübsches Ding angelacht", grinste Max.

„Seiner Frau wird es nichts ausgemacht haben, wenn es stimmt, was sie uns beiden bestätigt hat, nämlich dass die Ehe nur noch auf dem Papier bestand. Ihr Alibi haben wir übrigens überprüft, sie war mit ihrer Freundin sowohl im Kino, als auch hinterher beim Essen. Sie können wir also als Mörderin ihres Mannes ausschließen."

„Von dieser Fiorella hat sie anscheinend nichts gewusst, denn ich habe sie explizit danach gefragt, ob er mittlerweile eine andere Frau hatte. Wollen Sie bei ihr anrufen und sie wegen Novello befragen oder soll ich noch einmal bei ihr vorbeischauen? Allerdings hat sie gemeint, dass sie heute schon die ersten Dinge bezüglich der Beerdigung in Angriff nehmen will, da wird es vielleicht schwierig sein, sie zuhause anzutreffen. Ist Spineas Leiche schon freigegeben?"

„Nein, ich habe das bewusst zurückstellen lassen, solange wir noch so wenig zu diesem Mordfall wissen. Und Ihr Hinweis, dass sich der Tote von heute Morgen und Spinea wegen des gemeinsamen Arbeitgebers gekannt haben könnten, bestärkt mich darin, dies auch noch nicht so schnell zu tun. Mit Spineas Frau können Sie gerne telefonieren, ich denke nicht, dass es nötig ist, sie deswegen noch einmal persönlich aufzusuchen."

„In Ordnung, ich rufe sie an."

Max griff nach den Blättern mit Spineas Telefondaten. Mogliano hatte bei den Handy-Daten die vielen Verbindungen mit Fiorella Caltana rot markiert. Mit gelb und grün waren die Gespräche angestrichen, die Spinea immer wieder mit zwei anderen Gesprächsteilnehmern geführt hatte. Max war nach den Ereignissen des Morgens nicht überrascht, dass der eine der beiden Novello gewesen war. Der zweite Name, den Mogliano neben den entsprechenden Telefonnummern notiert hatte, war Sattorini.

„Das letzte Telefonat am Samstag war mit seiner vermutlichen jungen Freundin. Mit Novello hat er am Freitag zuletzt telefoniert, mit Sattorini am Mittwoch."

„Wer ist Sattorini?", fragte Valentina Cona.

Max hatte ihr den Namen bei ihrem Telefonat am Sonntagabend nicht genannt. Er reichte ihr die Kopie des Vertrages zwischen Spinea und Sattorini, der nur einseitig unterschrieben war.

„Angelo Sattorini sitzt hier in Venedig im Stadtrat, außerdem ist er der Inhaber und Geschäftsführer der Baufirma, die Spineas Haus in *Dorsoduro* sanieren sollte. Wie ich bereits gestern Abend erwähnt habe, weiß *Signora* Spinea nicht, warum ihr Mann den Vertrag noch nicht unterschrieben hatte, die einzig mögliche Erklärung für sie war, dass er damit solange warten wollte, bis auch der letzte Mieter aus seinem Haus ausgezogen war."

„Bei der Frage kann uns Sattorini selbst wohl am besten weiterhelfen. In diesem Fall muss ich die Befragung aber persönlich übernehmen."

„Natürlich, das hätte ich ohnehin auch vorgeschlagen", pflichtete ihr Max bei.

Sie ließ sich von Max Sattorinis Handy-Nummer diktieren und tippte die Ziffern sofort an ihrem Dienstapparat ein. Anschließend schaltete sie den Lautsprecher an.

„*Pronto*", meldete sich eine dunkle Männerstimme sofort.

„*Buongiorno*. Spreche ich mit Angelo Sattorini?"

„Ja, das bin ich. Wer ist denn da?"

Valentina Cona stellte sich kurz vor und erzählte ihm, wo sie ihren Dienstsitz hatte.

„*Signor* Sattorini, wir würden möglichst rasch eine Zeugenaussage von Ihnen benötigen. Könnten Sie heute im Laufe des Tages bei mir vorbeikommen?"

„Was soll ich denn bezeugen? Wollen Sie mir nicht ein bisschen mehr verraten?"

„Das würde jetzt am Telefon zu weit führen."

Max nickte zustimmend.

„Ich bin zufällig ganz in der Nähe von *San Zaccaria* und könnte in circa fünf Minuten bei Ihnen sein. Viel Zeit habe ich aber nicht, da ich gleich noch zwei weitere Termine habe."

„Ich werde Sie sicher nicht länger als nötig aufhalten, *Signor* Sattorini. Dann also bis gleich. *Arrivederci*."

„Sehr gut", stellte sie zufrieden fest, als sie eingehängt hatte.

Sofort nahm sie den Hörer noch einmal zur Hand und rief Mogliano an.

„Umberto, es kommt jetzt dann ein *Signor* Angelo Sattorini vorbei, den kannst du gleich zu mir ins Büro bringen."

Eine Antwort von Mogliano wartete sie anscheinend gar nicht ab, sondern legte sofort wieder auf. Max lobte sie dafür, dass sie gegenüber Sattorini noch keine Einzelheiten preisgegeben hatte.

„Ich finde es immer besser, jemandem in die Augen zu schauen, wenn ich ihm eine so wichtige und überraschende Neuigkeit erzähle, denn die erste Reaktion darauf ist oft schon sehr aufschlussreich."

„Danke, *Commissario*", lächelte sie. „Diese Erfahrung habe ich auch schon mehrfach gemacht. Was würden Sie an meiner Stelle Sattorini fragen?"

„Zuerst einmal, wann er Spinea zuletzt gesehen hat, dann natürlich, was er uns zu dem Vertrag bezüglich der Haussanierung sagen kann. Und schließlich würde ich ihn fragen, ob er Mattia Novello kennt. Wenn es Ihnen Recht ist, werde ich die eine oder andere Zwischenfrage stellen."

„Natürlich, *Signor* 'artinger. Oder soll ich lieber bei *Commissario* bleiben?"

„Also Hartinger ist ja für euch Italiener in der Regel zu schwierig, deswegen ist *Commissario* vielleicht einfacher für Sie. Von mir aus aber auch nur Max oder Massimiliano. Das ist noch einfacher", lachte er.

„Sehr gerne, Massimiliano, dann für dich aber auch Valentina, anstatt *Maresciallo*."

Max grinste in sich hinein und stellte sich vor, was Chiara dazu sagen würde, wenn sie wüsste, dass er mit der jungen, hübschen Italienerin schon per Du war. Die Zeit bis zum Eintreffen von Angelo Sattorini wollte Max nutzen, um von dem abendlichen Treffen mit den Mitgliedern von *Salvate Venezia* zu berichten. Valentina hörte aufmerksam zu und war schließlich derselben Meinung wie Max, dass die Gruppenmitglieder eigentlich nicht als Täter in Frage kamen und dass von den Personen, die am Samstagabend bei dem Treffen dabei waren, allein Altino ein möglicher Täter war.

Kaum hatte Valentina anschließend die Telefonlisten zur Hand genommen, um sie sich auch einmal genauer anzuschauen, da klopfte es auch schon und *Vice Brigadiere* Mogliano brachte Angelo Sattorini herein.

„*Buongiorno Signor* Sattorini. *Maresciallo* Cona", stellte sie sich vor. „Und das ist mein Kollege von der bayerischen Kriminalpolizei, *Commissario* Massimiliano."

Angelo Sattorini nahm neben Max Platz, so dass sie ihr nun beide gegenüber saßen. Wie vereinbart, überließ Max erst einmal ihr das Feld.

„Vielen Dank, dass es so schnell geklappt hat, vorbeizukommen, *Signor* Sattorini. Wie am Telefon schon erwähnt, brauchen wir eine Aussage von Ihnen."

Sattorini hörte gespannt zu.

„Wann haben Sie Oreste Spinea zuletzt gesehen?"

„Spinea? Ist ihm etwas zugestoßen?"

„Würden Sie bitte zuerst meine Frage beantworten?"

„Das dürfte ungefähr zwei Wochen her sein. Meine Firma soll eines seiner Häuser sanieren und da gibt es natürlich immer wieder einmal etwas zu besprechen."

Maresciallo Cona legte den Vertrag vor ihm auf den Schreibtisch.

„Haben Sie eine Erklärung dafür, warum *Signor* Spinea den Vertrag zur Sanierung noch nicht unterschrieben hat. Gab es irgendwelche Probleme?"

Sattorini stutzte, er war sichtlich überrascht, von den *Carabinieri* den Sanierungsvertrag vorgelegt zu bekommen.

„Ach ja, der Vertrag", stotterte er ein wenig. „Nachdem Spinea mit unserem Angebot zur Haus-Sanierung einverstanden war, habe ich den Vertrag von meiner Verwaltung ausarbeiten lassen, habe ihn unterschrieben und ihn Spinea zuschicken lassen. Von meinen Angestellten habe ich gar keinen Hinweis bekommen, dass da Spineas Unterschrift immer noch ausstand."

Nun schaltete sich Max zum ersten Mal ein.

„*Signor* Sattorini, Sie haben den Vertrag bereits vor zwei Monaten unterschrieben und haben Spinea zuletzt vor zwei Wochen getroffen. Haben Sie da nicht über seine noch fehlende Unterschrift gesprochen? Auch er hätte das Thema doch anschneiden können."

„Hat er aber nicht und ich wusste, wie gesagt, nicht, dass da seine Unterschrift noch fehlte."

„Was haben Sie dann vor zwei Wochen mit ihm besprochen? Wollte er noch Vertragsänderungen?"

„Nein, ich habe Ihnen doch gesagt, dass wir uns nicht über den Vertrag unterhalten haben."

Sattorinis Tonfall wurde deutlich energischer und lauter.

„Über was dann?“

Sattorini machte eine kurze Pause.

„In erster Linie ging es darum, wann die Sanierung beginnen soll. Sie können sich sicher vorstellen, dass eine Firma wie meine Planungssicherheit braucht.“

„Und die hatten Sie nicht?“

„Nein, denn wir können nicht mit einer Generalsanierung anfangen, wenn der vierte Stock des betroffenen Hauses noch bewohnt wird und im Erdgeschoß noch ein Bäckereibetrieb läuft. Irgendwie hatte er Probleme, die Mieter zum Auszug zu bewegen. Aber warum fragen Sie das alles mich und nicht Spinea selbst?“

Max gab Valentina mit einem Augenzwinkern zu verstehen, dass sie wieder übernehmen solle.

„Oreste Spinea können wir leider nicht mehr befragen, er ist am Samstagabend tot aufgefunden worden.“

„Was? Das gibt es doch nicht. Was ist denn passiert?“

„Er ist vom dritten Stock seines Hauses in *Dorsoduro*, das Ihre Firma sanieren soll, in den Tod gestürzt.“

Sattorini blies die Backen auf und ließ sich auf seinem Stuhl zurückfallen. Max gefiel es, das Valentina die Wahrheit nur scheibchenweise erzählte.

„Hat er sich umgebracht?“

„Nein“, antwortete sie. „So wie es im Moment aussieht, hat bei dem Sturz jemand nachgeholfen.“

„Ein Mord? Wahnsinn.“

„Nach Ihrem letzten Treffen mit ihm, haben Sie da vielleicht noch einmal mit ihm telefoniert?“, hakte Max nach.

Wieder brauchte Sattorini einige Momente, bis er antwortete.

„Nein. Doch, das heißt wir haben noch einmal kurz telefoniert, da hat er sich zuversichtlich gezeigt, dass das Problem mit seinen renitenten Mietern bald gelöst sein würde.“

„Sie meinen die Mieter, die zurecht darauf bestehen, dass ihr erst vor zwei Jahren verlängerter, zehnjähriger Mietvertrag bindende Wirkung hat und deren berufliche Existenz durch die Aufgabe der Bäckerei zerstört würde? Das sind also für Sie renitente Mieter?“, schoss ihn Max, diesmal auch mit deutlich lauterer Stimme, an.

„Welche Mietverträge es da gab, das war natürlich allein Spineas Sache, mir ging es nur darum, dass wir endlich mit der Sanierung des Hauses beginnen können."

Maresciallo Cona wollte die angespannte Atmosphäre nutzen, um nach Sattorinis Alibi für den Samstagabend zu fragen.

„*Signor* Sattorini, können Sie uns sagen, was Sie am Samstagabend zwischen einundzwanzig und dreiundzwanzig Uhr gemacht haben?"

„Wie bitte? Jetzt geht's aber los. Sie glauben doch nicht im Ernst, dass ich mit dem Mord etwas zu tun habe? Spinea war ein Kunde meiner Firma, der uns einen Auftrag in nicht unerheblichem Umfang erteilt hat. Warum, bitteschön, sollte ich den umbringen?"

„Sie wissen doch ganz genau, dass das eine Routinefrage ist", sprang Max Valentina zur Seite. „Wenn Sie nichts zu verbergen haben, dann können Sie die Frage auch ganz ruhig beantworten."

„Ein Freund hatte mich für Samstagabend zum Essen eingeladen, wir waren von circa zwanzig bis vierundzwanzig Uhr zusammen."

Noch während er redete, schob ihm Valentina einen Block und einen Stift über den Schreibtisch.

„Schreiben Sie uns bitte seinen Namen und seine Telefonnummer auf, damit wir das überprüfen können."

Ohne zu zögern notierte Sattorini die gewünschten Angaben.

„Kann ich jetzt wieder gehen? Ich bin für meinen nächsten Termin ohnehin schon etwas spät dran."

Er stand sofort auf, ohne eine Antwort abzuwarten.

„Nein", sagte *Maresciallo* Cona resolut. „Setzen Sie sich bitte noch einmal hin."

Max ahnte, dass sie ihn nur noch nach Mattia Novello fragen wollte, deswegen ging er noch mit einer eigenen Frage dazwischen.

„Sie sind auch Mitglied des Stadtrates. Was sind dort schwerpunktmäßig Ihre Aufgaben?"

„Was hat das nun wieder mit dem Mord zu tun?"

„Wenn Sie sich nicht zu jeder Frage von uns kritisch äußern würden, dann wären wir schon längst fertig. Wir wissen schon, warum wir Sie das eine oder andere fragen."

„Ich bin im Wirtschafts- und Tourismus-Ausschuss tätig. Sie können sich denken, dass es da in einer Stadt wie Venedig viele Überschneidungen gibt, deswegen sind beide Ressorts zu einem Ausschuss zusammengefasst."

Wieder spielte Max mit einem Augenzwinkern den Ball an Valentina zurück.

„So, nun zu meiner Frage: Kennen Sie einen gewissen Mattia Novello?"

„Wer soll das sein? Der Mörder von Spinea?"

Diesmal bekam er auf seine Gegenfrage keine Antwort. Sein Blick wanderte zweimal zwischen *Maresciallo* und *Commissario* hin und her, er wartete aber vergeblich darauf, dass er zu der Frage noch eine weitere Erklärung bekam.

„Mattia Novello? Der Name ist mir nicht bekannt", antwortete er dann schließlich.

Max lag die Bemerkung auf der Zunge, dass es in Sachen Tourismus und Wirtschaft doch sicher viele Berührungspunkte mit der *Capitaneria di Porto* geben müsste. Er wollte dann aber doch nicht preisgeben, über welche Verbindungen zwischen Spinea und Novello sie schon Bescheid wussten. Valentina sah ihn fragend an, er schüttelte fast unmerklich mit dem Kopf, um ihr zu signalisieren, dass er keine weitere Frage mehr hatte. Da auch Sattorini nicht nachfragte, um wen es sich bei diesem Mattia Novello handelte, wollte sie ihn gehen lassen.

„Vielen Dank, dass Sie sich für uns Zeit genommen haben."

Sie stand auf und reichte ihm die Hand.

„*Arrivederci*. Es könnte aber durchaus sein, dass wir in den nächsten Tagen noch einmal auf Sie zukommen werden."

Sattorini sagte dazu nichts, sondern gab nach ihr auch Max die Hand. Erst im Hinausgehen drehte er sich noch einmal um und meinte, dass er die ganze Woche in Venedig sei.

Als er die Tür hinter sich zugemacht hatte, setzten sich Max und Valentina wieder hin.

„Was hat er für einen Eindruck auf dich gemacht?", wollte Max sofort wissen.

„Ich weiß nicht so recht, irgendwie scheint er ein ziemlich undurchsichtiger Typ zu sein. Was meinst du?"

„Mir ist aufgefallen, dass er in Bezug auf Spinea schon fast übertrieben überrascht reagiert hat, bei Novello hat er zwar gemeint, er kenne ihn nicht, da hat er aber dann plötzlich schon etwas nervös gewirkt."

„Das ist mir auch aufgefallen. Hältst du ihn für verdächtig?"

„In gewisser Weise schon, auch wenn er vorgibt, ein Alibi zu haben. Trotzdem sind mir da noch viel zu viele undurchsichtige Punkte. Hat Spinea den Vertrag wirklich noch nicht unterschrieben, weil die Altinos noch nicht ausgezogen sind oder gab es dafür noch einen anderen Grund? Dass er, so wie er behauptet hat, nicht seinen Kunden umbringt, ist fürs Erste natürlich nachvollziehbar. Aber wer sagt uns denn, dass es da nicht einen ganz anderen Grund gibt, der gar nichts mit der Sanierung des Hauses zu tun hat?"

Valentina nickte.

„Außerdem hat er uns angelogen."

Sie deutete auf die Telefonliste.

„Er ist in den letzten zwei Wochen dreimal von Spinea angerufen worden. Uns gegenüber hat er doch zuerst behauptet, in dieser Zeit überhaupt nicht mit Spinea gesprochen zu haben, hat sich dann aber sofort selbst korrigiert."

„Stimmt, aber er hat nur ein Telefonat zugegeben. Irgendetwas stinkt da gewaltig. Das muss nicht einmal etwas mit dem Mord zu tun haben. Vielleicht gibt es auch einen ganz anderen Grund dafür, warum er uns die beiden anderen Telefonate verschwiegen hat."

„Und was für einen?"

„Keine Ahnung, aber das werden wir schon herausfinden."

Plötzlich klopfte es.

„*Avanti*", rief sie laut und einer ihrer Kollegen trat ein. Es war *Brigadiere* Dino Verde, der vom Fundort der Leiche von Novello zurückkam. Valentina stellte den bayerischen Kriminaler und den *Carabiniere* gegenseitig vor.

„Massimiliano ist zufällig in den Mordfall Spinea involviert gewesen und wird uns deswegen bei unserer Aufklärungsarbeit unterstützen."

Dino Verde sah seine Chefin ziemlich verdutzt an und Max überlegte, ob er sich jetzt mehr darüber wunderte, dass ein bayerischer Kommissar bei den *Carabinieri* mitarbeitete oder dass er und Valentina schon per Du waren. Bevor sich aber Verde hätte dazu äußern können, war Valentina schon gleich mitten in der Arbeit.

„Was habt ihr an Ort und Stelle schon alles herausfinden können?"

„Die Spurensicherung hat den gesamten Bereich um die Brücke herum abgesucht, hat dort aber nichts Auffälliges gefunden. Das Seil, an dem der Tote hing, geht ins Labor, um es nach möglichen DNA-Spuren zu untersuchen."

„Hatte er Spuren vom Seil an den Händen oder wurde das am Fundort der Leiche noch nicht untersucht?", hakte Max nach.

„Die Kollegen haben sich Novellos Hände schon vor Ort genau angesehen, haben aber bisher keine Spuren vom Seil gefunden. In der Gerichtsmedizin wird das natürlich auch noch einmal genauestens untersucht."

„Keine Spuren vom Seil an den Händen", wiederholte Max. „Wenn sich das bestätigt, dann haben wir es tatsächlich mit einem Mord zu tun, denn wenn er sich selbst aufgehängt hätte, müssten wenigstens kleinste Fasern vom Seil an seinen Händen zu finden sein. Hatte er irgendwelche Verletzungen?"

„Keine offensichtlichen. Letztlich müssen wir da aber das Ergebnis der Obduktion abwarten."

„Dann haben wir es jetzt mit zwei Mordfällen zu tun", resümierte Valentina.

„Die wahrscheinlich auch noch irgendwie zusammenhängen", ergänzte Max.

„Wie kommt ihr darauf, dass die Morde an Spinea und der vermutliche Mord an Novello im Zusammenhang stehen?"

Max überließ es Valentina, ihrem Kollegen zu erklären, was sie bisher herausgefunden hatten und wie die Befragung von Angelo Sattorini verlaufen war.

„Dann haben wir also Altino und Sattorini als Verdächtige im Fall Spinea, beim Fall Novello dagegen haben wir noch keine Ahnung, wer als Täter in Frage kommen könnte", stellte Verde fest. „Das Obduktionsergebnis von Novellos Leiche bekommen wir eventuell schon heute Abend, dann wissen wir mit Sicherheit, ob es tatsächlich ein Mord und kein Selbstmord war."

„Was habt ihr denn mit dem kleinen Hund angestellt?", wollte Valentina noch wissen.

„Das arme kleine Ding. Wenn wir ihn losgebunden hätten, dann wäre er wahrscheinlich noch den Rettungssanitätern nachgelaufen, als sie Novellos Leiche abtransportiert haben. Wir haben gewartet, bis sie abgefahren waren, dann wollte ihn Enzo zu *Signora* Novello nach Hause bringen."

Enzo Stradona, der zweite *Brigadiere* in Valentinas Team, wollte sich anschließend in der Gegend rund um den Fundort der Leiche umhören, ob jemand am frühen Morgen irgendeine Beobachtung gemacht habe, die den *Carabinieri* bei ihren Ermittlungen weiterhelfen könne.

„Sobald Enzo damit fertig ist, kommt er auch hierher zurück, damit wir dann die weitere Vorgehensweise besprechen können. Ich bin bis dahin in meinem Büro drüben."

Max wartete, bis Dino Verde wieder draußen war.

„Er war anscheinend nicht sonderlich begeistert darüber, dass ich beim Mordfall Spinea mit ermittele."

„Ach, ich glaube nicht, dass er wirklich ein Problem damit hat, es ist halt erst einmal ungewöhnlich, wenn wir von einem ausländischen *Commissario* Unterstützung erhalten. Wie willst du nun weitermachen?"

„Ich werde versuchen, *Signora* Spinea zu erreichen, damit wir erfahren, wie gut sich ihr Mann und Novello gekannt haben und ob sie sich regelmäßig getroffen haben. Obwohl sie mir erzählt hat, sie wüsste nichts von einer anderen Frau im Leben ihres Mannes, muss ich sie natürlich nach Fiorella Caltana fragen. Danach würde ich probieren, einen Termin mit der Caltana auszumachen, um mich mit ihr zu treffen. Aber zuallererst muss ich jetzt gleich mal Chiara anrufen und mit ihr einen Treffpunkt ausmachen."

„Wenn es bei dir nicht geht, könnte sich auch einer der Kollegen oder ich selbst mit Fiorella Caltana treffen."

„Das können wir im Zweifelsfall immer noch machen, je nachdem, wann sie Zeit für ein Treffen hat."

„In Ordnung. Wenn du interessante Neuigkeiten hast, kannst du mich am besten am Handy anrufen."

„Selbstverständlich."

Max und Valentina standen gleichzeitig auf, sie kam um ihren Schreibtisch herum und begleitete ihn bis zur Bürotür.

„Viel Erfolg und vielen Dank für deine Unterstützung."

„Das mache ich doch gerne."

Wieder fiel Max ihr fester Händedruck auf, als sie sich von ihm verabschiedete.

Beim Verlassen des *Comando Provinciale* bekam er von Mogliano einen ziemlich finsteren Blick hinterhergeworfen.

„Wahrscheinlich ist er neidisch, dass ich jetzt so lange bei Valentina im Büro gesessen bin, während er hier draußen herumhängen muss", dachte sich Max und konnte es sich nicht verkneifen, noch ziemlich laut *„arrivederci, a presto"* – auf Wiedersehen, bis bald – zu rufen, bevor die schwere Holztür hinter ihm zufiel. Draußen in der kleinen Gasse rief er sofort Chiara an, um zu hören, wo sie gerade war.

„Ich sitze vor einer Bar nicht weit weg vom Markusplatz."

„Soll ich gleich dorthin kommen?"

„In diesem Gewirr der vielen kleinen Gassen ist es vielleicht etwas schwer zu finden. Ich habe meinen *Caffè* gleich ausgetrunken, dann gehe ich zurück zum Markusplatz, lass uns doch dort an der Rückseite des *Campanile* treffen, da dürften wir uns nicht verfehlen."

„Gut, bis gleich mein Schatz."

Fünf Minuten später wartete Chiara im Schatten des *Campanile* auf Max und musste dabei an einen Exkurs denken, den sie im Reiseführer gelesen hatte. Dort stand beschrieben, warum die Venezianer ein Gläschen Wein, das man mittags und abends in einer Bar trinkt, *un'ombra* - einen Schatten - nennen. Mitte des neunzehnten Jahrhunderts kamen apulische Weinhändler mit ihren Fässern nach Venedig, um am Markusplatz ihren vergleichsweise billigen Wein an die Bevölkerung zu verkaufen. Damit der Wein möglichst kühl blieb, folgten sie laufend dem Schatten des *Campanile*. Die Bezeichnung *ombra* blieb erhalten, als die Händler später nach und nach Weinschenken eröffneten, aus denen dann vielfach die heutigen Bars geworden sind.

Chiara musste dem Schatten des *Campanile* nicht folgen, weil Max kurz nach ihr dort eintraf. Er hatte eigentlich erwartet, dass sie mit vielen Tüten bepackt auftauchen würde, sie hatte allerdings nur eine einzige große Tasche mit langen Kordeln als Träger über der Schulter hängen.

„Was hast du dir denn schönes gekauft?"

Chiara nahm sich die Tasche von der Schulter und ließ Max hineinschauen.

„Nur einen leichten Sommerrock, das war das einzige, was mir gefallen hat und was halbwegs erschwinglich war. Die Boutiquen und Geschäfte haben hier zum Teil wirklich abenteuerliche Preise. Wie ist es bei dir gelaufen?“

„Wie ich zum *Comando Provinciale* gekommen bin, war die Cona mit ihren Männern gerade unterwegs beim Fundort einer Leiche. Es sollte wie ein Selbstmord aussehen, nach den ersten Erkenntnissen war es aber offenbar auch ein Mord.“

„Zwei Morde innerhalb von nur zwei Tagen? Das ist bestimmt sehr ungewöhnlich für Venedig.“

„Wir wissen noch nicht zu viele Einzelheiten, aber nachdem der Tote wie Spinea bei der *Capitaneria di Porto* gearbeitet hat, liegt die Vermutung nahe, dass es zwischen den beiden Morden eine Verbindung geben könnte.“

„Spinea war doch aber schon im Ruhestand.“

„Stimmt, aber er hat sich immer wieder noch mit seinen ehemaligen Kollegen getroffen. Ich muss mit seiner Frau klären, ob der Tote von heute Morgen da auch jeweils mit dabei war.“

„Heißt das, du lässt mich gleich wieder allein?“

„Nein, mit *Signora* Spinea werde ich nur telefonieren. Wie es danach weiter geht, weiß ich noch nicht, das hängt auch von ihrer Aussage ab. Was würdest du denn jetzt am liebsten machen?“

„Heute scheint in der ganzen Stadt etwas weniger los zu sein wie am Wochenende, deswegen könnten wir jetzt einmal zur *Rialto*-Brücke hinübergehen, uns auch den *Rialto*-Markt ansehen und dort dann auch irgendwo zum Mittagessen gehen.“

„Gute Idee.“

Max legte seinen Arm um sie, so schlenderten sie gemeinsam über den Markusplatz und tauchten dann in das Gewirr der kleinen Gassen ein, folgten den gelben *Rialto*-Hinweisschildern und erreichten schon nach etwa zehn Minuten die berühmteste aller venezianischen Brücken. Dort merkte man allerdings nichts mehr davon, dass an diesem Vormittag in der Lagunenstadt etwas weniger Touristen unterwegs waren. Auf der Brücke, an den angrenzenden Ufern des *Canal Grande* sowie in den umliegenden Gassen kam man kaum vorwärts, so viele Urlauber drängelten sich dort entlang. Max schoss ein paar Fotos von Chiara mit der Brücke im Hintergrund, dann wollten sie die Brücke überqueren, mussten aber immer wieder stehen bleiben, weil die Touristen, die vor ihnen gingen, ständig Halt machten, um sich die Auslagen der kleinen Läden anzusehen, die sich auf beiden Seiten der Brücke befanden.

„In Eile darf man hier nicht sein", meinte Max süffisant.

Am höchsten Punkt der Brücke wurde das Gedränge noch schlimmer, denn von dort hatte man natürlich den besten Blick hinunter auf den *Canal Grande.*

„Man könnte meinen, dort vorne gibt es etwas umsonst", lästerte Chiara über die Touristen, die es gar nicht erwarten konnten, zum Geländer zu kommen und sich hektisch an den Wartenden vorbeidrängelten.

„Stimmt. Wie man sich im Urlaub selbst so einen Stress machen kann?", stieß Max ins selbe Horn. „Das Geländer der ganzen Brücke ist doch lang genug, wenn man ein paar Stufen unterhalb vom höchsten Punkt steht, kann man doch genauso schöne Fotos machen wie von ganz oben."

Sie gingen ein paar Treppen hinunter, Max schoss wieder ein paar Fotos, dann spazierten über den zweiten Teil der Brücke weiter. Auf der anderen Seite des *Canal Grande* setzten sich die Stände der fliegenden Händler in der *Ruga dei Oresi* bis zum *Campo San Giacomo di Rialto* fort. Max und Chiara überquerten den *Campo*, liefen unter den Arkaden hindurch und erreichten über die *Fondamenta Riva Olio* den *Mercato di Rialto*. Bei ihrer Gondelfahrt hatten sie schon einen Blick auf den Markt werfen können, als sie ihn nun aus der Nähe sahen, waren sie sehr enttäuscht.

„Der Markt ist ein deutliches Zeichen dafür, dass Venedig immer mehr zu einer reinen Touristenstadt verkommt", klagte Chiara. „Wenn auf einem der ältesten Märkte der Stadt fast nur noch asiatische Händler ihre Waren anbieten, kann man daraus auch schließen, dass kaum mehr Venezianer hierher zum Einkaufen kommen."

Sie überquerten den Marktplatz, ohne sich dort lange aufzuhalten, spazierten auf der *Fondamenta Riva Olio* noch ein Stück am *Canal Grande* entlang und bogen dann nach links ab, um sich in den vielen schmalen Gassen ein hübsches kleines *Ristorante* fürs Mittagessen zu suchen. Bei einer kleinen

Osteria, die laut der ausgehängten Speisekarte relativ zivile Preise hatte, setzten sie sich im Freien hin.

„Jetzt habe ich aber richtig Hunger."

„Hey, das ist mein Spruch", protestierte Max und lachte laut los.

„Eben, bei dir ist der Bärenhunger ein Dauerzustand, dementsprechend siehst du auch aus", schoss Chiara sofort grinsend zurück.

Der *Cameriere*, der ihre Getränkebestellung aufnehmen wollte, unterbrach ihre gegenseitigen Sticheleien. Als er wieder weg war, diskutierten sie darüber, was sie sich zum Essen bestellen sollten und entschieden sich dann für eine gemischte Fischplatte für zwei Personen. Chiara bestellte sich zusätzlich einen kleinen Salat, Max wollte als ersten Gang noch eine Portion *Spaghetti alle vongole*. Während sie auf das Essen warteten, wollte Chiara wissen, ob etwas gegen den Hotelwechsel am nächsten Tag sprach.

„Können wir morgen wie geplant in unser Hotel am *Lido* umziehen?"

„Ich wüsste nicht, was dagegen sprechen sollte. Bis morgen werden wir die beiden Mordfälle vielleicht noch nicht gelöst haben, aber ich denke, *Maresciallo* Cona schon so weit davon überzeugt zu haben, dass du und die Mitglieder von *Salvate Venezia* nichts mit dem Mord zu tun haben. Für mich wird es ab morgen zwar etwas weiter, in die Stadt herüberzufahren, aber unser Hotel umbuchen würde ich deswegen trotzdem nicht. Die *Vaporetti* fahren doch auch regelmäßig zwischen dem *Lido* und der Stadt hin und her."

„Gut. Das Wichtigste haben wir uns hier ohnehin schon angeschaut, fehlt eigentlich nur noch *La Fenice*. Ich habe mir den Spielplan angeschaut, derzeit wird nichts aufgeführt, was mich interessieren würde, aber soviel ich weiß, kann man das Opernhaus tagsüber auch besichtigen."

„Dann lass uns das doch heute noch machen."

„Und deine Recherchen?"

„Kein Problem, nach dem Essen können wir in Richtung *La Fenice* spazieren. Irgendwo werden wir schon durch eine leere Gasse oder über einen nicht völlig überlaufenen *Campo* kommen, da kann ich dann kurz in Ruhe mit *Signora* Spinea telefonieren."

Nach dem vorzüglichen Essen bestellte Max noch zwei *Espressi* und ließ sich vom *Cameriere* gleich die Rechnung bringen. Als er gezahlt hatte, brachen sie sofort auf. Ihr Weg in Richtung *La Fenice* führte sie zuerst wieder auf der *Rialto*-Brücke über den *Canal Grande*, danach verließen sie aber den Touristenstrom, der sich zwischen Markusplatz und *Rialto*-Brücke bewegte und liefen aufs Geratewohl durch das *Sestiere San Marco*. Sie gelangten auf den *Campo Sant'Anzolo*, von dem aus man direkt zu dem ziemlich schief stehenden Turm der *Chiesa di Santo Stefano* hinübersehen konnte. Auf der einen Seite des *Campo* waren unter großen, rechteckigen Sonnenschirmen die Tische von zwei *Ristoranti* aufgestellt, daran gingen Max und Chiara vorbei und blieben dann mitten auf dem *Campo* stehen, auf dem nur vereinzelt Personen unterwegs waren. Max zog sein Handy aus der Hosentasche und wählte die Nummer von *Signora* Spinea.

„*Pronto.*“

„*Signora* Spinea? Hier ist Max Hartinger.“

„Ah, *Commissario*. Haben Sie schon herausgefunden, wer meinen Mann umgebracht hat?“

„Nein, leider noch nicht, aber wir gehen gerade mehreren Spuren nach.“

„Was wollen Sie noch von mir wissen?“

„Sie haben gestern erwähnt, dass sich Ihr Mann hin und wieder einmal mit seinen ehemaligen Kollegen von der *Capitaneria di Porto* getroffen hat.“

„Ja, das stimmt.“

„War unter diesen Kollegen auch ein gewisser Mattia Novello?“

„Nein.“

Diese Antwort traf Max völlig unerwartet, denn er war fest davon ausgegangen, dass sich Spinea und Novello regelmäßig getroffen hätten. Jedenfalls ließen der ehemalige, gemeinsame Arbeitgeber und die häufigen Telefonate darauf schließen.

„Sind Sie sicher?“

„Ja, ganz sicher. Die drei, mit denen er sich getroffen hat, heißen Santino, Ivano und Nunzio. Ich weiß aber, dass Novello bei der *Capitaneria di Porto* im selben Bereich gearbeitet hat wie mein Mann. Dass sich die beiden nach Orestes Ausscheiden bei der *Capitaneria* noch getroffen hätten, ist mir nicht bekannt. Wieso fragen Sie nach Novello? Ist er etwa einer Ihrer Verdächtigen?"

„Nein, zu so einem Verdacht besteht im Moment kein Anlass. Wir haben heute Morgen Novellos Leiche gefunden, erhängt an einem Brückengeländer."

„Oh mein Gott. Warum hat er sich umgebracht?"

„Das wissen wir nicht. Wir gehen momentan eher davon aus, dass es ein inszenierter Selbstmord war und er in Wirklichkeit auch ermordet worden ist."

„Das ist ja furchtbar. In dem Fall kann ich Ihnen aber leider nicht weiterhelfen, *Commissario*, ich habe Novello schon seit Jahren nicht mehr gesehen."

„Aber vielleicht können Sie mir in einem anderen Punkt behilflich sein. Sagt Ihnen der Name Fiorella Caltana irgendetwas?"

Chiara spitzte die Ohren, denn den Namen hatte sie von Max noch nicht gehört.

„Nein, *Commissario*, den Namen kenne ich nicht. Wer ist das nun wieder?"

„Ihr Mann hat in der letzten Zeit sehr häufig mit ihr telefoniert. Ich habe noch nicht mit ihr gesprochen, deswegen weiß ich noch nicht, wie sie zu Ihrem Mann stand. Aber was könnte es für einen Grund gegeben haben, regelmäßig mit einer neunundzwanzigjährigen Rechtsanwaltsgehilfin zu telefonieren, nicht nur tagsüber, sondern auch am Abend und am Wochenende?"

„Ich weiß es nicht. Wie ich Ihnen gestern bereits gesagt habe, gab es für mich nie einen Hinweis darauf, dass sich Oreste mit einer anderen Frau treffen würde."

„Kein Problem, ich werde das selbst mit Fiorella Caltana klären."

„Haben Sie schon etwas wegen der Freigabe des Leichnams meines Mannes in Erfahrung bringen können?"

„Die Freigabe ist leider noch nicht erfolgt. *Maresciallo* Cona wird diese aber nicht unnötig hinauszögern. Kann ich Ihnen sonst noch irgendwie behilflich sein?"

„Nein, vielen Dank. Was ich für die Beerdigung schon in die Wege leiten konnte, ohne den Termin zu kennen, habe ich heute bereits gemacht. Bei allem anderen muss ich eben abwarten."

„Ich melde mich bei Ihnen, sobald sich in der Hinsicht etwas tut. Versprochen. Ich habe vorerst keine weiteren Fragen an Sie."

„Gut, *Commissario*. *Arrivederci*."

„*Arrivederci*."

„Recht ergiebig scheinen ihre Auskünfte nicht gewesen zu sein", stellte Chiara fest, als Max wieder eingehängt hatte und sie seinen Gesichtsausdruck sah.

„Stimmt, ich bin fest davon ausgegangen, dass Mattia Novello einer derjenigen Kollegen war, mit denen sich Oreste Spinea immer getroffen hat, aber sie hat das kategorisch ausgeschlossen. Auch zu Fiorella Caltana konnte sie nichts sagen, aber die muss ich sowieso auch selbst anrufen."

„Willst du das gleich machen?"

Max sah sich um, noch immer war kaum jemand auf dem *Campo* unterwegs.

„Das wird wohl am besten sein", antwortete er Chiara und wählte die Handy-Nummer, die Oreste Spinea in den letzten Wochen so oft angerufen hatte.

Fiorella Caltana meldete sich sofort.

„*Pronto*."

„*Signora* Caltana?"

„*Signorina* Caltana", verbesserte sie ihn. „Wer sind Sie denn?"

Max stellte sich kurz vor und erklärte ihr, warum er und nicht einer der *Carabinieri* bei ihr anrief.

„Ich wüsste auch nicht, warum mich die *Carabinieri* kontaktieren sollten."

„Sie könnten möglicherweise eine wichtige Zeugin für uns sein. Wann könnten wir uns denn einmal kurz treffen?"

„Ich? Eine Zeugin? Das kann ich mir nicht vorstellen. Wollen Sie mir nicht verraten, um was es geht?"

„Nein, das müssen wir persönlich machen. Hätten Sie heute gegen Abend Zeit?"

„Ja, das würde passen. Ich muss heute bis achtzehn Uhr arbeiten, danach habe ich nicht sofort etwas vor."

„Achtzehn Uhr passt. Und wo können wir uns treffen?"

„Ich arbeite im *Sestiere Canareggio*, nicht weit weg vom *Casino di Venezia*. Sie fahren am besten mit dem *Vaporetto* bis zur Haltestelle *San Marcuola-Casino* und warten direkt beim

Anleger auf dem kleinen *Campo San Marcuola* auf mich. Um kurz nach achtzehn Uhr bin ich da."

„In Ordnung, das ich leicht zu finden. Bis später. *Arrivederci*."

„*Arrivederci*."

Max hängte ein und meinte mit einem Augenzwinkern zu Chiara:

„Bis halb sechs hab ich frei."

„Prima, das sollte reichen, damit wir uns in Ruhe das Opernhaus ansehen können."

Sie verließen den *Campo* über die *Calle del Caffetier*, überquerten den kleinen *Ponte de la Malvasia Vecchia* und landeten dann auf dem *Campiello Fenice* auf der rechten Seite des Opernhauses. Von dort waren es nur noch wenige Meter bis zum *Campo San Fantin*, dem kleinen Platz, der nach der Kirche *San Fantin* benannt ist, die dem *Gran Teatro La Fenice* direkt gegenüberliegt. Max erinnerte sich an ihre Unterhaltung auf dem *Campanile*.

„Wenn man aus der Nähe sieht, wie eng die Bebauung rings um die Oper ist, muss man sich wirklich wundern, dass 1996 bei dem letzten großen Brand nicht das ganze Viertel in Flammen aufgegangen ist. Von außen schaut es schon einmal sehr beeindruckend aus."

Sie durchquerten die kleine Vorhalle mit den vier hohen Säulen und betraten das Foyer. Dort sammelte sich gerade eine Reisegruppe, die offenbar eine geführte Besichtigung gebucht hatte. Max und Chiara waren sich schnell einig, dass sie das Opernhaus auf eigene Faust erkunden wollten. Sie lösten zwei Eintrittskarten, ließen sich jeweils auch einen Audio-Guide geben und blieben dann abseits der Reisegruppe erst einmal im Foyer stehen, um sich als Einstieg etwas über die Geschichte des Opernhauses anzuhören. Nebenbei bewunderten sie die riesigen Kronleuchter, die hohen, von Marmorsäulen getragenen, breiten Treppenaufgänge und die mit weißem und rosarotem Marmor vertäfelten Wände. Anschließend besichtigten sie den beeindruckenden Innenraum der Oper vom Parkett aus, wo sie bis zu einer Absperrung kurz vor dem Orchestergraben gehen konnten, streiften anschließend durch die verschiedenen Nebensäle und gelangten schließlich als krönenden Abschluss in die Königsloge. Der gesamte Saal war festlich beleuchtet, so als ob in Kürze eine Opernaufführung beginnen würde. Max reichte Chiara seinen Arm, sie hängte sich bei ihm ein und er führte sie zu einem der beiden vordersten Plätze.

„Ihre Majestät, bitte nehmen Sie Platz."

„Gerne, Majestät."

Sie konnte aber nicht lange ernst bleiben und lachte laut los.

„Es fühlt sich schon toll an, hier wie eine Königin zu sitzen", grinste sie Max an. „Und die Sicht auf die Bühne und den gesamten Zuschauerraum ist schon fantastisch."

Beide blieben eine Weile sitzen und hörten sich die letzten Erklärungen auf ihrem Audio-Guide an. Anschließend machten sie noch im Opern-*Café* Rast, tranken einen *Cappuccino* und Max verdrückte dazu noch ein großes Stück Torte.

„Wie lange wirst du nachher mit dieser Caltana brauchen?"

„Wenn sie pünktlich ist und mir nicht irgendetwas ganz Außergewöhnliches zu erzählen hat, dann sollte das Gespräch nicht länger als eine Viertelstunde oder zwanzig Minuten dauern. Vielleicht schaue ich mir hinterher noch kurz das *Casino* an. Hast du gewusst, dass in dem *Palazzo Vendramin-Calergi*, in dem sich heute das *Casino di Venezia* befindet, 1883 Richard Wagner gestorben ist?"

„Wirklich? Dass er hier in Venedig gestorben ist, weiß ich natürlich, aber nicht, dass das im heutigen *Casino* war. Dann wird dort bestimmt eine Gedenktafel oder ähnliches angebracht sein."

„In unserem Reiseführer steht, dass einige Räume in dem *Palazzo* als Wagner-Museum eingerichtet sind, das nach Bayreuth die größte Sammlung privater Gegenstände des Komponisten aufweist."

Chiara hatte sich nach dem *Cappuccino* noch ein kleines Wasser bestellt. Nachdem sie es ausgetrunken und Max die Rechnung bezahlt hatte, gingen sie ins Foyer zurück und gaben ihre Audio-Guides zurück. Obwohl es für ihn ein Umweg war, begleitete Max seine Frau bis fast zum Hotel, erst kurz vorher bog er zur Haltestelle *Santa Maria del Giglio* ab, um mit dem *Vaporetto* in Richtung *Casino* zu fahren.

9

Die Fahrt bis *San Marcuola-Casino* verlief ziemlich schleppend, weil an jeder Haltestelle sehr viele Fahrgäste ein- und ausstiegen. Kurz vor sechs hatte Max sein Ziel endlich erreicht. Weil er noch ein paar Minuten Zeit hatte, ging er sofort zum *Casino* hinüber, um sich dort ein wenig umzusehen. An der Rückseite war auf einer Marmorplatte an der Wand der Hinweis angebracht, dass Richard Wagner in diesem Haus gestorben war. Max hielt sich dort aber nicht lange auf, sondern ging rechtzeitig zum *Campo San Marcuola* zurück. Aus den umliegenden Gassen kamen ständig Fußgänger, die zielstrebig zur *Vaporetto*-Anlegestelle hinüberliefen. Mehrfach dachte er, dass eine der jungen Frauen Fiorella Caltana sei und auf ihn zusteuern würde, aber alle gingen an ihm vorbei. Er betrachtete die Fassade der *Chiesa di San Marcuola*, von außen war nicht zu erkennen, dass der Kirchenbau wie einige andere Bauwerke am *Canal Grande* unvollendet geblieben war, als 1797 die Republik Venedig untergegangen war.

„*Commissario*?"

Plötzlich hörte er diese helle, kräftige Stimme hinter sich, als er gerade einer langbeinigen, dunkelhaarigen Schönheit hinterher geschaut und sich gedacht hatte, dass er sich gerne mit ihr unterhalten würde. Als er sich umdrehte, stand er einer auffallend geschminkten, langhaarigen Blondine gegenüber, die etwa genau so groß war wie er. Sie trug ein hautenges Top, einen sehr kurzen, engen Minirock und hochhackige Schuhe. Offenbar hatte sie sich sofort, als sie ihr Büro verlassen hatte, eine Zigarette angezündet, denn der Zigarettenqualm war noch deutlich zu riechen.

„*Signorina* Caltana?"

Sie nickte und er streckte ihm die Hand entgegen.

„Vielen Dank, dass es so schnell geklappt hat. Ist hier in der Nähe eine Bar, wo wir uns hinsetzen könnten?"

„Ja, gleich dort hinten auf dem *Campiello de L'Anconeta* gibt es einige Möglichkeiten."

Während sie durch die enge *Calle Seconda del Cristo* gingen, fragte Max, ob sie schon lange hier in der Nähe arbeiten würde.

„Die Kanzlei hat ihre Büros seit drei Jahren hier in *Canareggio*, ich bin schon seit mehr als zehn Jahren in der Kanzlei, vorher waren unsere Büros im *Sestiere San Polo* drüben."

Max bemerkte, wie viele Männer, die ihnen entgegen kamen, seine Begleiterin anstarrten. Ihr schien das nichts auszumachen, im Gegenteil, Max hatte den Eindruck, dass sie es mit ihrem auffälligen Outfit geradezu darauf anlegte, die Blicke der Männerwelt auf sich zu ziehen. Ihm war nicht entgangen, dass sie zwar mehrere Schmuckstücke, aber keinen Ring trug.

„So, da wären wir schon", meinte sie, als sie den *Campiello* erreichten. Um diese Zeit waren bei den Bars und *Ristoranti* die Plätze noch relativ schwach besetzt, was Max ganz Recht war, so konnte er sich mit Fiorella Caltana so hinsetzen, dass nicht sofort jeder mithören konnte, was sie zu besprechen hatten. Sie bestellte sich ein Glas *Prosecco*, Max wagte es, eine Cola zu bestellen, schließlich war Chiara weit genug weg, um ihn vor dem Genuss dieses ungesunden, koffeinhaltigen Zuckerwassers warnen zu können. Als der *Cameriere* wieder weg war, sah Fiorella Caltana Max fragend an.

„Wollten Sie mir nicht etwas erzählen, *Commissario*?"

„Erzählen wäre der falsche Ausdruck, in erster Linie hoffe ich, dass Sie mir meine Fragen beantworten können."

„Gerne, ich werde es versuchen."

„Also, Sie haben in den letzten Wochen relativ häufig mit *Signor* Oreste Spinea telefoniert, zuletzt am Samstag."

Max sah ihr bei seiner Frage in die Augen, sie zuckte mit keiner Wimper.

„Ja, das stimmt, ich habe mit ihm telefoniert. Ist das ein Verbrechen?"

„Nein, keineswegs. Warum haben Sie seitdem nicht mehr mit ihm telefoniert?"

„Er hat am Samstagvormittag gemeint, dass sein Wochenende diesmal komplett verplant sei. Ich dachte eigentlich, er würde mich heute im Laufe des Tages mal anrufen, aber nachdem er das nicht getan hat, werde ich es nachher gleich bei ihm versuchen. Warum fragen Sie nach ihm?"

Plötzlich schien sie etwas nervös auf ihrem Stuhl hin und her zu rutschen. Max musste warten, bis der *Cameriere* den *Prosecco* und die Cola serviert hatte und wieder verschwunden war, bis er weiterreden konnte.

„Wie stehen Sie zu ihm?"

Sie antwortete nicht sofort.

„Entschuldigen Sie die direkte Frage. Haben Sie ein Verhältnis mit ihm?"

Bevor sie etwas dazu sagte, nahm Fiorella Caltana einen großen Schluck *Prosecco*.

„Wie kommen Sie darauf?"

„Man braucht eigentlich nur eins und eins zusammenzählen. Sie sind eine junge, attraktive Frau, der die Männer alle hinter schauen, er und seine Frau leben seit einiger Zeit praktisch getrennt, Sie haben ständig mit ihm telefoniert, auch abends und am Wochenende – welchen Schluss würden Sie an meiner Stelle daraus ziehen?"

„Warum fragen Sie denn überhaupt nach Oreste und mir, wenn Sie ohnehin schon wissen, dass da etwas zwischen uns ist?"

Max gab ihr keine Antwort, sondern wollte sie nun mit der schlimmen Nachricht konfrontieren.

„Es gibt leider einen Grund dafür, warum er sich heute nicht bei Ihnen gemeldet hat."

Sie schlug sich die rechte Hand vor die Augen, als könnte sie damit verhindern, die Wahrheit an sich heranlassen zu müssen.

„*Signorina* Caltana, es tut mir sehr leid, wir haben ihn am Samstagabend tot aufgefunden."

Es dauerte eine ganze Weile, bis sie die Hand wieder aus dem Gesicht nahm. Tränen kullerten ihr über die Wangen und zogen eine farbige Spur ihrer Schminke hinter sich her. Max reichte ihr ein Papiertaschentuch, sie trocknete damit ihre Tränen und sah ihre Schminke auf dem Taschentuch. Deshalb holte sie einen kleinen Taschenspiegel aus ihrer Handtasche und beseitigte dann mit dem Taschentuch die letzten Spuren der Schminke, die die Tränen auf ihrem Gesicht verteilt hatten. Erst als sie den Spiegel wieder in ihre Tasche zurückgesteckt hatte, fragte sie Max, was mit Oreste passiert sei.

„Er ist am Samstagabend ermordet worden."

„Ermordet? Unglaublich. Wer tut so etwas Schreckliches?"

„Genau das wollen wir herausfinden. Seit wann ging das schon zwischen ihm und Ihnen?"

„Etwa zwei Monate."

„Wo haben Sie ihn kennen gelernt?"

Bevor sie antwortete, zündete sie sich erst einmal eine Zigarette an.

„Ich hatte mir an einem Samstag in *Dorsoduro* ein Museum angesehen und war dort anschließend in eine Bar gegangen, um etwas zu trinken. Es war einer der ersten schönen und richtig warmen Tage in diesem Frühling. Er stand dort zufällig neben mir und trank einen *Caffè*. Ich habe aus Versehen mein Wasserglas umgestoßen, es war zwar nur noch halb voll, das hat aber ausgereicht, um auf seiner Hose einen großen nassen Fleck zu hinterlassen. Mir war das natürlich furchtbar peinlich, er aber nahm das ganz locker, hat gelacht und meinte nur ‚ist doch bloß Wasser'. Ich wollte das wieder gutmachen, er hat sich deswegen gewünscht, dass ich ihn einmal zum Essen begleiten solle. Ich glaube, er war sofort in mich verschossen."

„Hat es Ihnen nichts ausgemacht, dass er fünfunddreißig Jahre älter war?"

„Nein, ich habe das Ganze zuerst eigentlich nur als Abenteuer gesehen, er aber hat es von Anfang an sehr ernst mit mir gemeint. Der arme Oreste. Was genau ist denn am Samstagabend passiert?"

Max erzählte ihr die wichtigsten Details, ließ dabei aber weg, was er über die Zustände in Spineas Haus und über Spineas Treffen mit den Mitgliedern von *Salvate Venezia* wusste.

„Sie haben am Samstag zuletzt mit ihm telefoniert. Wann haben Sie sich das letzte Mal mit ihm getroffen?"

„Das war am Mittwochabend. Er hat mich abends zum Essen ausgeführt, anschließend sind wir zu mir nach Hause."

„Hat er da bedrückt gewirkt oder hat er sich über irgendetwas Sorgen gemacht?"

„Nein, im Gegenteil. Er war am Mittwoch besonders guter Laune. Er hat sich zuversichtlich gezeigt, nun bald soweit zu sein, endlich mit der Sanierung seines Hauses in *Dorsoduro* beginnen zu können. Nach der Sanierung wollte er dort mit mir in die oberste Wohnung ziehen, die muss sehr exklusiv sein, mit zwei Dachterrassen."

„Können Sie sich vorstellen, wer einen Grund gehabt haben könnte, ihn umzubringen?"

„Nein, wenn wir zusammen waren, dann schwebte er auf Wolke sieben, da hat er nicht über Probleme gesprochen."

„Ist er am Samstagvormittag nicht näher darauf eingegangen, mit was sein Wochenende verplant war? Wenn wir wüssten, mit wem er sich eventuell für Samstagabend verabredet hatte, könnte uns das sehr weiterhelfen."

„Es tut mir leid, *Commissario*, er hat dazu wirklich nichts Näheres gesagt. Ich habe da auch nicht nachgefragt, weil auch er nie neugierig war, was ich tun würde, wenn ich einmal keine Zeit für ihn hatte."

„Was haben Sie am Samstagabend gemacht?"

Ihrer Frage, ob er sie etwa verdächtigen würde, kam Max zuvor.

„Sie wissen, dass ich Sie das fragen muss."

„Schon klar. Nachdem ich mich also am Samstagabend nicht mit Oreste treffen konnte, habe ich beschlossen, endlich wieder einmal meine Eltern zu besuchen, weil ich schon seit Ostern nicht mehr zuhause gewesen war. Sie wohnen auf dem Festland drüben, in *Mestre,* weil mein Vater dort arbeitet. Ich bin gegen halb zwei angekommen und habe dort sogar übernachtet."

Max zog aus seiner Hemdtasche einen Zettel und seinen Kugelschreiber und bat sie, ihm die Telefonnummer ihrer Eltern aufzuschreiben, was sie widerspruchslos tat.

„Wie geht es jetzt weiter?"

„Wir haben schon noch einige Spuren, denen wir nachgehen. Ich kann Ihnen versichern, dass wir alles dafür tun werden, seinen Mörder zu fassen."

Max trank seine Cola leer und sie zündete sich abermals eine Zigarette an.

„Sagt Ihnen der Name Mattia Novello etwas?"

„Nein, den Namen habe ich noch nie gehört. Wer soll das sein?", antwortete sie ihm ohne Zögern.

„Ein ehemaliger Kollege von Oreste bei der *Capitaneria di Porto*."

„Hat er etwas mit dem Mord zu tun?"

„Vermutlich nicht, auch wenn ich es nicht kategorisch ausschließen will. Im Moment habe ich keine weiteren Fragen an Sie. Bitte rufen Sie mich aber gleich an, wenn Ihnen noch etwas einfallen sollte, was für uns wichtig sein könnte."

„Das mache ich natürlich. Wissen Sie schon, wann seine Beerdigung sein wird?"

„Das steht noch nicht fest, deswegen würde ich jetzt auf frühestens Mittwoch tippen."

Sie sah auf die Uhr.

„Gehen Sie auch zum *Vaporetto* zurück, *Commissario*? Ich müsste schön langsam aufbrechen."

„Kein Problem. Ich gehe gleich mit Ihnen mit."

Max bezahlte noch schnell, dann gingen sie gemeinsam zum *Canal Grande* zurück. Fiorella Caltana wohnte im *Sestiere Santa Croce* und hatte nur eine Station bis *San Stae* zu fahren, im Grunde genommen musste sie nur auf die andere Seite des *Canal Grande* hinüber. Die *Vaporetto*-Haltestelle hatte ihren Namen von der direkt dahinter liegenden *Chiesa di Sant' Eustachio*, die im venezianischen Dialekt *San Stae* genannt wird.

„Diesen Schock muss ich erst einmal verdauen", meinte sie zu Max, kurz bevor sie ausstieg.

„Das kann ich gut verstehen. Wie gesagt, scheuen Sie sich nicht, mich jederzeit anzurufen, ich bin für jeden Hinweis dankbar."

„Selbstverständlich. *Arrivederci Commissario*."

„*Arrivederci*."

Ihr leichter Händedruck passte gar nicht zu ihrer kräftigen Stimme. Als sie ausgestiegen war und das *Vaporetto* bereits wieder ablegte, drehte sie sich noch einmal um und winkte Max zu. Als sie aus seinem Blickfeld verschwunden war, griff er sofort zum Handy und rief Chiara an.

„Hallo, mein Schatz, jetzt hat es doch viel länger gedauert als erwartet, ich bin aber schon auf dem *Canal Grande* unterwegs und dürfte in ungefähr zwanzig Minuten da sein."

„Gut, ich bin unten auf der Terrasse und warte auf dich."

Max hatte richtig geschätzt, gerade als die zwanzig Minuten vorbei waren, kam er am Hotel an und ging sofort auf die Terrasse hinaus. Chiara hatte sich einen Liegestuhl bis ans Geländer direkt am *Canal Grande* geschoben und lag mit geschlossenen Augen in der Sonne. Max versuchte, die letzten Schritte bis zu ihr möglichst leise zu gehen, beugte sich zu ihr hinunter und gab ihr einen Kuss mitten auf den Mund. Chiara schlug die Augen auf und griff Max sofort in den Nacken, um zu verhindern, dass er sich gleich wieder aufrichten würde.

Auch er genoss den langen Kuss, bis Chiara ihn wieder los ließ. Sie setzte sich auf, so dass er neben ihr auf dem Liegestuhl Platz nehmen konnte.

„Max, du stinkst nach Rauch.“

„Die Caltana hat die ganze Zeit gequalmt.“

„Wie hat sie die Nachricht von Spineas Tod aufgenommen?“

„Sie wirkte schon ziemlich geschockt, hat sich dann aber erstaunlich schnell wieder gefangen. Ich habe beim Zurückfahren die ganze Zeit über ihr Verhalten nachgedacht, denn ich war mir nicht sicher, ob ihr Entsetzen und ihre Tränen am Anfang vielleicht nur gespielt waren.“

„Warum hätte sie dir etwas vorspielen sollen?“

„Das kann doch nur einen Grund haben, nämlich wenn sie etwas mit seinem Tod zu tun haben sollte. Sie hat mir erzählt, dass Spinea nach der Sanierung seines Hauses mit ihr in die jetzige Altino-Wohnung einziehen wollte.“

„Warum sollte sie ihn dann umbringen?“

„Vielleicht wollte er nicht nur mit ihr zusammenziehen, sondern hatte inzwischen sogar ein Testament zu ihren Gunsten gemacht, dann hätte sie ein richtig schönes Motiv. Über seine finanziellen Verhältnisse und ein mögliches Testament haben die *Carabinieri* aber heute Vormittag noch nicht Bescheid gewusst. Ich hoffe, das ist inzwischen anders. Willst du noch hier unten bleiben? Dann gehe ich schon mal rauf, um in Ruhe mit *Maresciallo* Cona telefonieren zu können.“

„Okay, ich bleibe noch ein bisschen in der Sonne.“

„Gut, bis gleich.“

Sofort, als er im dritten Stock aus dem Aufzug stieg, wählte er am Handy die Nummer von Valentina Cona im *Comando Provinciale*.

„*Ciao* Valentina, hier ist Max.“

„*Ciao* Massimiliano, hast du interessante Neuigkeiten?“

Er erzählte ihr die wichtigsten Inhalte seines Telefonates mit Filippa Spinea und des Treffens mit Fiorella Caltana. Auch ihr gegenüber erwähnte er, dass er nicht wusste, wie er Fiorellas Verhalten einschätzen sollte.

„Ein Testament zu ihren Gunsten gibt es offenbar nicht, auch wenn Spinea anscheinend vorgehabt hatte, seinen Nachlass testamentarisch zu regeln.“

„Woher hast du diese Information?“

„Meine Männer waren natürlich auch nicht untätig“, lachte sie. „Enzo hat heute Vormittag noch mit Spineas Bank gesprochen, außerdem hatte mir *Signora* Spinea schon Samstagnacht erzählt, welchen Anwalt ihr Mann hatte.“

„Ach so. Helfen uns die Daten von der Bank weiter?“

„Warte, der Reihe nach. Sein Anwalt hat Enzo berichtet, dass Spinea bisher noch kein Testament hatte, ihn aber erst vor zwei Wochen danach gefragt hatte, was er alles tun müsse, um eins zu errichten.“

„Aber wenn das bisher nur in Planung war, hatte die Caltana noch keinen Grund, ihn um die Ecke zu bringen.“

„Stimmt, wegen dem potentiellen Erbe auf alle Fälle nicht. Aus den Unterlagen der Bank lässt sich für sie leider auch kein Motiv herauslesen. Er hat vor zwei Wochen zu ihren Gunsten einen monatlichen Dauerauftrag eingerichtet, über jeweils eintausend Euro.“

Max pfiff durch die Zähne.

„Nicht schlecht, dann muss er aber mit seinen Häusern richtig gut verdient haben.“

„Das stimmt. Man sieht aus den Kontoauszügen zwar, dass die Mieteinnahmen durch die aktuellen Leerstände in *Dorsoduro* etwas zurückgegangen sind, trotzdem hat er damit so viel eingenommen, dass ihm jeden Monat mehrere Tausend Euro übriggeblieben sind.“

„Da kann man schon mal einer jungen Geliebten jeden Monat einen Tausender rüberschieben. Was für uns aber auch bedeutet, dass sie, so wie du es schon gesagt hast, aus finanziellen Gründen erst einmal kein Motiv hatte, ihn umzubringen.“

„Ich sehe vorerst auch keinen Grund, sie weiter zu verdächtigen. Warte mal, es hat geklopft.“

Max hörte, wie sie, nachdem sie offenbar den Hörer zur Seite gelegt hatte, laut ‚*Avanti*‘ rief. Ihr Besucher war nur kurz in ihrem Büro und als er es wieder verließ, rief sie ihm ‚*Grazie* Dino‘ hinterher.

„So, ich bin wieder da. Dino hat mir gerade den Obduktionsbericht von Novello gebracht.“

„Vielleicht kommen wir damit etwas weiter“, antwortete er ihr und ließ sie in Ruhe den Bericht überfliegen.

Er hörte das Rascheln des Papiers, wenn sie umblätterte und wartete gespannt darauf, einen Kommentar von ihr zu hören. Aber Valentina rührte sich erst wieder, als sie sich den ganzen Bericht im Schnelldurchlauf angesehen hatte.

„Massimiliano, der Gerichtsmediziner kommt zu dem eindeutigen Ergebnis, dass auch Mattia Novello ermordet worden ist. Er hat dafür mehrere Hinweise gefunden. An Novellos Händen waren tatsächlich keine Faserspuren von dem Seil zu finden, allerdings waren an den Fingern beider Hände Fasern aus Seide. Neben den Spuren des Seils gab es am Hals noch andere, etwas schmalere Strangulationsspuren."

„Also wurde er vorher schon stranguliert, bevor man ihn mit dem Seil um den Hals ans Brückengeländer geknüpft hat."

„Genau, zu demselben Schluss kommt der Gerichtsmediziner auch. Novello wurde offenbar von hinten überrumpelt, mit einem Seidentuch oder einem Seidenschal stranguliert und hat natürlich versucht, sich zu wehren. Daher die Seidenfasern an seinen Fingern. Und als er dann tot oder zumindest schon bewusstlos war, haben ihm seine Mörder das Seil um den Hals gelegt und ihn ans Brückengeländer gehängt."

„Ist er sich sicher, dass es mehrere waren?"

„Ja, Novello hatte an beiden Armen und Schultern mehrere leichte Hämatome, was darauf hinweist, dass sie ihn mindestens zu zweit über das Brückengeländer befördert haben."

„Es ist schon ziemlich dreist und riskant, jemanden auf offener Straße so zu ermorden, auch wenn es in aller Früh war."

„Der Todeszeitpunkt war gemäß der Feststellung des Gerichtsmediziners kurz nach sechs Uhr. Novello dürfte also erst sehr kurz mit seinem Hund unterwegs gewesen sein, als ihm seine Mörder auflauerten. Von seiner Wohnung bis zu der Brücke sind es nur ungefähr einhundert Meter. Um diese Uhrzeit muss natürlich nicht unbedingt schon jemand anderes auf der Straße unterwegs gewesen sein. Anscheinend ist die Gegend am Morgen generell sehr ruhig, sonst hätte es nicht fast eine Stunde gedauert, bis wir alarmiert worden sind."

„Sicher werden die die Gegend und Novellos Gewohnheiten gut ausgekundschaftet haben, schließlich war es ein eiskalter Mord. Wurden an dem Seil keine DNA-Spuren gefunden?"

„Nein, leider nicht, die waren schon vorsichtig genug, um bei dem Mord Handschuhe zu tragen."

„Wie willst du jetzt weiter vorgehen?“

„Ich habe wie bei Spinea veranlasst, dass wir Einblick in die finanziellen Verhältnisse erhalten, auch seine Telefonverbindungsdaten haben wir schon angefordert.“

„Gut, da bin ich gespannt, ob da neben den uns schon bekannten Telefonaten mit Spinea noch weitere interessante auftauchen werden. Nachdem du erst durch mich von einer möglichen Verbindung zwischen Spinea und Novello erfahren hast, gehe ich davon aus, dass du *Signora* Novello noch nicht nach Spinea gefragt hast.“

„Das stimmt natürlich, Massimiliano. Willst du auch noch mit ihr sprechen? Sie wohnen in einem Eckhaus an der *Fondamenta della Toletta* und der *Fondamenta Lombardo*, direkt an der *Ponte Lombardo*.“

„Das kann ich gerne machen, weiß aber nicht, ob ich es heute noch schaffe. Ich bin gerade in unserem Hotelzimmer, Chiara müsste jetzt dann auch bald von der Terrasse nach oben kommen, dann können wir besprechen, was wir heute noch unternehmen werden. Morgen steht auf alle Fälle erst einmal der Umzug in unser Hotel am *Lido* an. Aber deswegen bin ich ja nicht aus der Welt, mit dem *Vaporetto* bin ich doch auch in zwanzig Minuten wieder in der Stadt drüben.“

Max dachte an den Vormittag zurück.

„Habt ihr das Alibi von Sattorini schon überprüfen können?“

„Ja. Wenn die Aussage seines Freundes der Wahrheit entspricht, dann hat er ein Alibi. Ein Motiv hätten wir bei ihm ohnehin nicht.“

„Das Alibi von Fiorella Caltana werde ich selbst überprüfen. Sie hat mir die Adresse und die Telefonnummer von ihren Eltern gegeben, da werde ich heute noch anrufen.“

„Gut. Mehr können wir wohl im Moment nicht unternehmen. Ich würde vorschlagen, wir telefonieren morgen wieder, wenn ihr euren Umzug hinter euch habt und du mit *Signora* Novello gesprochen hast.“

„In Ordnung, das könnte dann aber erst gegen Mittag sein.“

„Das ist kein Problem, Massimiliano. Falls in der Zwischenzeit etwas Außergewöhnliches passieren sollte, dann melde ich mich ohnehin sofort bei dir. Schönen Abend.“

„Danke, dir auch. *Ciao*.“

„*Ciao* Massimiliano.“

Nachdem er eingehängt hatte, öffnete Max das Fenster und sah hinunter. Auf der Terrasse war Chiara soeben von ihrem Liegestuhl aufgestanden, hatte sich ihr Buch unter den Arm geklemmt und verschwand durch die breite Terrassentür im Innern des Hotels. Als sie kurz darauf im Zimmer ankam, hatte es sich Max auf dem Bett gemütlich gemacht.

„Bist du schon fertig mit dem Telefonieren oder machst du nur eine kurze Pause?“

„Ich habe schon fast alles erledigt, ich müsste nur noch kurz die Eltern von Fiorella Caltana anrufen, damit sie ihre Aussage bestätigen, dass sie am Wochenende bei ihnen war. Das ist eigentlich schon alles. Bei der Witwe von Mattia Novello muss ich persönlich vorbei schauen, das mache ich dann morgen Vormittag, nachdem wir an den *Lido* umgezogen sind. Was willst du denn heute Abend machen?“

„Von mir aus müssen wir uns für heute Abend nichts Großartiges vornehmen, ich finde, es reicht schon, wenn wir einen gemütlichen, ungestörten Abend haben, uns ein gutes Essen gönnen und dann das abendliche Venedig noch einmal genießen.“

„Das hört sich doch gut an.“

„Ich hoffe nur, wir werden nicht von einer gewissen Cona gestört.“

„Wir haben vorher ausgemacht, erst morgen nach meinem Besuch bei *Signora* Novello wieder zu telefonieren. Ich hoffe, dass uns nicht noch eine dritte Leiche dazwischenkommt.“

„Zwei reichen vollkommen.“

Chiara, die sich immer sehr interessiert für seine Fälle zeigte, fragte Max, ob er durch sein Treffen mit Fiorella Caltana etwas weitergekommen war.

„Nachdem du ihr Alibi überprüfen willst, zählst du sie wohl auch zu den Verdächtigen.“

„Ja, aber aufgrund der finanziellen Zuwendungen von Spinea an sie sowie des fehlenden Testamentes sehen wir momentan kein Motiv für sie. Überprüfen muss ich es trotzdem, ob sie am Wochenende wirklich bei ihren Eltern war.“

„Kein Testament heißt dann wohl, dass seine Frau alles erben wird.“

„Genau, aber sie hat ein Alibi, das auch schon überprüft worden ist.“

Chiara hatte sich neben Max aufs Bett gelegt und ihr Buch zur Hand genommen.

„Du kannst ruhig wegen dem Alibi telefonieren, Max, dann haben wir später hoffentlich einen ungestörten Abend."

Max zog den Zettel aus der Hemdtasche, auf dem ihm Fiorella Caltana die Telefonnummer ihrer Eltern aufgeschrieben hatte und wählte die Nummer.

„*Pronto.*"

„*Signora* Caltana?"

„Ja, ich bin dran. Wer spricht denn da?"

Max stellte sich kurz vor und erklärte seine Verbindung zu den *Carabinieri*. Im selben Augenblick klingelte Chiaras Handy. Sie sprang vom Bett auf und lief auf den Flur vor ihrem Hotelzimmer hinaus, bevor sie das Gespräch annahm. Mit seinem Anruf hatte Max Fiorella Caltanas Mutter einen gehörigen Schreck eingejagt.

„Um Himmels Willen, was ist denn passiert?"

„Sie brauchen sich keine Sorgen machen, *Signora*, ich benötige nur eine Bestätigung von Ihnen, dass Ihre Tochter Fiorella am Wochenende bei Ihnen war."

„Fiorella? Ja, die war da. In was ist sie denn hineingeraten, dass Sie so eine Aussage von mir brauchen?"

„Wie gesagt, Sie brauchen sich keine Sorgen machen. Einem von Fiorellas Bekannten ist am Samstagabend etwas zugestoßen und rein routinemäßig müssen wir natürlich alle aus dessen Umfeld überprüfen."

„Am Samstagabend war sie hier."

„Wann ist sie bei Ihnen angekommen?"

„Wir waren gerade mit dem Mittagessen fertig, es dürfte ungefähr halb zwei gewesen sein."

„Und wann ist sie wieder nach Venedig zurück?"

„Gestern am späten Nachmittag."

„In der Zwischenzeit war sie ununterbrochen bei Ihnen?"

„Ja, ihr Bruder ist mit seiner Familie am Samstagabend noch dazugekommen, da war die ganze Großfamilie seit langem wieder einmal vereint. Was bedeutet das jetzt, *Commissario*?"

„Das bedeutet, dass Ihre Tochter mit dem Kriminalfall, bei dem wir gerade ermitteln, nichts zu tun haben kann, weil sie bei Ihnen war."

„Da bin ich aber beruhigt."

„Sie haben gerade erwähnt, dass die ganze Familie endlich wieder einmal zusammen war. Besuchen Sie Ihre Tochter nicht ab und zu hier in Venedig?“

„Im Sommer fahren wir kaum mehr hinüber, da sind uns einfach viel zu viele Touristen da. Im Winter, außerhalb der Karnevalszeit, waren wir schon immer wieder einmal dort. Im letzten Winter allerdings kaum.“

„Gab es dafür einen speziellen Grund?“

„Ja. Wissen Sie, mein Mann und ich, wir haben einfach ein Problem mit Fiorellas Freund. Wir glauben halt nicht, dass er unserer Tochter gut tut.“

Max biss sich auf die Zunge, damit ihm nicht eine Bemerkung zu Spinea herausrutschte, denn aufgrund der Zeitangabe von *Signora* Caltana sprach sie offenbar von einer ganz anderen Person. Max konnte sich leicht ausmalen, wie begeistert die Eltern gewesen wären, wenn sie von Fiorellas Verhältnis mit einem über Sechzigjährigen erfahren hätten. Fiorella hatte angegeben, Spinea erst vor zwei Monaten kennen gelernt zu haben, vermutlich also im April, was nur bedeuten konnte, dass sie davor, wenn überhaupt, nur für kurze Zeit Single gewesen war.

„*Signora* Caltana, es geht mich zwar nichts an und es ist auch für unsere aktuelle Untersuchung nicht relevant, aber würden sie mir trotzdem verraten, was Sie am Freund Ihrer Tochter stört.“

„Mir kommt er immer wie so ein schmieriger, aalglatter Typ aus einem billigen Fernsehfilm vor und bei allem, was er so erzählt, habe ich nie den Eindruck, dass das alles der Wahrheit entspricht. Aber Fiorella scheint sich davon blenden zu lassen, da er anscheinend nicht unvermögend ist. Mit viel Geld kann man eine junge Frau natürlich immer ködern.“

„*Signora* Caltana, ich kann gut verstehen, dass Sie sich Sorgen um Ihre Tochter machen, wissen Sie, ich habe selbst zwei Töchter. Aber ab einem gewissen Alter sind die Kinder eben selbst dafür verantwortlich, was sie tun oder mit wem sie zusammen sein wollen. Man kann Ihnen zwar gut gemeinte Ratschläge erteilen, aber ob sie diese dann auch befolgen, steht auf einem anderen Blatt. Wenn ihr Freund es nicht ehrlich mit ihr meint, dann wird sie hoffentlich irgendwann selbst darauf kommen und sich von ihm trennen.“

Obwohl es Max schwerfiel, konnte er sich beherrschen, und verriet *Signora* Caltana nicht, dass Fiorella in den letzten zwei Monaten schon einen anderen Freund gehabt hatte.

„Das muss sie ihren Eltern schon selbst erzählen", dachte er sich und wunderte sich darüber, dass sie bei ihrem Wochenendbesuch die Gelegenheit nicht beim Schopf gepackt hatte, um ihren Eltern zu erzählen, mit wem sie nun zusammen war.

„Vielen Dank für Ihr Verständnis, *Commissario*. Wir hoffen natürlich, dass sie bald zur Vernunft kommen wird."

„Ich danke Ihnen, dass Sie mir weitergeholfen haben."

Er verabschiedete sich von ihr und hängte ein.

Chiara war immer noch auf dem Flur draußen, deshalb stand Max auf, öffnete die Zimmertür und gab ihr ein Zeichen, dass sie wieder reinkommen könne. Sie nickte, blieb aber noch draußen stehen, da sie ohnehin gerade dabei war, das Telefonat zu beenden.

„Das war Alessia, sie wollte wissen, wie weit ihr bei den Ermittlungen seid", erzählte Chiara, als sie schließlich eingehängt hatte und wieder ins Zimmer hereingekommen war.

„Du hast ihr hoffentlich nichts von Mattia Novello erzählt?"

„Nein, nein, ich weiß schon, dass du das besser selbst machen solltest."

„Stimmt. Ich glaube zwar nicht, dass sie ihn kennt, denn das Treffen von *Salvate Venezia* war doch auch ihre erste Begegnung mit Oreste Spinea. Und wenn sie Spinea vorher nicht kannte, woher sollte sie dann Novello kennen, zumal der sich, wie mir *Signora* Spinea berichtet hat, überhaupt nicht mit Spinea getroffen hat. Was hat dir Alessia sonst noch erzählt?"

„Sie war ziemlich sauer, weil die Stadtverwaltung nun tatsächlich einen Ausbau des Hafens beschlossen hat, um noch mehr und noch größere Kreuzfahrtschiffe als bisher nach Venedig locken zu können."

„Das ist natürlich genau das Gegenteil von dem, was die Gruppe erreichen will. Wie wollen sie jetzt dagegen vorgehen?"

„Die ganze Gruppe trifft sich morgen Abend im *Casanova*, um sich zu beratschlagen, was die sinnvollsten Aktionen gegen diesen Wahnsinn wären. Sie wollen um acht loslegen, sich dort aber schon früher treffen, um sich ab sechs gemeinsam das letzte Gruppenspiel der Italiener gegen Uruguay anzusehen."

„Willst du da wieder dabei sein?"

„Alessia hat mich natürlich danach gefragt und hat mich auch eingeladen, zugesagt habe ich aber noch nicht. Ich will einfach mal abwarten, was bei dir morgen Abend ansteht."

„Was morgen Abend angeht, kann ich jetzt natürlich noch nichts sagen, aber heute Abend kommt hoffentlich nichts mehr daher, was mit den beiden Morden in Zusammenhang steht. Was hältst du denn davon, heute auf die *Giudecca* hinüber zu fahren? Wir könnten uns dort ein bisschen umsehen und uns dann ein *Ristorante* fürs Abendessen suchen."

„Gute Idee. Und wenn wir zurückkommen, machen wir noch einen Spaziergang durchs nächtliche Venedig, diesmal aber hoffentlich entspannter als am Samstagabend."

„Ein Spaziergang war das am Samstag bei mir nicht, ich bin fast die ganze Zeit im Laufschritt bis nach *San Zaccaria* rüber."

Chiara wollte sich umziehen, bevor sie sich auf den Weg machten und ging deswegen kurz ins Bad. Max nutzte die Zeit, um Valentina per SMS mitzuteilen, dass Fiorella Caltana für den Samstagabend ein Alibi hatte.

Anschließend brachen sie auf, fuhren mit dem *Vaporetto* bis *San Marco*, stiegen dort in die Linie 8 um, die auf die *Giudecca* hinüber fuhr. In der Nähe der *Chiesa Le Zitelle* stiegen sie bei der Haltestelle *Zitelle* aus und gingen die wenigen Meter bis zu der Kirche, die leider verschlossen war. Auf einem schon etwas vergilbten Zettel, der an der Tür hing, wurde bekanntgegeben, dass dort in den Monaten Mai bis Oktober jeden Sonntag um elf Uhr ein Gottesdienst gefeiert wurde. In den übrigen Zeiten war die Kirche also offenbar nie zugänglich. Max und Chiara spazierten anschließend über die *Fondamenta Zitelle*, den gepflasterten Uferweg entlang des *Canale della Giudecca* und kamen beim *Ristorante Bellavista* vorbei, das perfekt für ein romantisches Abendessen schien. Von den Plätzen im Freien hatte man beste Sicht hinüber auf den *Campanile* und den Dogenpalast, die *Basilica Santa Maria della Salute* in *Dorsoduro* sowie die *Basilica San Giorgio Maggiore* auf der gleichnamigen Insel, die direkt neben der *Giudecca* liegt. Fürs Abendessen war es allerdings noch etwas zu früh, deswegen spazierten sie am Ufer des *Canale della Giudecca* weiter, überquerten die Brücke über den *Rio della Croce* und erreichten die ebenfalls direkt am

Kanal liegende *Chiesa del Santissimo Redentore*. Wieder einmal zog Max seinen Reiseführer aus der Tasche, um sich über diese imposante Kirche mit der großen Kuppel zu informieren. Einen Abschnitt las er Chiara laut vor:

„Die *Chiesa del Santissimo Redentore* ist die Klosterkirche des angrenzenden Kapuzinerklosters und wurde wie die *Basilica Santa Maria della Salute* aufgrund eines Pest-Gelübdes erbaut. 1576, als die Pest bereits ein Viertel der Bevölkerung Venedigs dahingerafft hatte, gelobte der *Doge* den Bau einer Kirche zu Ehren des Erlösers – *Il Redentore* – wenn die Stadt von der Pest-Epidemie erlöst würde. Die Baupläne stammen von Andrea Palladio, der zur gleichen Zeit auch mit dem Bau der *Basilica San Giorgio Maggiore* beschäftigt war. Im Mai 1577 fand kurz nach der Grundsteinlegung die ersten Prozession zu einem provisorischen Altar an der Baustelle statt und kurz darauf war die Pest endgültig aus der Stadt verschwunden. Die Kirche wurde 1592 eingeweiht, seitdem wird an jedem dritten Sonntag im Juli das *Redentore*-Fest, das Fest des Erlösers, gefeiert."

In dem relativ schlicht gehaltenen Innenraum des Gotteshauses bewunderten sie die imposante Kuppel und sahen sich einzelne Gemälde an, zu denen Max etwas detailliertere Beschreibungen in seinem Reiseführer fand. Als sie nach einer ganzen Weile wieder ins Freie traten, kam der übliche Kommentar von Max.

„Jetzt habe ich aber schön langsam Hunger."

„Auf das habe ich schon lange gewartet", lachte Chiara und hakte sich bei ihm unter.

Auf direktem Weg kehrten sie zum *Ristorante Bellavista* zurück, das mit der tollen Aussicht auf die Wahrzeichen Venedigs seinem Namen alle Ehre machte. Chiara wählte wie fast immer einen Fisch, Max dagegen wollte das Kalbsgulasch mit *Polenta* probieren.

Während sie auf ihr Essen warteten, merkten sie, wie plötzlich das Wasser des Kanals in immer kürzeren Abständen ans Ufer schwappte. Max, der sich etwas zur Seite gedreht hatte, um besser zum *Campanile* hinüber fotografieren zu können, drehte sich zu Chiara zurück und sah, wie sich in ihrem Rücken ein riesiges Kreuzfahrtschiff näherte, das vom Hafen kommend wieder aus der Lagune hinaus aufs offene Meer fahren wollte. Sofort schoss Max davon einige Fotos. Je näher der Koloss aus vermutlich mehr als zwei Dutzend Kilotonnen Stahl kam, desto heftiger schwappte das Wasser an die steinerne Ufermauer des *Canale della Giudecca*. Chiara hatte Verständnis für die Proteste vieler Einheimischer.

„Kein Wunder, wenn sich die Venezianer darüber beschweren, dass die Kreuzfahrtschiffe mit den von ihnen verursachten Wellen große Schäden an der Bausubstanz der Häuser entlang der Kanäle anrichten."

Als das Schiff auf ihrer Höhe war, winkten einzelne Passagiere herüber, die meisten Fenster und Balkone waren allerdings leer, die Passagiere dieser Kabinen standen wahrscheinlich alle an Deck, um auf der anderen Seite des Schiffes den Blick auf das historische Zentrum von Venedig zu genießen.

„Die Kreuzfahrtschiffe haben vom *Campanile* aus schon riesig ausgesehen, aber von hier unten sehen sie noch viel gigantischer aus", stellte Max fest.

„Und wenn es nach dem Willen der Stadtverwaltung geht, sollen es zukünftig noch größere Kreuzfahrtschiffe werden, die Venedig anlaufen."

„Das ist natürlich absoluter Irrsinn und würde bestimmt weiter dazu beitragen, dass Venedig noch mehr zu einer reinen Touristen-Stadt verkommt."

„Vielleicht sollte ich *Salvate Venezia* doch weiter unterstützen und morgen Abend im *Casanova* dabei sein", überlegte Chiara laut. „Vielleicht magst du sogar mitgehen, Max?"

„Du meinst, falls es bei dem Treffen wieder eine Leiche gibt, dann bin ich sofort an Ort und Stelle", grinste er sie an und obwohl Chiara seinen Scherz zuerst nicht so toll fand, musste sie dann doch mitlachen.

Max hielt es sich aber offen, ob er zu dem Treffen der jungen Aktivisten mitgehen würde.

Gerade als das Heck des Schiffes ihren Platz passiert hatte und den Blick auf das von der riesigen Schiffsschraube aufgewühlte Wasser freigab, brachte ihnen der *Cameriere* ihr Essen und warf dem Stahlkoloss einen bösen Blick zu.

„Sie haben Glück, dass das Wasser des Kanals heute generell sehr ruhig ist. Wenn wir ohnehin schon einige Wellen haben und dann auch noch eines der Kreuzfahrtschiffe hier vorbeifährt, dann schwappt uns das Wasser zum Teil sogar bis auf den Gehsteig herauf."

Ohne eine Antwort von Chiara und Max abzuwarten, ging er wieder ins *Ristorante* hinein. Die beiden waren mit ihrem Essen sehr zufrieden und freuten sich, die richtige Wahl getroffen zu haben. Nach und nach gingen drüben in *Dorsoduro* und rings um den *Campanile* die Lichter an. Bis sie mit dem Essen fertig waren und den obligatorischen *Espresso* getrunken hatten, waren ringsherum in der Lagune tausende kleine Lichter zu sehen und die markantesten Gebäude wie der Dogenpalast mit dem dahinter liegenden Markus-Dom, die *Basilica Santa Maria della Salute* und auch der *Campanile* der *Basilica San Giorgio Maggiore*, der dem 'Original' auf dem Markusplatz sehr ähnlich sah, wurden mit großen Lampen angestrahlt. Chiara ließ ihren Blick über die hell erleuchteten Ufer schweifen und schaute auch zu dem sternklaren Himmel hinauf.

„Wenn man mal die beiden Morde ausklammert, die dich wieder einmal im Urlaub von der Erholung abhalten, Max, dann haben wir genau das richtige Ziel für unsere Silberhochzeitsreise gewählt. Romantischer wie heute Abend geht es kaum noch."

„Zu einem richtigen, romantischen Abend fehlt aber noch etwas, mein Schatz", grinste er verschmitzt.

„Was denn?"

„Das zeig ich dir, wenn wir später in unserem Hotelzimmer sind."

Nachdem sie noch eine Zeit lang die schöne Aussicht genossen hatten und Max die Rechnung beglichen hatte, brachen sie auf und spazierten das kurze Stück bis zur Haltestelle *Zitelle* zurück. Laut Fahrplan mussten sie bis zum nächsten *Vaporetto* noch knapp eine Viertelstunde warten, deswegen setzten sie sich nicht auf eine der Bänke, sondern gingen an der *Chiesa Le Zitelle* vorbei fast bis zum östlichen Ende der *Giudecca*. Dort befand sich ein Stützpunkt der *Guardia di Finanza*, der mit einer hohen Mauer abgeschirmt war, weshalb sie von dort aus nicht zu der sehr nahen Nachbarinsel *San Giorgio Maggiore* hinüber sehen konnten. Deswegen machten sie kehrt und schlenderten Arm in Arm zur Haltestelle zurück und konnten unmittelbar an Bord des *Vaporetto* gehen, das überpünktlich angekommen war. Auf direktem Weg ging es nach *San Marco* zurück. Bei der Überfahrt hatte Max Chiara gefragt, wo sie jetzt noch spazieren gehen wolle. Sie hatte ihm geantwortet, dass sie gerne den *Canal Grande* und die *Rialto*-Brücke in abendlicher Beleuchtung sehen möchte. Deswegen stiegen sie bei der Haltestelle *San Marco* sofort in ein *Vaporetto* um, dass in Richtung *Rialto* fuhr.

„Den *Canal Grande* hätte ich mir viel intensiver beleuchtet vorgestellt", konstatierte Chiara, als sie den *Ponte dell' Accademia* bereits passiert hatten und sich langsam der *Rialto*-Brücke näherten.

„Ich hätte es auch deutlich heller und beeindruckender erwartet", stimmte ihr Max zu. „Aber nachdem bei den meisten *Palazzi* auf beiden Seiten des *Canal Grande* nur eine Lampe an der Bootsanlegestelle vor dem Haus brennt, ist es logisch, dass der Kanal insgesamt vergleichsweise dunkel wirkt."

Neben einige Hotels waren nur zwei der drei *Palazzi* der *Comune di Venezia* richtig hell erleuchtet. An der Haltestelle *Rialto* stiegen sie aus, auch so spät am Abend tummelten sich dort noch viele Touristen und auch die meisten fliegenden Händler boten noch immer ihre Waren an.

„Willst du dich gleich hier irgendwo hinsetzen oder sollen wir das erst am Markusplatz machen, Chiara?"

„Hier ist es mir ehrlich gesagt etwas zu voll, ich denke, dass sich die Leute am Markusplatz etwas mehr verlaufen, dort dürfte es vielleicht ein bisschen ruhiger zugehen."

Max schoss noch ein paar Fotos von der beleuchteten Brücke und lief auch kurz auf die Brücke hinauf, um den *Canal Grande* mit den beleuchteten *Ristoranti* in unmittelbare Nähe der Brücke zu fotografieren, dann gingen sie den üblichen Touristen-Trampelpfad von *Rialto* zur *Piazza San Marco* zurück. Chiara hatte Recht, dort gab es trotz vieler Touristen längst nicht so ein Gedränge. Sie setzten sich im Freien an einen Tisch vom berühmten *Caffè* Florian und bestellten sich zwei Gläser *Prosecco*.

„Auf dich, Chiara."

„Auf uns", antwortete sie ihm, als sie mit dem gerade servierten *Prosecco* anstießen. „Und auf den zweiten Teil unserer Reise, in dem wir hoffentlich von weiteren Leichenfunden verschont bleiben."

Nachdem sie einen Schluck getrunken hatte, stellte Chiara ihr Glas ab und ließ ihren Blick rings um den strahlend hell beleuchteten Markusplatz schweifen.

„Diesen herrlichen Anblick erleben doch bestimmt drei Viertel der Venedig-Touristen überhaupt nie, weil sie reine Tagestouristen sind und jetzt längst in ihren Hotels an der *Adria* beim Abendessen sitzen, während hier diese zauberhafte Stimmung durch die effektvolle Beleuchtung erzeugt wird."

„Ich kann mich nur wiederholen, mein Schatz, es war wirklich eine sehr gute Idee von dir, hierher zu fahren."

„Trotz all dem hier freue ich mich jetzt aber auch richtig auf ein paar Tage am Strand. Meinst du, dass du für ein bisschen Strandleben auch Zeit haben wirst?"

„Das hoffe ich doch. Für mich ist es zwar noch immer nicht greifbar, was zu den zwei Morden geführt hat, aber vielleicht sind wir morgen schon viel schlauer, wenn ich mit *Signora* Novello gesprochen habe. Außerdem will ich mit Novellos Kollegen in der *Capitaneria di Porto* sprechen. Vielleicht kennen die eine Verbindung zwischen Spinea und Novello, die uns weiterhelfen könnte. Auf alle Fälle dürfte es sinnvoll sein, wenn ich mir gleich morgen Früh eine Tageskarte für die *Vaporetti* besorge, die nutze ich bestimmt aus. Willst du morgen wegen unserem Umzug schon etwas früher aufstehen?"

„Nein, so viel haben wir doch nicht einzupacken. Wir müssen bis spätestens um zehn aus dem Zimmer raus. Wenn wir so wie bisher immer gegen acht zum Frühstück gehen, haben wir doch ausreichend Zeit, um danach unser Zimmer rechtzeitig zu räumen."

Als sie ihren *Prosecco* ausgetrunken hatten, fragte Max, ob er noch etwas bestellen solle. Chiara war der Meinung, dass es für diesen Abend reichen würde. Deshalb bezahlte Max die zwei Gläser *Prosecco*, die so teuer waren, dass man in einer anderen Bar dafür wahrscheinlich eine ganze Flasche bekommen hätte. An diesem Abend war ihm das aber egal. Sie brachen auf und schlenderten Arm in Arm auf dem üblichen Weg, auf dem sie an den vorangegangen Tagen schon mehrfach unterwegs gewesen waren, zu ihrem Hotel zurück.

Im Hotelzimmer ging diesmal ausnahmsweise Max als erster ins Bad. Bis dann Chiara nach ihm auch herauskam, lag er bereits im Bett. Sie schlüpfte ebenfalls unter die dünne Bettdecke, kuschelte sich an ihn und sah ihn erwartungsvoll an.

„Du wolltest mir noch etwas zeigen, Max."

Er nickte und grinste vielsagend. Aber anstatt ihr zu antworten, schaltete er die Nachttischlampe ein. Erst jetzt sah Chiara, dass er sein rotes T-Shirt darüber gehängt hatte. Bevor sie etwas dazu sagen konnte, hatte er die große Deckenlampe ausgeschaltet, so dass nun das ganze Zimmer in ein romantisches, rotes, gedämpftes Licht getaucht war. Jetzt war jedes weitere Wort überflüssig.

10

Genauso eng umschlungen, wie sie eingeschlafen waren, wachten Max und Chiara am Dienstagmorgen wieder auf. Max, der in der Früh immer etwas länger brauchte, um auf Touren zu kommen, blieb noch liegen, während Chiara schon im Bad unter der Dusche stand. Als dann er anschließend im Bad war, hob sie schon den Koffer aufs Bett und fing an, die ersten Sachen einzupacken.

„Du kannst es wohl gar nicht erwarten, an den *Lido* zu kommen", lachte Max, als er aus dem Bad kam.

„Wenn wir das Zimmer bis um zehn räumen müssen, heißt das doch nicht, dass wir auch bis um zehn bleiben müssen."

„Deswegen können wir aber auch nicht früher in unser Hotelzimmer am *Lido*."

„Ich richte mich sowieso darauf ein, dass wir dort unser Gepäck erst einmal bei der Rezeption deponieren müssen. Meine Badesachen werde ich mir in den kleinen Rucksack packen, dann kann ich gleich an den Strand, egal wie lange wir warten müssen, bis wir in unser Zimmer können."

„Ich muss auch nicht in unser Zimmer, um mit den *Carabinieri* zu telefonieren oder der *Signora* Novello einen Besuch abzustatten."

„Na, also", grinste Chiara. „Dann passt es doch perfekt, wenn wir so bald wie möglich an den *Lido* rüberfahren."

Zum letzten Mal fuhren sie zum Frühstück ins Erdgeschoss hinunter. An diesem Morgen hatte nicht nur Max einen besonders großen Appetit, auch Chiara verspeiste viel mehr als sonst. Nachdem sie eine der Service-Mitarbeiterinnen gefragt hatten, ob sie sich etwas Proviant mitnehmen dürften, richtete sich Max zwei Semmeln mit Schinken und Käse her und Chiara steckte sich zwei Äpfel und eine Banane ein.

Nach dem ausgiebigen Frühstück packten sie in ihrem Zimmer die letzten Sachen ein. Als sie fast schon startklar waren, klingelte das Handy von Max.

„*Pronto*."

„*Salve* Massimiliano. Hier ist Valentina."

„*Buongiorno*. Was gibt es für interessante Neuigkeiten?"

„Uns liegen jetzt die Telefonverbindungsdaten von Novello sowie seine Bankunterlagen vor."

„Helfen sie uns weiter?"

„Das wird sich rausstellen. Bei den Telefondaten ist mir nichts Besonderes aufgefallen, außer dass er immer wieder mit Spinea telefoniert hat, in den letzten zwei Wochen ungefähr alle zwei bis drei Tage."

„Das könnte also für unsere Theorie sprechen, dass die beiden Mordfälle etwas miteinander zu tun haben. Tauchen die Nummern von Fiorella Caltana oder Angelo Sattorini bei ihm auch auf?"

„Nein, überhaupt nicht. Etwas mehr geben die Kontoauszüge her, deswegen wollte ich dich auch noch erwischen, bevor du zu *Signora* Novello gehst, denn dann könntest du sie gleich nach einer Auffälligkeit fragen."

„Was habt ihr beim Konto für eine Spur gefunden?"

„Im Allgemeinen ließen sich aus seinen Kontoauszügen keine Besonderheiten herauslesen, es ist fast nur der übliche Zahlungsverkehr, aber eben nur fast. Vor gut sechs Wochen setzten mehrere, hohe Bareinzahlungen ein, die sich mittlerweile auf insgesamt dreißigtausend Euro summieren."

„Dreißigtausend?", wiederholte Max.

„Vielleicht hat seine Frau eine ganz einfache Erklärung dafür."

„Und wenn nicht? Was könnte es für einen Grund für so hohe Bareinzahlungen geben?"

Nachdem Valentina nicht sofort reagierte, gab er sich selbst die Antwort.

„Bei so etwas muss ich gleich immer an eine mögliche Erpressung denken."

„Das habe ich natürlich auch schon in Betracht gezogen, weil ich bisher keinen anderen Grund für die hohen Einzahlungen gefunden habe."

„Wenn auf Spineas Konto ähnlich hohe Zahlungseingänge gebucht gewesen wären, dann wäre es ganz offensichtlich gewesen, dass die beiden jemanden erpresst haben. Aber nachdem das nur bei Novello der Fall ist, ist es unwahrscheinlich, dass die beiden da irgendetwas gemeinsam verbrochen haben. Vielleicht hängen dann die Morde auch nicht zusammen."

„Ich gebe dir Recht, Massimiliano, dass es bei einer gemeinsamen Erpressung ungewöhnlich wäre, wenn nur einer der Erpresser hohe Summen in bar kassiert und auf sein Konto eingezahlt hätte. Trotzdem würde ich deswegen nicht ausschließen, dass die beiden Mordfälle irgendwie miteinander zu tun haben."

„Vielleicht sind wir schon viel schlauer, wenn ich mit *Signora* Novello gesprochen habe. Danach werde ich noch bei der *Capitaneria di Porto* vorbeigehen und mich auch dort nach Novello erkundigen."

„Gut. Melde dich zwischendurch einmal, wenn du Fortschritte gemacht hast."

„In Ordnung, ich rufe dich an. *Ciao* Valentina."

„*Ciao* Massimiliano."

Max hatte noch nicht einmal richtig eingehängt, da äffte ihn Chiara schon nach:

„*Ciao* Valentina. Seit wann bist du denn mit der per Du?"

„Seit gestern. Wieso?", antwortete er ihr völlig ruhig.

„Das hast du dir ja fein ausgedacht, Max. Während ich allein am Strand liege, hängst du bei dieser Tussi herum", kreischte sie schon fast hysterisch.

Max dagegen blieb auch jetzt noch ganz ruhig.

„Kannst du mir bitte mal erklären, warum du seit einiger Zeit bei jeder passenden oder unpassenden Gelegenheit so eifersüchtig reagierst? Habe ich dir in den letzten siebenundzwanzig Jahren auch nur einmal einen wirklichen Grund dafür gegeben?"

Sie starrte ihn an und wusste nicht, was sie sagen sollte.

„Ich denke, die letzte Nacht dürfte Beweis genug gewesen sein, dass es für mich keine andere Frau als dich gibt. Und daran wird sich auch in Zukunft nie etwas ändern, egal mit wie vielen jungen Kolleginnen ich per Du bin."

Chiara brach in Tränen aus und fiel ihm schluchzend um den Hals.

„Verzeih mir, Max. Ich weiß auch nicht, warum ich seit einiger Zeit immer wieder panische Angst habe, dass du mir von irgendeiner jungen Frau weggenommen wirst."

Max setzte sich mit ihr ans Fußende vom Bett und legte seinen Arm um sie.

„Woher kommt denn diese Angst? Es gibt doch ehrlich überhaupt keinen Grund dafür."

„Wahrscheinlich sehe ich wirklich Gespenster, Max. Weißt du, ich habe im letzten Sommer mitbekommen, wie eine Kollegin in der Volkshochschule von heute auf morgen von ihrem Mann sitzen gelassen worden ist. Der ist nach achtzehn Jahren Ehe mit einer zwanzig Jahre jüngeren Frau regelrecht durchgebrannt. Da habe ich mir natürlich Gedanken gemacht, wie es mir gehen würde, wenn du auch einfach mit einer viel Jüngeren abhauen würdest. Deswegen habe ich mich jetzt jedes Mal so hineingesteigert, wenn du länger mit einer jüngeren Frau geredet hast."

„Du weißt, dass ich dich manchmal ganz gern auf den Arm nehme, so wie am Samstag mit meiner Bemerkung über Alessia. Das hat doch aber nie einen ernsten Hintergrund gehabt. Und dass ich mit meinen Kollegen schnell per Du bin, müsstest du doch nicht nur von Rosenheim, sondern auch von meinen diversen Einsätzen in Italien wissen. Ich finde, dass eine Zusammenarbeit in der Regel viel einfacher ist, wenn man auf du und du ist."

„Du hast ja Recht, Max."

„Als ich am Sonntagvormittag im *Comando Provinciale* war, habe ich Valentina nur den Grund unserer Venedig-Reise genannt, darüber hinaus haben wir über nichts Privates gesprochen. Es gibt also keinen Grund, auf sie eifersüchtig zu sein. Es reicht schon, dass wegen ihr ein junger *Vice Brigadiere* auf mich eifersüchtig zu sein scheint."

„Wieso?"

„Der junge *Carabiniere*, der an der Pforte vom *Comando Provinciale* sitzt, ist glaub ich in sie verliebt, wobei er aber bei ihr offensichtlich auf taube Ohren stößt. Jedenfalls schaut er ihr immer sehnsüchtig nach und als ich am Sonntag ihr Büro verlassen habe, da hat er mir einen ziemlich bösen Blick zugeworfen. Wahrscheinlich wäre er selber gerne bei ihr im Büro gesessen, um irgendeinen Fall mit ihr zu besprechen."

„Mach dich nicht über ihn lustig, Max. Warst du, bevor wir uns kennen gelernt haben, nie unglücklich verliebt."

„Natürlich, nicht nur einmal. Ich wollte mich über den Jungen auch nicht lustig machen, ich meine nur, dass es wenig bringt, pauschal auf jeden eifersüchtig zu sein, der mit seiner

Chefin etwas zu besprechen hat. Sollen wir dann mal aufbrechen?“

Max stand auf, aber Chiara nahm ihn bei der Hand und hielt ihn zurück, so dass er sich noch einmal hinsetzte.

„Ich verspreche dir, dass so etwas nicht mehr vorkommt, Max. Kannst du mir das dann verzeihen?“

„Ist schon vergessen“, antwortete er ihr nur kurz.

Sein Kuss auf ihren Mund fiel etwas länger aus. Dann standen sie beide auf, um aufzubrechen. Max warf noch einen Blick in den Schrank und die Nachttischschubladen, damit sie nichts vergessen hatten, und rief dann übers Haustelefon bei der Rezeption an, um den Hotelpagen nach oben kommen zu lassen. Es dauerte auch nur zwei Minuten, dann klopfte es an der Zimmertür und der selbe junge Mann, der schon bei ihrer Ankunft den schweren Koffer von Max ohne mit der Wimper zu zucken getragen hatte, stand bereit, um ihr Gepäck nach unten zu bringen. Chiara schloss noch das Fenster, zog hinter sich die Zimmertür zu und folgte Max und dem Hotelpagen bis zum Lift. Unten angekommen wunderte sie sich, dass der Page nicht Richtung Eingang ging.

„Halt, wir müssen doch hier entlang.“

„Nein, mein Schatz, das passt schon, lass dich überraschen“, grinste Max, ohne ihr eine nähere Erklärung zu liefern.

Als der Page den Weg Richtung Hotelterrasse einschlug, wusste sie, welche Überraschung sich Max ausgedacht hatte. Direkt neben der Terrasse war die Boots-Anlegestelle, die exklusiv vom *Gran Paradiso* genutzt wurde. Dort wartete schon ein kleines Boot auf sie, dass sie hinüber zum *Lido* bringen sollte.

„Max, das ist doch bestimmt ziemlich teuer, oder?“

„Ach was, ich habe an der Rezeption einen guten Preis ausgehandelt“, meinte er mit einem Augenzwinkern und half ihr ins Boot. „Ich wollte uns einfach ersparen, mit dem ganzen Gepäck bis zur *Vaporetto*-Haltestelle zu laufen und dann eventuell auch noch in *San Zaccaria* umsteigen zu müssen. So ist es doch viel praktischer und diesen Luxus können wir uns schon einmal leisten.“

Der Hotelpage hievte das Gepäck an Bord und gab dem Steuermann des Bootes, der genauso wie er eine Uniform mit dem Logo des Hotels trug, ein Zeichen, dass er ablegen konnte.

Max und Chiara setzten sich und schon ging es los. Sie fuhren ganz nah an der *Basilica Santa Maria della Salute* vorbei und verließen den *Canal Grande*. Noch einmal warfen sie aus der Nähe einen Blick auf den *Campanile* und den Dogenpalast. Da sich von vorne schon wieder eines der riesigen Kreuzfahrtschiffe näherte, um in den *Canale della Giudecca* hineinzufahren, überquerte der Steuermann den *Canale di San Marco* und fuhr nahe an der Insel *San Giorgio Maggiore* vorbei. Trotzdem schaukelte das kleine Boot auf den vom Kreuzfahrtschiff verursachten Wellen ziemlich hin und her. Hinter *San Giorgio Maggiore* war vor ihnen bereits der *Lido* zu sehen. Vorbei an den kleinen Insel *San Servolo* und *San Lazzaro degli Armeni* steuerten sie auf direktem Weg auf den *Lido di Venezia* zu. Das neue Hotel von Max und Chiara bot einen Shuttle-Service an, deswegen griff Max schon auf dem Boot zum Handy, um im Hotel ihre Ankunft anzukündigen.

„Der Fahrer wird gleich losgeschickt und dürfte wahrscheinlich noch vor uns am Anleger sein."

Obwohl es erst zehn Uhr war, brannte die Sonne schon ziemlich heiß.

„Max, ich kann es kaum erwarten, hernach gleich an den Strand zu gehen und mich ins Meer zu stürzen."

„Und ich werde so schnell wie möglich nachkommen."

Je näher sie dem *Lido* kamen, desto deutlicher konnte man ein Stück links von der *Vaporetto*-Haltestelle einen hohen, von einer grünlich schimmernden Kuppel bedeckten Rundbau erkennen. Da er seinen Reiseführer im Koffer hatte, fragte Max den Steuermann und erfuhr, dass es sich nicht um eine Kirche, sondern um einen Votiv-Tempel handelte.

„Der *Tempio votivo della pace di Venezia* wurde 1925 zur Erinnerung an die Gefallenen des ersten Weltkrieges errichtet. Es ruhen aber auch die Gebeine der gefallenen Soldaten des zweiten Weltkrieges darin. Die Pfarrkirche *Santa Maria Elisabetta* ist ein Stück weiter rechts, direkt hinter der *Vaporetto*-Anlegestelle sehen Sie den leicht rosafarbenen spitzen Kirchturm. Wir haben Glück, im Moment ist kein *Vaporetto* in Sicht, dann können wir gleich anlegen."

Tatsächlich dauerte es dann aber noch gut fünf Minuten, bis sie den Anleger erreicht hatten. Ein Angestellter ihres Hotels *Villa Margherita* stand mit einem kleinen Shuttle-Bus auch schon bereit, um sie abzuholen. Schnell war das Gepäck umgeladen, Max gab dem Steuermann des Bootes noch ein Trinkgeld und stieg dann zu Chiara hinten in den Bus hinein. Ihr Chauffeur, der sich ihnen als Michele vorgestellt hatte, war viel gesprächiger als der Boots-Steuermann. Als er hörte, dass Max und Chiara noch nie einen Urlaub am *Lido* verbracht hatten, begann er, kaum dass sie losgefahren waren, zu erzählen.

„Der *Lido di Venezia* ist eine etwa elf Kilometer lange Insel, die die Lagune von Venedig zum offenen Meer hin abgrenzt. Hier leben ungefähr achtzehntausend Menschen, zur Urlaubszeit oder während der hier jährlich stattfindenden Filmfestspiele sind es natürlich viele tausend mehr."

Direkt nach dem Losfahren hatte Michele eine mit kleineren Sträuchern und einer großen Magnolie bepflanzte Verkehrsinsel umrundet und war in eine breite, schön gepflasterte Straße eingebogen.

„Wir sind jetzt in der *Granviale Santa Maria Elisabetta*, die die beiden Ufer des *Lido di Venezia* miteinander verbindet. Hier finden Sie links und rechts etliche Geschäfte, Hotels und *Ristoranti*, besonders am Abend lädt die etwa fünfhundert Meter lange *Granviale* zum Flanieren ein."

Am Ende der breiten Straße lag ein großes Strandbad mit viel Platz für diejenigen, die lieber ihren eigenen Sonnenschirm mitbrachten, als in Reih und Glied auf einem bewirtschafteten Strandabschnitt zu liegen. Michele bog nach rechts in den *Lungomare Guglielmo Marconi* ab und fuhr keine zweihundert Meter weiter direkt vor den mit zwei Palmen gesäumten Eingang der *Villa Margherita*.

„So, da wären wir. Ich wünsche Ihnen einen wunderschönen Aufenthalt bei uns."

„Vielen Dank."

An der Rezeption waren die Formalitäten schnell erledigt. Da die Hotelgäste, die vorher in ihrem Zimmer gewohnt hatten, einen Tag früher als geplant abgereist waren, stand das Zimmer schon für die neuen Gäste bereit und Max und Chiara konnten sofort einziehen. Sie wohnten im zweiten Stock und konnten von ihrem Balkon aus über die Bäume, die links und rechts des *Lungomare* standen, hinüber zum Strand schauen. Da das Hotel einen eigenen Strand hatte, der sogar im Preis inbegriffen war, mussten sie auch nur den *Lungomare* überqueren, um zu ihrem reservierten Platz am Strand zu gelangen.

„Wann willst du wieder los, Max?"

„Am besten gleich nachdem wir hier alles ausgepackt haben. *Signora* Novello dürfte ich vielleicht am späten Vormittag am ehesten zuhause antreffen und in der *Capitaneria di Porto* wird es nach der Mittagspause am günstigsten sein. Danach komme ich so schnell es geht zum Strand."

„Gut. Ich habe zwar genügend Lesestoff dabei, aber den ganzen Tag allein am Strand zu verbringen macht auch wenig Spaß."

Sie brauchten nur eine Viertelstunde, dann waren ihre Koffer wieder ausgepackt. Danach holte Max an der Bar in der Hotellobby zwei Flaschen *Acqua minerale*. Die erste trank er, als er seine beiden nach dem Frühstück hergerichteten Semmeln verspeiste, die andere wollte Chiara mit an den Strand nehmen. Wie im *Gran Paradiso* hatten sie auch in der *Villa Margherita* nur Übernachtung mit Frühstück gebucht.

„In der *Granviale* sind mir beim Vorbeifahren schon einige *Ristoranti* aufgefallen, die ganz einladend ausgesehen haben. Da könnten wir abends hingehen oder willst du heute erst einmal im Hotel essen, Chiara?"

„Mal sehen. Wenn wir abends vom Strand zurückkommen, können wir uns unten mal die heutige Tageskarte ansehen."

Gemeinsam brachen sie kurz danach auf. Chiara hatte sich den Rucksack mit ihren Badesachen über die Schulter geworfen, Max nahm nur den Reiseführer mit dem innenliegenden Stadtplan mit, damit er die Wohnung der Novellos leichter finden würde. Er hatte vorgehabt, den Weg zur *Vaporetto*-Haltestelle zu Fuß zu gehen. Als sie jedoch gemeinsam das Hotel verließen, stand ein anderes Urlauber-Ehepaar abreisebereit auf dem Vorplatz. Als er hörte, dass sie mit einem *Vaporetto* Richtung Venedig fahren wollten, fragte Max Michele, ob er auch mitfahren könne. Als dieser nickte, verabschiedete sich Max schnell mit einem Kuss von Chiara und stieg ein. Bei der Fahrt erfuhr er, dass das Ehepaar aus Würzburg kam und mit dem Zug vom Bahnhof *Santa Lucia* aus wieder zurückfahren wollte.

„Einmal sind wir sogar schon mit dem Auto hergefahren, aber nachdem wir es hier praktisch überhaupt nicht gebraucht hatten, sind wir diesmal auf den Zug umgestiegen", erzählte der Würzburger, der sich mittlerweile als Hubert Schumacher vorgestellt hatte.

„Ist es nicht sehr kompliziert, mit dem Auto hierher zu gelangen?", fragte Max.

„Nein, kompliziert war das eigentlich nicht. Wenn man über den *Ponte della Libertà* vom Festland nach Venedig hinüberfährt, geht's gleich rechts zum Hafen, wo auch die riesigen Kreuzfahrtschiffe vor Anker liegen. Auf der künstlich angelegten Insel *Tronchetto* legt die Fähre ab und fährt durch den *Canale della Giudecca* zum *Lido* hinüber."

„Ach, dann war dieses etwas eigenartig geformte Schiff, das ich beim Eis-Essen am *Canale della Giudecca* beobachtet habe, wohl eine der Fähren. Und wo kommen die dann hier am *Lido* an?"

Diesmal antwortete Frau Schumacher.

„Von der Haltestelle der *Vaporetti* geht es östlich die *Riviera Santa Maria Elisabetta* entlang, ungefähr vierhundert Meter, dann geht die Uferstraße an einem kleinen Kreisverkehr in die *Riviera di San Nicolò* über. Von dort aus sind es noch einmal circa vierhundert Meter bis zum Anleger für die kleinen Autofähren."

„Für uns ist eine Fahrt mit dem Auto gar nicht zur Debatte gestanden, weil wir jetzt seit Freitag direkt in Venedig gewohnt haben und tagelang das Auto in eines der sehr teuren Parkhäuser reinstellen, das wollten wir nicht. Außerdem haben wir von Rosenheim aus auch eine sehr gute Zugverbindung hierher, so dass die Fahrt mit dem Zug eindeutig die beste Variante war. Aber wenn wir einmal einen Urlaub komplett hier am *Lido* verbringen sollten, könnte es sich vielleicht schon lohnen, mit dem Auto herzufahren."

Die Schumachers hatten die Abfahrt am Hotel so geplant, dass sie ein *Vaporetto* der Linie 1 erwischen würden, damit sie ohne umzusteigen bis zum Bahnhof fahren konnten. Für Max war diese Linie auch ideal, weil auch er dann ohne umzusteigen bis zur Haltestelle *Ca' Rezzonico* in *Dorsoduro*, die auf die Haltestelle *Accademia* folgte, fahren konnte. Als sie aus dem Shuttle-Bus ausgestiegen waren, mussten sie gerade einmal fünf Minuten warten, bis ihr *Vaporetto* ankam. Max trug den Koffer von Frau Schumacher auf das Boot, gemeinsam setzten sich alle drei auf eine freie Bank am Heck. Frau Schumacher, die natürlich gesehen hatte, wie Max sich von Chiara verabschiedet hatte und dass sie an den Strand gegangen war, fragte neugierig, warum er nach Venedig hinüberfahren würde, obwohl er doch erst am Vormittag mit seiner Frau von dort gekommen war.

„Ich habe beruflich etwas zu erledigen“, antwortete ihr Max und hoffte, dass sie sich damit zufrieden geben würde.

Sie aber fragte weiter.

„Was sind Sie denn von Beruf?“

So wie er es von seinen Einsätzen gewohnt war, zog Max seinen Dienstausweis aus dem Geldbeutel und hielt ihn ihr unter die Nase.

„Hartinger, Kripo Rosenheim.“

„Oh, damit habe ich jetzt nicht gerechnet. Welchem Verbrecher sind Sie denn hier auf der Spur?“, wollte sie wissen, ihr Mann versuchte jedoch, sie zu bremsen.

„Ich glaube nicht, dass uns das etwas angeht, Liebling.“

„Kein Problem, Herr Schumacher. Manchmal ergibt es sich eben, dass man auch im Urlaub den italienischen Kollegen Amtshilfe leisten kann.“

Er erwähnte kurz seinen vierwöchigen Einsatz am Gardasee im Vorjahr.

„Diesmal war es aber Zufall, dass ich in die Ermittlungen zu einem Kriminalfall hineingeraten bin.“

Sie wollte zwar noch mehr dazu wissen, Max aber ließ sich keine weiteren Details entlocken. Herr Schumacher, dem die Neugier seiner Frau sichtlich peinlich war, versuchte das Thema zu wechseln, indem er Max fragte, wo er mit seiner Frau bisher immer die Italien-Urlaube verbracht hatte.

„Am häufigsten waren wir in Rom und auf *Ischia*. In Rom wohnen meine Schwiegereltern und auf *Ischia* ist der einzige Bruder von meiner Frau verheiratet und als *Carabiniere* stationiert.“

Die beiden Reiseziele gaben genügend her, um bis zur Haltestelle *Ca‘ Rezzonico* Stoff zum Erzählen zu haben, sodass Frau Schumacher nicht mehr nach dem aktuellen Kriminalfall von Max fragen konnte. Beim Aussteigen wünschte er den beiden Würzburgern eine gute Heimreise und ging von Bord. In der Nähe der Haltestelle lag der *Palazzo Ca‘ Rezzonico*, in dem das

Museum *Settecento veneziano* untergebracht ist, das unter anderem Werke von Tiepolo und Tintoretto besitzt.

Nachdem Max ausgestiegen war, warf er einen kurzen Blick auf seinen Stadtplan, um sich zu orientieren. Zuerst musste er die *Calle del traghetto*, die im rechten Winkel vom *Canal Grande* wegführte, bis zum *Campo San Barnaba* gehen. Der kleine *Campo* wurde Richtung Norden vom *Rio de San Barnaba* und auf der Ostseite von der *Chiesa di San Barnaba* begrenzt. Auf den beiden anderen Seiten reihten sich eine *Tabaccheria*, eine Bar, eine Vinothek und weitere kleinere Geschäfte aneinander. Neben der *Tabaccheria* ging Max unter zwei Arkaden in einen Durchgang hinein, der über die kurze *Calle Lotto* direkt zum *Ponte Lombardo* führte, auf der er den *Rio del Malpaga* überquerte. Am anderen Ufer stand unmittelbar bei der Brücke das Eckhaus, in dem die Wohnung der Novellos lag. Der Hauseingang befand sich auf der dem *Rio* zugewandten Seite, an der *Fondamenta Lombardo*.

„Hoffentlich habe ich mich jetzt nicht umsonst auf den Weg hierher gemacht“, dachte sich Max, als er auf den Klingelknopf drückte.

Es dauerte nur wenige Sekunden, bis sich eine weibliche Stimme über die Gegensprechanlage meldete.

„Hallo, wer ist denn da?“

Max gab vor, von den *Carabinieri* zu kommen und dass er noch einmal mit *Signora* Novello sprechen müsste.

„Meiner Schwester geht es sehr schlecht, aber kommen Sie erst einmal herauf, dann sehen wir, inwieweit sie Ihnen weiterhelfen kann. Wir sind im ersten Stock.“

Sofort summte der elektrische Türöffner, Max drückte die Tür auf und ging über die knarzende Holztreppe in den ersten Stock hinauf. An der linken Wohnungstür stand eine etwa Sechzigjährige mit kurzen dunklen Haaren, unter die sich schon das eine oder andere graue mischte.

„Alberta Bigolo“, stellte sie sich vor. „Ich bin die Zwillingsschwester von Ottilia Novello.“

Im Hintergrund war aus einem der Zimmer das Bellen eines kleinen Hundes zu hören. Max zeigte ihr seinen Dienstausweis und gab seine inzwischen übliche Erklärung ab, warum er als bayerischer Kriminaler für die venezianischen *Carabinieri* tätig war. *Signora* Bigolo ließ in eintreten und bat ihn, ihr ins Wohnzimmer zu folgen.

„Ich wohne auf *Murano*, mein Mann ist dort als Glasbläser beschäftigt. Als ich gestern vom Tod meines Schwagers erfahren habe, bin ich natürlich sofort zu Ottilia herübergekommen und habe auch hier bei ihr übernachtet."

Im Wohnzimmer lag Ottilia Novello auf der Couch und hatte einen feuchten Waschlappen auf der Stirn. Als ihre Zwillingsschwester mit Max hereinkam, setzte sie sich auf und nahm sich den Waschlappen vom Kopf.

„Von mir aus können Sie gerne liegen bleiben, *Signora* Novello."

Er gab ihr die Hand, stellte sich vor und kondolierte ihr zum Tod ihres Mannes.

„Wir waren heute Vormittag unterwegs und sind erst vor einer halben Stunde nach Hause gekommen. Ich musste mich sofort hinlegen, weil ich rasende Kopfschmerzen hatte, aber inzwischen geht es mir schon ein bisschen besser. Bringen Sie uns Neuigkeiten zum Mord an Mattia?"

Max nickte.

„Aus den ersten Erkenntnissen haben sich aber auch noch eine Reihe von Fragen ergeben, die ich gerne mit Ihnen besprechen möchte. Sagen Sie aber ruhig, wenn es Ihnen zu viel wird."

„Danke, es wird schon gehen. Was konnten Sie schon herausfinden?"

Bevor er ihr antwortete, schaute er zuerst ihre Schwester und dann sie wieder an. Die beiden sahen sich wirklich zum Verwechseln ähnlich, der einzige Unterschied war, dass die Frau des Mordopfers schon ein paar graue Haare mehr hatte.

„Das, was wir bereits gestern kurz nach dem Auffinden Ihres Mannes vermutet haben, hat sich durch den Obduktionsbericht bestätigt. Ihr Mann hat sich nicht selbst erhängt, sondern wurde ermordet."

Ottilia Novello kullerten die Tränen übers Gesicht, die sie mit dem Handrücken wegwischte.

„Ich habe gleich gesagt, dass ich mir einen Selbstmord von Mattia unter keinen Umständen vorstellen kann."

„Ich weiß, dass es für Sie kein Trost sein kann, aber Ihr Mann war vermutlich bereits tot, als er von seinen Mördern ans

Brückengeländer gehängt wurde. Haben Sie in den letzten Wochen irgendetwas mitbekommen, dass er mit jemandem Streit hatte? Oder hat es vielleicht an seinem Arbeitsplatz Ärger gegeben?"

Sie schüttelte die ganze Zeit mit dem Kopf.

„Nein, da war überhaupt nichts, das wäre mir sofort aufgefallen."

„Mattia war der friedfertigste Mensch, den ich kannte", ergänzte ihre Schwester. „Er ist jedem Streit so weit wie möglich aus dem Weg gegangen. Ich kannte ihn jetzt fast vierzig Jahre, zwischen uns ist zum Beispiel nie ein böses Wort gefallen."

Ottilia Novello nickte zustimmend.

„Es gibt zwei wesentliche Dinge, die uns bei den ersten Ermittlungen aufgefallen sind. Kennen Sie Oreste Spinea?"

„Natürlich kenne ich Oreste. Mattia und er waren doch jahrelang Kollegen bei der *Capitaneria di Porto*."

„Spinea ist vor ungefähr vier Jahren in den Vorruhestand gegangen. Haben die beiden die ganze Zeit über den Kontakt aufrechterhalten?"

„Nein, das war nicht unbedingt der Fall. Ich hatte den Eindruck, dass sie anfangs nur noch sehr sporadisch Kontakt hatten, in den letzten Monaten hat sich das aber wieder intensiviert. Den Grund dafür kann ich Ihnen aber nicht nennen, ich habe Mattia nie danach gefragt. Aber wie kommen Sie auf Spinea? Steht er etwa unter Verdacht?"

„Nein, er kann mit dem Tod Ihres Mannes, wenn überhaupt, nur indirekt etwas zu tun haben."

„Das verstehe ich nicht", fiel sie ihm ins Wort. „Wie meinen Sie das?"

„Oreste Spinea ist am Samstagabend tot aufgefunden worden, er wurde ebenfalls ermordet."

„Oreste ist auch ermordet worden?", rief sie entsetzt und schlug die Hände über dem Kopf zusammen. „Das ist doch nicht möglich."

„Verstehen Sie jetzt, warum ich danach gefragt habe, inwieweit Ihr Mann mit ihm noch Kontakt hatte? Wir haben zwar noch keine Beweise dafür, aber es ist natürlich naheliegend, dass die beiden Morde irgendwie zusammenhängen. Wenn sich Spinea mit Ihrem Mann getroffen hat, haben sie dann etwas Spezielles unternommen oder eher nur über die alten Zeiten geplaudert?“

„Oreste war einmal hier, das dürfte ungefähr ein Vierteljahr her sein, da haben sie bei Kaffee und Kuchen tatsächlich nur über ihre gemeinsame Zeit bei der *Capitaneria* gesprochen. Wenn sie sich sonst getroffen haben, war ich nie dabei, aber Ausflüge oder ähnliches haben sie nie miteinander gemacht. Meistens haben sie sich nur in einer Bar getroffen.“

„Sie selbst sind nicht berufstätig?“

„Nein.“

Alberta Bigolo hatte die ganze Zeit nur zugehört. Nun schaltete sie sich ein und fragte ihre Schwester, ob sie ihr etwas zu trinken holen solle.

„Ja, ein Wasser bitte. Wollen Sie auch etwas, *Commissario*?“

„Gerne auch ein Wasser, danke.“

Das Öffnen der Wohnzimmertür rief sofort wieder den kleinen Hund auf den Plan, der im Nebenzimmer sogleich wieder zu Bellen anfing.

Während ihre Schwester in der Küche das Wasser und Gläser holte, wollte *Signora* Novello wissen, was der zweite Punkt war, der sich bei den Mordermittlungen ergeben hatte. Max holte etwas aus.

„Wie bei einem Mordfall üblich, haben wir uns auch im vorliegenden Fall die Telefonverbindungsdaten des Mordopfers besorgt und uns einen Überblick über die finanziellen Verhältnisse verschafft.“

Ottilia Novello zog die Augenbrauen hoch.

„Ich denke nicht, dass es da bei uns irgendwelche Auffälligkeiten gibt. Mein Mann hatte ein Girokonto sowie ein Sparkonto. Das war’s.“

„Haben Sie eine Vollmacht für das Konto Ihres Mannes?“

„Ja, die habe ich, musste sie aber bisher noch nie gebrauchen, weil sich immer mein Mann um die finanziellen Dinge gekümmert hat.“

„Dann haben Sie sich, zum Beispiel in den letzten Wochen, nie einen aktuellen Kontoauszug angesehen?“

„Nein, das war auch nicht nötig. Mattia hat jeweils das Bargeld für den Haushalt mit nach Hause gebracht und wenn wir größere Anschaffungen planten, dann haben wir das natürlich gemeinsam besprochen und er hat dann dafür die entsprechende Summe überwiesen oder in bar bezahlt. Warum fragen Sie nach seinem Konto? Ich kann mir nicht vorstellen, dass er finanzielle Probleme hatte, denn er ist doch nicht ins *Casino* gegangen und hat auch sonst sein Geld nicht verprasst. Für unser erstes Enkelkind, das vor drei Wochen geboren worden ist, hat er auch gleich einmal ein separates Sparkonto eingerichtet."

„Finanzielle Probleme hatte Ihr Mann sicher nicht. Im Gegenteil. Wir suchen derzeit eher nach einer Erklärung, warum er auf sein Konto in den letzten Wochen insgesamt dreißigtausend Euro eingezahlt hat."

„Dreißigtausend?", wiederholte Alberta Bigolo laut, als sie mit dem Wasser und den Gläsern in der Hand wieder ins Wohnzimmer kam. „Woher hatte Mattia denn plötzlich so viel Geld?"

Ihre Schwester saß mit offenem Mund kopfschüttelnd auf der Couch und war augenblicklich wieder blasser.

„Ich habe keine Ahnung, wie mein Mann zu diesem Geld gekommen ist. Dazu hat er mir kein Sterbenswörtchen erzählt. Und Sie, *Commissario*, haben Sie schon eine Idee, was hinter diesen hohen Bareinzahlungen stecken könnte?"

„Wir haben noch keinerlei Hinweise darauf. Der erste Gedanke bei so einem Vorfall ist allerdings immer, dass derjenige, der das Geld aufs Konto eingezahlt hat, in diesem Fall also Ihr Mann, irgendjemanden erpresst haben könnte."

„Mattia ein Erpresser? Niemals", protestierte Ottilia Novello.

„Nachdem Sie vorhin erwähnt haben, dass er nicht ins *Casino* gegangen ist, können wir also einen Gewinn beim Glücksspiel ausschließen."

„Richtig. Aber woher kommt das Geld dann?"

„Wenn wir mal bei einer Erpressung bleiben. Wo hätte Ihr Mann vielleicht die Gelegenheit gehabt, an Informationen zu gelangen, die dazu geeignet wären, jemanden damit zu erpressen?"

Sie zuckte mit den Schultern.

„Abgesehen davon, dass ich meinem Mann nie zugetraut hätte, irgendjemanden zu erpressen, fällt mir dazu nur seine Arbeit ein. Er ist vor ungefähr fünf Jahren aus seinem Schach-Club ausgetreten, war sonst in keinem Sportverein oder einer anderen Vereinigung, genauso wenig kann ich mir vorstellen, dass er hier in der Nachbarschaft jemanden erpresst haben könnte."

„Schon allein aufgrund der Tatsache, dass auch Spinea ermordet worden ist, wäre meine erste Anlaufstelle in Sachen möglicher Erpressung ohnehin die *Capitaneria* gewesen, darin sehe ich mich durch Ihre Aussage bestärkt. Außer Glücksspiel oder Erpressung fällt mir keine weitere Möglichkeit ein, innerhalb von wenigen Wochen an dreißigtausend Euro zu gelangen."

„Mir auch nicht, *Commissario*. Ich habe keinen blassen Schimmer, woher das Geld stammt."

„Wenn wir die Erpressung einmal beiseitelassen, ist Ihnen seit gestern Morgen denn irgendetwas eingefallen, was mit dem Tod Ihres Mannes in Verbindung stehen könnte?"

„Diese Frage geht mir pausenlos durch den Kopf, seit Ihre Kollegin gestern Früh bei mir geklingelt hat, aber ich habe bisher keine Antwort darauf gefunden. Gerade in den letzten Wochen war Mattia so gut gelaunt wie schon lange nicht mehr. Wie erwähnt, ist vor drei Wochen unser erstes Enkelkind auf die Welt gekommen, er hatte die Zusage, dass er zum Jahresende in den Vorruhestand gehen kann und als Krönung des Ganzen wollten wir seinen letzten Urlaub für eine lange geplante USA-Reise nutzen. Es gab nirgends Ärger, er hatte meines Wissens mit niemandem Streit, darum kann ich mir beim besten Willen nicht vorstellen, wer einen Grund gehabt haben könnte, ihn zu ermorden."

Wieder liefen ihr die Tränen übers Gesicht.

„Ich kann Ihre Verzweiflung gut verstehen, aber alles, was Sie gerade erwähnt haben, bringt mich in zweifacher Hinsicht wieder zurück zum Ausgangspunkt. Sie wissen nicht, woher die dreißigtausend Euro stammen und kennen niemand, mit dem er Ärger oder Streit hatte. Beides weißt für mich letztlich auf eine Erpressung hin."

„Und wie soll es jetzt weitergehen, *Commissario*?", schniefte sie in ein Taschentuch, das neben ihr auf der Couch gelegen hatte.

„Wenn meine Theorie stimmt, muss ich den Grund für die Erpressung herausfinden, dann dürfte der Weg zum Erpressten und letztlich zum Mörder Ihres Mannes nicht mehr weit sein."

„Wo wollen Sie mit der Suche anfangen?"

„In der *Capitaneria di Porto*. Dorthin werde ich jetzt gleich gehen. Wer war der direkte Vorgesetzte von Ihrem Mann?"

„Das ist...", sie seufzte laut und setzte noch einmal an. „Das war Paolo Corte."

„Oreste Spinea hat sich, wie mir seine Frau sagte, immer wieder mit ehemaligen Kollegen getroffen, die Santino, Ivano und Nunzio hießen. Hatte Ihr Mann mit den dreien auch intensiveren Kontakt?"

„Ich kenne die drei dem Namen nach, wüsste aber nicht, dass sich Mattia mit ihnen getroffen hätte. Alle drei sind auch schon länger im Ruhestand und soviel ich weiß, hat Mattia mit keinem von ihnen enger zusammengearbeitet."

„Dazu kann man mir sicher bei der *Capitaneria* noch mehr erzählen."

„Kennen Sie den Weg dorthin?"

„Ich bin dort schon einmal zufällig vorbeigekommen und habe auch einen Stadtplan, so dass ich sicher hinfinden werde."

„Der Weg ist ganz einfach. Sie brauchen, wenn Sie bei der Haustür herauskommen, nur nach links bis zum Ende unseres Häuserblocks gehen, wo der *Rio de Malpaga* und der *Rio de le Romite* aufeinandertreffen. Dort biegen Sie nach links ab und gehen immer den *Rio de le Romite* entlang."

Plötzlich versagte ihr die Stimme.

„Hast du wieder so schlimme Kopfschmerzen?", fragte ihre Schwester.

Ottilia Novello schüttelte den Kopf, wischte sich immer wieder die Tränen aus dem Gesicht und brauchte eine ganze Weile, bis sie weiterreden konnte.

„Den Weg, den ich Ihnen gerade beschrieben habe, ist Mattia jeden Tag gegangen, nicht nur auf dem Weg zur Arbeit, sondern auch mindestens einmal täglich mit unserem Hund."

„Ist er mit dem Hund jeden Tag den gleichen Weg gegangen?"

„Wenn er gleich um sechs in der Früh los ist, dann schon. Abends, wenn mehr Zeit war, hat er variiert und ist oft längere Strecken gegangen."

„So hat er es leider seinen Mördern leicht gemacht, seine morgendlichen Gewohnheiten auszukundschaften", dachte sich Max.

„Er ist in der Früh immer die *Fondamenta di Borgo*, also den linken Uferweg des *Rio de le Romite* entlang, bis zu der Stelle, wo der *Rio de le Romite* im rechten Winkel auf den *Rio del Ognissanti* trifft. Dort hat er nach rechts die Brücke überquert und ist am rechten Ufer des *Rio de le Romite* die *Fondamenta Eremite* wieder zurückgegangen, bis zu der Brücke, wo man ihn gestern gefunden hat."

Wieder versagte ihr die Stimme und Max sah ein, dass es nun an der Zeit war, sie wieder allein zu lassen.

„*Signora* Novello, vielen Dank für Ihre umfangreichen Auskünfte. Ich verspreche Ihnen, dass wir alles daran setzen, die Mörder Ihres Mannes zu ermitteln und zu verhaften."

„Danke, *Commissario*", schniefte sie. „Wenn Sie jetzt gleich zur *Capitaneria* wollen, dann gehen Sie am besten den beschriebenen Fußweg von meinem Mann, überqueren am Ende des *Rio de le Romite* links sofort den *Rio del Ognissanti* und gehen geradeaus weiter die *Calle Trevisan* entlang, dann kommen Sie an deren Ende direkt an *Canale della Giudecca*."

„Vielen Dank, ich weiß, wo am *Canale* ich die *Capitaneria di Porto* finde."

Er gab ihr die Hand und ließ ihr seine Handy-Nummer da, damit sie ihn jederzeit erreichen konnte, falls sie selbst noch Hinweise zum Mord an ihrem Mann hätte. Alberta Bigolo brachte ihn zur Tür, begleitet von lautem Hundegebell.

„Der arme Pippo hat sich noch immer nicht beruhigt. Seit gestern Früh ist er völlig verstört."

„Nach allem, was wir bisher wissen, musste er wohl mit ansehen, wie sein Herrchen ermordet wurde. Bleiben Sie noch ein paar Tage bei Ihrer Schwester?"

„Auf alle Fälle, bestimmt auch noch nach der Beerdigung."

„Wir haben leider noch keine Freigabe der Leiche, sobald dies der Fall ist, bekommen Sie natürlich von den *Carabinieri* sofort Bescheid."

„Vielen Dank, *Commissario*, und viel Erfolg. Für Ottilia wäre es wenigstens ein kleiner Trost, wenn die Mörder von Mattia hinter Schloss und Riegel wären."

Max gab auch ihr die Hand, ging die knarzende Holztreppe bis ins Erdgeschoss hinunter und trat vors Haus. Er überlegte einen kurzen Moment, schlug dann aber nicht den von *Signora* Novello empfohlenen Weg ein, sondern ging zuerst, getrieben von heftigem Magenknurren, das kurze Stück zum *Campo San Barnaba* zurück. In der dortigen Bar kaufte er sich eine Flasche Cola sowie zwei *Panini* mit Schinken und setzte sich damit auf eine der steinernen Stufen neben dem Hauptportal der *Chiesa di San Barnaba*. Schnell hatte er seine Brotzeit verspeist, dann machte er sich auf den Weg zur *Capitaneria*. Als er sich in der *Fondamenta di Borgo* der Brücke näherte, an der am Vortag die Leiche von Mattia Novello gefunden worden war, blieb er stehen und sah sich nach allen Seiten um. Von den umliegenden Häusern schien keines unbewohnt zu sein.

„Die Mörder müssen ein verdammtes Glück gehabt haben, dass hier niemand ihre Tat beobachtet hat", dachte er sich.

Als Fluchtweg gab es für die Täter offenbar nur die beiden Uferwege entlang des *Rio de le Romite*, die aber in beiden Richtungen sehr weit einsehbar waren. Max überlegte, ob die Mörder vielleicht in einem der angrenzenden Häuser wohnten, verwarf den Gedanken aber wieder, weil er sich nicht vorstellen konnte, dass jemand so dreist war, vor der eigenen Haustür einen Mord zu begehen. Falls es bei der Tat Zeugen gäbe, wäre man als Anlieger natürlich sofort überführt. Erst als er unmittelbar bei der Brücke war, entdeckte er, dass direkt hinter einer kleinen Drogerie eine schmale Gasse nach links ab-zweigte.

„Als Fluchtweg ist diese Gasse natürlich ideal, weil man sofort von der Bildfläche verschwunden ist", stellt Max für sich fest.

Er ging weiter, überquerte den *Rio del Ognissanti*, gelangte durch die sehr enge und finstere *Calle Trevisan* zum *Canale della Giudecca*, bog nach rechts ab und erreichte wenige Minuten später den roten Backsteinbau der *Capitaneria di Porto*. Die Fenster- und Türrahmen sowie der Balkon waren in weißem Stein gehalten. Max drückte die schwere Holztür auf, zeigte dem Pförtner seinen bayerischen Dienstausweis und bot dem etwas skeptisch dreinblickenden Italiener an, sich bei *Maresciallo* Cona telefonisch rück zu versichern. Als er die Frage, ob er eine Waffe trug, wahrheitsgemäß verneinte, verzichtete der Pförtner auf den Anruf beim *Comando Provinciale*.

„Das Büro von *Signor* Corte finden Sie im ersten Stock, wenn Sie die Treppe raufkommen, gleich die erste Tür rechts."

„*Grazie mille*."

Im ersten Stock wurde er bereits erwartet. Wie Max vermutet hatte, war Paolo Corte schon telefonisch von dem Pförtner darüber informiert worden, dass Besuch für ihn im Anmarsch war.

„*Buongiorno Commissario.*"

Paolo Corte reichte ihm die Hand und ließ ihn in sein Büro eintreten. Direkt vor der Balkontür stand ein runder Tisch, dort nahmen sie Platz und Corte schenkte Max und sich selbst ein Glas Wasser ein.

„Vielen Dank, *Signor* Corte, dass Sie sich Zeit für mich nehmen."

„Das ist doch selbstverständlich, *Commissario*. Nachdem ich gestern im Laufe des Vormittags von Ottilia Novello darüber informiert worden bin, was mit Mattia passiert war, habe ich natürlich damit gerechnet, dass die *Carabinieri* früher oder später auch hier an seinem Arbeitsplatz vorstellig werden."

Max erklärte kurz, wie er als bayerischer Kriminaler und Urlauber zu dem Fall gekommen war und fragte Corte dann, welche Aufgaben die *Capitaneria di Porto* generell hatte.

„Die *Capitaneria di Porto* gehört wie die *Guardia Costiera* zur italienischen Marine. Warum die Einheiten einmal Hafenbehörde und einmal Küstenwache genannt werden, kann man nicht pauschal sagen. Die Aufgabengebiete der Einheiten sind aber in beiden Fällen grundsätzlich gleich."

„Dass man in Städten wie Venedig eher den Namen Hafenbehörde wählt und nicht Küstenwache, ist eigentlich nachvollziehbar."

„Stimmt. Der Schwerpunkt unserer Arbeit liegt auch in der Organisation des gesamten Hafenbetriebes, mit allem was dazugehört. Wir sind für die Sicherheit der Schifffahrt verantwortlich, egal ob es sich jetzt zum Beispiel um den Linienverkehr der *Vaporetti* handelt oder den privaten Schiffsverkehr. Wir beaufsichtigen die Organisation aller Hafendienstleistungen, also den Ablauf des Betriebes an allen Ankerplätzen und selbstverständlich alle Schlepper- und Lotsendienste, die in erster Linie die Kreuzfahrtschiffe betreffen."

Max schätzte Corte auf Mitte vierzig.

„Seit wann sind Sie hier tätig?"

„Ich stamme aus Triest und war dort bei der *Guardia Costiera*, seit ich berufstätig bin. Vor fünf Jahren habe ich eine

Venezianerin geheiratet, mein Versetzungsantrag hierher wurde relativ schnell genehmigt, so dass ich jetzt seit ungefähr viereinhalb Jahren hier bin und Abteilungsleiter wurde."

„War Mattia Novello damals auch schon in Ihrem Team?"

„Ja, genauso wie Oreste Spinea, nach dem Sie mich sicher auch noch fragen werden. Wir sind hier noch alle sprachlos, dass die beiden innerhalb weniger Tage ermordet wurden."

„*Signor* Corte, nachdem beide hier beschäftigt waren, ist es natürlich naheliegend, den Grund für die Morde hier zu suchen."

„Hier bei uns? Warum sollte jemand zwei Mitarbeiter der Hafenbehörde umbringen, zumal der eine davon schon vier Jahre im Ruhestand war?"

„Eben das versuche ich herauszufinden. Welche speziellen Aufgaben hatte denn Novello?"

„Er war hauptsächlich für den Hafen der Kreuzfahrtschiffe zuständig. Sie können sich sicher vorstellen, dass da die Arbeit besonders in den letzten Jahren beachtlich zugenommen hat."

„Und Spinea?"

„Der hatte vorher mehr oder weniger Novellos Job. Als damals der Vorruhestand von Spinea konkret wurde, ist Novello auf mich zugekommen und wollte von sich aus die Aufgabengebiete von Spinea übernehmen."

Max überlegte, wie viel er über die mögliche Erpressung preisgeben könne, verwarf den Gedanken aber wieder, weil er Paolo Corte noch viel zu wenig kannte und nicht wusste, inwieweit er ihm vertrauen konnte. Schließlich war es theoretisch möglich, dass Corte in die ganze Geschichte irgendwie verwickelt war.

„Könnte es sein, dass Novello im Rahmen seiner Tätigkeit irgendjemandem geschadet hat oder dass sich jemand von ihm auf den Schlips getreten gefühlt hat?"

„Konkret kann ich Ihnen dazu keine Antwort geben, aber sein Aufgabenschwerpunkt, der Hafen der Kreuzfahrtschiffe, ist in Venedig in den letzten Jahren immer mehr zu einem sehr diffizilen Thema geworden. Teile der Bevölkerung protestieren immer wieder gegen die stählernen Ungetüme, die hier mit Unmengen von Schadstoffen aus ihren Schornsteinen die Luft verpesten und mit dem von ihnen verursachten Wellengang die alte Bausubstanz der *Serenissima* beschädigen."

„Welche Position hat Novello dabei eingenommen?"
„Er wollte immer einen eher restriktiven Kurs fahren. Letztlich konnte er aber nur Vorschläge machen, die Entscheidung fiel dann jeweils in den zuständigen Ausschüssen des Stadtrates."
„Wurden seine Vorschläge angenommen?"
„Nein, meistens leider nicht. Das Problem ist, dass im Wirtschafts- und Tourismus-Ausschuss natürlich andere Prioritäten gesetzt werden als bei uns, wo man nicht nur die Einnahmen aus dem Tourismus im Blick hat, sondern eben auch die durch die vielen Kreuzfahrtschiffe verursachten Schäden an Bauwerken und Menschen."
„Wenn man dann so eine Position vertritt wie Novello, kann man sich natürlich schon Feinde machen."
„Im Grunde haben Sie Recht, *Commissario*. Aber da Novello keinerlei Entscheidungsgewalt hatte, wäre es doch völlig unlogisch, wenn ihn jemand wegen seiner Vorschläge umgebracht hätte. Noch unlogischer wäre dann auch der Mord an Spinea, der zwar dieselbe Linie wie später Novello gefahren ist, aber eben schon seit vier Jahren aus der Behörde draußen war."
Max musste Corte zustimmen, aus der beruflichen Tätigkeit von Novello und auch von Spinea ließ sich nicht unbedingt ein Motiv ableiten.
„Fällt Ihnen denn sonst irgendetwas ein, was ein mögliches Mordmotiv gewesen sein könnte? Ein heftiger Streit zwischen den Kollegen vielleicht?"
Paolo Corte schüttelte den Kopf.
„In der Hinsicht traue ich mich, die Hand für mein Team ins Feuer zu legen. Es gab schon mal kleinere Differenzen, die es wohl an jedem Arbeitsplatz irgendwann einmal gibt. Aber da ist es immer nur um Kleinigkeiten gegangen, so dass die Probleme immer schnell wieder ausgeräumt werden konnten."
Max seufzte und lehnte sich auf seinem Stuhl zurück. Von dem Besuch bei Novellos Chef hatte er sich mehr erwartet. Nun wusste er zwar, welchen Tätigkeiten Novello und früher auch Spinea nachgegangen war, ein Motiv für die beiden Morde hatte er allerdings nicht gefunden. Er hinterließ Corte seine Handy-Nummer und bat ihn, sich zu melden, falls er in den nächsten Tagen doch noch etwas erfahren sollte, was mit den Morden in Zusammenhang stehen könnte.

„Nun habe ich Ihre Zeit lange genug in Anspruch genommen, *Signor* Corte, vielen Dank dafür."

„Es tut mir leid, dass ich Ihnen nicht umfassender helfen konnte, *Commissario*. Ich werde noch überprüfen lassen, ob sich Novello in den letzten Tagen auch mit etwas anderem als seiner üblichen Arbeit beschäftigt hat. Vielleicht findet sich dort noch etwas Ungewöhnliches, was Ihnen weiterhelfen könnte. Auf alle Fälle würde ich Sie sofort informieren."

„Vielen Dank."

Max stand auf, ging aber nicht sofort Richtung Tür, sondern trat an die Balkontür.

„Sie haben einen schönen Ausblick auf den *Canale delle Giudecca, Signor* Corte."

„Ja, aber ich glaube, ich schätze den viel zu wenig, da ich den Ausblick eben jeden Tag habe. Und hier bekomme ich auch täglich mit, wie viele und was für riesige Kreuzfahrtschiffe jeden Tag unseren Hafen anlaufen und auch wieder verlassen. Mattia Novello hatte denselben Ausblick vom Fenster seines Büros. Ich war mit seiner Arbeit immer sehr zufrieden und er hatte dabei meine volle Unterstützung, ich hoffe, wir finden jemanden, der die Arbeit in seinem Sinne fortsetzen wird."

Er begleitete Max zur Tür.

„Arrivederci Commissario."

„Arrivederci."

Max lief die Stufen ins Erdgeschoss hinunter, ließ auch beim Pförtner ein kurzes *„Arrivederci"* fallen und verließ das Gebäude der *Capitaneria di Porto*.

„Immer noch kein Mordmotiv", ärgerte er sich und gab einem Stein, der vor ihm auf dem Boden lag, einen Tritt, so dass er im hohen Bogen in den *Canale* flog.

Auf demselben Weg, auf dem er gekommen war, ging Max am *Canale della Giudecca* entlang, bog dann aber nicht in die *Calle Trevisan* ab, sondern marschierte geradeaus weiter, überquerte den *Rio de San Trovaso* und erreichte kurz hinter der Brücke die Haltestelle *Zattere,* die direkt bei der *Chiesa di Santa Maria del Rosario* liegt. Dort nahm er ein *Vaporetto* der Linie 10, fuhr damit bis *San Marco*, stieg auf ein *Vaporetto* der Linie 1 um und konnte, ohne noch einmal umsteigen zu müssen, zum *Lido* zurückfahren.

11

Chiara ging sofort ans Handy, als Max sie anrief, während er die *Granviale Santa Maria Elisabetta* entlang lief. Bei seiner Ankunft am *Lido* war diesmal nicht zufällig der Bus-Shuttle des Hotels bereitgestanden, deswegen hatte er sich zu Fuß auf den Weg zur *Villa Margherita* gemacht.

„Hallo mein Schatz, bist du am Strand?"

„Ja, Max. Das Wasser ist herrlich. Wo steckst du?"

Er erzählte ihr, wo er sich gerade befand und Chiara erklärte ihm, wo ihr Platz am hoteleigenen Strand war.

„Ich gehe nur schnell ins Hotel, um meine Badesachen zu holen. In spätestens zwanzig Minuten müsste ich da sein. *Ciao*."

„*Ciao*, bis gleich."

Die restlichen Minuten bis zum Hotel nutzte Max, um Valentina Cona kurz über seine Besuche bei *Signora* Novello und der *Capitaneria di Porto* zu informieren. Auch sie war enttäuscht darüber, dass sie noch immer kein Motiv für die Morde gefunden hatten.

„Wir waren auch nicht untätig, sind aber leider auch nicht sonderlich weiter gekommen. Novello hatte ein Testament beim Notar hinterlegt, darin hat er seine Frau und seine beiden Söhne zu gleichen Teilen als Erben eingesetzt. Die Wohnung in *Dorsoduro* gehörte ihm allein, mit ihrem Anteil können die Söhne aber noch nichts anfangen, da Ottilia Novello ein Wohnrecht auf Lebenszeit hat."

„Hatte er sonst noch größere Vermögenswerte, außer dem Bankguthaben, von dem wir schon gewusst haben?"

„Nein, da haben wir nichts mehr gefunden."

„Haben die Söhne ein Alibi?"

„Ja, beide. Der ältere, Gianluca, arbeitet als Anästhesist im *Ospedale dell'Angelo* in *Mestre* und hatte gestern bis um sieben Uhr Nachtdienst."

„Und der andere?"

„Der war verreist. Seine Frau stammt aus *Palermo* und seine Schwiegermutter hatte am Sonntag den sechzigsten Geburtstag, deswegen waren sie übers Wochenende auf Sizilien und sind erst gestern Vormittag zurückgeflogen. Also die beiden Söhne haben ein Alibi und auch seine Frau, die ich gestern Früh aus dem Bett geholt habe, als ich ihr die schlimme Nachricht überbringen musste, kommt für mich nicht als Mörderin in Frage."

„Wir haben uns gar nicht über ihre Söhne unterhalten, allerdings halte ich die Alibis der Familienangehörigen nicht für sonderlich relevant. Für mich war das bei Novello eher ein Auftragsmord und bisher sehe ich bei der Familie kein Motiv dafür. Auch wenn mich das Gespräch mit Paolo Corte nicht sonderlich weiter gebracht hat, habe ich trotzdem immer noch das Gefühl, dass wir den Schlüssel zur Lösung der beiden Morde in der *Capitaneria* finden können. Ich werde mich jetzt erst einmal zu meiner Frau an den Strand legen, vielleicht kommt mir da irgendeine zündende Idee. Eventuell gehen wir heute Abend noch zu einem Treffen von *Salvate Venezia*."

„Was versprichst du dir davon?"

„In Bezug auf unseren Fall eigentlich nicht viel, aber Chiara und auch mich interessieren eben ihre Aktivitäten. Heute soll es um die geplante Erweiterung des Hafens gehen, damit noch größere Kreuzfahrtschiffe Venedig anlaufen können. Obwohl Novello auch dagegen war, glaube ich nicht, dass sie zu ihm Kontakt hatten, aber vielleicht kann ich mich da eines Besseren belehren lassen."

„Falls du heute zufällig noch einmal mit den beiden Witwen telefonierst, solltest du wissen, dass ich in der Zwischenzeit mit dem Gerichtsmediziner gesprochen habe. Wir waren uns einig, dass wir die beiden Leichen freigeben könnten. Siehst du dabei ein Problem?"

„Nein, die Fakten sind doch klar. Spinea wurde mit einer Flasche erschlagen und ist anschließend übers Balkongeländer in die Tiefe gestürzt, Novello wurde erdrosselt und ans Brückengeländer gehängt. Nachdem an den Leichen keine verwertbaren Spuren gefunden wurden, sehe ich auch keine Notwendigkeit, die Freigabe noch weiter hinauszuzögern. Geplant hatte ich es nicht, die beiden Damen heute noch anzurufen, willst du das machen?"

„Ja, das übernehme ich, Massimiliano, denn dann kann ich mit ihnen auch gleich klären, wo und wann die Bestatter tätig werden können."

„Danke. Ich melde mich wieder, wenn ich mir überlegt habe, wie wir weitermachen könnten."

„Gut. Trotzdem auch viel Spaß am Strand. Bis bald."

„Bis bald, Valentina. *Ciao.*"

Als er einhängte, war die *Villa Margherita* schon in Sichtweite. In ihrem Zimmer zog sich Max schnell um, schnappte sich seine Badesachen und verließ das Hotel wieder. Chiara hielt schon nach ihm Ausschau, als er an den Strand kam und winkte ihm von ihrer Strandliege aus entgegen.

„Hallo, mein Schatz, es ging leider nicht schneller."

„Servus Max. Schön, dass du da bist. Hast du heute Nachmittag frei?"

„Ja, wenn nicht wieder irgendeine Katastrophe passiert", seufzte er übertrieben laut, grinste Chiara an, beugte sich zu ihr hinunter und gab ihr einen Kuss.

Chiara wollte wie immer wissen, wie seine Ermittlungen verlaufen waren. Als er ihr geschildert hatte, was er bei *Signora* Novello und von Paolo Corte erfahren hatte, zuckte sie mit den Schultern.

„Ich kann mir auf das Ganze auch keinen Reim machen. Es ist schon wahrscheinlich, dass die beiden Morde irgendetwas mit der *Capitaneria di Porto* zu tun haben, nur was?"

„Eben, das ist das Problem. Was gibt es für ein Motiv? Ich gehe jetzt erst einmal eine Runde schwimmen. Bleibst du da? Ich habe nämlich unser Tablet dabei."

„Ja, ich war vorher gerade erst im Wasser. Viel Spaß."

Als er eine Viertelstunde später zurückkam, hatte Chiara das Tablet bereits in Beschlag genommen. Max hatte eigentlich vorgehabt, Chiara mit dem Wasser, das aus seinen Haaren tropfte, richtig anzuspritzen, aber weil sie das Tablet auf den Knien hatte, musste er sich diesen Streich verkneifen.

„Ich hatte heute Vormittag auch drangedacht, es mitzunehmen, aber alleine ist mir das Risiko einfach zu groß. Martina und Elena habe ich vorhin einen kurzen Lagebericht geschrieben, die erste Antwort ist auch schon gekommen. Martina schreibt, dass es ein großes Wunder gewesen wäre, wenn du hier nicht über eine Leiche gestolpert wärst."

„Zuerst zieht man sie groß und dann werden sie frech", brummte Max und versuchte, ein ernstes Gesicht zu machen.

Dann musste er aber selbst darüber lachen.

„Wo sie Recht hat, hat sie Recht", konterte Chiara und erzählte weiter von Martinas Mail. „Bei ihr und Robert ist alles in Ordnung, mit Elena hat sie erst gestern Abend telefoniert, in Fürstenfeldbruck ist auch alles okay."

„Wenn zuhause etwas nicht in Ordnung wäre, hätten wir das sicher gleich gehört. Hast du dir schon Gedanken gemacht wegen heute Abend? Sollen wir uns das Spiel der Italiener hier im Hotel anschauen oder willst du vorher rechtzeitig zum *Casanova* rüberfahren?"

„Ich weiß nicht, inwieweit wir im Hotel während des Spiels essen können. Wahrscheinlich wäre es deswegen praktischer, schon zum Spiel im *Casanova* zu sitzen."

„Gut, dann müssen wir aber hier allerspätestens um halb sechs weg, ohne Bus-Shuttle mindestens noch eine Viertelstunde früher."

Chiara sah auf die Uhr.

„Jetzt ist es genau drei, wenn wir um halb fünf zum Duschen und Umziehen rübergehen, dann sollte das reichen."

Max legte sich seinen Liegestuhl und streckte sich.

„Das ständige Herumlaufen macht ganz schön müde. Ich hoffe, die Rennerei ist bald zu Ende, hab da aber so meine Zweifel."

Weil Chiara das Tablet immer noch benutzte, machte er die Augen zu, um die letzten Tage in Gedanken noch einmal Revue passieren zu lassen. Hatten sie bei ihren Ermittlungen etwas übersehen? Ließen sie irgendein wichtiges Details außer Acht, weil sie sich auf etwas anderes konzentrierten? Ihm fiel dazu nichts ein. Gerade als er etwas einzuschlummern begann, klingelte sein Handy. Sofort war er wieder hellwach.

„*Pronto*."

„*Commissario*? Hier ist Filippa Spinea."

„*Signora* Spinea, was kann ich denn für Sie tun?"

„Ich weiß nicht, ob das für Sie wichtig ist und ob es mit Orestes Tod etwas zu tun hat, aber ich habe gerade in seinem Büro dreißigtausend Euro in bar gefunden."

Max ballte die Faust und hätte beinahe laut „ja" gerufen, konnte sich aber gerade noch beherrschen.

„Hatte Ihr Mann öfter einmal so große Summen Bargeld im Haus?"

„Eben nicht, deswegen macht mich das so stutzig. Ich muss mich doch nun zwangsläufig mit der Verwaltung der drei Häuser beschäftigen, deshalb habe ich im Büro einige der Ordner durchgeblättert und viele Schreiben wenigstens einmal überflogen. Und in einem älteren Ordner sind eben in zwei Klarsichthüllen die Euro-Scheine gesteckt, alles Fünfhunderter."

„Vielen Dank, dass sie mich sofort informiert haben. Der Hinweis könnte durchaus wichtig für uns sein. Ich werde die *Carabinieri* sofort informieren, dass das Geld, gegen entsprechende Quittung natürlich, bei Ihnen abgeholt wird."

„In Ordnung, ich bin den ganzen Nachmittag zuhause. Ich frage mich, woher das Geld stammt, denn bei den Kontoauszügen der letzten Wochen habe ich keine größeren Barabhebungen gefunden."

„*Signora* Spinea, wir haben noch keinen konkreten Beweis dafür, aber die Hinweise verdichten sich, dass Ihr Mann eventuell in einen Erpressungsfall verwickelt war."

„Oreste? Wollen Sie damit etwa sagen, er hat das Geld erpresst?"

„Genau."

„Das kann ich gar nicht glauben."

Er überlegte kurz, was er ihr alles erzählen durfte, sah dann aber kein Problem darin, sie zu informieren, was bei Novello gefunden worden war.

„Dieselbe Summe ist bei Mattia Novello aufgetaucht."

Filippa Spinea sagte nichts.

„Welchen Schluss würden Sie daraus ziehen, wenn bei zwei Personen, die ermordet wurden, derart hohe Summen auftauchen, die nicht mit dem gewöhnlichen, alltäglichen Zahlungsverkehr zu tun haben?"

„Da muss ich Ihnen natürlich Recht geben, *Commissario*, ich habe nur keine Idee, wen Oreste zusammen mit Mattia erpresst haben sollte."

„Lassen Sie diese überraschende Nachricht erst einmal sacken, vielleicht fällt Ihnen dann aus den letzten Wochen irgendein Ereignis ein, das mit der Erpressung in Zusammenhang stehen könnte. Bitte berühren Sie die Geldscheine auch nicht weiter, unter Umständen können wir noch Fingerabdrücke darauf sicherstellen, die uns zum Erpressten und somit auch zum Mörder Ihres Mannes führen könnten."

„Ich habe die Scheine nur gezählt und dann wieder in die Klarsichthüllen hineingesteckt.“

„Gut, die *Carabinieri* werden sicher sehr schnell bei Ihnen vor der Tür stehen und die Hülle mit dem Geld abholen. Hat sich *Maresciallo* Cona heute Nachmittag schon bei Ihnen gemeldet?“

„Nein, warum?“

„Sie wollte Ihnen mitteilen, dass die Leiche Ihres Mannes jetzt freigegeben ist. Außerdem wollte sie mit Ihnen besprechen, wo sich die Mitarbeiter Ihres Bestattungsinstitutes hinwenden müssen.“

„Danke für die Information. Ich habe die ganzen Formalitäten soweit schon einmal geregelt, dann könnte Orestes Beerdigung wahrscheinlich schon am Donnerstag sein.“

Max bedankte sich nochmals bei ihr, dass sie ihn über die entdeckte Geldsumme sofort informiert hatte, verabschiedete sich von ihr und hängte ein.

„Hab ich das jetzt richtig mitbekommen? Sie hat zuhause dreißigtausend Euro in bar gefunden?“, fragte Chiara sofort.

Max nickte.

„Dann dürfte das mit der Erpressung auch klar sein, oder?“

„Richtig, jetzt gibt es eigentlich keinen Zweifel mehr.“

Er hielt sein Handy immer noch in der Hand, weil er Valentina sofort darüber informieren wollte. Sie meldete sich gleich nach dem zweiten Klingeln.

„Massimiliano, was ist los? Ich dachte, du liegst am Strand.“

„Das mache ich auch, aber das hat *Signora* Spinea nicht gewusst, als sie mich gerade angerufen hat.“

Kurz und knapp schilderte er ihr, was passiert war.

„Es wäre natürlich spitze, wenn wir auf den Banknoten Fingerabdrücke feststellen könnten. Ich werde sofort zwei Kollegen losschicken, um das Geld abholen zu lassen.“

„Mein Bauchgefühl sagt mir, dass die Fingerabdrücke, wenn überhaupt welche gefunden werden, nicht von einem polizeibekannten Verbrecher stammen.“

„So wie der ganze Fall gelagert ist, könntest du damit richtig liegen. Aber als Beweismittel können sie trotzdem Gold wert sein, wenn wir den Mörder beziehungsweise den Auftraggeber der Morde endlich geschnappt haben werden.“

„So weit sind wir leider noch lange nicht, Valentina."

„Wer weiß, welche überraschenden Infos wir noch bekommen? Wir hätten doch auch nicht gedacht, dass Spinea das erpresste Geld zuhause aufbewahrt hat."

„Seine Frau weiß übrigens über die Freigabe der Leiche schon Bescheid. Sie wartet auf deinen Anruf."

„Dann will ich sie nicht länger warten lassen. *A presto*, Massimiliano."

„*Ciao*, bis bald."

Chiara klappte die Schutzhülle auf das Tablet, als Max aufgelegt hatte, und reichte es ihm.

„Ich gehe ins Wasser", sagte sie nur, stand auf und marschierte davon.

Max überlegte, ob sie mit ihrem abrupten Aufbruch einen neuerlichen Eifersuchtsanfall vermeiden wollte, kam aber zu keinem Ergebnis. Ohne konkreten Plan fing er an, im Internet zu surfen. Zuerst gab er bei einer Suchmaschine die *Capitaneria di Porto* ein. Was er dadurch fand, deckte sich mit den Infos, die er von Paolo Corte bekommen hatte. Ein Organigramm mit der Organisationsstruktur der *Capitaneria di Porto Venezia* war allerdings nirgends abzurufen. Als nächstes nahm er sich Mattia Novello vor. Offensichtlich gab es mehrere Italiener mit diesem Namen, die im ganzen Land verstreut wohnten. Der einzige Venezianer war eindeutig der Richtige, denn Max erkannte ihn sofort auf einem Foto zur Siegerehrung einer Schach-Meisterschaft, auch wenn diese Aufnahme bereits zehn Jahre alt war. Es gab noch mehrere Einträge, die alle verschiedene Schach-Turniere betrafen, allerdings waren diese auch jeweils mindestens fünf Jahre alt und brachten Max keinen Schritt weiter. Erstaunlicherweise fand er anschließend zu Oreste Spinea überhaupt keine Einträge.

„Wen könnten die erpresst haben?", sagte er zu sich selbst, hatte aber noch immer keine Antwort darauf.

Er ließ sich das Gespräch mit Paolo Corte noch einmal durch den Kopf gehen und blieb wieder an dem Punkt hängen, dass Novello praktisch den Job von Spinea übernommen hatte, als dieser in den Vorruhestand gegangen war. Auf was konnte Novello vielleicht gestoßen sein, das sie dann beide gemeinsam für die Erpressung genutzt haben? Oder war es abwegig, den

Grund für die Erpressung vier Jahre in der Vergangenheit zu suchen? War es nicht sehr viel wahrscheinlicher, dass Novello erst kürzlich auf Informationen gestoßen war, die er zusammen mit Spinea finanziell ausschlachten wollte?

„Es muss irgendetwas mit dem Hafen für die Kreuzfahrtschiffe zu tun haben", legte sich Max fest.

„Bist du schon weitergekommen?"

Plötzlich stand Chiara neben ihm und nahm ihr Handtuch, um sich abzutrocknen. Max war so sehr in seine Gedanken vertieft gewesen, dass er sie gar nicht zurückkommen gesehen hatte.

„Nicht wirklich. Ich drehe mich im Kreis, lande aber immer wieder beim Hafen oder besser gesagt bei den Kreuzfahrtschiffen."

„Wenn Novello das Geld kassiert und gleichzeitig für eine Ausweitung der erlaubten Längen für Kreuzfahrtschiffe plädiert hätte, dann hätte ich darauf getippt, dass er sich von den Reedereien der größten Schiffe schmieren lassen hat. Aber so war es eben nicht, deswegen muss es doch eher erpresstes Geld statt Schmiergeld sein. Außerdem hatte doch Spinea nichts mehr mit der *Capitaneria* zu tun. Also, für was hätten sie den schmieren sollen?"

„Das ist ein echt guter Gedanke, Chiara, aber wie du selbst schon gesagt hast, gibt es keinen Grund dafür, anzunehmen, dass sich die Reedereien von Novello irgendetwas erkauft hätten."

Trotzdem griff Max den Gedanken auf und gab bei seiner Suchmaschine ‚Die größten Kreuzfahrtschiffe' ein. Tatsächlich fand er eine Aufstellung, in der die Schiffe nach ihrer Länge sortiert aufgelistet waren und beschrieben wurden. Er sah sich die Fotos der Ozean-Riesen an und las die Beschriftungen dazu. Dabei fiel ihm auf, dass die längsten Schiffe alle ein und derselben Reederei gehörten und eine Länge von dreihundertzwanzig bis dreihundertsechzig Metern hatten. Bei den kürzeren Schiffen waren ausnahmslos andere Reedereien als Eigentümer genannt. Max scrollte die Seite immer wieder nach oben und nach unten und überlegte, was er mit diesen Informationen anfangen könnte. Plötzlich hatte er eine Idee. Kurz überlegte er, ob er deswegen Paolo Corte anrufen sollte, wollte dann aber versuchen, die Infos, die er brauchte, selbst zu finden. Deshalb stöberte im Internet nach Presseartikeln zum Hafen von Venedig und wurde nach kurzer Zeit fündig.

„Jetzt habe ich etwas Interessantes entdeckt, Chiara", jubilierte er. „Schau mal."

Er stand auf und setzte sich neben Chiara auf deren Strandliege.

„Schau, in diesem Zeitungsartikel steht, dass am Hafen bisher nur Kreuzfahrtschiffe bis zu einer Länge von dreihundertzehn Metern zugelassen sind. Dieses Limit will die Stadtverwaltung aufheben und auf dreihundertfünfzig heraufsetzen."

„Stimmt, genau deswegen treffen sich die Aktivisten von *Salvate Venezia* heute Abend wieder."

Max wechselte die Internetseite und ließ Chiara wieder auf den Bildschirm schauen.

„Ich habe eine Aufstellung der größten Kreuzfahrtschiffe gefunden, die sind der Länge nach sortiert. Wenn man hier zwischen den beiden Schiffen mit dreihundertacht und dreihundertzwanzig Metern Länge einen Strich ziehen würde, hätte man oberhalb alle Schiffe, die den Hafen von Venedig derzeit nicht anlaufen dürfen."

„Die sind ja alle von derselben Reederei!"

„Genau. Diese Reederei hat ihren Sitz in Miami, betreibt, was die Kreuzfahrtschiffe angeht, nur diese riesigen Schiffe und hat damit keine Möglichkeit, Kreuzfahrten mit dem Ziel Venedig in ihr Programm aufzunehmen. Damit geht denen natürlich ein ziemlich lukratives Geschäft durch die Lappen."

„Das ist natürlich alles richtig und nachvollziehbar, Max. Aber welche Verbindung zu den Morden willst du damit herstellen?"

„Das weiß ich auch nicht. Eigentlich waren wir uns vorhin einig, dass die gefundenen Summen kein Schmiergeld sein können. Trotzdem würde ich es nicht ausschließen, dass die Reederei finanziell nachgeholfen hat, um die Ausweitung der Schiffslängen im Hafen von Venedig zu erreichen."

„Dann haben sie eben jemand anderen geschmiert und Novello und Spinea haben dann diese Korrupten erpresst."

Max wäre beinahe sein Tablet aus der Hand gefallen.

„Du bist genial, mein Schatz", rief er und fiel ihr um den Hals.

„Nicht so schnell, Max. Du weißt doch gar nicht, ob das überhaupt stimmt."

„Richtig, aber ganz plötzlich passen sämtliche Puzzleteile zusammen. Novello will mit seiner Stellungnahme im Namen der *Capitaneria di Porto* verhindern, dass das Limit von dreihundertzehn Metern aufgehoben wird. Entschieden wird das letztlich aber von der Stadtverwaltung, die sich nicht an Novellos Vorgabe halten will, weil sie von der Reederei kräftig geschmiert worden ist. Novello bekommt irgendwie Wind davon, tut sich mit Spinea zusammen und erpresst mit ihm denjenigen in der Stadtverwaltung, der das Schmiergeld kassiert hat. Um den ständigen, hohen Zahlungen ein Ende zu bereiten, engagiert der Erpresste schließlich mehrere Killer, die nacheinander Spinea und Novello ins Jenseits befördern."

„Das hört sich jetzt wirklich ganz logisch und nachvollziehbar an. Aber wie willst du das beweisen, Max?"

„Die Beweisführung wird tatsächlich nicht einfach, denn bei der Reederei und auch bei der Stadtverwaltung wird uns kaum jemand bereitwillig Auskunft geben über mögliche Schmiergeldzahlungen."

„In der Stadtverwaltung die maßgeblichen Personen ausfindig zu machen, müsste aber einfach sein, denn irgendwer muss die fraglichen Entscheidungen zur Ausweitung der zugelassenen Schiffslängen doch unterzeichnet haben. Schließlich muss dann in den Hafen etliches investiert werden, um die Schiffsanlegeplätze auch entsprechend zu verlängern. Da solltest du zuerst ansetzen."

„Das sollen die *Carabinieri* übernehmen."

Sofort griff Max zum Handy und rief schon wieder Valentina Cona an.

„Massimiliano, bist du wirklich am Strand?", fragte sie lachend.

„Natürlich, ich habe hier auf meinem Liegestuhl die ganze Zeit mein Tablet auf den Knien gehabt und Infos gesammelt. Und meine geniale Ehefrau hat aus meinen Recherchen dann den richtigen Schluss gezogen."

Max erzählte Valentina, was er im Internet alles gefunden hatte und welche Verbindungen es zwischen der Reederei, der Stadtverwaltung und den Mordopfern gegeben haben könnte.

„Das klingt plausibel", stimmte ihm Valentina zu.

„Für unsere Beweisführung müssten wir drei Dinge klären. Wer war in der Stadtverwaltung maßgeblich dafür verantwortlich, dass das Limit von dreihundertzehn auf dreihundertfünfzig Meter ausgedehnt werden soll? Was hatte Novello in der Hand, um damit zusammen mit Spinea sechzigtausend Euro zu erpressen und schließlich wen hat der Erpresste engagiert, um Spinea und Novello ermorden zu lassen?"

„Was die Stadtverwaltung angeht, darauf werde ich gleich zwei Kollegen ansetzen. Was wir zur Klärung der zweiten und dritten Frage unternehmen könnten, muss ich mir noch überlegen."

„Mit dem neuen Wissen werde ich noch einmal *Signora* Novello kontaktieren. Vielleicht hat ihr Mann zuhause doch einmal irgendetwas in Sachen Reedereien oder Stadtverwaltung losgelassen, was sie jetzt eventuell in einem ganz anderen Licht sehen würde. Die Frage nach den Mördern müssen wir wohl noch etwas zurückstellen."

„Eben, aber durch deine Recherche sind wir offensichtlich schon wieder ein Stück vorwärts gekommen. Wann willst du *Signora* Novello anrufen?"

„Das mache ich später vom Hotelzimmer aus", antwortete er ihr.

Max hatte die ganze Zeit ohnehin relativ leise gesprochen, fuhr aber noch leiser fort.

„Ich habe den Eindruck, dass unsere Nachbarn hier am Strand schon eine Zeit lang ganz neugierig zu uns herüberschauen, weil ich mehrfach die Wörter *Carabinieri* und Mörder verwendet habe. Ich glaube zwar nicht, dass ich so laut war, dass sie Einzelheiten verstanden haben, aber es ist bestimmt besser, im Zimmer zu telefonieren."

„Bestimmt. Halte mich auf dem Laufenden. Ich melde mich auch, wenn wir mehr über die Stadtverwaltung wissen."

„Gut. Bis bald."

„*Ciao* Massimiliano."

Max legte sein Handy beiseite.

„So, jetzt dürfen die *Carabinieri* erst einmal arbeiten, ich mache dann später in unserem Zimmer weiter. Bleibst du jetzt wieder hier? Dann würde ich noch einmal ins Wasser gehen."

Chiara hatte, während Max telefoniert hatte, ihr Buch aus dem Rucksack geholt.

„Ja, geh nur. Ich wollte sowieso noch ein bisschen lesen. Lass uns, wenn du aus dem Wasser kommst, am besten gleich ins Hotel zurückgehen. Dann kannst du noch in Ruhe mit *Signora* Novello telefonieren und wir müssen uns nicht abhetzen, um rechtzeitig um sechs im *Casanova* zu sein.“

Max watete ins Meer hinein, schwamm dann ein paar kräftige Züge hinaus und drehte sich auf den Rücken, um den *Lido* im Blick zu haben. Den schönen Anblick konnte er aber gar nicht richtig genießen, weil ihm die ganze Zeit die Mordfälle durch den Kopf gingen. Wie sollten sie weitermachen, wenn sie wussten, wer in der Stadtverwaltung für die Freigabe des Hafens für noch größere Kreuzfahrtschiffe verantwortlich war? Wie sollten sie demjenigen nachweisen, Schmiergeld angenommen zu haben, wenn er nicht so leichtsinnig gewesen war, die Gelder über ein Konto laufen zu lassen?

„Wahrscheinlich ist ein Teil dann einfach in bar an Novello und Spinea weitergegeben worden“, spekulierte er.

Max dachte an den möglichen Ausgangspunkt der Schmiergeldzahlungen, die Reederei mit Sitz in Miami. Er hatte sich im Internet die Eigentumsverhältnisse der Reederei nicht angesehen, hielt es aber ohnehin für äußerst schwierig, von Venedig aus ermitteln zu können, wer von der Reederei die Brieftasche geöffnet und einen venezianischen Stadtrat bestochen hatte.

„Ich muss noch viel mehr im Internet recherchieren“, nahm sich Max vor, schwamm noch ein Stück parallel zum Strand hin und her und ging dann zum Liegeplatz zurück.

Chiara hatte in der Zwischenzeit schon ihre Badesachen zusammengepackt. Max trocknete sich ab, zog nur ein T-Shirt über und legte sich seine restliche Kleidung über den Arm.

„Umziehen kann ich mich im Zimmer auch.“

Chiara hakte sich bei ihm unter.

„Für den Anfang war der heutige Tag schon einmal nicht schlecht. Morgen bleibe ich aber länger. Oder ist morgen um sechs das letzte Vorrundenspiel der deutschen Mannschaft?“

„Nein, das ist erst am Donnerstag. Bis dahin sollten wir hier in der Nähe auch etwas ausgekundschaftet haben, wo wir uns das Spiel ansehen und vielleicht nebenbei gleich essen können.“

Chiara versetzte ihm einen leichten Stoß mit dem Ellenbogen.

„Kundschafte lieber aus, wer Spinea und Novello umgebracht hat, dann könntest du auch gleich viel länger mit mir am Strand liegen."

„Ich finde, wir sind mittlerweile schon relativ weit, auch wenn uns noch die Beweise fehlen."

Im Zimmer sprang Max schnell unter die Dusche und während dann Chiara im Bad war, rief er bei *Signora* Novello an.

„*Pronto.*"

„*Buongiorno. Signora* Novello?"

„Nein, hier ist Alberta Bigolo, ich bin ihre Schwester."

„Hier ist Hartinger."

„Ah, *Commissario*, haben Sie positive Nachrichten?"

„Wir kommen voran. Trotzdem müsste ich noch einmal kurz mit Ihrer Schwester sprechen."

„Sie haben Glück, sie ist vorhin erst aufgewacht. Einen Moment bitte."

Max hörte im Hintergrund Schritte.

„*Pronto.*"

„*Buongiorno Signora* Novello. Wie geht es Ihnen?"

„Es muss, *Commissario*, es muss."

„Entschuldigen Sie, dass ich Sie noch einmal befragen muss, aber es haben sich inzwischen neue Erkenntnisse ergeben."

„Wie kann ich Ihnen helfen?"

„Dieselbe Summe, die wir auf dem Konto von Ihrem Mann entdeckt haben, wurde mittlerweile bei Oreste Spinea zuhause in bar gefunden."

„Auch dreißigtausend Euro?"

„Exakt. Deswegen müssen wir nun endgültig davon ausgehen, dass Ihr Mann und Oreste Spinea gemeinsam irgendjemand erpresst haben."

„Wenn Sie das sagen, muss ich es Ihnen wohl glauben, *Commissario*. Seit Sie hier waren, ist mir aber niemand eingefallen, den Mattia erpresst haben könnte."

„Wir haben dazu mittlerweile eine Vermutung, suchen aber noch nach Beweisen. Ihr Mann wird doch sicher immer wieder etwas von seiner Arbeit erzählt haben."

„Ja, er hat eigentlich immer sehr viel darüber geredet", fiel sie ihm ins Wort.

„Deswegen wäre es eben für uns sehr wichtig, zu wissen, ob er einmal etwas erwähnt hat, dass es mit einer ausländischen Reederei oder dem Stadtrat irgendwelche Probleme gab."

„Mattia hat sich einmal dahingehend geäußert, dass es schon frustrierend ist, wenn das, was er als Vorlage für den Wirtschafts- und Tourismus-Ausschuss erarbeitet hat, von den beteiligten Stadträten dann mit einem Handstreich wieder über Bord geworfen wird und in dem Ausschuss doch beschlossen wird, was diesen Herren dort genehm ist."

„Hat er Namen genannt?"

„Nein, er hat nur gemeint, dass der Ausschuss keineswegs die Interessen der venezianischen Bevölkerung vertreten würde, was ja eigentlich seine Aufgabe wäre."

„Hat er in dem Zusammenhang keine Reederei erwähnt?"

„Nicht direkt, aber er war schon der Meinung, dass in Venedig nur noch das zählen würde, was sich Großkonzerne vorstellen, die zu Lasten der Venezianer mit Immobiliengeschäften und dem Tourismus einen riesigen Reibach machen."

„Damit könnte er natürlich auf die Reedereien angespielt haben, die mit ihren Kreuzfahrtschiffen voller Touristen über die Stadt herfallen, ohne Rücksicht auf die Einheimischen."

„Das würde schon alles so zusammenpassen, *Commissario*, aber allein wegen der Stadtratsbeschlüsse im Wirtschafts- und Tourismus-Ausschuss kann er doch niemanden erpresst haben."

„Damit haben Sie natürlich vollkommen Recht, *Signora* Novello. Anders würde es aber aussehen, wenn einer oder mehrere dieser Stadträte von den Reedereien Geld genommen hätte und dann allein deswegen die Entscheidung pro Hafenausbau für noch größere Kreuzfahrtschiffe gefallen wäre."

Sie antwortete nicht sofort und Max wollte ihr gerne noch mehr Zeit zum Nachdenken geben.

„*Signora* Novello, ich will Sie jetzt nicht länger behelligen. Lassen Sie sich diese neuen Fakten einfach einmal durch den Kopf gehen, vielleicht fällt Ihnen dann doch noch etwas ein, was unsere These stützen könnte."

„Das mache ich, *Commissario*. Ich rufe Sie sofort an, wenn mir diesbezüglich noch etwas einfallen sollte."

„Gerne, mein Handy bleibt immer eingeschaltet. Hat sich *Maresciallo* Cona am Nachmittag schon bei Ihnen gemeldet?"

„Nein, warum?“

Er erzählte ihr von der Freigabe der Leiche und dass sie noch Infos erhalten werde, wohin sich das von ihr ausgewählte Bestattungsunternehmen wenden könne.

„Danke, *Commissario*. Kann Oreste auch schon beerdigt werden?“

„Ja, die Freigabe wurde für beide erteilt.“

„Gut. Ich habe mir nämlich überlegt, Filippa Spinea anzurufen und ihr eine gemeinsame Trauerfeier vorzuschlagen, schließlich waren Oreste und Mattia viele Jahre Kollegen. Meine Söhne hätten nichts dagegen.“

„Das wäre bestimmt auch im Sinne von Ihrem Mann. Sicher wird auch *Signora* Spinea damit einverstanden sein.“

„Das hoffe ich. Nochmals vielen Dank, *Commissario. Arrivederci.*“

„*Arrivederci Signora* Novello.

Da sein Telefonat viel länger als erwartet gedauert hatte, stand Chiara schon aufbruchsbereit da, während Max immer noch nur mit Unterhosen und T-Shirt bekleidet auf dem Bett saß.

„Ich habe inzwischen mit der Rezeption telefoniert, die müssen ohnehin um kurz vor halb sechs jemanden an der *Vaporetto*-Haltestelle abholen, wir können also wieder mit dem Shuttle-Bus mitfahren. Vorausgesetzt, du wirst fertig“, sagte sie mit einem Augenzwinkern.

„Ich bin in drei Minuten soweit. Magst du schon mal runtergehen, damit uns der nicht davonfährt?“

„Okay. Wenn es wieder der nette Michele ist, fahre ich vielleicht auch allein mit ihm los“, grinste sie Max an, streckte ihm die Zunge raus und schickte noch ein langgezogenes „*Ciao*“ hinterher.

So schnell hatte sich Max schon lange nicht mehr angezogen. Bevor er das Zimmer verließ, überprüfte er noch, ob er seinen Geldbeutel und sein Handy auch wirklich eingesteckt hatte, dann sprintete er die Treppe hinunter. Während er durch die Lobby lief, hörte er, dass der Shuttle-Bus bereits mit laufendem Motor vor der Tür stand. Genau in dem Moment, als Max aus dem Hotel gelaufen kam, fuhr der Shuttle-Bus los.

„Hey, stehenbleiben“, schrie er und lief hinterher.

Der Bus fuhr bis zum Tor des großen Hotelgrundstücks, wo Michele auf die Bremse stieg. Als Max den Bus erreichte, öffnete ihm Chiara bereits lachend die Tür.

„Ich wollte mal sehen, wie schnell du deiner Frau noch hinterherlaufen kannst", sagte sie grinsend, während Michele in ein schallendes Gelächter ausbrach.

„Sehr witzig", grummelte Max und stieg ein.

Bevor er noch etwas sagen konnte, gab ihm Chiara einen Kuss.

„Ich bin stolz auf dich, wie fit du bist, trotz der Pfunde, die du so mit dir herumschleppst."

Jetzt war Max an der Reihe, ihr die Zunge herauszustrecken. Bis zur *Vaporetto*-Haltestelle warfen sie sich die ganze Zeit gegenseitig allerlei 'Nettigkeiten' an den Kopf und streckten sich wie zwei Kinder ein ums andere Mal die Zunge heraus. Mit dem *Vaporetto*, mit dem die neuen Hotelgäste ankamen, konnten sie bis zur Haltestelle *Arsenale* hinüberfahren und von dort das kurze Stück bis zur *Via Giuseppe Garibaldi* zurückzulaufen. An deren Beginn blieb Max wie am Sonntagabend stehen.

„Ich würde zu gerne wissen, wem diese riesige Yacht gehört", meinte er mit Blick auf die Hero of the sea, die dort immer noch vor Anker lag.

„Mir ist das egal, Hauptsache die Italiener gewinnen gleich und erreichen doch noch das Achtelfinale."

Als sie beim *Casanova* eintrafen, hatten sich alle Gäste gerade erhoben und stimmten lauthals die italienische Nationalhymne an:

„Fratelli d'Italia, l'Italia s'è desta..."

Der Wirt hatte zwei große Flachbildschirme so aufgestellt, dass man auch von allen Plätzen im Freien beste Sicht auf das Spiel hatte. Alessia hatte Max und Chiara sofort kommen gesehen und ihnen zugewunken. Neben Gianni waren mit Severino, Pancrazio, Donato und Michela alle Mitglieder von *Salvate Venezia* anwesend. Max und Chiara setzten sich zu ihnen an zwei zusammengeschobene Tische und bestellten sich erst einmal etwas zu Trinken. Der *Cameriere* brauchte ziemlich lange, um allen Bestellungen nachzukommen, weil er immer wieder stehen blieb, um das Spiel zu verfolgen. In der ersten Halbzeit gab es mit wenigen Ausnahmen kaum aufregende Torraumszenen, weswegen sich die Gruppe nicht nur recht bald etwas zu essen bestellte, sondern von Max auch wissen wollte, wie er mit den Ermittlungen im Mordfall Spinea weiterkam.

„Wir gehen gerade einer ganz konkreten Spur nach. Ich hoffe, dass ich morgen Vormittag von den *Carabinieri* schon neue Erkenntnisse hören werde, die uns wieder einen Schritt weiterbringen werden."

„Du redest aber ganz schön um den heißen Brei herum", schoss ihn Severino grinsend an. „Habt ihr einen Tatverdächtigen oder nicht?"

Aber Max ließ sich nicht aus der Reserve locken.

„Severino, du als Anwalt solltest doch wissen, dass man sich bei Kriminalfällen an Fakten orientieren muss und dass es nichts bringt, aufgrund von Vermutungen Verdächtigungen auszusprechen."

„Vorsicht!", rief Donato plötzlich laut und sprang auf, da sich für Uruguay eine große Tor-Chance abzeichnete.

Durch einen Fehler im Mittelfeld der Italiener konnte der Mittelstürmer der Südamerikaner allein auf das italienische Tor zulaufen, aber der Torwart der *Squadra Azzurra* machte diese Riesenchance zunichte.

„Das war ganz schön knapp", schnaufte Donato auf und setzte sich wieder.

Wie er waren einige Gäste vom *Casanova* vor Aufregung aufgesprungen, überall wurde sofort über den Fehler der Italiener diskutiert. Bis zum Ende der ersten Halbzeit verfolgten sie das Spiel wieder aufmerksamer, aber kaum war zur Pause gepfiffen, wollte Max seine Fragen loswerden. Zuerst wandte er sich an Alessia.

„Soviel ich weiß, habt ihr euch nicht nur wegen dem WM-Spiel hier getroffen, sondern auch wegen der geplanten Erweiterung des Hafens für die Kreuzfahrtschiffe. Habt ihr deswegen schon etwas unternommen?"

„Nein, genau das wollen wir heute besprechen. Hoffentlich ist es dafür nicht schon zu spät, denn die entsprechende Stadtratsentscheidung liegt bereits mehrere Wochen zurück. Die Herren haben es geschickt verstanden, den Beschluss nicht sofort an die Öffentlichkeit dringen zu lassen. Wenn du mich fragst, war das eiskalte Berechnung, die wollten einfach Nägel mit Köpfen machen, bevor überhaupt jemand dagegen protestieren kann."

„War dazu im Vorfeld überhaupt nichts bekannt?"

„Doch, wir wussten schon, dass im Laufe des Sommers die Entscheidung ansteht, aber wann genau, konnten wir vorab nicht nachvollziehen, weil die Sitzungen des Wirtschafts- und Tourismus-Ausschusses in der Regel nicht-öffentlich sind."

„Und woher hattet ihr generell die Information, dass da eventuell eine Veränderung ansteht?"

„In der *La Nuova di Venezia* war im Frühjahr mal ein Artikel darüber", schaltete sich nun Gianni mit ein. „Da stand geschrieben, dass bei der *Capitaneria di Porto* eine ausführliche Stellungnahme zur möglichen Weiterentwicklung des Hafens vorbereitet wird."

„Habt ihr deswegen Kontakt gehabt zur *Capitaneria*?"

„Nein", antworteten Alessia und Gianni unisono und Alessia ergänzte: „Wir wollten deren Stellungnahme erst einmal abwarten und nachdem wir in der Zeitung gelesen hatten, dass sie in unserem Sinne war, dachten wir eigentlich, dass die Erweiterung des Hafens vom Tisch sein dürfte."

Max fand, dass es nun an der Zeit war, vom zweiten Mord zu erzählen.

„Die Stellungnahme der *Capitaneria di Porto* hat ein gewisser Mattia Novello geschrieben, er hat vor einigen Jahren, als Spinea in den Ruhestand gegangen ist, dessen Job übernommen. Er ist gestern ermordet aufgefunden worden."

Sofort war es an den beiden zusammengeschoben Tischen absolut still. Nachdem der erste Schock verdaut war, kamen von allen Seiten Kommentare, die in dieselbe Richtung gingen wie die bisherigen Überlegungen von Max und den *Carabinieri*.

„Statt eines Mordes an einem unverschämten Vermieter haben wir es anscheinend mit einer viel größeren Sache zu tun", meinte Severino. „Zufall kann das doch keiner sein, dass es gleich zwei von der *Capitaneria di Porto* erwischt hat, oder?"

Alle stimmten ihm zu und spekulierten wild hin und her, was hinter dem Doppelmord stecken könnte. Für Max waren aber keine plausiblen Argumente dabei, deswegen ging er nach einer Weile dazwischen.

„Wir haben schon einen konkreten Verdacht, den ich euch aber im Detail nicht nennen kann. Wenn keiner von euch mit

Novello Kontakt hatte und ihr auch Spinea erst am letzten Samstag kennen gelernt habt, dann könnt ihr mir ohnehin nicht weiterhelfen."

„Vielleicht können wir dir doch helfen, wenn du uns von deinem Verdacht erzählst", bohrte Gianni weiter, aber Max blieb bei seiner Linie.

„Solange wir noch nicht einmal Beweise in der Hand haben, werde ich hier keine Verdächtigungen ausplaudern."

Max war ganz froh, dass in Brasilien die Spieler nach der Halbzeitpause wieder aufs Feld kamen und das Spiel gleich viel aufregender anfing wie in der ersten Halbzeit, denn so konzentrierten sich alle wieder auf Geschehen auf dem grünen Rasen und stellten den Doppelmord erst einmal hinten an. Für die Italiener gab es bald einen Aufreger nach dem anderen. Zuerst gab es nach einer knappen Stunde eine in ihren Augen völlig unberechtigte rote Karte, dann wurde ein italienischer Verteidiger geradezu animalisch von einem der Südamerikaner in die Schulter gebissen, ohne dass das der Schiedsrichter sah. Und schließlich folgte nur zwei Minuten nach der Beiß-Attacke das 1:0 für Uruguay, dem die Italiener in den letzten zehn Minuten vergeblich hinterher liefen. Max fieberte mit seiner Frau und seinen Bekannten mit, aber es war umsonst. Mit dem Abpfiff stand fest, dass die Weltmeisterschaft für die Italiener schon nach der Vorrunde beendet war.

„*Merda*", fluchte Pancrazio. „Eigentlich wollten wir um den Titel mitspielen und jetzt müssen wir schon nach drei Spielen heimfliegen."

Um sie herum leerten sich die Plätze blitzschnell, keiner hatte mehr Lust, hier einen gemütlichen Abend zu verbringen. Nur alle Mitglieder von *Salvate Venezia* blieben mit Max und Chiara sitzen. Da Max aus eigener Erfahrung wusste, wie lange man an einer unerwarteten Niederlage manchmal zu knabbern hatte, wollte er gleich die Diskussion um den Hafen wieder aufnehmen.

„Wie wollt ihr gegen den Beschluss, den die Stadträte im Wirtschafts- und Tourismus-Ausschuss gefällt haben, vorgehen?"

Severino analysierte die aktuelle Situation von der juristischen Seite aus.

„Gegen den Beschluss des Ausschusses kann man rechtlich kaum vorgehen, da müsste man schon sehr konkrete Beweise haben, dass die Ausschuss-Mitglieder zum Beispiel ganz bewusst gegen das Gemeinwohl gehandelt hätten. Die Chancen dafür tendieren für mich aber gegen Null."

„Trotzdem dürfen wir nicht tatenlos zusehen, wenn demnächst am Hafen genau das Gegenteil von dem passieren soll, was wir eigentlich wollen", forderte Alessia vehement. „Wenn wir rechtlich nichts gegen den Beschluss der Stadträte tun können, müssen wir uns eben eine öffentlichkeitswirksame Aktion überlegen, um die gesamte Bevölkerung darauf aufmerksam zu machen, wie ihre Heimatstadt verraten und verkauft wird."

„Was schwebt dir da so vor?", wollte Chiara von ihr wissen.

„Am besten wäre es, alle zu mobilisieren, die ein Boot haben. Wenn dann ein Kreuzfahrtschiff nach Venedig hereinfahren will, müsste sich ihm die ganze, riesige Armada aus kleinen und großen Booten in den Weg stellen, um den Stahlkoloss zu stoppen. Nur so hätten wir wahrscheinlich auf einen Schlag eine genügend große Publicity, um damit den Großteil der Bevölkerung dazu zu veranlassen, gegen den Hafenausbau auf die Barrikaden zu gehen."

„So eine Aktion muss natürlich gut vorbereitet sein, denn wenn dann nur ein paar Boote auf dem Wasser wären, würde der ganze Effekt mehr oder weniger verpuffen", mahnte Donato.

Gianni wollte von Severino wissen, inwieweit eine derartige Blockade rechtlich bedenklich sein könnte.

„Auf Anhieb kann ich dir das gar nicht beantworten", musste Severino zugeben. „Aber ich werde mich natürlich so schnell wie möglich schlau machen, welche rechtlichen Konsequenzen so eine Schiffsblockade für alle Beteiligten haben könnte."

„Sehr gut, Severino, du kümmerst dich also darum, was uns im schlimmsten Fall passieren könnte und wir überlegen uns, wen wir für diese Aktion alles mobilisieren können", fasste Alessia die bisherige Diskussion zusammen. „Am besten treffen wir uns diese Woche noch einmal, vielleicht am Freitag, bis dahin sollte jeder von uns zusammengetragen haben, welche Bootsbesitzer, Organisationen und so weiter wir ansprechen könnten, um sie zum Mitmachen zu bewegen."

Alle nickten zustimmend. Gianni wandte sich anschließend an Max und Chiara.

„Wie lange seid ihr noch hier?“

„Wir sind heute Vormittag an den *Lido* umgezogen, wo wir bis Sonntag ein Hotel gebucht haben“, antwortete ihm Chiara. „Zu eurer geplanten Aktion können wir leider nichts beitragen, weil wir hier natürlich keine Bootsbesitzer kennen.“

„Bei Max ist es sowieso besser, wenn er die Mörder von Spinea und Novello fängt“, lachte Gianni. „Uns allen ist doch auch geholfen, wenn hier keine Mörder frei herumlaufen.“

Alessia fragte danach, was sie an den restlichen Urlaubstagen noch vorhatten.

„Ich will hauptsächlich am Strand liegen, am liebsten mit Max zusammen.“

„Ich habe natürlich auch vor, so viel Zeit wie möglich am Strand zu verbringen, aber im Moment kann ich überhaupt nicht abschätzen, wie lange ich mit den Mordfällen noch beschäftigt sein werde. Morgen Vormittag wird vielleicht vorerst ein Telefonat mit den *Carabinieri* reichen, am Donnerstag steht wahrscheinlich eine gemeinsame Trauerfeier für Spinea und Novello an, da muss ich natürlich hingehen, denn aus dem Verhalten der Anwesenden bei so einem Anlass kann man ab und zu ganz gute Schlüsse ziehen.“

„Werden die beiden auf *San Michele* oder am Festland beerdigt?“, fragte Alessia nach.

„Das weiß ich noch nicht, aber nachdem die Spineas eine alteingesessene venezianische Familie sind und die *Signora* von einem Familiengrab gesprochen hat, nehme ich schon an, dass sich das Grab auf der Friedhofsinsel *San Michele* befindet.“

Alle hatten während des Spiels etwas gegessen, Max hatte eine riesige Portion *Spaghetti frutti di mare* verdrückt, hatte jetzt aber schon wieder Hunger.

„Alessia, welchen Nachtisch kannst du hier empfehlen?“

„Ich esse hier am liebsten das *Tiramisu*.“

„Die *Profiteroles* sind aber auch immer vorzüglich“, ergänzte Gianni.

Max entschied sich für das *Tiramisu*, genauso wie Alessia, Pancrazio und Severino. Donato, Michela und Gianni wollten lieber die *Profiteroles*, nur Chiara wollte gar kein Dessert. Als sich dann alle über die süßen Köstlichkeiten hermachten, flüsterte sie Max zu:

„Wenn wir hier nichts mehr ausrichten können, was die Morde angeht, dann würde ich gerne bald wieder zurückfahren, ein Abendspaziergang am *Lido* ist bestimmt sehr reizvoll."

„Von mir aus können wir nach dem *Tiramisu* gleich abhauen", flüsterte Max zurück und zwinkerte ihr zu.

Nachdem Max aufgegessen hatte, bestellte er für sich und Chiara doch noch einen *Espresso*, bevor er den *Cameriere* um die Rechnung bat.

„Was? Ihr wollt schon aufbrechen?", war der allgemeine Tenor der ganzen Gruppe, als Max und Chiara aufstanden.

„Seid uns nicht böse", meinte Chiara entschuldigend. „Von unserer Silberhochzeitsreise ist schon so viel Zeit für die Suche nach den Mördern von Spinea und Novello draufgegangen, dass uns ein gemeinsamer Abend ohne Ermittlungen auch einmal ganz gut tut. Außerdem haben wir vom *Lido* bisher auch kaum etwas gesehen, das wollen wir heute Abend auch noch nachholen."

Alessia stand auf und umarmte Chiara.

„Genießt eure Urlaubstage am *Lido*, vielleicht sind die beiden Mordfälle doch schneller gelöst, als gedacht. Ich drücke euch jedenfalls die Daumen, dass der Verdacht, den Max vorhin erwähnt hat, die richtig Spur zu den Mördern ist."

„Danke Alessia", erwiderte Chiara die Umarmung. „Wir wünschen euch, dass es euch gelingt, den Hafenausbau doch noch zu verhindern. Die Venezianer würden es euch bestimmt danken."

„Ich rufe dich an, damit ihr wisst, wann und wo wir uns am Freitag treffen werden. Es würde mich sehr freuen, wenn wir uns noch einmal sehen würden."

Alle stimmten Alessia zu und wünschten Max und Chiara einen guten Heimweg.

In der *Via Giuseppe Garibaldi* war an diesem Abend überraschend wenig los, anscheinend hatte das unerwartete WM-Aus die Italiener nicht nur aus den Bars vertrieben, sondern gleich nach Hause gehen lassen. Am Ende der *Via Giuseppe Garibaldi* wollte Max nach links in die *Riva delle Sette Martiri* abbiegen, Chiara aber drängte ihn dazu, doch nach rechts in Richtung *Arsenale* abzuzweigen.

„Du willst doch bloß wieder die Yachten ansehen", lachte sie. „Aber bis zur Haltestelle *Giardini* ist es doch bestimmt doppelt so weit wie zur Haltestelle *Arsenale*."

Mit ihrer Vermutung, dass Max wieder auf die Yachten neugierig war, lag sie natürlich richtig. Er stimmte zu, in Richtung *Arsenale* zu gehen, ließ sich aber nicht davon abhalten, kurz stehen zu bleiben, um einen Blick auf die an der *Riva delle Sette Martiri* liegenden Yachten zu werfen. Immer noch war die Hero of the sea an vorderster Stelle festgemacht, ringsherum war die Reling beleuchtet, hinter mehreren Fenstern brannte Licht, aber weder an Deck noch in den beleuchteten Räumen war irgendjemand zu sehen. Max nahm sich vor, im Internet auch einmal nach dem Yacht-Besitzer zu suchen, auch wenn er es für relativ unwahrscheinlich hielt, dass irgendein Multimillionär seinen Reichtum so offen im Netz präsentieren würde.

Bei der Rückfahrt zum *Lido* genossen sie den herrlichen Anblick der durch unzählige Lampen beleuchteten Lagune. Auch am *Lido* waren die Uferstraßen alle hell erleuchtet, so dass man den Küstenverlauf schon von weitem gut sehen konnte. Sie waren die einzigen Fahrgäste, die am *Lido* von Bord gingen und schlugen nicht sofort den direkten Weg zum ihrem Hotel ein, sondern spazierten zuerst die *Riviera Santa Maria Elisabetta* entlang. Nach einer Weile drehten sie um und schlenderten dann langsam durch die *Granviale Santa Maria Elisabetta*. Chiara sah sich ausgiebig die Schaufensterauslagen der kleinen Geschäfte an, die sich vorwiegend am Beginn der *Granviale* befanden. Max war für einen Schaufensterbummel in der Regel überhaupt nicht zu begeistern, er hielt sich aber mit einem Kommentar vornehm zurück, denn er hatte schon ein bisschen ein schlechtes Gewissen, weil er Chiara während der vergangenen Tage so oft alleine gelassen hatte.

„Schau dir mal den Bikini da an", rief sie plötzlich und deutete auf ein großes Schaufenster. „Meinst du, der steht mir?"

„Dir steht doch jeder deiner mindestens fünfzehn Bikinis", grinste Max, der sich diese spitze Bemerkung natürlich nicht verkneifen konnte.

„Also dann steht mir der bestimmt auch“, lachte sie, streckte ihm die Zunge raus und verpasste ihm mit dem Ellenbogen einen leichten Stoß in die Rippen.

Bevor Max noch einmal etwas erwidern konnte, steuerte Chiara schon auf die offene Tür des kleinen Geschäftes zu und ihm blieb nichts anderes übrig, als ihr zu folgen. Drinnen redete Chiara bereits mit der Verkäuferin und ließ sich den Bikini in ihrer Größe zum Anprobieren geben.

„Willst du dich nicht auch nach einer Badehose für dich umsehen?“, fragte Chiara und verschwand in der Umkleidekabine.

„Wozu denn, ich habe doch zwei relativ neue dabei?“, rief er ihr nach.

Es dauerte nicht lange, dann zog sie den Vorhang der Umkleidekabine beiseite.

„Er passt perfekt“, strahlte sie.

Max konnte ihr nicht widersprechen, er hätte sich auch gewundert, wenn Chiara im Bikini nicht hervorragend ausgesehen hätte. Sie hatte immer noch eine wunderbare, schlanke Figur und konnte es sich wirklich erlauben, auch einen etwas knapper geschnittenen Bikini zu tragen.

„Soll ich ihn nehmen?“

„Von mir aus. Dann wird dein Koffer eben noch schwerer“, seufzte er übertrieben laut.

Chiara prustete los vor Lachen.

„Du hast dir auch schon mal bessere Argumente einfallen lassen, um mich vom Klamottenkauf abzuhalten.“

„Genutzt hat es sowieso nie etwas.“

Chiara zwinkerte ihm zu und verschwand wieder hinter dem Vorhang der Umkleidekabine. Die Verkäuferin hatte ihren deutschen Dialog verfolgt, aber nichts verstanden. Trotzdem sah ihr Max an, dass sie das Thema der Diskussion schon erahnen konnte. Als Chiara kurz darauf wieder aus der Kabine kam, hatte Max schon seinen Geldbeutel in der Hand, was Chiaras Grinsen noch breiter werden ließ. Sie gab den Bikini der Verkäuferin, die das Etikett scannte, den Bikini in eine schöne, feste Papiertüte steckte und das Geld von Max entgegennahm.

„*Grazie, arrivederci*“, rief sie den beiden nach, als sie den Laden verließen.

Draußen drückte Chiara ihrem Max sofort einen dicken Kuss auf den Mund.

„Danke, mein Held."

„Ja, ein Held muss man wirklich sein, wenn man mit dir zum Einkaufen geht", lachte er.

Beim nächsten Laden war Max an der Reihe, stehen zu bleiben, zu verführerisch war die lange Theke mit bestimmt dreißig verschiedenen Eissorten, die je nach Geschmacksrichtung mit frischem Obst garniert waren.

„Du hast doch gerade erst ein *Tiramisu* gegessen", musste ihn Chiara natürlich sofort anschießen.

„Das ist doch schon mindestens eine dreiviertel Stunde her", wehrte er sich. „Außerdem habe ich doch gerade einen unheimlich anstrengenden Bikini-Kauf hinter mir, da wird mir so ein kleines Eis sicher gut tun."

„Kleines Eis", äffte sie ihn lachend nach. „Unter drei Kugeln fängst du doch gar nicht an."

„In Italien gibt's doch gar keine Kugeln", schoss er zurück.

„Dann eben drei Portionen. Ist doch egal, ob das Eis zu Kugeln geformt ist oder nur mit dem Eisschaber auf die Waffel gestrichen wird."

Max ließ sie ohne Antwort stehen, betrat die *Gelateria* und kam kurz darauf nicht mit einer Waffel, sondern mit einem Pappbecher voll Eis zurück. Als er die großen Augen von Chiara sah, meinte er:

„Ich habe nur zwei Sorten genommen, *Stracciatella* und Pistazie."

Dass der Becher allerdings so groß war, dass er normalerweise für drei verschiedene Eissorten verwendet wurde, verschwieg er ihr aber. Doch Chiara hatte natürlich von draußen beobachtet, welche Bechergröße die junge Frau hinter der Theke vom Stapel genommen hatte.

„Irgendwann platzt du", lästerte sie.

„Magst du mal probieren? Schmeckt super", stellte er fest, ohne auf ihre Bemerkung einzugehen.

Chiara nahm das Angebot gerne an und kostete einen kleinen Löffel von beiden Sorten.

„Das schmeckt wirklich richtig gut", musste sie zugeben.

„Ich denke, wir werden diese Woche noch öfter einen Abendspaziergang machen", grinste er sie an.

Sie verkniff sich einen neuerlichen verbalen Konter, sondern blieb gleich beim nächsten Schaufenster stehen, obwohl dort auch wieder Badeanzüge und Bikinis ausgestellt waren. Als sie das Gesicht von Max sah, konnte sie sich vor Lachen nicht mehr halten. Sie nahm ihn bei der Hand.

„Komm, lass uns heimgehen, für heute haben wir beide genug gelästert."

Max ließ sich nicht zweimal bitten, endlich ohne ständigen Stopp an einem Schaufenster weiter zu gehen. Er ließ ihre Hand wieder los, damit er weiter sein Eis essen konnte. Auf dem letzten Stück ihres Rückweges kamen ihnen viele Touristen entgegen, die offenbar nach dem Abendessen in ihren Hotels zu einem Abendspaziergang in der *Granviale Santa Maria Elisabetta* aufgebrochen waren.

Im Hotelzimmer wollte sich Max gleich noch sein Tablet schnappen, um im Internet nach der Hero of the sea zu suchen. Chiara war sofort ins Bad gegangen, um noch einmal in den neuen Bikini zu schlüpfen.

„Der Abendspaziergang hat sich wirklich gelohnt", wollte sie die Aufmerksamkeit von Max auf sich lenken.

Er blickte vom Tablet auf und pfiff durch die Zähne. Der Anblick, als Chiara im Bikini im Lichtschein des Badezimmers in der Tür stand, war mit der Anprobe im Laden überhaupt nicht zu vergleichen. Sie sah wirklich atemberaubend aus. Schnell legte er sein Tablet beiseite, an eine Internet-Recherche war nun nicht mehr zu denken.

12

Chiara schlief ausnahmsweise noch, als Max am nächsten Morgen aufwachte. Sofort war er in Gedanken wieder bei den beiden ungeklärten Mordfällen. Was konnte er an diesem Tag unternehmen, um wieder einen Schritt weiter zu kommen? Wie mit Valentina vereinbart, wollte er sie gleich nach dem Frühstück anrufen, um zu hören, was die *Carabinieri* über die Stadtratsentscheidung bezüglich des Hafens herausgefunden hatten. Um untätig herum zu liegen, dafür war er wie immer viel zu ungeduldig. Deshalb griff er zu seinem Tablet, das auf dem Nachtkästchen lag, und schaltete es ein, um dort weiter zu machen, wo er am Vorabend abrupt aufgehört hatte.

„Volltreffer", jubilierte er schon nach kurzer Zeit, weil er tatsächlich auf einen Eintrag zur Hero of the sea stieß.

Das Foto, das die Yacht zeigte, war drei Jahre alt und am Tag der Übergabe an den Eigentümer geschossen worden. William Sanders hatte sich für das Foto direkt vor seine nagelneue Yacht gestellt, die an einer Kaimauer festgemacht war. Ein weiteres Foto zeigte Sanders, wie er mit nacktem Oberkörper neben dem Pool am Oberdeck der Yacht im Liegestuhl lag. Seine Brust zierte ein riesiges Neptun-Tattoo, am Oberarm hatte er sich noch ein Stars-and-Stripes-Banner stechen lassen. Es war nicht zu erkennen, wo die Fotos aufgenommen worden waren, aber der Name des Yacht-Besitzers reichte Max schon aus, damit konnte er weitersuchen.

„Wie lange bist du schon wach, Max?"

Er hatte gar nicht bemerkt, dass Chiara neben ihm auch wach geworden war.

„Guten Morgen, mein Schatz."

Er beugte sich zu ihr hinüber und gab ihr einen Kuss.

„Ich bin seit ungefähr zwanzig Minuten auf und habe gerade entdeckt, wem die Hero of the sea gehört."

Chiara setzte sich sofort auf.

„Warum hast du nach dem gesucht? Was sollte der mit den beiden Morden zu tun haben?"

„Das weiß ich nicht. Es war einfach so ein Bauchgefühl von mir, dass ich mich unbedingt einmal schlau machen wollte, wem die Yacht gehört. Er heißt William Sanders. Ich wollte gerade weiter recherchieren, wer dieser Sanders ist."

„Soll ich zuerst ins Bad?"

„Von mir aus."

Chiara räkelte sich noch eine Weile im Bett, stand dann auf und wollte zum Duschen gehen. Kaum hatte sie das Wasser aufgedreht, hörte sie, wie Max einen Schrei los ließ. Splitternackt und tropfnass stand sie sofort in der Badezimmertür, um nachzusehen, was passiert war.

„Max, warum schreist du denn so?"

„Entschuldige, ich wollte dich nicht erschrecken. Aber was ich gerade entdeckt habe, ist der Hammer. Gestern haben wir uns die Liste mit den größten Kreuzfahrtschiffen angeschaut und die allergrößten gehören alle einer einzigen Reederei."

„Ja, das war die Silver-Cross-Line."

„Richtig. Rate mal, wer hinter der Silver-Cross-Line steckt."

Chiara zuckte mit den Schultern.

„William Sanders. Das kann doch kein Zufall sein. Der Stadtratsbeschluss zur Vergrößerung des Hafens ist praktisch direkt auf seine Reederei zugeschnitten und seine Bonzen-Yacht liegt die ganze Zeit hier vor Anker. Ich würde ziemlich viel darauf wetten, dass Sanders selbst mit viel Kohle nachgeholfen hat, dass der Wirtschafts- und Tourismus-Ausschuss anders entschieden hat, als es Mattia Novello in seiner Ausarbeitung vorgeschlagen und empfohlen hatte."

„Dann überleg dir mal, wie du das beweisen willst, ich gehe inzwischen wieder unter meine warme Dusche."

Chiara machte die Badezimmertür hinter sich zu und Max hörte, wie sie das Wasser wieder aufdrehte. Sie hatte natürlich vollkommen Recht, auch wenn der Zusammenhang zwischen der Reederei und dem Hafenausbau mehr als offensichtlich war, musste er erst einmal beweisen, dass von Sanders wirklich Geld an die entscheidenden Stadtratsmitglieder geflossen war. Er suchte solange im Internet weiter, bis Chiara aus dem Bad kam, fand aber keinerlei negative Nachrichten über Sanders.

Das Thema ließ ihn aber nicht mehr so schnell los. Als er selbst unter der Dusche stand und auch während des Frühstücks drehten sich seine Gedanken nur um die möglichen Schmiergeldzahlungen von Sanders.

„Sollen wir hinterher gleich an den Strand oder willst du eine kleine Tour mit dem Radl machen, Max?"

Die *Villa Margherita* bot ihren Gästen Fahrräder zum Ausleihen an, um den *Lido* auf gesunde und umweltfreundliche Weise etwas näher zu erkunden.

„Bisschen radeln wäre nicht schlecht. Ich rufe vorher nur noch schnell beim *Comando Provinciale* an, um zu hören, was es dort an Neuigkeiten gibt, dann können wir uns auf die Drahtesel schwingen."

Zuerst aber brauchte Max eine Extraportion Nervennahrung, er verputzte noch eine dritte Semmel, während sich Chiara nach ihrem Müsli und dem Joghurt nur noch ein Glas frisch gepressten Orangensaft holte. Als sie anschließend in ihr Zimmer zurückkamen, nahm Chiara sich das Buch, in dem sie während der letzten Tage schon gelesen hatte und setzte sich damit auf den kleinen Balkon hinaus. Max ließ sein Handy die eingespeicherte Nummer von Valentina wählen, sie meldete sich sofort.

„Pronto."

„*Buongiorno* Valentina, hier ist Max. Was gibt es Neues?"

„*Salve* Massimiliano. Bist du schon am Strand?"

„Nein, wir sind gerade vom Frühstück gekommen und wollen gleich, bevor wir uns an den Strand legen, noch zwei Räder ausleihen und ein bisschen den *Lido* erkunden."

„Gute Idee. Im Moment hätte ich auch keinen Anlass, dich zu einer Befragung oder zu einer Recherche zu schicken. Meine beiden Kollegen haben sich gestern, soweit das möglich war, Informationen zu den Sitzungen und den Abstimmung im Wirtschafts- und Tourismus-Ausschuss besorgt."

„Hat das etwas gebracht?"

„Ich denke schon. Es war deutlich herauszulesen, dass der Ausschuss-Vorsitzende sich ganz vehement für den Hafenausbau eingesetzt hat und schließlich auch erreicht hat, dass die Abstimmung letztlich pro Ausbau ausgefallen ist. Als ich den Namen des Vorsitzenden gelesen habe, hat mich das nicht unbedingt gewundert."

„Wieso? Wer ist der Vorsitzende?"

„Angelo Sattorini."

„Ja da schau her. Bei dem schmierigen Typen würde es mich nicht wundern, wenn er korrupt wäre."

„Stimmt, bei dem könnte ich mir das auch gut vorstellen, aber wir brauchen keine Vorstellungen, sondern Beweise, Massimiliano. Beweise!“

„An demselben Punkt bin ich auch gerade, Valentina.“

Er berichtete ihr, wie er darauf gekommen war, dass ein gewisser William Sanders, der mit seiner Yacht anscheinend schon länger in Venedig vor Anker lag, hinter der Silver-Cross-Line stand, die enorm vom Hafenausbau profitieren würde.

„Auch eine interessante Information. Und wie willst du jetzt weitermachen, Massimiliano?“

„Könntest du dir Auskünfte über die Konten von Sattorini besorgen? Ich halte ihn zwar nicht für so leichtsinnig, dass er irgendwelche Schmiergelder sofort in bar auf sein Konto eingezahlt hat, aber vielleicht finden sich trotzdem nützliche Hinweise für uns, vielleicht Barabhebungen über insgesamt sechzigtausend Euro.“

„Das wäre dann ein Volltreffer. Ich veranlasse das sofort, sobald ich die Unterlagen auf dem Tisch habe und sie prüfen konnte, melde ich mich bei dir.“

„Hast du schon nachgesehen, ob Sattorini in euren Archiven auftaucht?“

„Klar. Persönlich hat er sich offenbar noch nichts zuschulden kommen lassen. Seine Baufirma stand allerdings schon mehrfach unter dem Verdacht der Schwarzarbeit. Aber jedes Mal, wenn auf einer seiner Baustellen eine Razzia stattfinden sollte, war kein Schwarzarbeiter da.“

„Schaut fast so aus, als wäre er jeweils von einem Informanten gewarnt worden, bevor die Kontrolleure kamen.“

„Eben. Leider kann man solange nichts unternehmen, solange man Sattorini oder seiner Firma nichts nachweisen kann.“

„Könntest du auch mal schauen, ob William Sanders Dreck am Stecken hat? Vielleicht ist er schon einmal in Italien straffällig geworden.“

„Das werde ich hernach gleich machen.“

„Gut. Hast du schon etwas wegen den Beerdigungen gehört?“

„Ja, morgen Vormittag gibt es auf *San Michele* eine gemeinsame Trauerfeier für die beiden Mordopfer. Spinea wird im Anschluss gleich beerdigt, der Sarg von Novello wird ins Krematorium überführt, die Urnenbeisetzung ist dann frühestens Ende nächster Woche.“

„Wirst du zur Trauerfeier gehen?"

„Auf alle Fälle. Ich werde mit Stradona und Verde nach *San Michele* hinüberfahren. Wir werden allerdings in Zivil unterwegs sein und ein *Vaporetto* nehmen, damit wir nicht gleich als *Carabinieri* auffallen. Mit einem Dienst-Boot würden wir doch sofort alle Blicke auf uns ziehen."

„Dienst-Boot", wiederholte Max. „Das ist ein sehr gutes Stichwort, Valentina. Jetzt ist mir nämlich etwas eingefallen, was ich zuerst als unwichtig angesehen habe."

„Worauf willst du hinaus?"

„Gleich am Freitag, an unserem ersten Tag hier in Venedig, ist uns Sanders' Yacht Hero of the sea schon zum ersten Mal aufgefallen, als wir auf dem Spaziergang zu den *Giardini Pubblici* waren. Auf dem Rückweg kamen wir nochmals an der Yacht vorbei, da hatte direkt dahinter ein weißes Boot mit dem Stadtwappen von Venedig festgemacht. Ich habe scherzhaft gemeint, jetzt hat der Yacht-Besitzer Besuch vom Bürgermeister, mit dem Wissen über Sanders und Sattorini sehe ich diesen Vorfall jetzt allerdings in einem ganz anderen Licht. Könnte es sein, dass Sattorini ein Boot der Stadtverwaltung genutzt hat, um Sanders auf seiner Yacht zu treffen?"

„Genauso, wie auf dem Festland Politikern zum Teil ein Dienstwagen zusteht, haben hier in Venedig zum Beispiel Abgeordnete des Stadtrates Zugriff auf eine Bootsflotte, die sie bei offiziellen Terminen nutzen können."

„Meinst du, man könnte herausfinden, wer am Freitag eines der Boote für sich angefordert hat?"

„Das müsste sich eigentlich schon bewerkstelligen lassen."

„Ein direkter Beweis für die vermuteten Schmiergeldzahlungen wäre das sicher immer noch nicht, aber mit diesem Wissen könnten wir zum Beispiel Sattorini schon etwas unter Druck setzen."

„Ich hoffe, dass wir mit unseren Vermutungen nicht völlig auf dem Holzweg sind, denn das wäre schön peinlich."

„Stimmt, das wäre mehr als peinlich, wenn wir deswegen andere Spuren vernachlässigen würden. Aber da wir im Moment keine anderen Spuren oder Hinweise haben, müssen wir uns eben auf Sattorini und Sanders konzentrieren."

„Ich mache mich gleich an die Arbeit, was Sattorinis Konten und das Boot der Stadtverwaltung angeht. Dir wünsche ich einen schönen Tag am Strand, wir sehen uns dann morgen Vormittag auf *San Michele*."

„Ich denke, wir werden uns vorher schon noch einmal hören. *Ciao* Valentina."

„*Ciao* Massimiliano."

„Sattorini, dich krieg ich", sagt Max aufmunternd zu sich selbst, während er das Handy in die Hosentasche steckte.

Anschließend ging er sofort zu Chiara auf den Balkon hinaus.

„Von mir aus können wir los, mein Schatz."

„Gleich, Max. Lass mich noch das Kapitel fertig lesen, es sind nur noch zwei Seiten."

Max stellte sich ans Balkongeländer und schaute zum Strand hinüber. Die ersten Hotelgäste hatten ihre Liegestühle in Beschlag genommen, vereinzelt waren auch schon Schwimmer im Wasser. Die idyllische Ruhe war eine richtige Wohltat im Vergleich zu dem hektischen und lauten Touristen-Treiben, das in nur wenigen Kilometern Entfernung herrschte.

„So, ich bin fertig", sagte Chiara schließlich und stand auf.

Bevor sie zur Rezeption hinunter gingen, wollte Chiara natürlich wissen, was Max für Neuigkeiten erfahren hatte.

„Hinter dem Beschluss für den Hafenausbau steht der Stadtrat Angelo Sattorini, dem auch die Baufirma gehört, die Spineas Haus sanieren sollte. Die *Carabinieri* überprüfen jetzt seine Konten und recherchieren, wer von der Stadtverwaltung letzten Freitag mit dem Boot unterwegs war und damit direkt hinter der Yacht von Sanders einen Stopp eingelegt hat."

„Dann war da also nicht der Herr Bürgermeister beim Scheich, wie der schlaue Herr Kommissar vermutet hat", grinste Chiara schelmisch. „Dann war es also nur ein Stadtrat, der bei einem Reeder war."

„Scheich oder Reeder, was das Vermögen angeht, gibt es da wahrscheinlich nicht so große Unterschiede", lachte er und wollte schnell von diesem Thema ablenken. „Für heute habe ich bisher nichts wegen den Mordfällen vor, aber morgen Vormittag will ich wie geplant nach *San Michele* hinüberfahren."

„Machen sie eine gemeinsame Trauerfeier?"

„Ja, um zehn, aber nur Spinea wird direkt im Anschluss beerdigt. Novello wird verbrannt. Gegen Mittag sollte ich dann wieder zurück sein."

An der Rezeption ließen sie sich anschließend die Schlüssel für die beiden Fahrräder geben, die sie für den Vormittag reserviert hatten. Sie fuhren damit vom Hotelgrundstück und bogen nach rechts auf den *Lungomare Guglielmo Marconi* ab. Sie radelten ungefähr einen Kilometer und hatten dabei auf der linken Seite immer direkt die einzelnen Strandbäder und auf der rechten Seite kleinere Hotels und Wohnhäuser im Blick. Dann allerdings tat sich vor ihnen ein größerer *Campo* auf. Chiara blieb stehen und stieg ab.

„Hier finden jedes Jahr ab Ende August für knapp zwei Wochen die Filmfestspiele von Venedig statt, Max. Hier direkt rechts, der Bau mit den hohen Säulen am Eingang, das ist der *Palazzo del Casino*, links davon der flache weiße Bau ist der *Palazzo del Cinema*."

Leider wurden dort gerade Reparaturarbeiten durchgeführt, so dass der breite Gehsteig hinter einem hohen Bauzaun lag. Geschlossen war auch das nebenan liegende *Ristorante Al Leone d'Oro*, wenigstens die Fahne mit dem Emblem des Goldenen Löwen, der Trophäe für den jeweils besten Film der Festspiele, hing vor der Tür. Auf der anderen Straßenseite schlossen sich die prachtvollsten Luxushotels an, die natürlich direkt am Strand lagen.

„Eine Nacht in so einem Hotel kostet wahrscheinlich mehr als unser gesamter Urlaub", schätzte Max. „Aber die Filmstars und Promis, die dort absteigen, können sich das schon leisten."

„Es wäre aber sicher interessant, einmal dabei zu sein, wenn hier die Stars und Sternchen über den roten Teppich laufen."

„Ich weiß nicht, ob mich das reizen würde. Was hab ich davon, wenn ich hier die ganzen Promis herumlaufen sehe? Unser Zimmer würde zur Zeit der Filmfestspiele bestimmt mindestens das Dreifache kosten, wenn das überhaupt reicht. Wahrscheinlich laufen hier dann auch noch *Paparazzi* und viele Fans der Filmstars herum. Eine entspannte Urlaubsatmosphäre stelle ich mir etwas anders vor."

Chiara verdrehte die Augen, weil sie die Gleichgültigkeit von ihrem Mann gar nicht nachvollziehen konnte.

„Also ich würde gerne einmal so einem Filmstar begegnen. Das stelle ich mir ziemlich aufregend vor."

Max überlegte kurz, ob er angesichts von Chiaras letztem Eifersuchtsanfall eine Bemerkung zu den weiblichen Filmstars loslassen sollte, die meistens in tief ausgeschnittenen und sehr gewagten Kleidern aufmarschierten, war dann aber der Meinung, dass es wohl besser wäre, in dieser Hinsicht nichts zu sagen. Stattdessen schlug er vor, weiter zu fahren. Entlang des letzten Teilstücks des *Lungomare Guglielmo Marconi* folgten fast nur noch größere Häuser und Hotelbauten.

„Da ist mir unser kleines Hotel viel lieber", stellte Max fest.

Der *Lungomare* ging mit einer scharfen Rechtskurve in die *Via Cristoforo Colombo* über, die schnurgerade auf die andere Seite des *Lido* hinüberführte, der an dieser Stelle nicht breiter als vierhundert Meter war. Am anderen Ufer hatte man sofort wieder das Zentrum von Venedig mit dem alles überragenden *Campanile* im Blick. Im Gegensatz zur Südostseite des *Lido* mit dem breiten *Lungomare,* den feinen Sandstränden und den zahlreichen Hotels radelten Max und Chiara nun auf der Nordwestseite über eine schmale Straße, die nur durch einen kleinen Grünstreifen vom steil abfallenden Ufer getrennt war. Drei kleinere Kanäle konnten sie noch über eine schmale, nur für Fußgänger und Radlfahrer geeignete Brücke überqueren, ein paar hundert Meter weiter mussten sie ins Inselinnere abbiegen, weil sie auf einen Kanal stießen, an dessen gegenüberliegender Seite sich die Uferstraße nicht fortsetzte. Eine Brücke gab es nur einhundert Meter vom Meer nach hinten versetzt. Die *Via Sandro Gallo,* auf der sie nun weiter radelten, führte durch ein reines Wohngebiet, neben den Wohnhäusern gab es nur kleinere *Alimentari*-Läden sowie die üblichen Bars und *Tabacchi*-Läden.

„Ich bin gespannt, wo wir jetzt rauskommen werden", meinte Chiara, die die meiste Zeit direkt neben Max radeln konnte, weil nur sehr wenige Autos unterwegs waren.

„Ich vermute, wir stoßen irgendwann auf die *Granviale Santa Maria Elisabetta*."

Max sollte Recht behalten, aber anders, als er erwartet hatte, denn die *Via Sandro Gallo* schwenkte plötzlich nach links und führte hinter der ersten Häuserzeile am Ufer bis zu dem großen Kreisverkehr, an dem links die Anlegestelle für die *Vaporetti* lag und an dem rechts die *Granviale Santa Maria Elisabetta* begann.

„Sollen wir uns vor eine Bar setzen und einen *Cappuccino* trinken oder willst du direkt zurückradeln, Chiara?"

„Von mir aus können wir das letzte Stück noch weiterfahren, einen guten *Cappuccino* gibt es auch an unserem Strand.“

„Gut, da gibt es bestimmt auch ein kühles Bier.“

„Dafür musst du aber zuerst noch ein paar Kalorien verbrennen, jetzt ist Schluss mit dem gemütlichen Dahinradeln.“

Chiara grinste Max an und trat sofort kräftig in die Pedale.

„Ich bin eher bei unserem Hotel“, rief sie und zischte ab.

Bis er reagierte, hatte sie sich schon einen ganz schönen Vorsprung erarbeitet. Das wollte Max natürlich nicht auf sich sitzen lassen. Da er aber sehr viel mehr Masse in Schwung bringen musste, dauerte es etwas, bis er so richtig Fahrt aufnahm. Erst als sie von der *Granviale* in den *Lungomare* abbog, sah sich Chiara um. Max hatte ein ordentliches Tempo drauf und war ihr mittlerweile dicht auf den Fersen, doch Chiara hatte die bessere Kondition. Je näher sie ihrem Hotel kamen, desto größer wurde sein Rückstand wieder.

„Gewonnen“, strahlte Chiara übers ganze Gesicht, als Max völlig außer Atem auch beim Hotel ankam.

„Also gut, der *Cappuccino* am Strand geht auf mich“, gab er sich geschlagen.

Sie stellten die Räder an ihren Platz zurück und gaben die beiden Schlüssel wieder an der Rezeption ab. In ihrem Zimmer packten sie nur noch schnell ihre Badesachen zusammen und gingen sofort an den Strand hinüber. Max musste natürlich gleich sein Versprechen einlösen und Chiara einen *Cappuccino* spendieren, er selbst ließ sich auch durch eine weitere spitze Bemerkung von seiner Frau nicht abhalten, sich ein kühles Bier zu bestellen. Dazu verdrückte er ein mit *Mortadella* belegtes *Panino*, weil er auch schon wieder Hunger hatte. Anschließend wollte Chiara sofort ins Wasser, Max legte sich erst einmal auf seinen Liegestuhl, holte sein Tablet aus der großen Badetasche und sah sich seinen E-Mail-Postkorb an. Neben einem kurzen Gruß von Elena fand er eine Mail von seinem Rosenheimer Kollegen Wiggerl, der ihm berichtete, dass sich ein Kriminalfall, den sie vor längerer Zeit als unerledigt beiseitelegen mussten, durch Zufall doch noch geklärt hatte. Max konnte es sich nicht verkneifen, Wiggerl in seiner Antwort von der wunderschönen Reise vorzuschwärmen. Dass er auch in diesem Urlaub wieder einmal in einem Mordfall ermittelte, verschwieg er aber. Nachdem er seine Antwort abgeschickt hatte, sah sich Max die Berichte über die WM-Spiele des Vorabends an. Die italienische Presse ging mit der *Squadra Azzurra* hart ins Gericht und natürlich wurde der Rücktritt des Trainers gefordert.

„So eine Blamage bleibt uns morgen sicher erspart", dachte sich Max, der natürlich felsenfest davon überzeugt war, dass sich die deutsche Nationalmannschaft als Gruppensieger fürs Achtelfinale qualifizieren würde.

Er steckte sein Tablet wieder in die Tasche und lehnte sich auf seinem Liegestuhl zurück. Sofort war er wieder bei den beiden Mordfällen. Wie konnten sie gegen Sanders und Sattorini vorgehen, wenn ihnen die Beweise fehlten? Mussten sie vielleicht an einer ganz anderen Stelle ansetzen, um auf Umwegen zum Ziel zu kommen? Max erinnerte sich an die ersten Überlegungen zum Samstagabend. Es war noch immer ungeklärt, wie Spinea von dem Treffen der Mitglieder von *Salvate Venezia* beim Bäcker Altino erfahren hatte. Genauso unklar war, woher der Mörder von Spinea gewusst hatte, dass der Hausbesitzer an jenem Abend vor Ort sein würde. Plötzlich schoss ihm ein Gedanke durch den Kopf.

„Und wenn ihm sein Mörder selbst das Treffen verraten hat?"

Max hatte sich abrupt aufgesetzt, ließ sich aber genauso schnell wieder zurückfallen, denn da er sich sicher war, dass keines der Gruppenmitglieder etwas mit dem Mord zu tun hatte, war er in dieser Hinsicht wohl auf dem Holzweg. Trotzdem ließ ihn dieser Gedanke nicht mehr los. Mitten in seine Überlegungen platzte ein Anruf von Valentina.

„*Ciao* Massimiliano, bist du inzwischen schon am Strand?"

„Ja, aber noch nicht einmal eine halbe Stunde. Du rufst aber bestimmt nicht an, um einen kurzen Bericht von unserer Radltour zu hören, oder?"

„Das stimmt natürlich", lachte sie. „Du hast mit deiner Vermutung Recht gehabt, es war tatsächlich Sattorini, der letzten Freitag die Fahrbereitschaft angefordert hat und sich vom Rathaus an die *Riva delle Sette Martiri* fahren ließ. Er blieb eine halbe Stunde und hat sich dann nach Hause fahren lassen."

„Interessant. Das würde also zu unserer Theorie passen, dass Sanders Sattorini bestochen hat, damit er dafür sorgt, dass der Hafen ausgebaut wird."

„Ein Amtsmissbrauch war es auf alle Fälle, wenn es ein privater Besuch war und offiziell nichts mit Sattorinis Stadtratstätigkeit zu tun hatte. *Brigadiere* Dino Verde hat sich die Vorschriften genau angesehen, diesen Amtsmissbrauch können wir Sattorini also schon einmal nachweisen."

„Trotzdem müssen wir noch stillhalten, solange uns ein Beweis für die Schmiergeldzahlungen fehlt. Der Missbrauch der Fahrbereitschaft ist doch verhältnismäßig gering, wenn es auf der anderen Seite um Korruption und um Mord geht."

„Du sagst es. Diesen Mister Sanders haben wir übrigens auch etwas genauer unter die Lupe genommen, er ist aber in Italien ein völlig unbeschriebenes Blatt."

„Hast du über Interpol auch in Florida nachgefragt, ob dort etwas gegen ihn vorliegt?"

„Da ist mein *Brigadiere* Enzo Stradona gerade dran, weil er von uns am besten englisch spricht. Er hat sich vorher die Konten von Sattorini genauer angesehen. Größere Bargeldeinzahlungen oder Abhebungen hat er leider nicht gefunden. Allerdings ist er doch noch auf eine Auffälligkeit gestoßen. Die wirtschaftliche Lage von Sattorinis Baufirma scheint nicht gerade rosig zu sein, die Kreditlinien sind im Moment voll ausgeschöpft und die Zahlungseingänge sind in der letzten Zeit ziemlich spärlich gewesen."

„Dann hätte er also das Schmiergeld dringend brauchen können."

„So sieht es aus, Massimiliano."

„Aber wir müssen es ihm auch nachweisen. Nur wie? Wenn ich so wie jetzt untätig herumliege, dann macht mich das immer ganz unruhig."

„Ohne Zeugen wird es wahrscheinlich schwer werden."

„Vielleicht müssen wir erst einmal bei einem Punkt ansetzen, den wir bisher etwas außer Acht gelassen haben."

„Was meinst du?"

„Mir ist vorhin wieder einmal der Samstagabend durch den Kopf gegangen. Wir wissen noch immer nicht, woher Spinea überhaupt wusste, dass es bei Altino das *Salvate Venezia*-Treffen gab. Derjenige, der ihm das gesteckt hat, könnte auch seinen Mörder informiert haben."

„Stimmt. Wir hatten ursprünglich spekuliert, dass es einer von *Salvate Venezia* selbst war."

„Da warst du aber auch noch davon überzeugt, dass ihn einer aus der Gruppe ermordet hat.“

„Diese Überlegung war allerdings spätestens nach dem zweiten Mord hinfällig. Ich finde deinen Ansatz richtig, das Pferd von hinten aufzuzäumen. Wenn wir einmal annehmen, dass tatsächlich Sattorini hinter den Morden steckt, könnte er es natürlich auch gewesen sein, der Spinea das Treffen verraten hat, um sicher zu gehen, dass er in seinem Haus in *Dorsoduro* auf seinen Mörder treffen würde. Bliebe die Frage, wie Sattorini von dem Treffen erfahren hat.“

Chiara war inzwischen aus dem Wasser gekommen, hatte sich abgetrocknet und neben Max auf ihre Strandliege gelegt.

„Bei den jungen Leuten sehe ich überhaupt keine Verbindung zu Sattorini. Und selbst wenn ihn einer von ihnen kennen würde, was hätte derjenige oder diejenige für ein Motiv haben sollen, ausgerechnet dem das Treffen zu verraten, der mit seiner Baufirma von dem Rauswurf der Altinos aus der Wohnung und der Bäckerei profitieren würde? Das passt überhaupt nicht zusammen. Dazu kommt noch ein weiterer Aspekt. Würde einer von ihnen Sattorini näher kennen, dann hätte die Gruppe sicher nicht erst aus der Zeitung erfahren, dass der Wirtschafts- und Tourismus-Ausschuss entschieden hat, den Hafen auszubauen.“

„Ich kann dem allen nur zustimmen, Massimiliano. Ich werde meine Männer gleich einmal darauf ansetzen, die Telefondaten von Sattorini zu überprüfen. Vielleicht stoßen wir da auf einen Hinweis, wer von denjenigen, mit denen er in den Tagen vor dem Mord Kontakt hatte, als möglicher Informant in Frage kommen würde.“

„Gut, das ist im Moment wohl das Einzige, was wir tun können. Ich gehe jetzt erst einmal ins Wasser und lasse mir das alles noch einmal durch den Kopf gehen. Bis später.“

„Viel Spaß im Meer. Bis später, Massimiliano. *Ciao*.“

„Warum hast du plötzlich wieder die Mitglieder von *Salvate Venezia* im Visier, Max?“, fragte Chiara sofort, als er das Gespräch beendet hatte.

„Ich habe die nicht im Visier, ich bin nur auf der Suche nach der Verbindung des Treffens bei Altino zu der Information an Spinea, dass dieses Treffen in seinem Haus in *Dorsoduro* stattfindet, sowie der Information an den Mörder von Spinea, dass er ihn an dem besagten Samstagabend in *Dorsoduro* antreffen würde. Die Schmiergeldzahlungen und die Erpressung sind das eine, Ausgangspunkt für den Mord an Spinea in seinem eigenen Haus war aber anscheinend allein die Tatsache, dass er zu dem *Salvate Venezia*-Treffen gegangen ist."

„Wenn man Spinea wegen der Erpressung ausschalten wollte, dann wäre er bestimmt kurz danach irgendwo ermordet worden, wenn er am Samstagabend nicht zu Altino gekommen wäre."

„Das stimmt natürlich. Aber nur weil er zu Altino gegangen ist, konnte er seinem Mörder an dem Abend in die Falle gehen."

„Und wenn der Mörder gar nichts von dem Treffen gewusst hat und nur ganz zufällig bei Spineas Mietshaus gelandet ist, weil er ihn verfolgt hat, um ihn umzubringen?"

Diese Möglichkeit hatte Max offenbar noch nicht näher in Betracht gezogen, deshalb sah er Chiara ziemlich erstaunt an. Schnell hatte er sich aber wieder gefangen.

„Aufgrund der bisherigen Erkenntnisse mussten wir davon ausgehen, dass der Mörder sowohl einen Hausschlüssel als auch einen Schlüssel für die ehemalige Masena-Wohnung gehabt haben müsste, weil es an beiden Türen keinerlei Einbruchsspuren gab. Wenn er wirklich Spinea verfolgt hätte, ohne zu wissen, wohin er geht, wie hätte er dann ins Haus und in die Wohnung gelangen können? Und wo hatte er dann so plötzlich die leere Weinflasche her, um ihn zu erschlagen?"

„Ins Haus könnte er auch ohne Schlüssel hineingekommen sein, in dem er einfach verhindert hat, dass die Tür hinter Spinea ins Schloss fiel, ohne dass der etwas davon bemerkt hat, natürlich. Was die Wohnung angeht, bin ich allerdings überfragt, da wäre er wahrscheinlich nur hineingekommen, wenn er Spinea gezwungen hätte, die Tür selbst aufzusperren."

Max zuckte mit den Schultern

„Wenn dich einer mit einer Pistole bedrohen würde, Max, während du selbst unbewaffnet bist, dann würdest du dich bestimmt auch nicht dagegen wehren und die Wohnung aufsperren."

„Wahrscheinlich schon. Unlogisch ist aber, dass der Mörder Spinea zuerst mit Waffengewalt zwingt, die Wohnungstür aufzusperren und ihn dann mit einer Flasche erschlägt. Da hätte er ihn doch gleich erschießen können."

„Die Flasche hinterließ aber weniger Spuren. Über die Waffe wäre der Schütze doch eventuell leicht zu identifizieren gewesen."

Max stimmte ihr zu, was die Waffe anging, blieb aber weiter skeptisch bei der These, Spineas Mörder hätte sein Opfer verfolgt und nur zufällig im Haus ermordet.

„Wenn Spinea tatsächlich von seinem Mörder verfolgt worden wäre, ohne dass der Mörder wusste, wohin ihn die Verfolgungsjagd führen wird, warum hat er dann gewartet, bis Spinea in irgendein Haus hineingeht, wo es vermutlich viele Zeugen gäbe? Warum hätte der Mörder, falls er zufällig im Haus in *Dorsoduro* gelandet wäre, bis nach dem Treffen von *Salvate Venezia* warten sollen, bis er Spinea ermordet? Er hätte doch gar nicht wissen können, wann sein Opfer von dem Treffen zurückkommt oder ob er die Altino-Wohnung alleine verlässt."

„Du hast Recht, Max, das wären ein bisschen viele Zufälle. Der Mörder muss doch auch gewusst haben, dass die ehemalige Masena-Wohnung leer steht."

„Eben. Ich denke, wir können davon ausgehen, dass der Mörder ganz gezielt zu Spineas Haus hin ist, um ihn dort zu ermorden. Das bringt mich aber jetzt wieder zum Ausgangspunkt zurück. Wer hat das *Salvate Venezia*-Treffen verraten, so dass Spinea und sein Mörder Bescheid wussten?"

Jetzt zuckte Chiara mit den Schultern.

„Ich weiß es nicht. Wie wir schon mehrfach diskutiert haben, wäre es bei den Gruppenmitgliedern völlig unlogisch gewesen, das Treffen an Spinea zu verraten. Und ein Verrat an Sattorini als Inhaber der Baufirma wäre genauso paradox gewesen."

Max stand auf.

„Ich brauche erst einmal eine Abkühlung im Meer. Vielleicht habe ich dann einen klareren Kopf, um dieses Gewirr zu entknoten."

In Gedanken versunken watete Max ins Wasser hinein, frischte sich etwas ab und tauchte dann abrupt unter. Als er wieder auftauchte, drehte er sich um, ließ sich rückwärts ins Wasser fallen und schwamm auf dem Rücken etwas hinaus. Die Sonne brannte mittlerweile richtig heiß, aber das Wasser brachte Max die erhoffte Erfrischung, nur die zündende Idee zur Lösung des Falles wollte sich nicht einstellen. Es kam selten vor, dass Max an sich selbst zweifelte, aber als er jetzt, den *Lido* im Blick, im Wasser lag, überlegte er, ob er vielleicht wertvolle Zeit verschenkt hatte, indem er sich fast nur auf die mögliche Schmiergeldzahlung konzentriert hatte. Andererseits wusste er erst durch die Untersuchungen der *Carabinieri*, dass Sattorini als Strippenzieher im Wirtschafts- und Tourismus-Ausschuss als Empfänger der Schmiergeldzahlungen und als Auftraggeber der Morde in Frage kam. Welche Verbindung außer dem Bauvorhaben hätte es zwischen Sattorini, Spinea und *Salvate Venezia* noch geben können? Nachdem man Spinea nicht mehr befragen konnte und bei den Gruppenmitgliedern keine offensichtlichen Verbindungen zu Sattorini und Spinea bestanden, war für Max klar, dass er nun Sattorini in den Mittelpunkt der Ermittlungen stellen musste. Der erste Schritt dazu war schon veranlasst, in Abhängigkeit der Erkenntnisse, die sie aus den Telefondaten ziehen könnten, würden weitere folgen müssen. Aber bis dahin war er wieder einmal zum Warten und Nichtstun verurteilt. Er genoss noch eine ganze Weile das erfrischende Meer und ging dann zu Chiara zurück.

„Das Wasser ist heute wirklich herrlich. Es war eine tolle Idee von dir, an die Tage in Venedig noch eine knappe Woche am *Lido* anzuhängen."

„Was willst du über Mittag machen, Max?"

„Irgendwas essen."

„Ach, warum frag ich überhaupt?", meinte Chiara kopfschüttelnd und lachte laut los. „Du Vielfraß."

„Ich habe doch nur deine Frage beantwortet", grinste er sie an. „Willst du gerne hier bleiben?"

„Genau das wollte ich vorschlagen. Hier an der Bar gibt's Salate, *Panini* und kleine *Pasta*-Gerichte, mir würde das reichen."

„Eine kleine Portion *Pasta* reicht mir zwar nicht, aber ich könnte vielleicht mehrere probieren."

„Also doch ein Vielfraß."

Max hatte sich inzwischen abgetrocknet und eine trockene Badehose angezogen.

„Sollen wir gleich zum Essen gehen, mein Schatz?"

„Von mir aus."

Sie packten ihre Wertsachen in Chiaras kleine Tasche, gingen zur Bar hinüber und setzten sich an einen der Tische im Freien. Sofort kam eine junge Frau zu ihnen, um ihnen die Speisekarte zu bringen und ihre Getränkebestellungen aufzunehmen. Chiara brauchte anschließend nicht lange, um sich für den Salatteller mit gebratenen Putenstreifen zu entscheiden. Max schwankte zwischen den *Spaghetti alle vongole* und einer *Lasagne*, entschied sich schließlich für die *Spaghetti* und warf gleich einmal einen Blick auf die Dessertkarte.

„Vielleicht brauche ich doch nur eine Portion *Pasta*", dachte er sich, denn die Fotos der verschiedenen Eisbecher sahen schon sehr verlockend aus.

Sie hatten gerade ihr Essen bestellt, da klingelte Chiaras Handy.

„Es ist Elena", sagte sie zu Max und ging ran. „Hallo meine Kleine, wie geht's dir denn?"

„Hallo Mama, mir geht's prima, wir haben jetzt eine Stunde Mittagspause. Seid ihr am Strand oder ist Papa zum Ermitteln unterwegs?"

„Wir haben uns hier am Strand gerade unser Mittagessen bestellt, so wie es im Moment aussieht, braucht er heute auch nicht mehr weg, aber das kann sich schnell einmal ändern, das weißt du ja."

Anschließend erzählte Elena, dass sie am folgenden Wochenende nicht wie geplant nach Rosenheim fahren, sondern in Fürstenfeldbruck bleiben würde, weil einige Studenten für den Samstag zu einem Sommerfest eingeladen hätten, bei dem sie und Carlos unbedingt dabei sein wollten. Sie ließ ihrem Papa einen Gruß ausrichten und verabschiedete sich von Chiara.

„Lasst es euch schmecken, bei mir gibt's heute nur Kantinenessen. *Ciao* Mama."

„*Ciao* Elena."

Ein bisschen enttäuscht war Chiara schon, dass Elena am Sonntag nicht in Rosenheim sein würde, wenn sie von Venedig zurückkamen, aber sie konnte ihre jüngere Tochter natürlich auch verstehen, dass sie am Wochenende lieber eine Party feiern wollte, als zuhause auf ihre Eltern zu warten.

„Hat sie mal mit Martina telefoniert?", fragte Max.

„Dazu hat sie mir nichts erzählt. Bei Martina könnten wir heute Abend mal kurz anrufen."

Sie mussten nicht mehr lange auf ihr Essen warten und schon nach dem ersten Bissen waren sie sich einig, dass sie an den kommenden Tagen zum Mittagessen auch am Strand bleiben würden, denn sowohl der Salat als auch die *Spaghetti* schmeckten vorzüglich. Danach bestellte sich Max tatsächlich noch einen großen Eisbecher mit frischen Früchten, trotz der spitzen Bemerkung von Chiara, dass bei der Radltour am Vormittag der Kalorienverbrauch sicher nicht so hoch gewesen sei, dass er ihn sofort überkompensieren müsse. Max ließ sich aber dadurch von seiner Bestellung nicht abhalten.

„Willst du mal probieren, mein Schatz, das Eis ist auch super", bot er ihr wenig später an, als er die ersten Löffel Eis gegessen hatte.

"Schmeckt wirklich richtig gut", stellte auch Chiara fest, nachdem sie von zwei der vier Eissorten gekostet hatte.

Wie immer hatte Max sein Eis sehr schnell verputzt. Nach dem abschließenden *Espresso* kehrten sie unter ihren Sonnenschirm zurück. Während sich Chiara sofort auf ihrer Strandliege ausstreckte und die Augen schloss, kam Max in seinem Liegestuhl sofort wieder ins Grübeln. Warum hatte sich Valentina noch nicht gemeldet? Hatten die Telefondaten von Sattorini so wenig hergegeben, dass es sich nicht lohnte, ihn anzurufen? Oder hatten die *Carabinieri* unter Umständen gar keinen Zugriff auf Sattorinis Daten, weil er Stadtrat war? Chiara war relativ schnell eingeschlafen, gleichmäßig hob und senkte sich ihr Brustkorb. Max beneidete sie darum, dass sie auch an anstrengenden oder aufregenden Tagen meistens sehr schnell einschlafen konnte. Er selbst lag oft lange wach, wenn ihn ein aktueller Fall beschäftigte, weil er dann immer schwer abschalten konnte. Jetzt lehnte er sich auf seinem Liegestuhl zurück, schloss die Augen, hörte das kontinuierliche Rauschen des Meeres, das eigentlich beruhigend wirkte. Vor seinem geistigen Auge sah er, wie die Yacht von Sanders auf dem Meer schaukelte, wie Sattorini an Deck Sanders die Hand schüttelte und von ihm ein dickes, gut gefülltes Kuvert überreicht bekam. Er wollte losrennen, um Sattorini das Kuvert sofort zu entreißen, damit er einen Beweis für die Schmiergeldzahlungen in der Hand hätte, da schreckte er hoch und merkte, dass er auch ein bisschen eingenickt war und geträumt hatte. Chiara neben ihm schlief immer noch fest.

„Wie sollen wir ihm die Schmiergeldzahlungen nachweisen, wenn wir keinen Zeugen haben, der gegen Sattorini aussagt?“, grübelte Max weiter.

Dann überlegte er, ob er vielleicht doch noch jedes einzelne Mitglied von *Salvate Venezia* nach einer möglichen Verbindung zu Sattorini befragen sollte. Wenn überhaupt, müsste das aber wirklich in Einzelgesprächen passieren. Inzwischen war es schon nach zwei Uhr und Valentina hatte sich immer noch nicht gemeldet. Als Chiara von ihrem Mittagsschlaf aufwachte, wollte sie nicht sofort zum Schwimmen gehen, deshalb sollte sich zuerst Max die nächste Erfrischung holen. Mittlerweile hatte die Mittagssonne den Sand so erhitzt, dass man kaum mehr barfuß drüberlaufen konnte, deswegen sprintete Max ins Wasser hinein, um sich seine Fußsohlen nicht zu verbrennen.

Als Max nach einer Viertelstunde zurückkam, sah ihn Chiara etwas vorwurfsvoll an.

„Wir haben strahlend blauen Himmel, haben ein sehr gutes Mittagessen bekommen, liegen hier an diesem herrlichen Strand und trotzdem schaust du die ganze Zeit so griesgrämig, Max.“

„Mir passt es eben überhaupt nicht, dass die *Carabinieri* nichts hören lassen und ich hier tatenlos rumliegen muss.“

„Wenn du schon nichts in Sachen Doppelmord tun kannst, dann genieß doch wenigstens die Zeit am Strand, solange bis du wieder zu einem Einsatz musst.“

„Einen Einsatz habe ich spätestens morgen um zehn bei der Trauerfeier für die beiden Mordopfer. Wenn vom Hotel morgen Früh kein Shuttle-Bus fährt, müsste ich spätestens um dreiviertel neun hier los, damit ich pünktlich auf *San Michele* bin.“

„Gehst nur du hin?“

„Nein, nein, drei *Carabinieri* kommen in Zivil, wir wollen erst einmal schauen, wer alles von denjenigen, die uns bei den bisherigen Ermittlungen schon über den Weg gelaufen sind, vor Ort sein wird und wollen dann natürlich auch beobachten, wie sich der eine oder andere dort verhält. Mein Handy hat in der Zwischenzeit nicht geklingelt?“

„Nein, das hätte ich dir doch sofort gesagt.“

Als Chiara wenig später dann auch ins Wasser ging, zog Max schnell sein Handy aus der Tasche, um nachzusehen, ob Chiara einen Anruf vielleicht überhört hatte, aber es hatte tatsächlich niemand angerufen.

Den ganzen Nachmittag gingen Max und Chiara abwechselnd ins Wasser, während sie zwischendurch immer wieder in ihrem Buch las, lag Max die meiste Zeit nachdenklich auf seinem Liegestuhl. Es war schon kurz nach fünf, als Valentina endlich anrief.

„Entschuldige, Massimiliano, dass ich mich nicht eher gemeldet habe, aber wir waren den ganzen Nachmittag im Einsatz. Wir jagen schon länger einer Bande von Produktpiraten hinterher. Ab und zu einen der Straßenhändler hochgehen zu lassen, bringt nicht viel, weil dessen Platz sofort ein anderer einnimmt. Durch einen gezielten Hinweis konnten wir heute endlich einige der Hintermänner festnehmen und bei ihnen auch umfangreiches Beweismaterial sicherstellen."

„Gratuliere. Es tut immer gut, wenn man bei einem Fall länger auf ein Ziel hinarbeitet und man dann endlich einen Erfolg verzeichnen kann. Habt ihr überhaupt noch Zeit gehabt, euch um die Mordfälle zu kümmern?"

„Ja, wir hatten die Infos schon da, mussten dann aber relativ kurzfristig zu unserem Einsatz, so dass keine Zeit mehr war, dich vorher anzurufen."

„Was konntet ihr herausfinden?"

„Zuerst zu Sanders. Bei einer seiner Firmen gab es vor acht Jahren den Verdacht, es habe einen betrügerischen Konkurs gegeben. Letztlich reichten aber die Beweise nicht aus, um Sanders zu verurteilen. Sonst ist er nie negativ aufgefallen, auch wenn immer wieder mal gemunkelt wird, dass bei dem Aufbau seines Firmenimperiums nicht immer alles mit rechten Dingen zugegangen ist. Aber solange es nie Beweise für solche Behauptungen gibt, gilt eben immer die Unschuldsvermutung."

„Und wie sieht es bei Sattorini aus?"

„Seine Handydaten waren schon sehr aufschlussreich. Natürlich waren da viele Gespräche mit seinen Ausschuss- und Stadtratskollegen, immer wieder Telefonate mit Spinea, zuletzt am letzten Mittwoch, wie wir bereits wussten. Es gibt einige

Verbindungen zu einer amerikanischen Handy-Nummer, die Sanders gehört."

„Sehr gut", freute sich Max. „Das hört sich gut an. Damit kann er schon mal nicht mehr leugnen, Sanders zu kennen. Vielleicht wird das noch ganz wichtig für uns."

„Warte, Massimiliano, es kommt noch besser. Die meisten Gespräche hat Sattorini nämlich mit einer gewissen Fiorella Caltana geführt."

„Wirklich? Das hätte ich jetzt nicht erwartet. Wurden die Gespräche in den letzten zwei Monaten weniger? Denn da war sie doch nach ihren eigenen Angaben mit Spinea zusammen."

„Dann ist sie anscheinend zweigleisig gefahren, denn die Häufigkeit der Telefonate mit Sattorini hat in den letzten Wochen nicht abgenommen, im Gegenteil, besonders in der letzten Woche haben sie mehrmals täglich telefoniert."

„Von Spineas Handy-Daten wissen wir, dass er am Samstagvormittag zuletzt mit Fiorella telefoniert hat. Passt die Zeit mit einem der Telefonate mit Sattorini zusammen."

„Denselben Gedanken hatte ich auch. Dino hat es überprüft, offenbar hat die Caltana sofort, nachdem sie zum letzten Mal mit Spinea gesprochen hatte, bei Sattorini angerufen."

Max sagte einige Sekunden gar nichts, wie Blitze schossen die neuen Informationen in seinem Kopf hin und her. Aber wie immer konnte er sich sehr schnell auf eine neue Situation einstellen.

„Wenn du mich fragst, hat Fiorella ihren Liebhaber mehr oder weniger ans Messer geliefert. Ich glaube, sie hat in dem Telefonat mit Spinea erfahren, dass er abends zu dem *Salvate Venezia*-Treffen nach *Dorsoduro* gehen wollte und hat das an Sattorini, offenbar auch ihr Liebhaber, verraten. Eine andere Variante wäre noch, dass Spinea erst durch Fiorella von dem Treffen erfahren hat und sie ihn in Absprache mit Sattorini dorthin geschickt hat. Und nachdem er zugesagt hatte, hinzugehen, hat sie Sattorini darüber informiert, dass er für Samstagabend den Killer auf Spinea ansetzen konnte."

„Respekt, Massimiliano, welche Schlüsse du aus den wenigen neuen Informationen gleich ziehen kannst. Deine beiden Theorien hören sich sehr plausibel an, nur wird uns kein Richter einen Haftbefehl ausstellen, wenn wir ihm lediglich ein paar Handy-Daten vorlegen können."

„Das ist natürlich klar, wir müssen dem Richter schon noch ein bisschen mehr liefern."

„Soll ich die Caltana gleich zu einem Gespräch einbestellen?"

„Das würde ich nicht machen, denn wie du gerade selbst gesagt hast, haben wir außer den Handy-Daten noch nichts gegen sie in der Hand. Ich setze eher darauf, sie zu gegebener Zeit etwas zu überrumpeln. Wenn sie weiß, dass sie von den *Carabinieri* verhört wird, kann sie sich doch darauf einstellen und vorbereiten. Außerdem könnte sie sich dann auch vorab mit Sattorini besprechen und ihn vorwarnen, das möchte ich vermeiden. Ich bin mir übrigens sicher, dass wir sie morgen Vormittag bei Spineas Beerdigung sehen werden."

„Sattorini als Spineas ehemaliger Geschäftspartner könnte durchaus auch da sein."

„Dann lassen wir uns überraschen, was uns die beiden für ein Schauspiel liefern werden. Ich werde auf alle Fälle hier zeitig aufbrechen, damit ich schon eine ganze Weile vor der Trauerfeier auf *San Michele* bin."

„Gut, dann sehen wir uns morgen."

Max wollte sich schon von ihr verabschieden, doch Valentina hielt ihn noch zurück.

„Halt, eine Information habe ich noch. Wir haben auf den Geldscheinen, die *Signora* Spinea in dem Ordner ihres Mannes gefunden hat, sehr klare Fingerabdrücke feststellen können."

„Habt ihr den passenden Verbrecher auch dazu?"

„Leider nicht, die deckungsgleichen Fingerabdrücke sind in unseren Archiven noch nicht gespeichert, aber zu gegebener Zeit könnten diese Spuren noch sehr wichtig für uns werden."

„Auf alle Fälle wären sie ein eindeutiges Indiz dafür, von wem Spinea diese hohe Summe bekommen haben könnte."

„Eben. Aber wie du schon einmal gesagt hast, können wir nicht den zweiten Schritt vor dem ersten machen."

„Richtig. Hoffen wir, dass wir morgen mehrere Schritte vorwärts kommen."

„Ich wünsche dir und deiner Frau einen schönen Abend, Massimiliano. Bis morgen.

„*Ciao*, bis morgen."

Chiara war aus dem Wasser gekommen, als Max gerade davon gesprochen hatte, dass sie Fiorella Caltana sicher bei der

Trauerfeier sehen würden. Sie wollte natürlich sofort wissen, was Max von den *Carabinieri* an Neuigkeiten erfahren hatte. Während seiner Zusammenfassung schüttelte sie mehrfach mit dem Kopf und meinte schließlich:

„Weißt du, wie sich das für mich anhört, Max? Wenn Sattorini und diese Fiorella schon länger ein Paar sind und er von Spinea erpresst worden ist, dann musst du doch fast davon ausgehen, dass sich Fiorella und Spinea nicht zufällig kennen gelernt haben. Das sieht mir doch eher wie eine Inszenierung aus. Sie sollte ihm den Kopf verdrehen, damit er ihr die Informationen liefert, die Sattorini brauchte, um irgendwie aus der Erpressung herauszukommen. Und weil das vielleicht nicht so geklappt hat, wie sie sich das vorgestellt hatten, sollte Spinea sterben, was sie wiederum dadurch eingefädelt hat, dass sie Sattorini verraten hat, wohin Spinea am Samstagabend gehen wollte."

Max beugte sich zu Chiara hinüber, die mittlerweile wieder auf ihrer Strandliege lag, und gab ihr einen Kuss.

„Mein Schatz, du bist wirklich genial. Ich hätte es nicht besser zusammenfassen können. Der Caltana hätte ich gar nicht zugetraut, dass sie so durchtrieben ist. Nachdem sie Spinea ans Messer geliefert hatte, ist sie zu ihren Eltern gefahren, um sich selbst ein wasserdichtes Alibi zu verschaffen, denn wer in *Mestre* die Eltern besucht, kann schließlich nicht zur gleichen Zeit in *Dorsoduro* jemanden umbringen."

„Was willst du morgen unternehmen, wenn sie tatsächlich beide zur Trauerfeier kommen?"

„Das weiß ich noch nicht. Wir haben noch immer das Problem, dass wir letztlich für den Mord an Spinea keinen Beweis haben. Allein die Tatsache, dass Fiorella nach ihren eigenen Angaben seit ungefähr zwei Monaten mit Spinea zusammen war, obwohl sie mit Sattorini eigentlich einen Freund hatte, ist noch kein Verbrechen. Ich hoffe, dass mir bis morgen noch etwas einfällt, womit wir sie in die Enge treiben und zu einem Fehler veranlassen könnten. Ansonsten will ich einfach mal abwarten, wie sich die beiden verhalten, wenn sie zur Trauerfeier kommen sollten."

Nachdem feststand, dass Max an diesem Tag wahrscheinlich nicht mehr nach Venedig hinüberfahren musste, besprachen sie, dass sie am Abend am *Lido* bleiben und sich irgendwo im Bereich der *Granviale* ein *Ristorante* fürs Abendessen suchen würden.

„Sehr gut, dann können wir heute lange am Strand bleiben", freute sich Chiara.

„Stimmt, wir müssen den Tag heute richtig ausnutzen, denn morgen müssen wir eher aufbrechen, damit wir pünktlich zum Anpfiff um sechs schon vor dem Fernseher sitzen", antwortete ihr Max. „Ich geh jetzt gleich noch einmal zum Schwimmen."

Der Sand war immer noch sehr heiß, deswegen beeilte sich Max, ins Wasser zu kommen. Wieder watete er ein Stück hinein, machte dann aber einen Hechtsprung und schwamm mit kräftigen Zügen ein ganzes Stück hinaus. Immer wieder tauchte er etwas unter, als ob ihm das etwas helfen würde, den Kopf frei zu bekommen. Aber natürlich drehten sich seine Gedanken weiterhin pausenlos um Fiorella, Sattorini und Spinea. Wie sollte er nachweisen, dass Sattorini seine junge Freundin regelrecht auf Spinea angesetzt hatte? Wer könnte ein Zeuge dafür sein, dass Fiorella regelmäßig Informationen über Spinea an Sattorini weitergegeben hatte? Anhand der Handy-Daten musste er allerdings davon ausgehen, dass Fiorella die entscheidende Information, nämlich dass Spinea am Samstagabend in seinem Haus in *Dorsoduro* sein würde, am Handy weitergegeben hatte, was eine diesbezügliche Zeugenaussage nahezu ausschloss.

„Verdammt, wenn ich bloß wüsste, woher einer von den dreien die Information über das *Salvate Venezia*-Treffen hatte", fluchte Max leise vor sich hin. „Es hilft nichts, ich muss mit jedem Gruppenmitglied einzeln sprechen."

Als er aus dem Wasser kam, bat er Chiara, sich mit Alessia in Verbindung zu setzen und sie nach den Handy-Nummern aller Gruppenmitglieder zu fragen.

„Ich weiß nicht, ob ich damit vorwärts komme, aber ich muss doch wenigstens versuchen, herauszufinden, ob nicht doch ein Gruppenmitglied den Termin vom Samstagabend ausgeplaudert hat."

„Meinst du, dass derjenige oder diejenige das dann überhaupt zugeben würde?"

„Warum denn nicht? Es muss doch gar nicht in böser Absicht passiert sein, vielleicht hat einer von denen einfach nur irgendwo erzählt, dass er sich für seine Heimatstadt engagiert und wollte damit neue Mitglieder werben. Und irgendjemand hat das dann an Spinea, Sattorini oder Fiorella weitergetratscht."

Mit dieser Argumentation ließ sich Chiara überzeugen. Sie griff zum Handy und wollte Alessia anrufen.

„Sie geht nicht ran, Max. Da meldet sich nur die Mailbox", berichtete sie ihm und legte das Handy wieder beiseite. „Ich probiere es später noch einmal."

„Danke."

Sie blieben bis um halb sieben am Strand und gingen dann in ihr Hotelzimmer hinüber, um sich fürs Abendessen frisch zu machen. Chiara hatte mehrfach versucht, Alessia anzurufen, allerdings schaltete sich immer wieder nur die Mailbox ein. Während sich Max nach dem Duschen fürs Abendessen anzog, schaltete er den Fernseher ein. In Brasilien begann gerade die zweite Halbzeit des letzten Vorrunden-Spiels der Argentinier gegen Nigeria. Max war überrascht, dass die Südamerikaner nur 2:1 führten. Noch mehr staunte er, als kurz nach der Halbzeit der Ausgleich fiel. Die Freude der Nigerianer währte aber nicht lange, denn schon drei Minuten später ging Argentinien wieder in Führung.

„Willst du das Spiel bis zum Schluss anschauen?", fragte Chiara, als sie aus dem Bad kam.

„Nein, wenn du fertig bist, dann können wir los."

„Ich brauche nur noch meine Strickjacke."

Max schaltete den Fernseher aus, Chiara nahm ihre Jacke aus dem Schrank, dann war sie startklar. Sie gingen die Treppe hinunter, gaben ihren Zimmerschlüssel wie üblich an der Rezeption ab, verließen das Hotel und spazierten den *Lungomare* entlang. In der *Granviale Santa Maria Elisabetta* schauten sie sich bei mehreren *Ristoranti* die ausgehängten Speisekarten an und entschieden sich dann für das *Da Carlo*, das etwas zurückversetzt von der Straße lag. Der Vorgarten war dicht bewachsenen, so dass die Tische, getrennt durch Sträucher und Pflanzen, jeweils etwas separiert standen.

„Das schaut doch gemütlich aus", freute sich Chiara und steuerte auf einen Tisch zu, der von besonders dichtem Grün umgeben war.

Der *Cameriere*, der gerade am Nebentisch die Getränke serviert und die Bestellung fürs Essen aufgenommen hatte, kam sofort zu ihnen, reichte ihnen die Speisekarte und fragte, ob er ihnen einen Aperitif bringen dürfe.

„Magst du einen *Prosecco*, mein Schatz?", fragte Max, obwohl er wusste, dass Chiara fast nie mit einem Aperitif startete.

Heute wollte sie allerdings doch einen *Prosecco* und Max bestellte auch für sich ein Glas. Nach einem Hauptgericht musste Chiara nicht lange suchen, nachdem sie schon bei der ausgehängten Speisekarte mit der Kalbsleber etwas Passendes für sich entdeckt hatte. Weil sowohl ihr Mann, als auch ihre Töchter überhaupt keine Innereien mochten, waren diese zuhause nie auf den Tisch gekommen.

„Hast du auch schon etwas gefunden, Max?"

„Ich werde mir den *Tacchino all'uva* bestellen. Den Truthahn mit Trauben habe ich letztes Jahr in *Lazise* einmal gegessen, dort hat das wunderbar geschmeckt. Als ersten Gang nehme ich vielleicht die *Spaghetti in salsa d'acciughe*".

„Die *Spaghetti* mit Sardellen habe ich mir auch ausgesucht."

Als kurz darauf der *Cameriere* den *Prosecco* brachte, konnten sie ihm schon ihre Essensbestellung aufgeben. Als er wieder weg war, stießen sie mit dem *Prosecco* an.

„Auf dich, mein Schatz."

„Auf uns, Max, und auf die restlichen Tage unserer Reise. Ich hoffe, du lässt mich nicht allzu lange allein am Strand liegen."

„Das hoffe ich natürlich auch. Mich nervt das auch, dass wir so langsam vorwärts kommen. Hat sich Alessia immer noch nicht gemeldet?"

„Nein, ich verstehe das auch nicht. Eigentlich müsste sie doch auch sehen, dass ich schon mehrfach bei ihr angerufen habe. Hoffentlich ist ihr nichts zugestoßen. Diesem Sattorini traue ich mittlerweile alles zu."

„Mal den Teufel nicht an die Wand, Chiara, ich brauche nicht noch einen Fall zum Ermitteln."

Chiara wählte zum wiederholten Mal Alessias Handy-Nummer, aber auch diesmal landete sie sofort bei der Mailbox.

Obwohl die Tische im *Da Carlo* schon gut besetzt waren, mussten sie nicht lange auf ihr Essen warten. Für Max hätten es ruhig etwas mehr *Spaghetti* sein können, geschmacklich aber waren sie hervorragend. Beim Hauptgericht war der Koch nicht so sparsam gewesen, Max bekam drei große Stücke der mit Kräutern gefüllten Truthahnbrust in der Trauben-Soße und auch Chiaras Portion *Fegato alla veneziana* war groß genug. Das Fleisch war dick mit gebratenen Zwiebelringen belegt, dazu wurde eine *Polenta* serviert.

„Willst du heute Nacht auf dem Balkon schlafen?“, lachte Max und zeigte mit dem Finger auf die vielen Zwiebelringe.

„Wieso?“, grinste Chiara. „Die Zwiebeln sind bestimmt nicht so schlimm wie Knoblauch.“

„Aber wenn du mit viel Knoblauch kochst, dann stinken wir beide.“

„Wander doch selbst auf den Balkon aus, wenn du es neben mir im Bett nicht aushältst“, legte Chiara nach und streckte ihm die Zunge raus.

Sie erwartete, dass Max sofort mit Worten zurückschießen würde, er aber reagierte ganz anders. Blitzschnell stieß er mit seiner Gabel in die gebratenen Zwiebelringe hinein und schob sie sich dann in den Mund.

„So, jetzt kannst du nach Zwiebel stinken so viel du willst. Jetzt rieche ich nichts mehr von dir.“

Chiara hätte sich vor Lachen beinahe verschluckt.

„Gut, dass uns niemand beobachtet, Max. Du bist echt unmöglich, aber es wäre langweilig, wenn es anders wäre.“

Für den Rest des Abendessens stellten sie ihre gegenseitigen Frotzeleien ein, erst als Max sich noch einen kalorienreichen Nachtisch bestellen wollte, musste er sich Chiaras übliche Kommentare zu seinem Übergewicht anhören. Sie selbst beschränkte sich auf einen *Espresso*, den Max nach seinem *Tiramisu* natürlich auch noch trank. Nachdem er bezahlt hatte, fragte ihn Chiara, ob er gleich zum Hotel zurückgehen oder noch einen Spaziergang machen wolle.

„Wenn der Spaziergang wieder in einen Schaufensterbummel ausarten soll, dann gehen wir lieber gleich zum Hotel, mein Geld reicht nicht mehr für einen neuen Bikini.“

Obwohl ihm Chiara nicht versprechen wollte, bei keinem Schaufenster stehen zu bleiben, ließ sich Max noch zu einem Spaziergang überreden. Zuerst gingen sie die *Granviale* entlang bis zu deren Beginn am Kreisverkehr und dann auf der anderen Straßenseite wie am Vorabend zurück bis zum *Lungomare*.

„Siehst du, war doch gar nicht so schlimm“, lachte Chiara, als sie bei ihrem Hotel ankamen. „Jetzt bin ich aber richtig müde.“

„Obwohl heute der Tag war, an dem ich am wenigsten unterwegs war, freue ich mich jetzt auch richtig auf mein Bett. Morgen kann ein anstrengender Tag werden.“

Wie fast immer ging Chiara zuerst ins Bad, Max wollte den Fernseher einschalten, um sich über die Zwischenstände der aktuellen WM-Spiele zu informieren, kam aber nicht mehr dazu, weil Chiaras Handy klingelte. Am Display sah er, dass es Alessia war, deshalb ging er ran.

„*Salve*, Max, ich habe gesehen, dass Chiara mehrfach angerufen hat.“

„Wir haben uns schon gewundert, weil du dich nicht gemeldet hast. Ist bei dir alles in Ordnung?“

„Ja, danke. Ich habe nur in der Früh mein Handy zuhause liegen gelassen, ausgerechnet an einem Tag wie heute, an dem ich zwischendurch nicht nach Hause fahren konnte. Was wollte Chiara denn?“

„Ich hatte sie gebeten, dich anzurufen, weil ich die Handy-Nummern der Mitglieder von *Salvate Venezia* bräuchte.“

„Verdächtigst du uns nun doch wieder?“

„Nein, ich müsste nur einen Punkt klären und dazu müsste ich mit jedem von euch einzeln sprechen.“

„Dann fang doch gleich bei mir damit an.“

„Gut, aber bitte spreche mit niemandem darüber, was ich dich gleich fragen werde, vor allem informiere die anderen vorab nicht, dass ich sie auch noch anrufen werde.“

„Das klingt aber dramatisch.“

„Ein Mordfall ist meistens dramatisch, Alessia. Wir rätseln immer noch, wie Spinea von eurem Treffen am Samstagabend erfahren haben könnte. Eine Information dazu könnte der Schlüssel sein, um seinen Mörder überführen zu können.“

„Also ich habe es Spinea sicher nicht verraten, den habe ich doch am Samstag zum ersten Mal gesehen.“

„Kennst du den Stadtrat Sattorini, den Vorsitzenden des Wirtschafts- und Tourismus-Ausschusses?“

„Seinen Namen kenne ich nur aus der Zeitung, begegnet bin ich dem nie.“

„Und wie sieht es mit Fiorella Caltana aus. Kennst du die?“

„Caltana? Nie gehört.“

„Schade, dann kannst du mir nicht weiterhelfen. Bitte behalte die Namen für dich, ich möchte nicht, dass irgendwelche falschen Verdächtigungen die Runde machen."

„Kein Problem, von mir erfährt keiner etwas. Die Handy-Nummern der anderen werde ich euch per Whatsapp schreiben."

„Vielen Dank, ich werde sie dann morgen anrufen. Chiara ist inzwischen aus dem Bad gekommen, warte, ich gebe sie dir auch noch."

Max gab das Handy weiter und ging selbst ins Bad. Als er nach ein paar Minuten wieder herauskam, lag Chiara bereits im Bett.

„Sie hat mir nochmals versichert, dass sie mit keinem der drei über das Treffen gesprochen hat, Max."

„Ich habe ihr das schon geglaubt. Ist ihre Whatsapp-Nachricht schon da?"

„Ja, die habe ich schon an dich weitergeleitet."

„Danke."

Max kroch neben Chiara unter die Bettdecke und gab ihr einen Kuss.

„Gute Nacht, Zwiebelchen."

„Ungehobelter Kerl", konterte sie, stieß ihm den Ellenbogen leicht in die Rippen und drehte ihm sofort den Rücken zu.

Das konnte Max natürlich nicht auf sich sitzen lassen. Er wusste genau, wo Chiara am kitzeligsten war. Ein kleiner Griff an ihre Taille genügte, um sie laut kreischen zu lassen.

„So, jetzt sind wir quitt, mein Schatz", lachte er. „Gute Nacht."

Chiara drehte sich wieder um und gab ihm einen Kuss.

„Gute Nacht, mein Dicker."

Bevor Max noch einmal etwas erwidern konnte, drehte sie ihm wieder den Rücken zu und kicherte vor sich hin. Es dauerte aber nicht lange, da schien sie schon eingeschlafen zu sein. Max dagegen lag noch eine ganze Weile wach und war in Gedanken schon bei der Trauerfeier am nächsten Vormittag. Erst als irgendwo eine Uhr Mitternacht schlug, schlummerte er endlich ein.

13

Im Urlaub genossen es Max und Chiara, einmal eine Zeit lang nicht nach der Uhr leben zu müssen, nur im Ausnahmefall stellten sie sich einen Wecker fürs Aufstehen. Die Trauerfeier für die beiden Mordopfer Spinea und Novello stellte für Max so eine Ausnahme dar, denn er wollte auf keinen Fall zu spät nach *San Michele* kommen. An der Rezeption hatte er am Vorabend erfragt, dass der Shuttle-Bus um kurz vor halb neun abfahren würde, um abreisende Gäste zur *Vaporetto*-Haltestelle *Lido – Santa Maria Elisabetta* zu bringen. Max hatte darum gebeten, ihn mitzunehmen, damit er sich eine Viertelstunde Fußweg sparen konnte. Am Abend wäre es gar nicht nötig gewesen, den Wecker auf sieben Uhr einzustellen, denn bereits vor halb sieben war er wach. Weil Chiara noch tief und fest schlief, schaltete er den Wecker sofort ab, damit sie in Ruhe weiterschlafen konnte. Da er noch genügend Zeit hatte, stand er nicht sofort auf, sondern schaltete sein Tablet ein und schaute sich zuerst die Ergebnisse der WM-Spiele an, die nach europäischer Zeit in der Nacht stattgefunden hatten, um dann im Anschluss einen Vorbericht zum letzten Gruppenspiel der deutschen Nationalmannschaft gegen die USA zu lesen.

„Hoffentlich kommen mir die Ermittlungen heute Abend nicht in die Quere“, dachte er sich, denn er wollte natürlich pünktlich um sechs vor dem Fernseher sitzen und der deutschen Elf die Daumen drücken.

Danach stand er auf, ging leise ins Bad und stellte sich unter die Dusche. Als er sich anschließend auch noch rasiert hatte und wieder aus dem Bad herauskam, räkelte sich Chiara im Bett.

„Guten Morgen, mein Schatz, ich habe dich hoffentlich nicht geweckt.“

„Nein, Max, ich bin schon von alleine wach geworden. Willst du gleich zum Frühstücken gehen oder hast du noch so viel Zeit, dass ich schnell unter die Dusche springen kann, damit wir dann zusammen runtergehen können?“

„Mach dir keinen Stress, Chiara, geh in Ruhe duschen, ich habe noch genügend Zeit für ein gemeinsames Frühstück.“

Während Chiara im Bad war, setzte sich Max auf den kleinen Balkon hinaus. Obwohl eine Kirchenglocke gerade erst sieben Uhr geschlagen hatte, war es schon ziemlich warm. Trotzdem musste sich Max für den Vormittag eine lange Hose und ein langärmliges Hemd anziehen, denn er wollte nicht im Freizeit-Look bei der Trauerfeier in der Kirche erscheinen. Er war gespannt, wer neben den Angehörigen sonst noch auf *San Michele* anwesend sein würde, er rechnete fest mit einigen Kollegen der *Capitaneria di Porto*, aber auch mit Fiorella Caltana und Angelo Sattorini.

„Ich bin fertig", rief Chiara im Zimmer und streckte den Kopf bei der Balkontür heraus. „Von mir aus können wir runtergehen."

Eine Aufforderung zum Essen ließ sich Max nicht zweimal sagen und obwohl er schon unter einer gewissen Anspannung stand, was am Vormittag alles passieren würde, hatte er wieder einen ordentlichen Appetit.

„Max, du futterst, als würdest du heute den ganzen Tag nichts mehr bekommen", lachte Chiara.

„Zumindest für den Vormittag stimmt das doch. Die Trauerfeier beginnt um zehn und dauert doch inklusive der Beerdigung von Spinea mindestens eineinhalb Stunden. Dann ist es schon fast Mittag und ich habe seit dem Frühstück nichts mehr bekommen."

„Irgendwann wirst du mir noch einmal verhungern", kicherte sie und schob sich den letzten Löffel von ihrem Müsli in den Mund.

Max verputzte drei Semmeln und ein mit Schokolade gefülltes *Cornetto*, bis er endlich satt war.

„Willst du hernach gleich an den Strand rüber gehen oder machst du vorher so wie gestern noch eine Radltour?"

„Alleine zu radeln ist zwar nicht so schön, aber ich habe mir schon überlegt, dass ich mir wieder für eine Stunde ein Radl ausleihen könnte. Vielleicht erkunde ich heute den Teil vom *Lido* auf der anderen Seite der *Granviale Santa Maria Elisabetta*."

„Ich kann leider gar nicht abschätzen, wann ich wieder zurück sein werde, das hängt davon ab, ob sich im Umfeld der Trauerfeier neue Erkenntnisse ergeben, die vielleicht eine sofortige Reaktion von uns erfordern."

„Melde dich bitte zwischendurch einmal, damit ich weiß, worauf ich mich einstellen muss.“

„Klar, mache ich. Und sobald es geht, bin ich natürlich wieder da.“

Zum Frühstück war Max im T-Shirt und in Shorts gegangen, als er dann mit Chiara ins Zimmer zurückkam, schlüpfte er in eine lange schwarze Hose und zog sich ein weißes Hemd an.

„Meinst du, ich kann ohne Jacke gehen?“

„Ja, bestimmt, auch ohne Jacke schaut das doch ordentlich genug aus für eine Beerdigung. Wenn es heute wieder so heiß wird wie gestern, dann wird dir schon das lange Hemd allein viel zu warm werden.“

„Sobald die Beerdigung rum ist, werde ich mir die Ärmel sowieso aufkrempeln.“

Max sah auf die Uhr.

„In zehn Minuten fährt der Shuttle-Bus, ich gehe schon einmal runter, vielleicht fahren wir sogar früher los, wenn schon alle da sind.“

„Viel Erfolg, Max.“

„Danke, bis später.“

Er drückte ihr einen Kuss auf den Mund und verließ das Hotelzimmer. Vor dem Haus waren tatsächlich schon alle Fahrgäste anwesend, so dass der Bus sofort abfuhr, nachdem Max eingestiegen war. Das junge Pärchen, das mit ihm unterwegs war, stammte aus Mailand. Die beiden wollten mit dem *Vaporetto* bis zur *Stazione Santa Lucia* fahren, um von dort mit dem Schnellzug nach Mailand zurückzufahren. Durch die zeitige Abfahrt beim Hotel erreichten sie sogar noch ein früheres *Vaporetto* der Linie 1. Gemeinsam stiegen sie um und saßen auch auf dem *Vaporetto* beieinander. Der junge Italiener wollte von Max wissen, warum er die italienische Sprache so gut beherrschte und seine Freundin meinte, dass man gar nicht merken würde, dass er Deutscher sei. Max erzählte, dass er seine italienische Frau mittlerweile schon seit fast siebenundzwanzig Jahren kannte und mit ihr natürlich immer eine hervorragende Lehrerin gehabt hatte. Lange konnte Max allerdings mit den beiden nicht ratschen, weil er schon an der ersten Haltestelle *Sant'Elena* wieder ausstieg. Er wünschte den beiden eine gute Heimreise und sie revanchierten sich mit dem

Wunsch, dass er mit seiner Frau noch schöne Urlaubstage am *Lido* verbringen würde. Max musste nicht lange warten, bis das *Vaporetto* der Linie 4.1 kam, dass direkt nach *San Michele* fuhr. Als er einstieg, sah er sich sofort um, aber er kannte keinen der Fahrgäste. Relativ weit vorne fand er in der dritten Reihe einen freien Platz ganz außen an der Reling, direkt hinter einer Dame, die ein edles schwarzes Kleid und einen ziemlich großen Hut trug, der verhinderte, das Max auch nur ein bisschen von ihrem Gesicht sah, wenn sie den Kopf einmal etwas zur Seite drehte. Max schenkte ihr weiter keine Beachtung, sondern sah zur *Chiesa di Sant'Elena* hinüber, an der sie gerade vorbeifuhren. Erst als ein paar Minuten später das Handy der Dame vor ihm klingelte, wurde er hellhörig.

„*Pronto*."

Die Stimme kannte er doch.

„*Ciao, buongiorno*."

Es war tatsächlich Fiorella Caltana, die da unmittelbar vor ihm saß. Instinktiv beugte sich Max nach vorne, um möglichst viel von dem Gespräch mithören zu können.

„Ich habe die Unterlagen gestern Abend noch fertig gemacht, dann habe ich Nina gebeten, die Unterschriftsmappe bei sich einzusperren, damit sie dir die Mappe heute Früh gleich geben kann. Ist sie noch nicht da?"

Was die Kollegin oder der Kollege von Fiorella sagte, konnte Max natürlich nicht hören.

„Ach so. Dann müsste sie doch aber bald da sein. Ich werde so gegen Mittag auch in der Kanzlei sein, falls Nina bis dahin tatsächlich noch nicht da sein sollte, kann ich dir die Unterlagen auch noch einmal ausdrucken, Severino."

Severino? Max musste sich zusammenreißen, um nicht einen lauten Schrei loszulassen. Hatte er vielleicht gerade durch Zufall den Schlüssel zum Mord an Spinea gefunden? Wenn der Severino, mit dem Fiorella gerade sprach, der Rechtsanwalt Severino von *Salvate Venezia* war und er und Fiorella eng zusammenarbeiteten, dann kannte sie wahrscheinlich seine Freizeitaktivitäten und hatte auf diesem Weg auch von dem Treffen von *Salvate Venezia* bei Altino erfahren.

„In Ordnung, Severino, bis später. *Ciao*."

Sofort nachdem Fiorella das Gespräch beendet hatte, stand Max auf und ging ans Heck des Schiffes, wo ihn Fiorella nicht hören konnte. Zum Glück hatte er seit dem Vorabend die Handy-Nummern aller *Salvate Venezia*-Mitglieder, so konnte er sofort bei Severino anrufen.

„*Pronto.*"

„*Salve* Severino, hier ist Max."

„*Ciao* Max, wie geht's? Ist der Mordfall gelöst?"

„Nein, noch nicht. Aber vielleicht kannst du mir gleich einen entscheidenden Schritt vorwärts helfen. Hast du gerade mit Fiorella Caltana telefoniert?"

„Ja. Aber wie kommst du da drauf?"

„Ich bin auf dem Weg nach *San Michele* zur Trauerfeier der beiden Mordopfer. Fiorella saß zufällig direkt vor mir auf dem *Vaporetto,* deswegen konnte ich hören, wie sie telefonierte. Als sie deinen Namen erwähnte, haben bei mir natürlich gleich alle Alarmglocken geschrillt."

„Warum? Was hat Fiorella mit den Morden zu tun?"

„Eigentlich dürfte ich es dir nicht erzählen, aber ich setze in dem Fall auf deine anwaltliche Schweigepflicht."

„Ist doch klar, also erzähl."

Max berichtete ihm von der Beziehung zwischen Fiorella und Spinea und dass sie eigentlich die Freundin des Stadtrates Sattorini sei.

„Fiorella und dieser alte Bock Spinea? Niemals. Da würde ich sofort darauf wetten, dass das inszeniert war, der war doch überhaupt nicht ihr Typ. Dieses geldgeile Frauenzimmer steht doch nur auf so aalglatte und schmierige Typen wie Sattorini. Sie hat übrigens nie erwähnt, dass mit Angelo Schluss sein würde, im Gegenteil, die beiden wollen übernächstes Wochenende für zwei Wochen zusammen in den Urlaub fahren."

„Könnte durchaus sein, dass sie in Kürze zusammen hinter schwedische Gardinen wandern, aber länger als nur für zwei Urlaubswochen. Habt ihr häufig über *Salvate Venezia* gesprochen?"

„Häufig wäre etwas zu hoch gegriffen, aber sie wusste natürlich, dass ich mich da engagiere."

„Und das Treffen vom letzten Samstag? Hast du ihr davon erzählt?"

„Ja. Üblicherweise unterhält man sich am Freitag natürlich, was man am Wochenende vorhat und im Zuge dessen habe ich das Treffen erwähnt. Dass ihr Freund Angelo mit seiner

Baufirma als Sanierer für das Haus vorgesehen war, wusste ich aber zu dem Zeitpunkt noch nicht, sonst wäre ich bei dem Thema sicher etwas zurückhaltender gewesen. Ich kapiere aber immer noch nicht, was die beiden mit dem Mord an Spinea zu tun haben sollten."

Max ging darauf nicht sofort ein, sondern fragte erst einmal weiter.

„Was hatte Fiorella für Pläne fürs Wochenende?"

„Sie hat irgendetwas von einer Bootstour erzählt, ich kann dir aber nicht sagen, wer da außer Angelo noch dabei sein sollte."

„Die Auskunft reicht mir schon."

„Was bedeutet das jetzt für deine Ermittlungen?", bohrte Severino nochmals nach.

„So wie du bin ich überzeugt davon, dass die Beziehung zwischen Fiorella und Spinea nur inszeniert war, sie hat ihn vor zwei Monaten bestimmt nicht zufällig getroffen. Nachdem sie von eurem Treffen in Spineas Haus in *Dorsoduro* wusste, hat sie ihre Pläne fürs Wochenende geändert. Sie hat Spinea und auch Sattorini über das *Salvate Venezia*-Treffen informiert und um sich selbst ein Alibi zu verschaffen, war sie von Samstag auf Sonntag bei ihren Eltern in *Mestre*."

„Du meinst, Sattorini hat Spinea ermordet?"

„Nicht er selbst, wenn sein Alibi nicht fingiert ist, sondern ein von ihm engagierter Mörder hat Spinea anscheinend abgefangen, als er Altinos Wohnung wieder verließ."

„Wahnsinn, das schien perfekt geplant gewesen zu sein, aber meistens kommt so etwas doch irgendwie raus."

„Ja, zum Glück. Severino, sprich bitte mit niemandem darüber, auch mit keinem von *Salvate Venezia* und erst recht mit keinem in deiner Kanzlei, denn wenn diese Infos über Fiorella und Sattorini bekannt würden, könnte das unseren erhofften Ermittlungserfolg ernsthaft gefährden."

„Das ist mir schon klar, du kannst dich auf mich verlassen, von mir erfährt keiner etwas. Wie geht's jetzt weiter?"

„Die *Carabinieri* werden auch bei der Trauerfeier anwesend sein, mit ihnen werde ich, wenn es geht, noch vorher besprechen, ob wir Fiorella unmittelbar nach der Beerdigung von Spinea festnehmen könnten. Das macht aus meiner Sicht aber nur Sinn, wenn Sattorini auch anwesend sein sollte, denn damit könnten wir ihm einen gehörigen Schreck einjagen und ihn unter Druck setzen."

„Ich weiß immer noch nicht, was Sattorini für ein Motiv gehabt haben könnte, Spinea aus dem Weg zu räumen. Er war doch sein Auftraggeber für die Sanierung des Hauses."

„Das ist eine längere Geschichte, Severino, wie sehr oft in solchen Fällen ging es um sehr viel Geld."

Max war froh, dass sich Severino damit zufrieden gab und er nicht weiter ins Detail gehen musste.

„Wenn wir Fiorella tatsächlich verhaften sollten, rufe ich dich an, damit du in deiner Kanzlei Bescheid geben kannst, dass sie vorerst nicht zur Arbeit kommen kann."

„Das wäre schon der Hammer - Rechtsanwaltsgehilfin wegen Beihilfe zum Mord verhaftet - stell dir mal diese Schlagzeile vor, Max."

„Darauf können wir leider keine Rücksicht nehmen."

„Ist schon klar. Danke für die Infos und dein Vertrauen. Bis bald."

„*Ciao* Severino."

In der Zwischenzeit hatte das *Vaporetto* an den Haltestellen *San Pietro di Castello, Bacini - Arsenale Nord* und *Celestia* angelegt, aber Max hatte keinen von den zusteigenden Gästen gekannt. Mittlerweile konnte man schon auf die fast rechteckige Friedhofsinsel *San Michele* hinübersehen, aber das *Vaporetto* legte noch zweimal an, bevor es dann auf dem kürzesten Weg nach *San Michele* hinüberfuhr. Max, der sich die ganze Zeit die Folgen einer möglichen Verhaftung von Fiorella Caltana durch den Kopf gehen ließ, hatte sich so postiert, dass er als einer der ersten aussteigen konnte. Unmittelbar am Anleger war ein Tor in der backsteinroten Friedhofsmauer, durch das man das Friedhofsgelände betrat. Zur Linken befand sich die *Chiesa di San Michele in isola*, in der die Trauerfeier stattfand, rechts lagen gleich die ersten Gräberfelder. Max sah sich um, konnte aber weder die drei *Carabinieri*, noch irgendwelche bekannten Gesichter sehen. Er postierte sich so hinter einem großen Busch, dass er sehen konnte, wer durch das große Tor hereinkam, selbst aber nicht sofort gesehen werden konnte. Nach ihm waren bereits fünf Herren hereingekommen, die er alle nicht kannte, hinter ihnen betrat dann Fiorella Caltana den Friedhof. Ihr schwarzes Kleid war hauteng, neben dem großen Hut trug sie noch eine übergroße schwarze Sonnenbrille, so dass man von ihrem Gesicht nur die Hälfte sehen konnte. Offenbar hatte sie Max nicht entdeckt, denn sie steuerte sofort nach links in Richtung Kirche, genauso wie die fünf Herren vor ihr. Da es erst kurz nach halb zehn war, wollte Max noch etwas im Freien warten, weil er davon ausging, dass Valentina und ihre beiden Kollegen noch nicht angekommen waren. Die Wartezeit wollte er nutzen, um Chiara eine kurze Nachricht zu schreiben:

„Du hast Recht, Schatz, Fiorella muss das Treffen an Spinea verraten haben. Sie arbeitet in der Kanzlei von Severino, daher wusste sie von dem Treffen."

„Bingo!", schrieb Chiara nur kurz zurück.

Als hätten sich alle verabredet, kam zehn Minuten nach Max mit dem nächsten *Vaporetto* eine ganze Reihe von Leuten an, die er kannte. *Maresciallo* Valentina Cona kam mit Dino Verde, der zweite Herr neben ihr war sicher *Brigadiere* Enzo Stradona. Hinter ihnen betrat Paolo Corte, der Vorgesetzte von Mattia Novello den Friedhof. Auch die beiden Witwen Filippa Spinea und Ottilia Novello waren mit demselben *Vaporetto* angekommen. Während *Signora* Spinea in Begleitung eines älteren Herren erschien, bei dem es sich um den Cousin ihres Mannes aus *Verona* handeln konnte, wurde *Signora* Novello von zwei jüngeren Herren, offenbar ihre beiden Söhne, flankiert. Dahinter folgten zwei jüngere Frauen, wahrscheinlich Novellos Schwiegertöchter, sowie Alberta Bigolo, die Zwillingsschwester von *Signora* Novello, die mit Sicherheit von ihrem Mann begleitet wurde. Max hatte seinen Sichtschutz verlassen und ging auf Valentina zu, die ihn mit einem kräftigen Händedruck begrüßte und ihm ihren Kollegen Stradona vorstellte. Max schüttelte auch den beiden *Brigadieri* die Hand.

„Ich habe gleich wichtige Neuigkeiten für euch."

Max erzählte von dem zufällig mitgehörten Telefonat und der Bestätigung von Severino, dass Fiorella durch ihn von dem Treffen in Altinos Wohnung erfahren hatte.

„Damit scheint nun klar zu sein, dass Fiorella das *Salvate Venezia*-Treffen an Spinea verraten hat, zumindest für Beihilfe zum Mord sollten wir sie deswegen drankriegen."

„Gute Arbeit, Massimiliano. Hast du dir schon überlegt, wie wir nun weiter vorgehen sollen?“

„Ich hätte schon einen Plan, weiß aber nicht, inwieweit er uns weiterbringt. Sollte Sattorini auch hier auftauchen, dann könntet ihr Fiorella festnehmen, aber natürlich so, dass er es auf alle Fälle mitbekommt. Ich weiß, dass er mit ihr am übernächsten Wochenende in den Urlaub fahren möchte, also sind sie immer noch ein Paar und Sattorini dürfte selbstverständlich alles unternehmen, um Fiorella wieder frei zu bekommen. Vielleicht unterläuft ihm dabei ein entscheidender Fehler, mit dem wir ihn dann eventuell überführen könnten.“

Die drei *Carabinieri* schauten etwas skeptisch drein, sie schienen von dieser Idee nicht gerade begeistert zu sein.

„Wenn wir *Signorina* Caltana festnehmen, dann müssten wir sie innerhalb von vierundzwanzig Stunden dem Haftrichter vorführen lassen. Ich kann mir nicht vorstellen, dass er allein aufgrund der Aussage von Caltanas Kollegen Severino, dass sie von dem Treffen der Gruppe am Samstagabend wusste, einen Haftbefehl ausstellen würde“, meinte Dino Verde. „Wenn wir sie einfach so wieder freilassen müssen, dann stehen wir schön blöd da.“

Enzo Stradona war ähnlich zurückhaltend, weil er sich nicht vorstellen konnte, warum eine Festnahme von *Signorina* Caltana ihren Freund Sattorini veranlassen sollte, einen Mord oder den Auftrag zum Mord zuzugeben.

„So wie ich ihn nach Valentinas Bericht einschätze, würde er seine Freundin eher fallen lassen wie eine heiße Kartoffel, als dass er selbst freiwillig in den Knast wandert.“

Valentina sah auch die Gefahr, sich ziemlich zu blamieren, wenn man dem Haftrichter keine substanziellen Beweise vorlegen könnte.

„Ich weiß, dass es ein ziemlich riskantes Spiel ist“, entgegnete ihr Max. „Aber mir fällt sonst nichts mehr ein, wie wir an Sattorini herankommen könnten. Wo sollten wir einen Zeugen für die Schmiergeldzahlungen und die Zahlungen im Zusammenhang mit der Erpressung herbekommen? Wenn Sattorini am *Comando Provinciale* erscheinen sollte, um gegen Fiorellas Festnahme zu protestieren, dann könntet ihr ihm wenigstens die Fingerabdrücke abnehmen und mit denen vergleichen, die auf den bei Spinea gefundenen Geldscheinen nachzuweisen waren. Ich würde fast darauf wetten, dass es seine sind. Dann könntet ihr ihn auch gleich festnehmen.“

Max und die drei *Carabinieri* schauten sich eine ganze Zeit lang gegenseitig an, aber keiner hatte eine noch bessere Idee, um Sattorini überführen zu können. Schließlich brach Valentina das Schweigen.

„Auch wenn ich einige Bauchschmerzen dabei habe, würde ich dem Vorschlag von Massimiliano zustimmen und Fiorella Caltana festnehmen, vorausgesetzt, Sattorini erscheint hier auch.“

Ihre *Brigadieri* schauten Valentina ziemlich entsetzt an, kamen aber nicht dazu, noch etwas gegen diese Entscheidung einzuwenden, weil Max über Valentinas Schulter hinweg sah, dass Angelo Sattorini gerade den Friedhof betreten hatte.

„Das Problem hat sich erledigt“, flüsterte er. „Der Herr Stadtrat ist soeben eingetroffen.“

Valentina drehte ihm zwar den Rücken zu und ihre beiden Kollegen waren bei seiner kurzen Vernehmung nicht dabei gewesen, trotzdem erkannte Sattorini offenbar sofort, dass da ein paar Kriminaler beieinander standen, denn er hatte Max direkt ins Gesicht geschaut. Sattorini, der einen edlen schwarzen Anzug trug, blieb kurz stehen und bog dann abrupt nach links zur Kirche ab. Da er allein angekommen war, hatte er offenbar wieder die Fahrbereitschaft der Stadtverwaltung genutzt. Wenige Minuten später legte das nächste *Vaporetto* an, von den ankommenden Personen kannte Max aber wieder keine. Zwei grauhaarige, gebückt gehende Frauen kamen anscheinend gar nicht zur Trauerfeier, sondern gingen an Max und seinen italienischen Kollegen vorbei und schwenkten dann nach rechts direkt zu einem der Gräberfelder. Hinter den beiden Frauen hatten drei ältere Herren den Friedhof betreten und hatten sich sofort der Kirche zugewandt.

Es war bereits zehn vor zehn und Max schlug vor, nun auch in die Kirche hineinzugehen. Die drei *Carabinieri* schlossen sich an, durch einen Torbogen gingen sie in Richtung *Chiesa di San Michele*, kamen aber zuerst zu einem wunderschönen Kreuzgang. In der Mitte des gepflasterten Innenhofes befand sich ein verzierter runder Brunnen aus Marmor, der auf einem dreistufigen Sockel stand. Vom Kreuzgang führte direkt eine

Tür in die dunkle Kirche hinein. Da nicht sehr viele Trauergäste anwesend waren, ging Max relativ weit nach vorne und setzte sich in die zweite freie Bank auf der rechten Seite. Valentina kam zu ihm in die Bank, Verde und Stradona platzierten sich auf selber Höhe auf der anderen Seite des Mittelganges. Auf den Stufen zum Presbyterium standen die beiden blumengeschmückten Särge, links davon ein großes Foto von Oreste Spinea, auf der rechten Seite eins von Mattia Novello. Passend zur Position der Särge und der Fotos hatten sich die Angehörigen hingesetzt.

„In der ersten Bank links, neben Filippa Spinea, das dürfte der Cousin von ihrem Mann aus *Verona* sein“, flüsterte Max Valentina zu. „Dahinter die drei Herren, die zuletzt auf *San Michele* angekommen waren, kenne ich nicht, das könnten Spineas drei Ex-Kollegen Santino, Ivano und Nunzio sein, mit denen er sich regelmäßig getroffen hat.“

Fiorella Caltana saß ganz allein in der dritten Reihe, in der vierten waren wieder lauter unbekannte Gesichter für Max, er nahm an, dass es sich vielleicht um Nachbarn handeln könnte. Durch die besetzten Reihen vor ihm konnte Max erkennen, dass die Söhne von Mattia Novello ihre Mutter in die Mitte genommen hatten, links und rechts davon saßen ihre jungen Ehefrauen.

„Vorne rechts außen sitzt die Zwillingsschwester von Ottilia Novello, daneben, das müsste ihr Mann sein, ein Glasbläser aus *Murano*“, flüsterte Max Valentina wieder zu. „In der zweiten Reihe sitzt Paolo Corte, Novellos Vorgesetzter bei der *Capitaneria di Porto*.“

Bei den unbekannten Personen in der dritten Reihe tippte Max auf die Nachbarn und Freunde der Familie Novello, dahinter saß, wie auf der anderen Seite seine Freundin, Angelo Sattorini ganz alleine.

„Schau, Valentina, Fiorella und Sattorini haben sich ganz demonstrativ weit auseinander gesetzt.“

„Das nützt ihnen auch nichts, wir wissen doch trotzdem Bescheid, was zwischen den beiden läuft, Massimiliano“, antwortete Valentina mit einem Augenzwinkern.

Bis zum Beginn des Gottesdienstes kamen keine weiteren Trauergäste dazu. Punkt zehn Uhr erklang eine kleine Glocke und der Priester zog mit drei Ministranten von hinten in die Kirche ein. Sofort verteilte sich der süßliche Duft des Weihrauchs im ganzen Kirchenschiff und tauchte die ohnehin schon dunkle Kirche in ein noch düsteres Licht. In seiner Trauer-Ansprache, die in erster Linie an die beiden Witwen und Novellos Söhne gerichtet war, ging der Priester darauf ein, dass der an sich schon schlimme Tod eines geliebten Menschen noch schwerer zu verstehen sei, wenn jemand durch die Hand eines Mörders ums Leben gekommen ist. Während Filippa Spinea die Predigt ziemlich regungslos verfolgte, wurde Ottilia Novello immer wieder von Weinkrämpfen geschüttelt. Erst während der Eucharistiefeier beruhigte sie sich wieder etwas. Max hatte meistens Angelo Sattorini im Blick, der immer wieder zu Fiorella Caltana hinüber sah und den ganzen Gottesdienst relativ teilnahmslos verfolgte. Nach dem Segen am Ende des Requiems wies der Priester darauf hin, dass sich die Angehörigen und Kollegen von Oreste Spinea nun auf den Weg zum Grab machen würden, um den Verstorbenen zur letzten Ruhe zu betten.

„Die Familie Novello mit ihren Freunden und Angehörigen kann sich hier vorne von ihrem lieben Verstorbenen verabschieden, bevor der Sarg dann zum Krematorium gebracht wird. Die Beisetzung der Urne ist am nächsten Freitag um zehn Uhr hier auf *San Michele*."

Von hinten wurde von zwei Mitarbeitern des beauftragten Bestattungsinstitutes ein mit schwarzem Stoff bespannter Wagen hereingefahren. Auf diesen Wagen wurde der Sarg von Oreste Spinea gehoben und langsam aus der Kirche gefahren. Dahinter schlossen sich *Signora* Spinea mit Orestes Cousin, sowie alle anderen an, die auf der linken Seite der Kirche gesessen waren. Nur Dino Verde und Enzo Stradona blieben sitzen. Auf der rechten Seite standen nur Angelo Sattorini sowie Max und Valentina auf. Sattorini ließ Fiorella vorbeigehen und schloss sich dann den Personen an, die in der vierten Bank gesessen waren. Max und Valentina folgten mit ein bisschen Abstand, während Verde und Stradona bei der Trauergemeinde Novello blieben.

„Hast du das gesehen, Valentina? Fiorella hat ihn ganz kurz direkt angesehen und ihm fast unmerklich zugenickt, Sattorini aber hat so getan, als würde er sie überhaupt nicht kennen."

„Vielleicht hat Enzo doch Recht, wenn er meint, Sattorini würde sie im Zweifelsfall fallen lassen, um seinen eigenen Arsch zu retten."

„Das könnte aber auch eine Chance für uns sein. Wenn Fiorella feststellen muss, dass er sie nur benutzt hat, könnte es durchaus sein, dass sie auspackt. Bei einem milden Richter würde sie vielleicht mit einer glimpflichen Strafe davonkommen, dafür dass sie an Sattorini verraten hat, wo sich Spinea aufhalten würde und wenn sie an dem Mord selbst nicht direkt beteiligt gewesen wäre."

Der kurze Trauerzug bewegte sich sehr langsam über das riesige Friedhofsgelände. Vereinzelt blieben Friedhofsbesucher, die die Gräber ihrer Angehörigen besuchen wollten, stehen, um dem Zug nicht im Weg zu sein. Unter ständigem Glockengeläut der *Cappella San Cristoforo*, die nur etwa einhundert Meter von der *Chiesa di San Michele* entfernt stand, erreichten sie nach etwa zehn Minuten das geöffnete Familiengrab der Spineas, das mit schwarzem Stoff ausgehängt war, an dem viele weiße Nelken befestigt waren. Der Priester segnete das Grab, bevor der Sarg in die Tiefe gelassen wurde. Während alle der Zeremonie schweigend beiwohnten, schniefte Fiorella in diesem Moment laut in ihr Taschentuch und wischte sich dann damit ständig übers das Gesicht.

„Ich finde, sie ist eine grandiose Schauspielerin", lästerte Valentina über Fiorella, weil sie nicht glaubte, dass ihre Tränen echt waren.

„Wann sollen wir zuschlagen?", wollte Max wissen.

„Wir warten auf alle Fälle das Ende der Beerdigung ab, ich möchte die Zeremonie nicht stören."

„Ich doch auch nicht. Ich meinte nur, ob du sie gleich hier festnehmen willst oder lieber kurz bevor sie mit dem *Vaporetto* wieder abfahren will?"

„Lass uns das spontan entscheiden, je nachdem wie schnell sich die Trauergemeinde hier auflöst. In erster Linie muss ich doch, wie besprochen, darauf achten, dass Sattorini in der Nähe ist."

Sie standen in der prallen Sonne und Max spürte, wie ihm der Schweiß über den Rücken hinunter lief. Nachdem am offenen Grab niemand eine Trauerrede hielt, blieb der offizielle

Teil dem Priester vorbehalten. Am Ende der Zeremonie verneigte sich der Priester am Grab, schüttelte Filippa Spinea und Orestes Cousin die Hand und ging mit den Ministranten zur *Chiesa di San Michele* zurück. *Signora* Spinea und der Cousin ihres Mannes gingen als erste gemeinsam an den Rand des offenen Grabes, warfen Blumen hinein, besprengten den Sarg mit Weihwasser und warfen eine Schaufel voll Erde hinunter. Danach blieben sie nicht seitlich vom Grab stehen, sondern machten sich auch sofort auf den Rückweg zum Eingang des Friedhofs. Einer nach dem anderen tat es ihnen gleich und verließ dann sofort die Grabstelle. Fiorella Caltana und Angelo Sattorini taten Max und Valentina den Gefallen und blieben als letzte übrig.

„Besser hätte es nicht laufen können", flüsterte Valentina Max zu. „Ich nehme sie gleich hier fest. Gib mir ein Zeichen, wenn uns Sattorini im Blick hat."

Fiorella drehte sich sofort um, nachdem sie ihre Blumen ins Grab geworfen hatte und wollte wie alle anderen weggehen. Wieder nickte sie Sattorini zu, als er an ihr vorbei als Letzter zu Spineas Grab ging. Max und Valentina standen in etwa zehn Metern Entfernung an dem Weg, auf dem auch Fiorella zum Eingang des Friedhofs zurückgehen wollte. Sie kannte Max natürlich von der kurzen Vernehmung drei Tage zuvor.

„*Buongiorno Commissario*", grüßte sie ihn im Vorbeigehen.

„*Buongiorno*", antwortete ihr Max und dachte sich, dass es für Fiorella sicher kein guter Tag werden würde.

Valentina wartete noch einen Augenblick und rief ihr dann nach:

„*Signorina* Caltana."

Fiorella drehte sich um.

„Ja?"

„Ich bin *Maresciallo* Valentina Cona vom *Comando Provinciale* in *San Zaccaria*."

Max sah zum Grab zurück. Sattorini hatte sich soeben umgedreht und hatte schon zwei Schritte in ihre Richtung gemacht, deshalb versetzte Max Valentina einen leichten Stoß mit dem Ellenbogen an ihren Arm.

„*Signorina* Caltana, ich nehme Sie hiermit fest wegen des dringenden Tatverdachtes der Beihilfe zum Mord an Oreste Spinea."

„Wie bitte? Das soll doch wohl ein Scherz sein?"

„Mit so etwas scherzt man nicht", entgegnete ihr Valentina energisch. „Sie begleiten uns jetzt zum *Comando Provinciale*, dort werden wir alles Weitere besprechen."

Da Fiorella ziemlich hochhackige Schuhe anhatte, sah Max keine Gefahr, dass sie versuchen könnte, abzuhauen. Deswegen drehte er sich wieder zu Sattorini um. Entgegen seiner Vermutung, dass Sattorini seiner Freundin sofort zu Hilfe eilen würde, sah er nur noch, wie der Herr Stadtrat schleunigst Reißaus nahm.

„Lauf du nur", dachte sich Max. „Wir erwischen dich schon noch."

Valentina griff zum Handy und wählte eine der eingespeicherten Nummern.

„*Ciao* Federico, ich bin mit Dino und Enzo auf *San Michele*, könntest du uns bitte hier abholen, nach einer Festnahme sollten wir besser nicht mit dem *Vaporetto* zurückfahren."

Sie machte eine kurze Pause und hörte Federico zu.

„Vielen Dank. Bis gleich, *ciao*."

Nachdem sie ihr Handy wieder in die Hosentasche gesteckt hatte, nahmen Valentina und Max die festgenommene Fiorella Caltana in die Mitte und gingen mit ihr in Richtung Friedhofseingang.

„Ich hoffe für Sie, dass Sie sich gut überlegt haben, was sie hier tun, sonst wird sie das teuer zu stehen kommen. Und ohne meinen Anwalt sage ich ohnehin nichts."

„Wer ist Ihr Anwalt? Ihr Chef in der Kanzlei in der Sie arbeiten?", fragte Max.

„Ja, *Avvocato* Cazzago."

Max wählte am Handy sofort die Nummer von Severino.

„*Buongiorno*, mein Name ist Max Hartinger von der bayerischen Kriminalpolizei. Ich hätte gerne *Avvocato* Cazzago gesprochen."

„Max, was ist denn mit dir los?", lachte Severino. „Willst du etwa andeuten, ihr hättet Fiorella festgenommen?"

„Ja, es wäre sehr wichtig."

„Aha, ich habe verstanden. Warte, ich verbinde dich gleich mit Cazzago."

Max reichte Valentina sein Handy.

„Ich glaube, es ist besser, wenn du mit ihm sprichst."

Es dauerte einige Momente, bis sich *Avvocato* Cazzago meldete. Valentina schilderte ihm die Festnahme und dass *Signorina* Caltana ihn als ihren Anwalt angefordert hatte. Cazzago versprach, sich sofort auf den Weg zum *Comando Provinciale* zu machen.

Als sich Valentina und Max dem Friedhofseingang näherten, kamen ihnen Dino Verde und Enzo Stradona entgegen. Ihr Gesichtsausdruck zeigte Max, dass sie mit der Festnahme immer noch nicht einverstanden waren.

„Federico wird uns mit dem Boot gleich hier abholen“, kündigte Valentina ihren Kollegen an.

Während sie stehen blieb, ging Max mit Fiorella weiter, damit sich die drei *Carabinieri* in Ruhe unterhalten konnten. Fiorella, die die ganze Zeit geschwiegen hatte, sagte auch jetzt kein Wort, als sie mit Max alleine war. Max konnte es sich nicht verkneifen, sie ein bisschen zu provozieren.

„Haben Sie gesehen, wie schnell sich Ihr Freund Angelo aus dem Staub gemacht hat, als er mitbekommen hatte, dass wir Sie festgenommen haben? Sehr viel scheint ihm offenbar nicht an Ihnen zu liegen.“

Fiorella schwieg weiter.

„Ich kann Ihnen nur raten, auszupacken, sobald wir beim *Comando Provinciale* sind, denn es würde Ihren Richter sicher milde stimmen, wenn Sie mit den *Carabinieri* kooperieren würden und mithelfen, den Mordfall Spinea zu klären.“

Fiorella hörte ihm mit versteinerter Miene zu, schwieg aber weiter. Als sie den Eingang des Friedhofs fast erreicht hatten, blieb Max stehen. Durch das Tor konnte er sehen, wie die Angehörigen der Familie Novello gerade ein *Vaporetto* bestiegen, auch *Signora* Spinea konnte er einsteigen sehen. Die drei älteren Herren, bei denen Max vermutete, es könnten Spineas Ex-Kollegen und Freunde sein, saßen gemeinsam auf einer Bank und hatten den achteckigen kleinen Bau im Rücken, in dem die öffentlichen Toiletten untergebracht waren.

„Darf ich wenigstens mal zur Toilette“, fragte Fiorella.

„Sie können gerne gehen, sobald meine drei Kollegen da sind.“

Max hatte aus dem Augenwinkel heraus schon gesehen, dass sich die drei von hinten näherten. Als sie zu ihnen stießen, wiederholte Fiorella ihren Wunsch. Valentina inspizierte vorab die Toilette, um zu überprüfen, dass sie keinen Hinterausgang hatte. Danach ging sie mit Fiorella hinein, während Dino Verde die Tür und Enzo Stradona das Fenster sicherte. Die drei älteren Herren hatten natürlich mitbekommen, dass sie Fiorella nicht aus den Augen ließen.

„Was ist denn das für eine wichtige Persönlichkeit, die gleich vier Bodyguards hat?", fragte einer von ihnen Max.

Max antwortete mit einer Gegenfrage.

„Wie standen Sie zu dem Verstorbenen Oreste Spinea, sie waren doch auch gerade bei seiner Beerdigung dabei?"

Wie Max vermutet hatte, handelte es sich bei den drei Herren um Spineas Ex-Kollegen Santino, Ivano und Nunzio. Aufgrund der Frage von Ivano, dem Wortführer der drei, wusste Max, dass sie Fiorella nie zu Gesicht bekommen hatten, was an sich logisch war, da sie, nach ihren eigenen Angaben, Spinea erst vor zwei Monaten kennen gelernt hatte und das letzte Treffen der drei mit ihm im März gewesen sein musste.

„Um auf Ihre Frage zu antworten: Wir sind die zuständigen Ermittler im Mordfall Spinea, deswegen werden Sie sicher Verständnis dafür haben, dass ich Ihnen keine Details nennen kann."

Ivano erzählte daraufhin, was Max ohnehin schon wusste, nämlich dass sich die drei normalerweise einmal im Monat mit Oreste getroffen hatten und die Treffen im Mai und April ausgefallen waren.

„Im April waren zwei von uns krank und im Mai hatte Oreste abgesagt, weil er einen Termin hatte, der sich nicht verschieben ließ. Deswegen können wir Ihnen leider keinerlei Hinweise geben, die Ihnen bei Ihren Ermittlungen helfen könnten. Wenn wir diesbezügliche Informationen für Sie gehabt hätten, dann hätten wir uns natürlich längst bei den *Carabinieri* gemeldet. Wir können uns absolut nicht erklären, wer Oreste das angetan haben könnte. Hoffentlich finden Sie seinen Mörder bald."

„Ich verspreche Ihnen, dass wir unser Möglichstes tun werden."

Im nächsten Augenblick kam Valentina mit Fiorella wieder aus der Toilette heraus. Verde und Stradona nahmen die beiden sofort in die Mitte und gingen an Max vorbei beim

Friedhofstor hinaus. Max verabschiedete sich von den drei Herren auf der Bank und verließ den Friedhof ebenfalls. Im Wartebereich der *Vaporetto*-Haltestelle saß im Moment niemand, sie nahmen aber dort nicht mehr Platz, weil das Boot der *Carabinieri* bereits in Sichtweite war. Max wollte Chiara per Whatsapp Bescheid geben, dass er noch nicht sofort zurückkommen würde:

„Fiorella festgenommen, fahre mit zum *Comando Provinciale*, melde mich so schnell wie möglich. *Un baccio*, Max."

Wenig später manövrierte *Vice Brigadiere* Federico Oriago das Boot der *Carabinieri* gekonnt an den Anleger, sodass die vier mit ihrer Festgenommenen bequem zusteigen konnten. Oriago legte ab, wendete aber nicht, sondern fuhr geradeaus los, umschiffte die nordöstliche Ecke der Friedhofsinsel und fuhr dann im weiten Bogen um *San Michele* herum in Richtung *San Zaccaria* zurück.

14

Die Fahrt nach *San Zaccaria* führte vorbei an *Sant'Elena*, den *Giardini Pubblici* und dem *Arsenale* bis zu dem für die *Carabinieri* reservierten Boots-Anlegeplatz. Im Beisein von Fiorella wollte Valentina mit Max und ihren Kollegen nichts besprechen und da auch Fiorella bis zur Ankunft in *San Zaccaria* weiterhin nichts sagen wollte, wurde es eine sehr schweigsame Fahrt. Eskortiert von den *Carabinieri* wurde Fiorella Caltana zum *Comando Provinciale* gebracht. *Vice Brigadiere* Mogliano sprang sofort auf, als sie bei der Tür hereinkamen. Ihm gegenüber saß auf der Bank, auf der Max am Samstagabend unruhig auf Chiara gewartet hatte, ein graumelierter Herr, der einen dunklen Anzug trug und eine dünne Aktentasche auf den Knien liegen hatte. Sobald er sah, dass auch Fiorella hereingekommen war, erhob er sich ebenfalls.

„*Signorina* Caltana, was ist denn passiert?"

„Ach, *Avvocato*, ich weiß auch nicht, was das hier soll. Ich war auf der Beerdigung von meinem ermordeten Freund und wurde dort vom Fleck weg verhaftet."

„Ihr Freund wurde ermordet? Wieso weiß ich davon nichts?"

Valentina und Max sahen sich an und zwinkerten sich zu.

„Oh, oh, das war aber für sie kein guter Start für das Verhör, wenn ihr Anwalt und Arbeitgeber nicht einmal etwas davon gewusst hat", dachte sich Max.

Valentina wandte sich an den Anwalt.

„Vielen Dank, *Avvocato*, dass Sie so schnell herkommen konnten. Ich muss Sie aber noch um einige Minuten Geduld bitten, bis wir mit *Signorina* Caltana die üblichen erkennungsdienstlichen Maßnahmen durchgeführt haben. Sie werden das Procedere sicher kennen."

Cazzago nickte und setzte sich wieder hin. Nachdem sich Fiorella ausgewiesen hatte, sie von vorne und jeweils von der Seite fotografiert worden war und man ihr die Fingerabdrücke abgenommen hatte, wurde sie in einen Vernehmungsraum geführt, in dem Valentina und Max schon auf sie warteten. Dino Verde holte *Avvocato* Cazzago dazu, verließ den Vernehmungsraum dann aber wieder.

„*Signorina* Caltana", begann Valentina. „Bei unseren Ermittlungen im Mordfall Oreste Spinea sind wir auf eine Reihe von Informationen gestoßen, aufgrund derer wir davon ausgehen müssen, dass Sie mit *Signor* Spinea eine nur fingierte Beziehung hatten und aktiv mitgeholfen haben, dass er seinem Mörder in die Falle gehen konnte."

Fiorella setzte an zu antworten, aber *Avvocato* Cazzago ging sofort dazwischen.

„*Signorina*, wenn Sie wollen, können Sie von Ihrem Recht Gebrauch machen, die Aussage zu verweigern."

„Ich kann nur so viel sagen, dass dieser Vorwurf völlig absurd ist und ich überhaupt nicht nachvollziehen kann, wie Sie darauf kommen."

Sie deutete auf Max.

„Wie ich dem *Commissario* am Montag erzählt habe, war ich sehr glücklich mit Oreste und wir hatten geplant, nach der Sanierung seines Hauses in *Dorsoduro* dort in eine gemeinsame Wohnung zu ziehen."

„Stimmt, von der Wohnung haben Sie am Montag gesprochen", bestätigte Max. „Aber diese Aussage allein ist noch lange kein Beweis dafür, dass die Beziehung nicht fingiert war. Wie wollen Sie uns erklären, dass nicht einmal Ihr Kollege in der Kanzlei, Severino Fossa, etwas von Spinea gewusst hat, sondern Sie ihm sogar davon erzählt haben, dass Sie mit Ihrem Freund Angelo Sattorini übernächstes Wochenende in den Urlaub fahren wollen?"

„Das geht jetzt aber zu weit, *Commissario*", ging Cazzago dazwischen. „Was hat das Privatleben von *Signorina* Caltana mit dem Mord zu tun? Mit wem sie zusammen sein oder in den Urlaub fahren will, ist doch allein ihre Sache."

„Grundsätzlich haben Sie natürlich Recht, *Avvocato*, aber wenn sie sich an Spinea nur herangemacht hat, um ihn auszuspionieren und um ihn letztlich ans Messer liefern zu können, dann ist auch das Privatleben hier nicht mehr tabu", argumentierte Max.

„Das ist eine ungeheuerliche Behauptung, *Commissario*", protestierte Fiorella, aber Max ließ sich davon nicht beirren.

„Sie bleiben also dabei, dass Sie mit Oreste Spinea eine nicht fingierte Beziehung hatten und mit ihm sogar zusammenziehen wollten?"

„Natürlich."

„Gut, dann werde ich in Ihrem Sinne versuchen, eine Bestätigung dafür zu bekommen", antwortete Max, zog sein Handy aus der Hosentasche und wählte eine der eingespeicherten Nummern.

Valentina, Fiorella und der *Avvocato* sahen ihn gespannt an. Als Max das Freizeichen hörte, schaltete er den Lautsprecher ein.

„*Pronto.*"

Fiorella zuckte zusammen, als sie die Stimme ihrer Mutter hörte.

„Entschuldigen Sie, dass ich Sie noch einmal behelligen muss, *Signora* Caltana. Hier ist *Commissario* Hartinger."

„*Buongiorno Commissario*. Was kann ich für Sie tun?"

„Ich habe Sie heute auf *San Michele* vermisst. Schließlich wurde doch dort heute Vormittag der Freund Ihrer Tochter beerdigt."

„Was? Angelo ist tot?", schrie sie ins Telefon.

„Ich spreche nicht von Angelo, sondern von Oreste."

„Was für ein Oreste? Ich kenne keinen Oreste. Erst letztes Wochenende, als Fiorella, wie ich Ihnen bereits bestätigt habe, von Samstag bis Sonntag bei uns war, haben wir doch die ganze Zeit nur über Angelo gesprochen und meine Tochter hat mir erzählt, dass sie mit ihm in zwei Wochen nach Sardinien in den Urlaub fliegen würde."

„Ach so. Dann entschuldigen Sie vielmals, dass ich Ihnen so einen Schreck eingejagt habe, offenbar liegt hier ein gewaltiger Irrtum vor. Auf Wiederhören, *Signora* Caltana."

Fiorella war schlagartig aschfahl im Gesicht und Cazzago schüttelte entsetzt den Kopf. Max ließ ihr aber keine Zeit zum Verschnaufen, sondern legte sofort nach.

„Sie sind also am Samstag zum ersten Mal seit Ostern, wie Sie mir am Montag gesagt haben, zu Ihren Eltern nach Hause gefahren, haben seit zwei Monaten eine neue Beziehung, wollen mit Ihrem neuen Freund sogar zusammenziehen und erzählen Ihrer Mutter nichts davon? Ausgerechnet Ihrer Mutter, die ohnehin nicht viel von Angelo Sattorini hält und sich sicher gefreut hätte, wenn Sie ihr von Ihrem neuen Freund erzählt hätten? Halten Sie das für glaubwürdig?"

Fiorella schwieg und Cazzago schien fieberhaft darüber nachzudenken, wie er sie aus ihrer misslichen Lage befreien konnte.

„Ich kann Ihnen schon sagen, warum Sie Oreste Spinea bei Ihren Eltern nicht erwähnt haben, weil Sie nämlich am Samstag, als sie nach *Mestre* gefahren sind, bereits wussten, dass er am Abend sterben würde. Außerdem würden Sie wohl kaum mit Angelo Sattorini in den Urlaub fliegen, wenn Sie mit ihm nicht mehr zusammen wären. Meinen Sie nicht, dass es an der Zeit wäre, endlich mit der Wahrheit herauszurücken?“

„*Commissario*, ich denke, es ist an der Zeit, dass Sie endlich Fakten auf den Tisch legen, warum Sie meine Mandantin festgenommen haben“, ging Cazzago wieder dazwischen. „Ihre Ausführungen zur angeblichen Doppelbeziehung von *Signorina* Caltana mit dem Mordopfer und *Signor* Sattorini stellen doch in keiner Weise einen Beweis dar, dass meine Mandantin Beihilfe zum Mord an *Signor* Spinea geleistet hat.“

Max blickte Valentina an, sie nickte ihm zu, um ihm zu signalisieren, dass sie ihm weiterhin das Feld überlassen würde. Max wollte gerade loslegen, da klopfte es, Dino Verde reichte Valentina eine dünne Aktenmappe und verließ den Vernehmungsraum sofort wieder. Valentina sah in die Mappe hinein, klappte sie wieder zu und schob sie zu Max hinüber, der auch kurz hinein sah.

„Die Fingerabdrücke von *Signorina* Caltana stimmen auf keinen Fall mit den Fingerabdrücken auf den Geldscheinen überein, die im Büro von *Signor* Spinea entdeckt worden waren“, stand auf dem Notizzettel der Spurensicherung.

Max schob die Mappe zu Valentina zurück und wandte sich wieder Fiorella und dem Anwalt zu. Allerdings wurde er wieder unterbrochen, weil sein Handy klingelte. Am Display las er den Namen Ottilia Novello.

„Entschuldigen Sie bitte“, sagte er in Richtung Fiorella und Cazzago und ging ran.

„*Pronto.*“

„*Commissario*?“

„Ja, ich bin dran.“

„Hier ist Gabriele Novello, ich bin der jüngere Sohn von Mattia Novello. Stellen Sie sich vor, während wir auf *San Michele* waren, ist bei meiner Mutter eingebrochen worden.“

„Einen Moment, bitte."

Max stand sofort auf, entschuldigte sich für die dringende Unterbrechung bei Cazzago und ging vor die Tür hinaus.

„So, *Signor* Novello, ich war gerade in einer Besprechung und musste nur schnell den Raum verlassen, damit wir in Ruhe reden können. Bei Ihrer Mutter ist also eingebrochen worden."

„Ja, sie ist völlig mit den Nerven fertig, denn die haben die ganze Wohnung auf den Kopf gestellt. Jede Schublade, jedes Schrankfach wurde geöffnet und der Inhalt meistens einfach auf den Boden geworfen."

„Leider kommt es immer wieder vor, dass irgendwelche Gauner die Zeit der Beerdigung ausnützen, um bei den Angehörigen des Verstorbenen einzubrechen."

„Ich glaube aber nicht, dass es ein gewöhnlicher Einbruch war, *Commissario*, denn soweit meine Mutter gesehen hat, sind die Wertsachen noch da, ihr Schmuck zum Beispiel oder die kleine Münzsammlung von meinem Vater."

„Dann wollten die Einbrecher die Zeit der Trauerfeier tatsächlich nutzen, um in Ruhe in Ihre Wohnung eindringen zu können, haben aber offenbar etwas ganz Bestimmtes gesucht."

„Ja, so sieht es aus, und ich glaube auch, dass ich weiß, was die gesucht haben. Auf der Rückfahrt von *San Michele* hat sich auf dem *Vaporetto* Jacopo Arzerini, ein Freund meines Vaters, neben uns gesetzt und meiner Mama ein Kuvert in die Hand gedrückt. Der Brief ist am Montag bei ihm zuhause angekommen, seine Frau hat ihn entgegen genommen, da er aber verreist war und nur wegen der Trauerfeier für meinen Vater bereits gestern Abend nach Venedig zurückgekommen ist, konnte er den Brief nicht eher öffnen. Es war ein Schreiben von meinem Vater und trug das Datum vom letzten Samstag, er hat Jacopo nur einen kurzen Gruß hinterlassen und ihn gebeten, den Inhalt des Briefes meiner Mutter zu überreichen, falls ihm etwas zustoßen sollte."

„Was war in dem Brief?"

„Ein Schlüssel für ein Bankschließfach."

Max ballte die Faust.

„Ja! Wieder ein Puzzleteil mehr auf dem Weg zur Lösung des Falles", dachte er sich zufrieden.

„*Signor* Novello, vielen Dank, dass Sie mich sofort informiert haben. Ich bin gerade bei einer Vernehmung, werde Ihnen aber sofort die Kollegen der *Carabinieri* zusammen mit der Spurensicherung schicken. Fassen Sie am besten nichts an, auch Ihre Mutter sollte auf keinen Fall anfangen, aufzuräumen, bevor die Spurensicherung nicht da war. Bitte behalten Sie den Schlüssel bei sich. Ich werde so schnell es geht zur Wohnung Ihrer Mutter kommen."

„Vielen Dank, *Commissario. Arrivederci.*"

Max öffnete die Tür zum Vernehmungsraum, rief Valentina heraus und berichtete ihr von dem Einbruch und dem Brief mit dem Schließfachschlüssel.

„Ich schicke Enzo mit der Spurensicherung hin."

„Sobald wir da drin mit Fiorella fertig sind, werde ich auch sofort zu den Novellos fahren und mir den Schlüssel holen. Wenn Novello befürchtet hat, dass ihm etwas zustoßen könnte, dann ist in dem Bankschließfach sicher belastendes Material, mit dem wir seinen Mörder überführen könnten."

„Ich komme mit, Massimiliano, werde aber vorher noch schnell in meine Uniform schlüpfen, das hilft uns bestimmt, schnell Zugang zu dem Schließfach zu bekommen."

Sie rief nach Enzo, der sofort aus seinem Büro kam, und erklärte ihm, was zu tun war.

„Wir kommen dann so schnell es geht nach."

Valentina wollte sofort in den Vernehmungsraum hinein, aber Max hielt sie noch zurück.

„Ich werde nicht umhin kommen, da drin Sattorini der Erpressung zu beschuldigen, sonst kann ich den Zusammenhang zwischen Fiorellas Kenntnis des *Salvate Venezia*-Treffens und Sattorinis Auftrag, dass sie Spinea zu dem Treffen schicken soll, nicht herstellen."

„Da bewegen wir uns aber auf verdammt dünnem Eis."

„Ich weiß. Die Gefahr ist natürlich schon da, dass Cazzago hernach sofort zum Telefon greift und Sattorini informiert. Aber mir bleibt wohl nichts anderes übrig, wenn sie nicht von alleine auspackt. Allerdings bin ich nach Sattorinis Reaktion auf *San Michele* absolut überzeugt davon, dass er der Erpresste war und deshalb den Auftrag zum Mord an Spinea gegeben hat."

„Ich kann dir nicht widersprechen, Massimiliano. Also, gehen wir es an."

Fiorella und ihr Anwalt hatten die Köpfe zusammengesteckt, hörten aber sofort auf zu Tuscheln, als Valentina und Max hereinkamen und sich wieder dazu setzten.

„Entschuldigen Sie die Unterbrechung, aber wenn man einen Notruf erhält, dann muss man sofort reagieren. Nun können wir hoffentlich ungestört weitermachen“, sagte Max einleitend und wollte Fiorella noch einmal die Chance geben, auszupacken. „*Signorina* Caltana, haben Sie sich in der Zwischenzeit überlegt, ob Sie zum Mord an Oreste Spinea aussagen wollen?“

„Meine Mandantin war zur Tatzeit in *Mestre*, *Commissario*. Wie sollte sie da zu dem Mord etwas aussagen können?“

„Sie haben Recht, *Avvocato*, ich habe mich etwas unklar ausgedrückt“, meinte Max und wandte sich wieder an Fiorella: „Ich sollte Sie besser fragen, ob Sie zur Beihilfe zum Mord an Oreste Spinea aussagen wollen, *Signorina* Caltana.“

„Dazu kann ich absolut nichts sagen, *Commissario*, weil ich erst am Montag durch Sie von Orestes Tod erfahren habe.“

„Wie hat *Signor* Spinea reagiert, als er von Ihnen erfahren hat, dass in seinem Haus in *Dorsoduro* am Samstagabend ein Treffen junger Aktivisten stattfinden sollte, die sich *Salvate Venezia* nennen?“

„Ich weiß von keinem Treffen.“

„Sie sollten schon bei der Wahrheit bleiben, *Signorina*. Wir haben nämlich die Aussage von Ihrem Kollegen Severino Fossa, der uns bestätigt hat, Ihnen von seinem Engagement bei der Gruppe *Salvate Venezia* berichtet zu haben und außerdem hat er uns versichert, Ihnen am Freitag erzählt zu haben, dass am Samstagabend beim Bäcker Altino in *Dorsoduro* ein Treffen der Gruppe stattfinden sollte, also genau in der Wohnung, in der Spinea nach der Sanierung des Hauses angeblich mit Ihnen einziehen wollte. Außerdem hat mir *Signor* Fossa berichtet, Sie hätten am Wochenende eine Bootstour mit Angelo Sattorini vorgehabt. Warum haben Sie diese kurzfristig abgesagt?“

Fiorella schüttelte energisch mit dem Kopf.

„Ich weiß nicht, wie Severino auf so etwas kommt. Ich kann weder zu diesem Treffen, noch zu einer angeblichen Bootstour etwas sagen.“

„*Avvocato*, jetzt haben Sie aber auch ein Problem in Ihrer Kanzlei, wenn zwei Ihrer Angestellten derart konträre Aussagen treffen.“

„Vielleicht handelt es sich hier einfach nur um ein Missverständnis", meinte er beschwichtigend.

„Es handelt sich nicht um ein Missverständnis, sondern um Beihilfe zum Mord. *Signorina* Caltana hat von ihrem Kollegen Severino erfahren, dass in Spineas Haus ein Treffen der Gruppe stattfinden sollte, was sie an Spinea weitererzählt hat, deshalb wollte er am Samstagabend dorthin. Von Spineas Frau wissen wir, dass er sich vorher niemals am Wochenende mit seinen Mietern getroffen hat, deswegen muss es diesmal ein ganz besonderer Anlass gewesen sein, warum er am Samstagabend plötzlich in Altinos Wohnung hineinmarschiert ist, als drinnen das Treffen von *Salvate Venezia* bereits lief. *Signorina* Caltana, nach unseren Erkenntnissen können nur Sie ihn dort hingeschickt haben und dass Sie gerade zweimal geleugnet haben, von dem Treffen überhaupt gewusst zu haben, zeigt uns, dass wir damit richtig liegen. Womit sind Sie Spinea denn in den Ohren gelegen? Dass die Wohnung möglichst schnell fertig werden muss?"

„Es reicht, *Commissario*", ging Cazzago abermals dazwischen. „Sie sind nur am Spekulieren, wo bleiben die Fakten? Wo ist ein Motiv?"

Max sah Valentina an, sie nickte ihm zu und gab ihm damit freie Bahn.

„*Avvocato*, nach meinem Telefonat vorhin mit *Signorina* Caltanas Mutter ist es wohl unstrittig, dass Ihre Mandantin noch immer mit Angelo Sattorini liiert ist. Für uns war es keinesfalls ein Zufall, dass Sie, *Signorina* Caltana, Oreste Spinea kennen gelernt haben, das war genauso inszeniert wie die gesamte Beziehung inszeniert war. Wir wissen, dass *Signor* Sattorini von den beiden Mordopfern Mattia Novello und Oreste Spinea erpresst worden ist."

Fiorella versuchte, völlig ruhig zu bleiben, aber an ihrem plötzlichen, schnellen Lidschlag war deutlich zu erkennen, dass sie augenblicklich ziemlich nervös war.

„*Signor* Sattorini suchte eine Möglichkeit, um den Erpressern ihr belastendes Material zu nehmen, deshalb hat er Sie, *Signorina*, regelrecht auf Spinea angesetzt, Sie sollten helfen, ein Druckmittel gegen Spinea zu finden. Durch Zufall ergab es sich dann, dass Sie durch Severino Fossa von dem Treffen am Samstagabend erfuhren, was für Sie wirklich ein Glücksfall war.

Spinea würde sich also in seinem eigenen Haus aufhalten, das bis auf die Wohnung im obersten Stockwerk und die Bäckerei im Erdgeschoss leer steht, der ideale Ort also, um jemanden umzubringen. Als Sie am Samstagvormittag von Spinea hörten, dass er tatsächlich zu dem Treffen gehen wollte, haben Sie sofort Angelo Sattorini darüber informiert."

„Alles reine Spekulation", widersprach Fiorella.

„Anhand der Telefonlisten von Spinea und Sattorini können wir nachweisen, dass Sie unmittelbar, nachdem Sie mit Oreste Spinea telefoniert hatten, bei Sattorini angerufen haben."

„*Commissario*, finden Sie es nicht ziemlich dreist, einen Stadtrat als Mörder zu beschuldigen?", fragte Cazzago kopfschüttelnd.

Max antwortete mit einer Gegenfrage.

„Wenn Sie mitbekommen würden, dass Ihre Freundin verhaftet wird, *Avvocato*, und Sie würden nur zehn Meter daneben stehen, was würden Sie tun?"

„Dazwischen gehen, natürlich."

„Eben, das wäre die logische Reaktion von jemandem, der selbst nichts zu befürchten hat. Wissen Sie, wie Angelo Sattorini reagiert hat, als er zusehen musste, wie wir seine Freundin auf *San Michele* festgenommen haben? Er hat auf dem Absatz kehrt gemacht und hat das Weite gesucht. Er sah wohl seine Felle davonschwimmen und wollte lieber sich selbst in Sicherheit bringen, anstatt seiner Freundin beizustehen."

„Und warum haben Sie ihn noch nicht verhaftet?"

„Das wird demnächst schon noch passieren. Sie kann ich nur eindringlich warnen, *Avvocato*, dem Herrn Stadtrat diesbezüglich einen Tipp zu geben. Strafvereitelung im Amt würde Sie Ihre Anwaltszulassung kosten."

„Von Ihnen brauche ich mich nicht belehren lassen, was ich zu tun oder zu lassen habe, *Commissario*", raunzte Cazzago Max an. „Sagen Sie uns lieber, wie es hier weitergehen soll."

„Das ist ganz einfach. Nachdem *Signorina* Caltana nichts vorgebracht hat, was sie vom Vorwurf der Beihilfe zum Mord entlasten könnte, werden wir sie wie geplant dem Haftrichter vorführen."

„Nein", schrie Fiorella und sprang auf.

„Machen Sie sich keine Sorgen, *Signorina*", redete ihr Chef beruhigend auf sie ein. „Bei der dürftigen Beweislage ist es für mich völlig ausgeschlossen, dass der Haftrichter einen Haftbefehl ausstellen wird."

Fiorella setzte sich wieder und Cazzago wandte sich noch einmal an Max.

„Ich gehe davon aus, dass Sie mich rechtzeitig vor dem Haftprüfungstermin informieren, damit ich dabei sein kann."

Nun schaltete sich Valentina zum ersten Mal mit ein.

„Im Moment bekommen wir selten sofort am gleichen Tag einen Termin, ich würde davon ausgehen, dass wir uns erst morgen Vormittag beim Haftrichter sehen. Sie werden selbstverständlich rechtzeitig informiert, *Avvocato*."

Das *Comando Provinciale* hatte zwei Arrestzellen. Dino Verde, den Valentina in den Vernehmungsraum gerufen hatte, brachte Fiorella unter deren lautem Protest dorthin. *Avvocato* Cazzago verabschiedete sich sofort, ohne mit Valentina und Max weiter zu diskutieren. Valentina machte hinter ihm die Tür zu und setzte sich noch einmal zu Max, der mit dem Verlauf der Vernehmung überhaupt nicht zufrieden war.

„Ich hätte nicht erwartet, dass die so hartnäckig ist. Cazzago hat vermutlich Recht, bei der Beweislage dürften wir beim Haftrichter kaum durchkommen."

„Wir sind zwar jetzt in Zeitnot, noch weitere Beweise zu finden, aber ich bin trotzdem ganz zufrieden, Massimiliano. Das Wichtigste ist doch, dass wir Sattorini aufgescheucht haben."

„Stimmt, dennoch wäre mir ein Geständnis von ihr lieber gewesen. Jetzt können wir nur hoffen, dass wir in Novellos Schließfach wirklich einen handfesten Beweis finden, um Sattorini und damit letztlich auch Fiorella zu überführen."

„Wir können gleich los, ich muss mich nur noch schnell umziehen."

„Lass dir Zeit, ich möchte vorher sowieso noch schnell zur Bar hinüberlaufen und mir etwas zu essen holen, das Frühstück ist schon viel zu lange her."

Ohne zu wissen, womit Chiara ihren Max immer aufzog, machte Valentina eine ähnliche Bemerkung.

„Für mich siehst du aber nicht unbedingt so aus, als wärest du kurz vor dem Verhungern", kicherte sie.

„Wie meine Frau, der Satz hätte genauso von ihr kommen können", beschwerte sich Max.

Valentina lachte laut los.

„Ja wenn das deine Frau auch so sieht, dann wird es wohl stimmen", grinste sie. „Wir treffen uns in fünf Minuten draußen vor dem Haus. *Buon appetito*, Massimiliano."

Während sich Valentina umzog, ging Max in die Bar gegenüber der *Chiesa di San Zaccaria*, kaufte sich zwei *Panini* mit Schinken und Käse sowie eine große Flasche Cola. Damit ging er die wenigen Meter zum *Comando Provinciale* zurück. Bis Valentina endlich herauskam, war das erste *Panino* schon verspeist.

„Das waren aber lange fünf Minuten", lästerte er und freute sich, dass sie ihm gleich einen Grund gegeben hatte, zurück zu schießen.

„Ich habe auf die Schnelle versucht, noch einen Termin beim Haftrichter zu bekommen. Morgen Vormittag um zehn wird's ernst."

„Bis dahin haben wir genügend Zeit, um weitere Beweise zusammen zu tragen."

Da Valentina in Uniform die *Vaporetti* kostenlos benutzen durfte und Max ohnehin ein Tagesticket hatte, war es am günstigsten, mit dem *Vaporetto* nach *Dorsoduro* zu fahren. Im üblichen Touristen-Trubel am Anleger *San Zaccaria* mussten sie nicht lange warten, bis ein *Vaporetto* der Linie 1 vorbeikam. Die Zeit an Bord nutzte Max wieder, um Chiara eine Nachricht zu schreiben, damit sie wusste, wohin er unterwegs war. Außerdem schrieb er ihr von dem Schlüssel für ein Bankschließfach, den Novello hinterlassen hatte. Den Fußweg von der Haltestelle *Ca' Rezzonico* über den *Campo San Barnaba* bis zur Wohnung der Novellos kannte Max bereits. Als sie vor dem Haus eintrafen, stand Enzo Stradona vor der Haustür und rauchte eine Zigarette.

„Wie weit ist die Spurensicherung?", fragte Valentina.

„Die müsste schön langsam fertig sein. Die Einbrecher haben wirklich ganze Arbeit geleistet und jeden Winkel der Wohnung durchsucht und auf den Kopf gestellt. Da oben schaut es aus, als wäre ein Sprengsatz explodiert. Die arme *Signora* Novello hat ihr Sohn bei sich einquartiert. Er wollte sofort wieder zurückkommen, sobald er seine Mutter bei seiner Frau zuhause gut untergebracht weiß."

„Haben sich die Kollegen schon geäußert, ob sie verwertbares Material gefunden haben?“, fragte Max.

Stradona schüttelte mit dem Kopf.

„Da müssen Profis am Werk gewesen sein, an der Tür gibt es keine Einbruchsspuren und Fingerabdrücke waren leider auch keine zu finden. Wenn sich bei dem Durchwühlen der Wohnung nicht einer der Einbrecher zufällig irgendwo ein bisschen verletzt haben sollte, dann befürchte ich, wird auch die Suche nach DNA-Spuren erfolglos bleiben.“

Stradona warf seinen Zigarettenstummel auf den Boden und trat ihn mit dem Schuh aus.

„Lasst uns doch nach oben gehen und nachsehen, wie weit die Kollegen sind“, schlug Valentina vor.

Enzo Stradona drehte sich sofort um, öffnete die Haustür und ging voraus in den ersten Stock, wo die vier Männer der Spurensicherung ihre Untersuchungsutensilien gerade wieder einpackten.

Mario Tasca, der Leiter der Spurensicherung, hatte zur gleichen Zeit wie Valentina die Ausbildung bei den *Carabinieri* begonnen und begrüßte sie vor der Wohnungstür mit einem *Bacino* links und rechts auf die Wange.

„*Ciao* Valentina, du wirst auch immer hübscher. Willst du nicht mal wieder mit mir zum Essen gehen?“

„Du gibst wohl nie auf, Mario?“, lachte Valentina, blieb ihm aber die Antwort auf seine Frage schuldig. „Erzähl mir lieber, ob ihr etwas für uns Verwertbares gefunden habt.“

„Leider nicht, das war ganz professionelle Arbeit. Die haben wirklich jeden einzelnen Quadratzentimeter umgedreht, dabei aber keinerlei Spuren hinterlassen.“

„Vielen Dank, dass ihr hier sofort tätig geworden seid, auch wenn es letztlich umsonst war.“

„Für dich immer wieder gerne“, grinste Mario, aber Valentina ging wieder nicht auf seine Avancen ein.

Nachdem die Kollegen der Spurensicherung die Wohnung verlassen hatten, drückte Mario Valentina den Schlüssel in die Hand.

„Das sind die Wohnungsschlüssel von Gabriele Novello, ihr müsstet bitte solange warten, bis er wieder da ist, sonst kommt er nicht mehr hinein. Von uns aus kann man da drin zum Aufräumen anfangen.“

„Danke, Mario. Wir müssen ohnehin solange da bleiben, bis er zurückkommt, weil er uns einen Schließfachschlüssel aushändigen will, der von seinem Vater an einen Freund geschickt worden ist. Je nachdem, was wir in dem Schließfach finden werden, könnte es sein, dass wir dich heute noch einmal brauchen könnten, wenn es vielleicht darum geht, den Schließfachinhalt auf Fingerabdrücke untersuchen zu lassen."

„Gerne, ruf mich einfach an, wenn ich dir helfen kann. Aber auch sonst kannst du dich immer gerne bei mir melden."

Valentina ging auf diese letzte Bemerkung nicht ein, sondern verabschiedete sich von Mario und ging mit Max und Enzo Stradona in die Wohnung hinein. Das Chaos, das sich ihnen dort bot, war noch viel größer, als sie erwartet hatte.

„Kein Wunder, dass die *Signora* mit den Nerven fertig ist", meinte sie.

Soweit dies überhaupt möglich war, wollten sie sich in der Wohnung ein wenig umsehen. Schnell war klar, dass die Einbrecher wirklich nur etwas ganz Bestimmtes gesucht hatten, weil einige Wertgegenstände, die sie ganz einfach hätten mitnehmen können, noch am Fußboden herumlagen.

„Die Wohnung ist überhaupt nicht wiederzuerkennen", seufzte Max und schüttelte mit dem Kopf.

Zum Glück mussten sie nicht lange in diesem Chaos bleiben, denn nur wenige Minuten, nachdem Mario Tasca mit seinen Kollegen gegangen war, kam Gabriele Novello zurück.

„Wie geht's Ihrer Mutter?", fragte Max sofort.

„Nicht gut, wir haben vorhin sogar ihren Hausarzt angerufen, der in der nächsten Stunde vorbeikommen will, um ihr eine Beruhigungsspritze zu geben. Die letzten Tage waren einfach zu viel für sie und dieses Chaos hier hat ihr jetzt den Rest gegeben."

„Hoffentlich können wir mit der baldigen Festnahme der Mörder Ihres Vaters ein wenig dazu beitragen, dass es Ihrer Mutter schnell wieder etwas besser geht", wünschte sich Valentina.

Max fragte Novello, ob er den Schließfachschlüssel bei sich hatte.

„Ja, natürlich. Ich trage ihn ständig bei mir, seit Jacopo ihn meiner Mutter auf der Rückfahrt von *San Michele* gegeben hat."

„Wussten Sie, dass Ihr Vater ein Bank-Schließfach hatte?", fragte Max weiter.

„Nein, das war mir nicht bekannt."

Er holte den Schlüssel aus seinem Geldbeutel und gab ihn Max.

„Der Name der Bank steht auf dem Schlüssel nicht drauf, aber nachdem mein Vater sämtliche Bankgeschäfte über eine Filiale in der *Calle Larga XXII. Marzo* abgewickelt hat, gehe ich davon aus, dass sich das Schließfach auch dort befindet."

„Haben Sie eine Vollmacht für seine Konten?"

„Nein, keine spezielle Bankvollmacht, aber ich habe seit kurzem eine Generalvollmacht von ihm. Das wollte er schon seit längerem so regeln und da jetzt die USA-Reise meiner Eltern absehbar war, wollte er mich vorher noch für alles bevollmächtigen. Die Generalvollmacht habe ich dabei, die Bank sollte also keine Schwierigkeiten machen, wenn ich ans Schließfach will. Sollen wir uns gleich auf den Weg machen?"

Valentina und Max stimmten dem gerne zu, in der verwüsteten Wohnung konnten Sie ohnehin nichts ausrichten. Gemeinsam gingen Sie über den *Campo San Barnaba* und die *Calle del traghetto* bis zur Haltestelle *Ca' Rezzonico* zurück und fuhren von dort aus die drei Station bis nach *San Marco*. Über die *Calle Vallaresso* gelangten sie fast unmittelbar an die südwestliche Ecke des Markusplatzes, bogen nach links ab, überquerten den *Campo San Moisè* und die anschließende Brücke über den *Rio de San Moisè*. Auf der anderen Seite der Brücke begann die *Calle Larga XXII. Marzo*, in der Max in den ersten Tagen seines Venedig-Urlaubs einige Male unterwegs gewesen war. Die Filiale von Novellos Bank lag unweit der Brücke auf der linken Seite, direkt gegenüber der Börse.

Auf dem *Vaporetto* hatten sie darüber diskutiert, ob die Bank wegen des Zugangs zum Schließfach eventuell doch Schwierigkeiten machen könnte.

„Wenn wir dazu erst einen richterlichen Beschluss bräuchten, dann kostet uns das mindestens einen Tag Zeit", mutmaßte Valentina.

Ihre Bedenken waren aber zum Glück unberechtigt. Das Schließfach befand sich tatsächlich in dieser Filiale. Die Generalvollmacht wurde zwar genauestens geprüft, aber wie Valentina gehofft hatte, bewirkte auch ihre Anwesenheit in *Carabinieri*-Uniform, dass sie in den Tresorraum mit den Schließfächern vorgelassen wurden. Zuerst musste der Bankangestellte, der sie begleitete, mit seinem Schlüssel einmal aufsperren, anschließend konnte Gabriele Novello mit dem Schlüssel seines Vaters das Schließfach öffnen. Er zog die genormte Metallkassette, die das Schließfach komplett ausfüllte, heraus und ging mit Max und Valentina in eines der kleinen Zimmer, die für die Kunden in dem Tresorraum bereitstanden. Novello klappte den Deckel auf. In der Kassette befand sich ein großes, braunes Kuvert, auf dem *Polizia - Carabinieri* geschrieben stand. Er nahm es heraus und reichte es Valentina.

„Danke. Ihr Vater scheint wirklich mit dem Schlimmsten gerechnet zu haben, sonst hätte er das Kuvert sicher nicht so beschriftet."

Unter dem Kuvert lag, in einer Klarsichthülle verschweißt, ein kleiner Goldbarren.

„Für Lorenzo", stand auf einem kleinen Zettel, der mit einem Klebstreifen an der Klarsichthülle befestigt war.

Gabriele Novello bekam feuchte Augen, als er ihnen erzählte, dass Lorenzo sein dreieinhalb Wochen alter, kleiner Sohn war.

„Er hätte einen wunderbaren Opa gehabt."

Nun gab es für seine Tränen kein Halten mehr.

„Warum? Warum nimmt jemand meinem kleinen Lorenzo seinen Opa weg?", schluchzte er.

Valentina reichte ihm ein Papiertaschentuch, mit dem er sich seine Tränen abtrocknete und die Nase putzte. Als er sich wieder beruhigt hatte, wollte sie ihn vor die Tür hinaus schicken.

„*Signor* Novello, zu Ihrer eigenen Sicherheit ist es vielleicht besser, wenn Sie vorerst nicht wissen, was in dem Kuvert drin ist. Würden Sie uns bitte einen Moment alleine lassen?"

Ohne zu zögern folgte Novello ihrer Aufforderung und verließ das kleine Zimmer.

„Jetzt bin ich aber gespannt, was er uns für Beweismaterial hinterlassen hat", sagte Max ungeduldig, während Valentina vorsichtig das Kuvert öffnete.

Am liebsten hätte er ihr das Kuvert aus der Hand genommen und mit einem Ruck aufgerissen, sie agierte ihm viel zu langsam. Endlich war es auf und Valentina griff hinein.

„Ein Stapel Fotos", sagte sie sofort, bevor der Inhalt zum Vorschein kam.

Valentina legte die Fotos vor sich auf den Tisch und schob sie etwas zu Max hinüber, der neben ihr saß. Auf dem obersten Foto war nur die Yacht Hero of the sea zu sehen.

„Das ist die Yacht von Sanders, die schon am Freitag, als wir angekommen sind, an der *Riva delle Sette Martiri* gelegen ist. Dann war unsere Vermutung also doch richtig, dass Sanders Sattorini geschmiert hat", sprudelte es aus Max heraus.

„Warte doch erst einmal ab, was da noch kommt", bremste ihn Valentina.

Auf der nächsten Aufnahme war wieder die Yacht zu sehen, diesmal allerdings nur das Oberdeck mit einem beleuchteten Fenster, hinter dem die Umrisse von zwei Personen zu sehen waren.

„Leider kann man gar nicht erkennen, wer das sein könnte", beklagte sich Valentina und nahm das Foto beiseite.

„Sanders und Sattorini", rief Max sofort, als er das nächste Foto sah.

Es zeigte wieder das beleuchtete Fenster vom Oberdeck, diesmal aber bedeutend größer, so dass die beiden Personen eindeutig zu identifizieren waren.

„Eine perfekte Foto-Dokumentation", freute sich Valentina, als auf dem vierten Foto Sanders und Sattorini in Großaufnahme zu sehen und das alles entscheidende Detail deutlich zu er-kennen war.

„Das sind doch bestimmt hundertfünfzig bis zweihunderttausend Euro, die Sanders Sattorini da in die Hand drückt", mutmaßte Max, als er das dicke Geldbündel in den Händen des Amerikaners und des venezianischen Stadtrates sah.

Dass Sattorini das Geld an sich genommen und in die Innentasche seines Sakkos gesteckt hatte, war auf dem fünften und sechsten Foto zu sehen. Es folgten noch drei weitere Fotos, die Sattorini beim Verlassen der Hero of the sea, zwischen der Yacht und dem dahinterliegenden weißen Boot und beim Betreten des weißen Bootes mit dem venezianischen Stadtwappen zeigten.

„Wahnsinn, so perfektes Beweismaterial hat mir in den fast dreißig Jahren, in denen ich jetzt schon bei der Kripo bin, noch nie ein Mordopfer selbst geliefert. Jetzt wissen wir auch, was die Einbrecher am Vormittag in Novellos Wohnung gesucht haben, denn auch wenn er und Spinea tot sind, könnten diese Fotos, wenn sie in die falschen Hände geraten, gleich wieder als Druckmittel für eine Erpressung hergenommen werden."

Er machte eine Pause und sah Valentina an.

„Warum schaust du so skeptisch? Die Beweise sind doch eindeutig."

„Stimmt, Massimiliano, ich habe nur gerade überlegt, von wo aus diese Fotos aufgenommen worden sind."

„Die Fotos können doch eigentlich nur aus einem der Häuser an der *Riva delle Sette Martiri* geschossen worden sein."

„Kommt darauf an, wo die Yacht zum Zeitpunkt der Fotos festgemacht war. Wenn sie nicht direkt am Beginn der *Riva*, sondern etwas weiter hinten lag, könnte der Fotograf auch im *Giardino della Marinaressa*, einem kleinen Park, darauf gewartet haben, dass er Sanders und Sattorini abschießen kann."

„Dazu müsste er aber auf einen Baum geklettert sein, denn es sieht schon so aus, als hätte sich der Fotograf in etwa auf Höhe des Oberdecks befunden. Im Moment liegt die Hero of the sea übrigens gleich am Beginn der *Riva*, da käme dann eigentlich nur das Eckhaus zwischen der *Riva delle Sette Martiri* und der *Via Giuseppe Garibaldi* in Frage."

Max griff zum Handy, musste aber feststellen, dass er im Tresorraum der Bank kein Netz hatte.

„Ich habe eine Idee, was das Haus angeht. Kümmerst du dich bitte inzwischen darum, dass Novello die Kassette mit dem Goldbarren wieder ins Schließfach einsperrt? Dann gehe ich schnell mal raus zum Telefonieren."

„Gut, mache ich."

Mit dem Handy in der Hand verließ Max die Bankfiliale. Zwischen der Bank und dem Nachbarhaus war ein ganz schmaler Durchgang, dort ging Max hinein und wählte eine der eingespeicherten Nummern.

„*Pronto.*"

„*Buongiorno Signora* Spinea, hier ist Hartinger. Ich hoffe, Sie haben den heutigen Vormittag gut überstanden."

„Es geht einigermaßen, *Commissario*. Sie wissen, wie Oreste und ich zueinander standen, aber trotzdem gingen mir die Trauerfeier und die Beerdigung sehr nahe."

„Ich hatte schon befürchtet, dass Sie mich nach Ihrer Rückkehr nach Hause anrufen würden, denn während wir alle auf *San Michele* waren, wurde bei den Novellos eingebrochen und die ganze Wohnung auf den Kopf gestellt."

„Bei mir war zum Glück alles in Ordnung. Es wäre aber auch schwierig gewesen, hier einzubrechen, wir haben nämlich gerade die Maler im Haus, die das Treppenhaus weißeln."

„Da haben Sie aber noch einmal Glück gehabt."

„Meinen Sie, dass hier auch noch jemand vorbeikommen könnte, um einzubrechen?"

„Ausschließen kann ich es nicht, allerdings ist uns gerade eindeutiges Beweismaterial in die Hände gefallen, das die Mörder offenbar in Novellos Wohnung gesucht hatten. Ich hoffe, wir können die Mörder Ihres Mannes noch heute verhaften."

„Da wäre ich aber sehr beruhigt, *Commissario*."

„Natürlich. Eigentlich habe ich jetzt aber aus einem anderen Grund angerufen. Als ich am Sonntag bei Ihnen war, haben wir über die Mietshäuser von Ihrem Mann gesprochen. Sie haben erwähnt, dass es neben dem in *Dorsoduro* noch zwei weitere in den *Sestieri San Marco* und *Castello* gibt."

„Das stimmt."

„Wo genau ist das Haus in *Castello*?"

„Gleich am Beginn der *Via Giuseppe Garibaldi*, auf der rechten Seite."

„Sie meinen das Eckhaus zur *Riva delle Sette Martiri*?"

„Ja, das gehörte auch Oreste. Um dieses Haus muss ich mich gleich in den nächsten Tagen kümmern, denn als ich Orestes Unterlagen durchgesehen habe, ist mir aufgefallen, dass in diesem Haus schon seit Anfang April eine Wohnung leer steht. Ich weiß nicht, warum er die nicht wieder vermietet hat."

„Liegt die Wohnung im ersten Stock, auf der Seite zur *Riva*?"

„Ja, wie kommen Sie darauf?"

„Bei dem Beweismaterial, das ich vorhin gerade angesprochen habe, handelt es sich um Fotos, die vermutlich aus diesem Haus heraus geschossen wurden und die dann, soweit wir das jetzt beurteilen können, von Mattia Novello und Ihrem Mann für die Erpressung verwendet wurden."

„Irgendwie kann ich es immer noch nicht glauben, dass er ein Erpresser gewesen sein soll, aber das scheint sich ja mehr und mehr zu bewahrheiten."

„So sieht es aus. Vor allem passt jetzt dazu auch, dass das Haus, von dem aus die Fotos geschossen wurden, Ihrem Mann gehörte. So fügt sich ein Mosaikstück zum anderen. *Signora* Spinea, vielen Dank für Ihre Auskünfte. Ich hoffe, ich kann mich bald wieder bei Ihnen melden und Ihnen die Verhaftung der Mörder Ihres Mannes mitteilen."

Max schaltete das Handy ab und trat wieder auf die *Calle Larga XXII. Marzo* hinaus. Valentina und Gabriele Novello waren offenbar gerade aus der Bank gekommen, denn sie standen vor dem Eingang und Valentina blickte suchend umher.

„Da bist du ja, Massimiliano. Hast du etwas Neues erfahren?"

„Ja, das erzähle ich dir gleich."

Sie verabschiedeten sich von Gabriele Novello, der nun schleunigst zu seiner Frau und seiner Mutter nach Hause wollte, und bedankten sich noch einmal dafür, dass er sie gleich wegen des Schließfachschlüssels informiert hatte. Während Novello die *Calle* in Richtung *Ponte dell'Accademia* davon ging, marschierten Max und Valentina in Richtung Markusplatz los.

„Ich habe vorhin mit *Signora* Spinea telefoniert, das Eckhaus zwischen der *Via Giuseppe Garibaldi* und der *Riva delle Sette Martiri* gehörte ihrem Mann. Ganz zufällig steht dort im ersten Stock schon seit April eine Wohnung leer. Ich denke, nach dem Ort, von wo aus unsere Beweisfotos geschossen wurden, brauchen wir nicht mehr suchen."

„Es passt alles perfekt zusammen, wobei der Ort an sich ohnehin nicht so wichtig ist. Hauptsache, wir haben die Fotos. Sobald wir beim *Comando Provinciale* sind, werde ich beim Richter den Haftbefehl für Sattorini beantragen."

„Hoffentlich ist der Richter schnell, denn ich traue Cazzago nicht so ganz über den Weg. Je eher wir Sattorini verhaften, umso besser."

Sie hatten inzwischen die *Piazza San Marco* und die *Piazzetta* überquert und liefen die *Riva degli Schiavoni* entlang. Trotz der Fotos und der bevorstehenden Verhaftung von Sattorini war der Fall für Max noch lange nicht geklärt.

„Mit den Fotos kriegen wir Sattorini auf alle Fälle wegen der Schmiergeldzahlungen dran. Für den Mord an Spinea hat er ein Alibi, wo er am Montag zur Zeit des Mordes an Novello war, müssen wir noch klären."

„Dafür wird er sich sicher auch ein Alibi besorgt haben, wobei ich darauf sehr gespannt bin, denn der Mord passierte doch kurz nach sechs Uhr in der Früh. Eigentlich kann er da doch nur eine Frau als Zeugin aufbieten“, spekulierte Valentina.

„Das könnte eine schöne Zwickmühle für ihn werden. Gibt er Fiorella als Zeugin an, werden ihre Aussagen noch unglaubwürdiger. War er mit einer anderen zusammen, könnte das heißen, dass er Fiorella nur für seine Zwecke benutzt hat. Das allerdings könnte für uns bedeuten, dass wir dahin kommen, wo wir schon einmal hin wollten, nämlich dass sie gegen ihn aussagt.“

Sie hatten sich durch die Touristenmassen gekämpft, als sie dann von der *Riva degli Schiavoni* zum *Campo San Zaccaria* abbogen, waren sie schlagartig allein. An der Pforte des *Comando Provinciale* sprang *Vice Brigadiere* Mogliano wieder sofort auf, als sie hereinkamen. Wie üblich traf Max ein böser Blick, weil er wieder mit Valentina zusammen unterwegs gewesen war. Valentina ließ im Vorbeigehen nur ein kurzes „*Ciao* Umberto“ fallen und zog sich mit Max in ihr Büro zurück. Während sie sich sofort daran machte, den Haftbefehl für Sattorini zu beantragen, rief Max bei Chiara an.

„Servus Max, wo steckst du denn?“

Er erzählte ihr von dem Schrankfachinhalt und dass sie gerade die Verhaftung von Sattorini vorbereiteten.

„Meinst du, dass du bis zum Fußball hier bist?“

„Ach du meine Güte, unser WM-Spiel habe ich ganz vergessen. Je nachdem, wie es hier weitergeht, könnte sechs Uhr schon etwas knapp für mich werden.“

Chiara versprach, ihm in der Lobby ihres Hotels, wo ein großer Fernseher stand, einen Platz freizuhalten, falls er es bis zum Anpfiff nicht zurück an den *Lido* geschafft haben sollte.

Valentina hatte mittlerweile ihr Fax an den Richter weggeschickt, nun hieß es warten.

„Weißt du, wo der Sitz von Sattorinis Firma ist?“, fragte Max.

„Ja, die ist im *Sestriere Cannaregio*, aber wer weiß, wie oft er dort persönlich anwesend ist?“

Sie suchte im Internet nach der Seite der *Comune di Venezia*, fand dort einen Link zum Stadtrat und konnte sich dort neben den Porträts aller Stadträte auch die Termine der Stadtratssitzungen ansehen.

„Heute Nachmittag müsste Sattorini im Rathaus sein, Massimiliano, da ist nämlich für vierzehn Uhr eine Stadtratssitzung angesetzt."

„Das passt doch wunderbar, dann brauchen wir nicht lange nach ihm zu suchen."

„Wenn wir ihn tatsächlich im Sitzungssaal verhaften, müsste ich dich allerdings bitten, vor der Tür draußen zu bleiben, Massimiliano. Auch wenn mein Chef deinen Einsatz hier abgesegnet hat, müssen wir das beim Bürgermeister und den Stadträten nicht unbedingt an die große Glocke hängen. Wenn du als Einziger ohne Uniform dort erscheinen würdest, könnte das schnell zu Nachfragen führen. Ich will nur Schwierigkeiten vermeiden."

„Mach dir deswegen keine Gedanken, Valentina, ich habe kein Problem damit, vor der Tür zu bleiben. Wen willst du noch mitnehmen?"

„Enzo und Dino. Die arbeiten so viel im Hintergrund für mich, die haben auch einmal einen großen Auftritt verdient."

„Wo ist denn hier das Rathaus?"

„Wenn man von *San Marco* aus durch die erste große Schleife des *Canal Grande* gefahren ist und auf die *Rialto*-Brücke zusteuert, dann ist der *Palazzo Farsetti*, unser Rathaus, etwa zweihundertfünfzig Meter vor der Brücke auf der rechten Seite."

Sie berieten sich, wie sie das Verhör von Sattorini angehen sollten, als plötzlich das Fax-Gerät einen langgezogenen Piepton von sich gab. Sofort sprang Valentina auf und holte sich das eingegangene Schriftstück.

„Super, er hat ohne Rückfragen unterschrieben. Dann können wir gleich los."

Sie griff zum Telefon und rief Federico an.

„*Salve*, ich bräuchte dich schon wieder. Wir müssen sofort zu einer Verhaftung am *Canal Grande*, da müssen wir unser Boot nehmen."

Anschließend ging sie zur Tür und rief laut nach Dino Verde und Enzo Stradona, die auch sofort aus ihren Büros herüberkamen. Kurz und knapp erklärte sie den beiden die aktuelle Situation.

„Federico habe ich bereits verständigt, wir können also sofort los."

Valentina nahm sich die Jacke ihrer Uniform vom Kleiderhaken und hängte sie sich über den Arm. Ihre beiden *Brigadieri* schauten wieder etwas missmutig, als sie mitbekamen, dass Max erneut mit ihnen mitfahren würde, aber keiner der beiden traute sich, ihre Chefin deswegen anzusprechen. Gemeinsam gingen sie das kurze Stück zur *Riva* hinaus, wo zwischen den Anlegestellen der *Vaporetti* und Touristenschiffe das blaue Boot der *Carabinieri* festgemacht war. Federico war bereits an Bord und warf sofort den Motor an, als er die vier kommen sah. Dino Verde, Valentina und Max stiegen ein, Enzo Stra-dona löste das Tau, mit dem das Boot angebunden war, warf es an Bord und sprang mit einem großen Satz als letzter aufs Boot. Federico fuhr langsam rückwärts aus der Ankerposition, ließ das Heck dann nach rechts schwenken, vergewisserte sich, dass er freie Bahn hatte und gab Gas. Sofort schoss das Boot nach vorne und rauschte an den Anlegestellen von *San Zaccaria* und kurz darauf am Dogenpalast vorbei in den *Canal Grande* hinein. Max saß ganz hinten und wurde auf seinem Sitz so an die Reling gedrückt, dass er sich nicht einmal festhalten musste. Deshalb nahm er sein Handy aus der Hosentasche und schickte eine kurze Whatsapp-Nachricht an Chiara.

„Sind auf dem Weg zum Rathaus, gleich wird Sattorini verhaftet!"

15

Die Fahrgäste auf den *Vaporetti* schauten jeweils erstaunt herüber, als das blaue *Carabinieri*-Boot an ihnen vorbeirauschte. Es dauerte gerade einmal fünf Minuten, dann legte Federico direkt vor dem *Palazzo Farsetti* an. Der Sitzungssaal des Stadtrates befand sich im zweiten Stock, begleitet von einem der Pförtner des Rathauses gingen Max und die drei *Carabinieri* nach oben.

„*Signori*, der Herr Bürgermeister wird nicht gerade erfreut sein, wenn Sie die Sitzung stören."

Denselben Versuch hatte der Pförtner auch schon direkt am Empfang unternommen, aber Valentina ließ sich dadurch nicht aufhalten.

„Vielen Dank, dass Sie uns bis hierher begleitet haben", war die unmissverständliche Aufforderung von ihr, dass er sich zurückziehen solle.

Als der Pförtner sich umgedreht hatte und die Treppe wieder nach unten ging, klopfte Valentina an die schwere Holztür des Sitzungssaales, wartete aber nicht auf eine Reaktion aus dem Saal, sondern öffnete die Tür und ging mit Enzo und Dino hinein. Wie vereinbart blieb Max draußen stehen, da Dino aber die Tür nicht ganz zugemacht hatte, konnte er hören, was drinnen vor sich ging. Als die drei *Carabinieri* eintraten, ging ein Raunen durch den Saal, Valentina steuerte sofort auf Bürgermeister Zelarino zu und bat um Entschuldigung, dass sie die Sitzung stören müsse. Dino und Enzo waren währenddessen unmittelbar zum Platz von Angelo Sattorini gegangen und hatten sich links und rechts von ihm postiert. Der verdutzte Bürgermeister bat um Ruhe, weil das Stimmengewirr im Saal immer lauter wurde, konnte sich aber nicht durchsetzen. Erst als Valentina auf Sattorini zuging und den Haftbefehl aus der Tasche zog, war es schlagartig ruhig, weil nun doch jeder mitbekommen wollte, was sie zu sagen hatte.

„*Signor* Angelo Sattorini, ich verhafte Sie wegen Korruption in einem besonders schweren Fall und wegen des Verdachts, die Morde an Oreste Spinea und Mattia Novello in Auftrag gegeben zu haben."

Sofort setzte ein noch viel lauteres Stimmengewirr ein, einige empörten sich über Sattorini, andere solidarisierten sich mit ihm und schimpften auf Valentina, wegen der für sie unglaublichen Vorgehensweise gegenüber einem Stadtrat. Sattorini stand zwar auf, als ihm Valentina den Haftbefehl gezeigt hatte, polterte aber sofort los.

„Diese Aktion wird Sie Ihren Job kosten, alle drei, das verspreche ich Ihnen, es ist eine bodenlose Unverschämtheit, mich hier so zu behandeln."

Valentina ließ das völlig kalt.

„Ich finde, wir sollten alles Weitere in Ruhe besprechen, sobald wir beim *Comando Provinciale* sind."

Sattorini schimpfte weiter auf alles, was eine Uniform trug, besonders als ihn Enzo und Dino in die Mitte nahmen.

„Wenn es Ihnen lieber ist, können wir Ihnen auch Handschellen anlegen", schlug Valentina vor, als sich Sattorini auch darüber echauffierte, wie er hier abgeführt wurde.

Die anderen Stadträte redeten immer noch alle wild durcheinander, bis der Bürgermeister mit seinem silbernen Kugelschreiber an sein Wasserglas schlug.

„Ruhe", rief er, doch niemand hörte auf ihn.

Der Lärmpegel im Saal schwoll immer mehr an.

„Ruhe", schrie der Bürgermeister immer lauter und haute mit der flachen Hand mehrfach auf den Tisch, dann wurde es im Saal wenigstens etwas leiser.

„Wenn die *Carabinieri* einen gültigen Haftbefehl haben, dann müssen sie ihn natürlich auch vollstrecken, denn der Richter wird ihn nicht grundlos ausgestellt haben. *Maresciallo*, ich bitte Sie aber um ein faires und unvoreingenommenes Verfahren für den Kollegen Sattorini."

„Das ist doch selbstverständlich, *Signor Sindaco*."

Sofort setzte das Stimmengewirr wieder ein und wurde nicht einmal leiser, als die drei *Carabinieri* mit dem Verhafteten den Sitzungssaal verließen.

„Ach, das hätte ich mir ja denken können, dass Sie hier auch Ihre Finger im Spiel haben", polterte Sattorini weiter, als er Max sah.

„So schnell sieht man sich wieder, *Signor* Sattorini", antwortete ihm Max. „Diesmal werden wir Sie aber nicht wieder laufen lassen."

Die Rückfahrt nach *San Zaccaria* dauerte wieder nur wenige Minuten. Sattorini hatte es abgelehnt, einen Anwalt anzurufen, weil das aus seiner Sicht überflüssig war, denn die Vorwürfe gegen ihn seien ohnehin völlig haltlos. Wie seine Freundin Fiorella wurde er im *Comando Provinciale* erst einmal fotografiert und musste seine Fingerabdrücke abgeben. Dann wurde er in den Vernehmungsraum gebracht und von Dino Verde bewacht. Max saß bei Valentina im Büro und beriet sich mit ihr, wie sie beim Verhör vorgehen sollten. Max schlug vor, den Abgleich von Sattorinis Fingerabdrücken mit den Abdrücken auf Spineas Geldscheinen abzuwarten, weil sie dann nicht nur den Fotobeweis für die Schmiergeldzahlungen von Sanders, sondern eventuell auch den Beweis hätten, dass Sattorini von Novello und Spinea erpresst worden war. Während sie auf die Ergebnisse der Spurensicherung warteten, stand Max auf und ging unruhig in Valentinas Büro auf und ab.

„Was beschäftigt dich, Massimiliano?"

„Ich glaube, dass wir gegen Sattorini wirklich alles aufbieten müssen, was wir haben, um ihn hinter Schloss und Riegel zu bringen. Wenn er unsere Beweise sieht, könnte es durchaus sein, dass er doch noch einen Anwalt haben will."

„Damit hätte ich kein Problem."

„Ich auch nicht. Trotzdem wäre es gut, wenn wir gehen ihn noch einen weiteren Trumpf im Ärmel hätten."

„Was meinst du?"

„Die Korruption und die Erpressung können wir ihm vielleicht beweisen, mit dem Verhalten von Fiorella sollte es uns auch gelingen, die Verbindung zu den Auftragsmorden herzustellen. Aber direkt beweisen können wir ihm die Mordaufträge noch nicht. Seine Telefondaten gaben doch in der Hinsicht nichts her, also müssten wir die Mörder in seinem persönlichen Umfeld suchen, denn er dürfte sie persönlich angesprochen haben. Ich frage mich deshalb, wen könnte so einer wie Sattorini als Killer anheuern?"

„Das ist schwer zu sagen, weil ich nicht weiß, in was für Kreisen er sich bewegt. Mit irgendwelchen Unterweltganoven oder Illegalen wird er in der Öffentlichkeit kaum verkehren."

„Illegal ist aber trotzdem ein gutes Stichwort. Du hast mir doch erzählt, dass auf Sattorinis Baustellen schon mehrfach illegal Beschäftigte vermutet wurden."

„Stimmt, aber nachweisen konnten wir es ihm nie."

„Wie wäre es denn, wenn man jetzt, während er drüben im Vernehmungsraum sitzt und nicht reagieren kann, eine Razzia durchführen würde? Meinst du, dass deine Kollegen das so schnell auf die Beine stellen könnten?"

„Ich kenne den Leiter vom Betrugsdezernat, das auch für Schwarzarbeit zuständig ist, sehr gut, das Dezernat liegt drüben auf der *Giudecca*. Es wäre einen Versuch wert, bei ihm anzufragen."

Sie rief sich am PC das Telefonverzeichnis der venezianischen *Carabinieri* auf, hatte schnell die Nummer von Alessandro Morea gefunden und rief ihn sofort an. Zu ihrer Überraschung erzählte ihr Alessandro, dass er schon seit einigen Tagen eine neue Baustellenkontrolle bei Sattorinis Firma vorbereiten würde.

„Die sanieren gerade einen kleineren *Palazzo*, der an der Ecke liegt, wo der *Rio de la Frescada* in den *Canal Grande* mündet, ein paar Meter weiter liegt die *Vaporetto*-Haltestelle *San Tomà*. Zur Sicherheit habe ich bisher niemandem davon erzählt, nicht einmal meine Teammitglieder wissen etwas davon. Ich werde sofort meine Leute zusammentrommeln und mich auf den Weg machen. Und erst wenn wir kurz vor dem Ziel sind, werde ich sie einweihen, was für eine Aktion ich vorhabe."

„Gib mir bitte sofort Bescheid, wenn du etwas erreicht hast, wir können jedes weitere Beweisstück gegen Sattorini gut gebrauchen."

„Mach ich, Valentina. Vielen Dank für den Tipp, das könnte uns heute wirklich den entscheidenden Vorsprung verpassen, damit wir Sattorini seine Schweinereien auf dem Bau endlich nachweisen können. Bis später, *ciao*."

Während sich Valentina von Alessandro verabschiedete, kam Mario Tasca in ihr Büro und hielt triumphierend eine dünne Aktenmappe in die Höhe. Er wartete nur noch, bis Valentina aufgelegt hatte, dann legte er los.

„Das war ein Volltreffer. Sattorinis Fingerabdrücke sind auf jedem einzelnen Fünfhunderter drauf, ganz klar und deutlich, ein Irrtum ist ausgeschlossen."

„Jawohl", jubelte Max. „Die Schlinge um Sattorinis Hals zieht sich immer enger zu."

„Vielen Dank, Mario, dass du uns die Ergebnisse gleich gebracht hast. Dann können wir jetzt mit Sattorinis Vernehmung beginnen, ich bin gespannt, was er uns für Märchen auftischen wird, um sich aus seiner misslichen Lage zu befreien.“

Mario Tasca ging an seinen Arbeitsplatz zurück, während sich Valentina mit Max im Vernehmungsraum zu Sattorini setzte und Dino Verde wieder in sein Büro zurückschickte. Sattorini polterte sofort los.

„Zuerst holen Sie mich aus einer wichtigen Stadtratssitzung und dann lassen Sie mich hier stundenlang alleine herumsitzen. Das wird Konsequenzen für Sie haben, das verspreche ich Ihnen.“

Valentina ging darauf überhaupt nicht ein, sondern begann ganz ruhig mit der Vernehmung.

„*Signor* Angelo Sattorini, geboren in Venedig am 14. August 1972, Sie haben im Rathaus gehört, was Ihnen zur Last gelegt wird. Was haben Sie uns dazu zu sagen?“

„Nichts, gar nichts. Ich weiß nicht einmal, wie Sie auf so einen Schwachsinn kommen.“

„Gut, dann fangen wir einmal mit unserem Gespräch vom letzten Montag an, als wir Sie nach dem Mord an Oreste Spinea einbestellt hatten. Unter anderem hatten wir Sie danach gefragt, ob Sie einen gewissen Mattia Novello kennen, was Sie verneint haben.“

Sattorini nickte.

„Das finde ich eigenartig, dass Ihnen der Name, wie Sie uns sagten, nicht bekannt ist, denn die Ausarbeitung der *Capitaneria di Porto* bezüglich des Hafenausbaus stammte nämlich aus der Feder von Mattia Novello. Das heißt, Sie haben uns am Montag angelogen.“

„So ein Unsinn. Meinen Sie, ich achte darauf, wer so ein Papier bei der *Capitaneria* verfasst hat? Mir kommt es nur auf den Inhalt an.“

„Der war Ihnen aber auch egal“, ging Max dazwischen. „Sonst hätten Sie doch nicht im Wirtschafts- und Tourismus-Ausschuss genau das Gegenteil von dem beschlossen, was Novello vorgeschlagen hatte.“

„Wir sind im Ausschuss eben zu einem anderen Ergebnis gekommen, das war letztlich eine Mehrheitsentscheidung.“

„Die nur wegen Ihrer Stimme als Ausschuss-Vorsitzendem zugunsten eines Hafenausbaus gefallen ist."

„Das hatte nichts mit mir persönlich zu tun, sondern dabei ging es doch nur darum, eine positive Entwicklung für Venedig auf den Weg zu bringen."

Durch so viel Unverfrorenheit brachte er sogar Max in Rage, was bei ihm eher selten vorkam.

„Für Sie ist es also positiv, wenn Ihre Heimatstadt tagtäglich von Tausenden Touristen heimgesucht wird, die mit den Kreuzfahrtschiffen aus aller Welt hierher gekarrt werden? Für Sie ist es positiv, wenn die Kreuzfahrtschiffe mit ihren Abgasen die Luft derart verpesten, dass Venedig die höchste Lungenkrebsrate von ganz Italien aufweist und darüber hinaus ist es für Sie positiv, wenn durch die Wellen, die die riesigen Schiffe verursachen, die Bausubstanz der alten Häuser massiv geschädigt wird? Oder sind Sie gerade darauf aus, damit Sie mit Ihrer Baufirma neue Aufträge an Land ziehen können?"

„Das ist das übliche Gequatsche verblendeter Öko-Aktivisten und hat mit der Realität rein gar nichts zu tun."

Da Valentina merkte, dass Max immer wütender wurde, zog sie das Gespräch wieder an sich.

„*Signor* Sattorini, wer in der Bevölkerung welche Meinung vertritt, ist für unsere Arbeit völlig egal. Maßgeblich ist allerdings, dass in unseren Augen im Wirtschafts- und Tourismus-Ausschuss die Entscheidung nur deshalb pro Hafenausbau gefallen ist, weil Sie sich von dem Hauptprofiteur, der Silver-Cross-Line, haben bestechen lassen."

Sattorini donnerte mit der Faust auf den Tisch.

„Wie kommen Sie zu so einer unverschämten Behauptung?"

Valentina war immer noch völlig ruhig. Sie öffnete das große Kuvert, das sie mitgebracht hatte und legte nacheinander die Fotos auf den Tisch, die sie in Novellos Schließfach gefunden hatten.

„Hier haben wir die Yacht Hero of the sea, die dem Mehrheitseigentümer der Silver-Cross-Line, William Sanders, gehört. Dieses Foto zeigt das Oberdeck und das nächste, wie Sie mit Sanders hinter dem Fenster am Oberdeck stehen."

Max beobachtete Sattorini, der im Gesicht immer bleicher wurde. Allerdings versuchte er, sich seine Anspannung nicht anmerken zu lassen.

„Das hier ist ein sehr schönes Foto, finde ich, wenn man es noch mehr vergrößern würde, müsste man sogar herausfinden können, wie viele Fünfhundert-Euro-Scheine Ihnen William Sanders hier zusteckt. Getoppt wird das Foto eigentlich nur noch durch dieses hier, denn eindeutiger kann man nicht nachweisen, dass Sie die Kohle von Sanders auch an sich genommen und eingesteckt haben.“

„Na und, was wollen Sie damit beweisen? Wie Sie wissen, habe ich eine Baufirma und Mister Sanders wollte unbedingt, dass ich einen alten *Palazzo* für ihn kaufe und saniere. Und dafür hat er eine Anzahlung geleistet.“

„Wir werden bei nächster Gelegenheit überprüfen, ob in den Geschäftsunterlagen Ihrer Firma in der letzten Zeit irgendein *Palazzo*-Kauf auftaucht oder nicht. Wickeln Sie so etwas immer in bar ab?“

„Wenn es mein Kunde wünscht, dann natürlich schon. Warum auch nicht?“

„Eigenartig ist nur, dass das Geld nicht auf Ihren Konten auftaucht.“

Sattorini sprang auf und schrie:

„Was? Sie haben meine Konten kontrolliert? Sie bringe ich vor Gericht, das schwöre ich. Das ist ja die reinste Hetzjagd, was Sie hier völlig grundlos betreiben.“

Max, der sich inzwischen wieder etwas beruhigt hatte, übernahm den nächsten Part.

„Sie brauchen sich gar nicht so aufzuregen, *Signor* Sattorini, wenn wir in Mordfällen ermitteln, dann ist es völlig legitim, dass uns Einsicht in die Konten Verdächtiger gewährt wird.“

Während sich Sattorini kopfschüttelnd wieder hinsetzte, legte Max nach.

„Ich kann Ihnen schon sagen, warum das Geld nicht auf Ihren Konten gelandet ist.“

Er machte eine Pause, aber Sattorini reagiert nicht darauf.

„Das Schmiergeld von Sanders ist nicht oder nicht vollständig auf Ihren Konten gelandet, weil Sie damit nämlich Ihre Erpresser bezahlt haben. Novello hat seine Dreißigtausend aufs Konto eingezahlt, bei Spinea haben wir die Dreißigtausend in bar gefunden. Und jetzt raten Sie mal, wessen Fingerabdrücke auf jedem einzelnen Fünfhunderter drauf sind? Ihre, *Signor* Sattorini.“

Max klappte die Aktenmappe auf, die Mario Tasca zuvor in Valentinas Büro gebracht hatte.

„Hier, die Übereinstimmung ist eindeutig. Geben Sie doch endlich zu, dass Sie von Spinea erpresst worden sind oder wollen Sie uns jetzt erzählen, dass Sie Spinea einen *Palazzo* für Sanders abkaufen wollten und Sie die Anzahlung weitergereicht haben? Sparen Sie sich dieses Märchen."

Angelo Sattorini schwieg und schien krampfhaft zu überlegen, wie er sich aus seiner misslichen Lage befreien könnte. Max ließ aber nicht locker.

„Die Fotos von der Yacht sind aus einem der Häuser von Spinea heraus fotografiert worden. Bei Spinea fanden wir dreißigtausend Euro mit Ihren Fingerabdrücken daran. Wer eins und eins zusammenzählen kann, weiß, warum Spinea den Vertrag Ihrer Baufirma zur Sanierung seines Hauses noch nicht unterschrieben hatte, weil ihm nämlich die Erpressung dazwischen gekommen ist. Ihre Freundin Fiorella hat Spinea angeblich ganz zufällig vor zwei Monaten kennen gelernt, hat ihm am letzten Samstagvormittag verraten, was in seinem Haus in *Dorsoduro* am Abend vor sich gehen würde und hat unmittelbar nachdem sie von Spinea gehört hatte, dass er tatsächlich am Abend in *Dorsoduro* sein würde, Sie angerufen und Ihnen genau das mitgeteilt. Fiorella hat sich mit dem Besuch bei ihren Eltern ein Alibi verschafft und Sie hatten ganz zufällig eine Einladung von einem Freund. Wen haben Sie denn beauftragt, Spinea umzubringen?"

„Jetzt reicht's aber, bringen Sie doch endlich mal richtige Beweise für Ihre Behauptungen."

„Dem Richter haben die Fotos mit der Geldübergabe auf der Yacht schon als Beweis ausgereicht, um den Haftbefehl zu unterschreiben, von den Fingerabdrücken auf den Geldscheinen weiß er noch gar nichts. Meinen Sie, dass sich Ihre Lage inzwischen verbessert hat? Packen Sie doch endlich aus, Sattorini."

Max überließ wieder Valentina das Feld, die Sattorini keine Verschnaufpause gönnte.

„Wir haben bisher immer nur von dem Mord an Spinea gesprochen, gehen wir doch einmal einen Schritt weiter zum Mord an Mattia Novello, der Sie, wie wir wissen, zusammen mit Spinea erpresst hat. Sie haben sich wohl für ganz schlau gehalten, selbst nach *San Michele* zur Trauerfeier hinüber zu fahren, um sich wieder ein Alibi zu verschaffen, während Ihre Laufburschen zur gleichen Zeit die Wohnung der Novellos auf den Kopf gestellt haben. Ihr Pech, dass Mattia Novello eine Ahnung hatte, dass Sie ihm an den Kragen wollten und sein gesamtes Beweismaterial sicher in seinem Bankschließfach verstaut und den Schlüssel einem vertrauenswürdigen Freund zugeschickt hat. Wo waren Sie am Montag in der Früh zwischen halb sechs und sieben Uhr, *Signor* Sattorini?"

Allmählich wurde Sattorini etwas unsicherer, er hatte wohl nicht damit gerechnet, dass die *Carabinieri* derart schwere Geschütze gegen ihn auffahren würden. Trotzdem kam er noch immer nicht auf den Gedanken, sich einen Anwalt als Hilfe zu holen.

„Um diese Zeit bin ich gewöhnlich noch im Bett, mein Radiowecker schaltet sich kurz vor sieben ein, dann höre ich mir noch die Nachrichten an, bevor ich aufstehe."

„Kann das für den Montag jemand bezeugen?"

Sattorini zögerte ein wenig, bis er antwortete.

„Da hat eine gute Bekannte bei mir übernachtet, die kann bezeugen, dass wir am Sonntagabend ungefähr um zehn Uhr heimgekommen sind und am Montag kurz nach acht meine Wohnung gemeinsam wieder verlassen haben."

Max reichte ihm einen Zettel und einen Stift, damit Sattorini den Namen und die Handy-Nummer seiner Bekannten aufschreiben konnte. Wie vermutet, handelte es sich dabei aber nicht um Fiorella, sondern um eine gewisse Valeria Poli.

„Wir werden das überprüfen, *Signor* Sattorini", kündigte ihm Max an und konnte es sich dann nicht verkneifen, Fiorella wieder mit ins Spiel zu bringen. „Außerdem bin ich gespannt, was *Signorina* Caltana sagen wird, wenn sie erfährt, dass Sie knapp zwei Wochen, bevor Sie mit ihr nach Sardinien fliegen wollen, über Nacht Damenbesuch hatten."

„Das geht Sie einen feuchten Dreck an, wen ich zu Besuch habe, und Fiorella geht es auch nichts an", brüllte er.

Valentina machte den Vorschlag, eine kurze Pause einzulegen. Max blieb im Vernehmungsraum sitzen, während sie zuerst zu Dino ins Büro ging, um ihn zur Bewachung von Sattorini hinüber zu schicken und dann bei Enzo vorbeischaute, um ihn zu bitten, das Alibi vom Montagmorgen zu überprüfen. Anschließend traf sie sich mit Max in ihrem Büro.

„Der ist auch ganz schön hartnäckig“, meinte sie, als Max vom Vernehmungsraum herüber kam.

„Ja, aber er wird immer unsicherer, weil er merkt, dass wir tatsächlich handfeste Beweise haben und er nicht weiß, was wir noch alles aus dem Köcher ziehen werden. Sobald sein Alibi für Montagmorgen bestätigt wurde, würde ich Fiorella damit konfrontieren und ihr auch vor Augen führen, was wir gegen ihn schon alles in der Hand haben. Vielleicht sagt sie dann doch gegen ihn aus.“

„Ich würde mich aber nicht darauf versteifen, dass sie wirklich weiß, wen Sattorini mit den Morden beauftragt hat. Da haben wir immer noch eine offene Flanke, wir können ihm so viel nachweisen, die Mordaufträge aber immer noch nicht.“

Die Zeit, bis sie von Enzo Stradona etwas zu Sattorinis Alibi hören würden, wollte Max nutzen, um sich wieder einmal bei Chiara zu melden.

„Hallo, mein Schatz. Liegst du noch am Strand?“

„Ja, Max, heute war ich besonders oft im Wasser, weil es noch heißer ist wie gestern. Bekommst du das überhaupt mit oder sitzt du die ganze Zeit bei den *Carabinieri*?“

Max erzählte ihr, wie sie mit dem Boot zum Rathaus gefahren waren, um Sattorini zu verhaften.

„Seitdem bin ich aber wirklich die meiste Zeit im Vernehmungsraum gesessen, im Moment machen wir eine kurze Pause, weil gerade Sattorinis Alibi für die Zeit des Mordes an Novello überprüft wird.“

„Das hört sich nicht so an, als würdest du bald zurückkommen.“

„Bevor wir das Verhör nicht zu Ende gebracht haben, kann ich hier nicht weg. Ich befürchte, dass ich es bis zu unserem WM-Spiel kaum schaffen werde, wieder am *Lido* zu sein.“

Chiara seufzte laut.

„Tut mir leid, mein Schatz, aber wenn wir das hier heute bis zum Ende durchziehen können, dann muss ich mich für den Rest unseres Urlaubs wenigstens nicht mehr mit venezianischen Verbrechern herumschlagen.“

„Das sagst du jetzt. Wer weiß, was dann noch daherkommt?“

„Nein, da kommt bestimmt nichts mehr."

„Mit dem Abendessen werde ich bis nach dem Spiel warten, vielleicht schaffst du es bis dahin."

„Ich hoffe es. Sobald ich abschätzen kann, wie lange sich das hier noch hinziehen kann, melde ich mich wieder. *Ciao*."

„Deine Frau ist bestimmt nicht begeistert, dass du sie im Urlaub alleine lässt, Max, oder?", sagte Valentina sofort, als Max sein Handy wieder beiseitegelegt hatte.

„Sie ist das leider schon gewohnt, dass mir auch während meines Urlaubs oft die Arbeit dazwischen kommt. Früher waren wenigstens noch unsere Töchter dabei, aber seit die beiden erwachsen sind, ist es für Chiara erst recht nicht so schön, wenn ich sie alleine lassen muss."

„Das ist eben das Schicksal, wenn man mit einem Kriminaler zusammen ist."

Max wartete darauf, dass ihm Valentina vielleicht einmal erzählen würde, ob sie selbst Single war oder in einer Beziehung lebte, aber von ihr kam wieder keine Bemerkung zu ihrer persönlichen Situation. Max konnte auch nicht danach fragen, weil im nächsten Moment Enzo Stradona hereinkam, um ihnen das Alibi zu bestätigen.

„Diese Valeria Poli arbeitet als Sekretärin in Sattorinis Firma und hat versichert, dass sie in der Nacht von Sonntag auf Montag pausenlos bei ihm war und dass sie kurz nach acht gemeinsam von seiner Wohnung ins Büro der Firma gefahren sind."

„Ich habe nichts anderes erwartet", erwiderte Max. „Solange wir von Alessandro Morea noch nichts gehört haben, würde ich Sattorini noch zappeln lassen und mich in der Zwischenzeit noch einmal mit Fiorella unterhalten."

„Enzo, bringst du Massimiliano zu ihr?", fragte Valentina und ergänzte, dass sie inzwischen in ihrem Büro bleiben und auf Nachrichten von Alessandro warten würde.

Stradona nickte, ging mit Max sofort in den Flur mit den zwei Arrestzellen, sperrte die eine auf, ließ Max eintreten und verriegelte die Tür wieder von außen. Fiorella Caltana saß auf dem Bett, hatte die Beine angezogen und ihre Arme über den Knien verschränkt.

„*Signorina* Caltana, wie geht es Ihnen?"

„Das fragen Sie noch? Wie soll es einem schon gehen, wenn man unschuldig im Knast sitzt?"

„Über schuldig oder unschuldig wird letztlich ein Richter entscheiden, meine Meinung dazu kennen Sie."

Fiorella erwiderte nichts, deswegen wollte Max gleich zu seinen Fragen kommen.

„Wir haben uns heute schon darüber unterhalten, dass Sie zur Zeit des Mordes an Oreste Spinea bei Ihren Eltern waren."

Fiorella nickte kaum merklich.

„Wir wissen von Ihnen noch nicht, wo Sie während des Mordes an Mattia Novello waren, also am Montagmorgen zwischen ungefähr halb sechs und sieben Uhr."

„Wollen Sie mir jetzt da etwa auch noch etwas anhängen?", keifte sie Max an.

„Beantworten Sie doch einfach meine Frage."

„Am Montag bin ich gegen halb sieben aufgestanden, habe geduscht, habe mir einen *Caffè* gekocht und diesen auf meinem kleinen Balkon getrunken, während ich eine Zigarette geraucht habe, so wie ich es eben fast jeden Tag mache. Anschließend habe ich mich auf den Weg in die Kanzlei gemacht, wo ich ungefähr um dreiviertel acht angekommen bin. Und falls Sie das jetzt fragen wollen, bezeugen kann das niemand, weil ich alleine zuhause war. Aber eine Nachbarin hat mich gesehen, als ich meine Wohnung verlassen habe."

Da Max ohnehin nicht davon ausging, dass Fiorella eine der beiden Personen gewesen war, die Novello erdrosselt und an die Brücke gehängt hatten, wollte er sich mit ihrem Alibi gar nicht länger aufhalten, sondern erneut versuchen, sie zu einen Geständnis zu bewegen, um damit Sattorini zu belasten.

„Die Aussage Ihrer Nachbarin würde im Zweifelsfall nicht viel nützen, weil Sie zur Tatzeit trotzdem außer Haus gewesen sein könnten. Es dürfte Sie aber interessieren, was Angelo Sattorini als Alibi für die Tatzeit angegeben hat."

Fiorella drehte sich im Sitzen herum, stellte die Füße auf den Boden und sah Max erwartungsvoll an. Er aber wollte sie noch etwas zappeln lassen.

„Ich habe noch gar nicht erwähnt, dass wir Ihren Freund Sattorini vorhin im Rathaus verhaftet haben. Die Beweislage ist inzwischen ziemlich erdrückend. Wir wissen, dass er von einem amerikanischen Reederei-Besitzer geschmiert und von Novello und Spinea erpresst worden ist."

„Und wie sehen Ihre Beweise aus, *Commissario*?"

Max erzählte ihr von den Fotos, die aus einer Wohnung von Spinea heraus geschossen worden waren und von den Fingerabdrücken auf den Geldscheinen, die Spineas Frau zuhause gefunden hatte.

„Am Samstagabend war *Signor* Sattorini bei einem Freund zum Essen eingeladen, dieses Alibi ist bestätigt."

„Und am Montag?", fragte sie unsicher.

„Das Alibi für diese Zeit ist inzwischen auch bestätigt, *Signor* Sattorini hatte die ganze Nacht Besuch von einer gewissen Valeria Poli."

Fiorella sprang schreiend auf.

„Dieses elende Miststück, hat sie ihn also doch herumgekriegt. Seit ich mit Angelo zusammen bin, stellt sie ihm nach, was leider nicht allzu schwer ist, wenn man sich in der Firma ständig sieht. Und er hat mir immer wieder versichert, dass da nichts läuft. Den Sardinien-Urlaub kann er sich abschminken. Soll er doch mit der doofen Tussi fliegen."

Max ging auf ihre Schimpftirade nicht ein, sondern wollte sie noch weiter reizen.

„Ich weiß nicht, ob Ihnen bewusst ist, dass sich durch die Beweise, die wir gegen *Signor* Sattorini in der Hand haben, auch Ihre Lage wesentlich verschlechtert hat."

Sie schaute Max entsetzt an und setzte sich wieder hin.

„Warum? Was hat das Ganze denn mit mir zu tun? Ich weiß weder etwas von einem Reederei-Besitzer noch von der Erpressung, mit der Sie immer wieder daherkommen."

„Natürlich wussten Sie von der Erpressung, sonst hätten Sie sich doch nie darauf eingelassen, mit Oreste Spinea eine fingierte Beziehung einzugehen. Wollen Sie immer noch nicht wahrhaben, dass Sattorini Sie nur für seine Zwecke benutzt hat? Sie hat er gebraucht, um an Spinea heranzukommen und als er sein Ziel erreicht hatte, hat er sie fallen gelassen. Warum hätte er sich sonst sofort eine andere junge Frau in sein Bett geholt oder warum wäre er sonst auf *San Michele* Hals über Kopf getürmt, als wir Sie festgenommen haben? Wie lange wollen Sie ihn denn noch decken?"

Wie ein Häufchen Elend saß Fiorella da und ließ ihren Tränen freien Lauf. Max reichte ihr ein Papiertaschentuch.

„So ein Schuft", schluchzte sie. „Wir hatten Heiratspläne und plötzlich war alles anders. Angelo war völlig verändert, als er mir erzählt hat, dass er erpresst werde. Ab dem Zeitpunkt war er nur noch darauf aus, den Erpressern irgendwie beizukommen, koste es was es wolle. Novello und Spinea hatten sich nicht die Mühe gemacht, anonym zu bleiben, sondern sind ihm mit ihren Forderungen ganz offen gegenüber getreten. Angelo war überzeugt davon, dass, wenn überhaupt, nur Spinea bei mir schwach werden würde, deswegen habe ich eine Möglichkeit gesucht, ihn kennen zu lernen, was gar nicht so schwierig war. Oreste war sofort total verschossen in mich und hat mich auf Händen getragen. Um Novello wollte sich Angelo selbst kümmern."

„Mit was genau hatte Sie Sattorini beauftragt?"

„Ich sollte versuchen, bei Spinea die Beweismittel zu finden, mit denen er Angelo in der Hand hatte. Das war ziemlich schwierig, weil wir uns nur ganz selten in seiner Wohnung treffen konnten, schließlich wohnte er noch immer mit seiner Frau zusammen. Es war dann wirklich ein Zufall, dass ich letzte Woche von meinem Kollegen Severino erfahren habe, dass er sich mit seiner Gruppe *Salvate Venezia* ausgerechnet in Orestes Haus mit dem letzten dort verbliebenen Mieter treffen wollte. Oreste hatte mir natürlich berichtet, dass die Altinos sich weigerten, auszuziehen. Er hat getobt, als ich ihm von dem Treffen erzählt habe und wollte sich etwas ausdenken, wie er das Treffen stören und für seine Zwecke nutzen könnte."

„Wann war das?"

„Am Freitag."

„Haben Sie Sattorini sofort darüber informiert?"

„Ja, ich habe es ihm erzählt und er wollte, dass ich am Samstag bei Oreste noch einmal nachfrage, ob er auch wirklich hingehen würde."

„Was Sie dann am Samstagvormittag telefonisch auch gemacht haben."

Fiorella nickte.

„Anschließend haben Sie sofort mit Sattorini telefoniert und es ihm bestätigt."

Wieder nickte sie.

„Wie ging es dann weiter?"

„Angelo meinte, dass er Spinea eine Lektion erteilen werde, die ihn ein für alle Mal davon abbringen würde, ihn weiter zu erpressen. Mich hat er aufgefordert, am Abend nicht hier in

Venedig zu bleiben, damit auf keinen Fall ein Zusammenhang zwischen mir und Oreste hergestellt werden könne.“

Sie schniefte wieder in ihr Taschentuch und wischte sich die Tränen aus dem Gesicht.

„Ich habe wirklich nicht gewusst, dass er vorhatte, Oreste ermorden zu lassen.“

„Hat er Ihnen gegenüber zugegeben, dass er den Mord beauftragt hat?“

„Indirekt schon. Ich hatte seit Samstagvormittag nicht mehr mit ihm gesprochen. Nachdem ich am Montag von Ihnen von Orestes Tod erfahren hatte, habe ich Angelo sofort angerufen und ihm vorgehalten, dass ich mit einem Mord nichts zu tun haben möchte, da hat er nur gelacht und gemeint, er hätte mir doch angekündigt, Oreste eine Lektion zu erteilen.“

Max war sehr zufrieden, dass er es doch noch geschafft hatte, Sie zu einem Geständnis zu bewegen. Er wollte aber noch mehr hören.

„Was wissen Sie über den zweiten Mord?“

Sie schüttelte mit dem Kopf.

„Darüber hat Angelo mit mir nicht gesprochen. Wie gesagt, um Novello wollte er sich selbst kümmern.“

Noch einmal schniefte sie in ihr Taschentuch.

„Wie geht es jetzt weiter?“

„Der Termin beim Haftrichter morgen Vormittag steht, für mich besteht kein Zweifel daran, dass der Richter die Untersuchungshaft bestätigen wird. Beim späteren Prozess wird beim Strafmaß sicher berücksichtigt werden, dass Sie uns mit Ihrem Geständnis wesentlich weitergeholfen haben.“

Max stand auf und klopfte zweimal an die Tür. Stradona sperrte sofort auf, Max bedankte sich bei ihm und wartete nicht ab, bis er die Tür wieder verriegelt hatte, sondern lief sofort in Valentinas Büro zurück.

„Sie ist umgefallen“, jubelte er. „Sattorini hat ihr gegenüber bestätigt, dass er den Auftrag zum Mord an Spinea erteilt hat.“

„Super! Ich habe auch Neuigkeiten, Massimiliano, ich wollte dich aber bei deinem Verhör nicht stören.“

„Was gibt’s?“

„Alessandro hat mich vorhin angerufen. Unmittelbar, nachdem sie mit der Untersuchung auf der Baustelle begonnen hatten, sind zwei der Bauarbeiter aus dem ersten Stock in den *Rio de la Frescada* gesprungen und wollten sich so einer Kontrolle entziehen. Sie haben die beiden aber aus dem Wasser gefischt. Die beiden stammen aus Tunesien und haben offenbar keine gültige Aufenthaltserlaubnis. Sie werden jetzt erst einmal in trockene Klamotten gesteckt und dann sofort hierher gebracht."

„Sehr gut. Hoffentlich liege ich dann auch mit meiner Vermutung richtig, dass sich Sattorini seine Killer in den eigenen Reihen gesucht hat. Wie sollen wir jetzt vorgehen? Willst du ihn weiter zappeln lassen oder sollen wir ihn gleich einmal mit Fiorellas Geständnis konfrontieren?"

„Er tobt da drüben die ganze Zeit, weil wir ihn, wie er sagt, unrechtmäßig festhalten. Nachdem wir nicht wissen, was uns die beiden Tunesier erzählen werden, sollten wir vielleicht gleich wieder zu ihm reingehen."

Sie lösten Dino Verde im Vernehmungsraum ab und wurden von Sattorini gleich wieder mit einer Schimpftirade begrüßt.

„Wie lange soll ich hier noch herumsitzen? Sowohl beim Stadtrat als auch in meiner Firma warten wichtige Aufgaben auf mich."

„Die werden noch länger auf Sie warten müssen", antwortete Max trocken. „Während unserer Pause hier habe ich noch einmal mit *Signorina* Caltana gesprochen. Sie hat mir bestätigt, dass Sie von ihr verlangt haben, mit Spinea eine fingierte Beziehung einzugehen, dass sie am Samstagvormittag Sie von Spineas Vorhaben, abends zu seinem Haus nach *Dorsoduro* zu fahren, informiert hat und dass sie von Ihnen für den Abend aus Venedig weggeschickt worden ist, weil Sie zu der Zeit Spinea eine Lektion erteilen wollten, um die Erpressung zu beenden."

Sattorini saß sprachlos da.

„Ach, eins habe ich noch vergessen. Sie hat gemeint, dass Sie sich den gemeinsamen Sardinien-Urlaub abschminken können. Aber der ist ohnehin gestrichen, denn bis dahin werden Sie noch lange nicht wieder auf freiem Fuß sein."

„Dieses Luder, ich hätte doch auf meinen Vater hören sollen, der mich immer davor gewarnt hat, mich mit einer Blonden einzulassen."

„Dann geben Sie also zu, den Mord an Oreste Spinea in Auftrag gegeben zu haben?"

„Blödsinn. Was Ihnen Fiorella erzählt hat, ist doch erstunken und erlogen, die will mir doch nur eins auswischen und Sie fallen auch noch auf sie herein."

„Ich falle auf niemanden herein, es reicht doch, wenn ich mich an die Fakten halte: wir haben die Fotos, die beweisen, dass Sanders Sie geschmiert hat, dann haben wir Ihre Fingerabdrücke auf den Geldscheinen, außerdem ist da die Aussage von einem unabhängigen Dritten, der bestätigt hat, dass Fiorella von ihm wusste, was in Spineas Haus in *Dorsoduro* am Samstagabend stattfinden sollte. Dazu kommt die Aussage von Fiorellas Mutter, die nie etwas von einem Oreste gehört hat, sondern bestätigt hat, dass Sie der Freund ihrer Tochter seien. Die Puzzleteile passen alle exakt zusammen. Aus der Nummer kommen Sie nicht mehr raus, Sattorini."

Sattorini schüttelte nur noch mit dem Kopf.

„Was für ein Komplott. Ich habe niemandem etwas getan und werde hier an den Pranger gestellt wie ein Schwerverbrecher. Wenn Ihnen nicht mehr einfällt, dann freue ich mich schon auf Ihr Gesicht, wenn es zum Haftprüfungstermin geht. Der Richter wird Sie ganz schön alt aussehen lassen."

Max ging auf diese Drohung natürlich nicht ein, er brauchte auch nichts mehr zu erwidern, denn es klopfte und Enzo Stradona streckte den Kopf bei der Tür herein.

„Sie sind da", sagte er nur kurz und machte die Tür wieder zu.

Max und Valentina warteten, bis sie von Dino Verde zum wiederholten Mal abgelöst wurden und gingen zu ihrem Büro hinüber, während Sattorini über die neuerliche Pause schimpfte und lautstark verlangte, ihn endlich gehen zu lassen. Vor Valentinas Büro wartete Alessandro Morea.

„*Ciao* Alessandro, darf ich dir unseren bayerischen Kollegen Massimiliano vorstellen?"

Die beiden Herren gaben sich die Hand, danach erklärte Alessandro sofort die aktuelle Situation.

„Die beiden Tunesier sitzen in deinem Büro, Valentina. Ihre Italienischkenntnisse sind nicht die allerbesten, aber ich denke, es müsste auch ohne Dolmetscher gehen. Seit wir sie aus dem Wasser gefischt haben, stammeln sie immer wieder, dass sie nur das gemacht hätten, was ihnen ihr Chef angeschafft hätte, ohne dass wir ihnen irgendetwas vorgeworfen haben. Ich würde jetzt einmal davon ausgehen, dass die gar nicht wissen, dass wir auf Sattorinis Baustelle eigentlich nur auf der Suche nach illegal Beschäftigten waren. Wenn ihr mich fragt, haben wir eure Mörder an der Angel."

Gemeinsam gingen sie in Valentinas Büro hinein. Auf den Stühlen vor ihrem Schreibtisch saßen die beiden Tunesier, jeweils mit Handschellen gefesselt. Hinter ihnen standen zwei *Carabinieri* aus dem Team von Alessandro, die die beiden nicht aus den Augen ließen. Alessandro blieb bei der Tür stehen, Valentina setzte sich auf ihren Schreibtischstuhl und Max lehnte sich halb sitzend an das kleine Sideboard, das schräg hinter Valentina an der Wand stand. Sie stellte sich als *Maresciallo* Cona vor und warf einen Blick auf die beiden Ausweise, die vor ihr auf dem Schreibtisch lagen. Beide Tunesier waren neunundzwanzig.

„Mehdi Sellimi" und „Said Mazuz" las sie auf den Ausweisen und der linke und dann der rechte Tunesier nickten leicht.

„*Signori*, verstehen Sie mich oder brauchen wir einen Dolmetscher?"

„Nein, nein, wir verstehen", antwortete Sellimi sofort.

„Gut. Seit wann arbeiten Sie für *Signor* Sattorini?"

„Wir gekommen nach Italien September", antwortete diesmal Mazuz. „Dann gleich anfangen bei Sattorini."

„Haben Sie die ganze Zeit nur auf den Baustellen von *Signor* Sattorini gearbeitet?"

Beide nickten und Sellimi ergänzte:

„Brauchen Geld für Familie in *Tunisia*."

„Hat *Signor* Sattorini immer pünktlich gezahlt?"

Wieder nickten beide.

„Heute gab es von meinen Kollegen auf der Baustelle am *Canal Grande* eine Kontrolle. Warum sind Sie dort sofort ins Wasser gesprungen?"

Diesmal antwortete Mazuz.

„Angst vor *Polizia*, aber wir nur machen, was Chef gesagt. Er gesagt, er holen *Polizia* für Abschiebung nach *Tunisia*, wenn wir nicht machen seine Auftrag. Aber wenn machen Auftrag, er zahlen gut."

„Und was hat er Ihnen für einen Auftrag erteilt?"

„Machen tot zwei alte Mann, weil böse alte Mann. Chef uns gegeben Schlüssel für Haus und Wohnung, hat gesagt schlagen mit Flasche auf Kopf und stoßen von Balkon. Zweite alte Mann sollen hängen an Brücke, wenn geht mit Hund am Morgen."

„Wie viel hat Ihnen *Signor* Sattorini dafür gezahlt?"

„Tausend Euro für jede alte Mann."

„Das heißt, Sie haben neben Ihrem gewöhnlichen Lohn für die Arbeit am Bau jeder eintausend Euro von *Signor* Sattorini bekommen, damit Sie zwei Männer umbringen?"

„*Si*, Mehdi tausend Euro und Said tausend Euro", erklärte Sellimi. „Chef zahlen sofort und wir schicken Geld nach *Tunisia*."

Valentina drehte sich zu Max nach hinten.

„Ich glaube, mehr brauchen wir nicht zu hören. Ich lasse darüber sofort ein Protokoll anfertigen, damit sie es gleich noch unterschreiben können. Anschließend soll sie Alessandro auf die *Giudecca* mitnehmen, wir haben hier nicht genügend Platz, mit Fiorella und Sattorini sind wir ausgebucht. Dem Haftrichter können wir sie ohnehin frühestens morgen vorführen."

Max beugte sich zu ihr nach vorne und flüsterte ihr zu:

„Ich würde gerne Sattorinis Gesicht sehen, wenn wir ihm die beiden in Handschellen präsentieren."

„Ich auch", grinste Valentina und zwinkerte ihm zu. „Dann muss das Protokoll eben noch ein paar Minuten warten. Wir gehen jetzt sofort zu Sattorini, erklären ihm die neue Situation und holen die beiden dann gleich dazu."

Bevor sie hinausgingen, erklärten sie Alessandro, was sie vorhatten.

„In Ordnung, wir bleiben hier und bringen die beiden dann auf euer Kommando zum Vernehmungsraum hinüber."

Sattorini polterte sofort wieder los, als Valentina und Max hereinkamen. Sie bat Dino, dabei zu bleiben, weil sie ihn gleich brauchen würde. Max setzte sich gegenüber von Sattorini hin und fuhr mit der Vernehmung fort.

„*Signor* Sattorini, haben Sie sich inzwischen überlegt, ob Sie endlich ein Geständnis ablegen möchten? Wie ich Ihnen vorhin detailliert aufgezeigt habe, ist die Beweislast mittlerweile ziemlich erdrückend."

„Nichts werde ich gestehen, weil es nämlich gar nichts zu gestehen gibt. Ihre angeblichen Beweise lassen sich alle ganz einfach erklären und nur weil Sie auf die Rachegelüste einer jungen Frau hereingefallen sind, gibt es noch lange keine glaubhaften Zeugenaussagen."

Max sah keinen Sinn darin, jetzt noch lange um den heißen Brei herum zu reden, da sie bereits das Geständnis der beiden Mörder von Spinea und Novello hatten.

„Sagen Ihnen die Namen Mehdi Sellimi und Said Mazuz etwas?"

Sattorini war schlagartig kreidebleich im Gesicht. Er brauchte einige Momente, bis er sich wieder gefangen hatte, dann versuchte er, so souverän wie nur möglich zu wirken.

„Die Namen sagen mir nichts."

„Das ist interessant. Die beiden haben heute auf einer Ihrer Baustellen gearbeitet, obwohl sie keine Aufenthaltsgenehmigung und damit auch keine Arbeitserlaubnis haben."

„Genau deshalb kenn ich sie nicht. Woher soll ich jemanden kennen, der sich illegal auf einer meiner Baustellen aufhält?"

So viel Dreistigkeit war Max schon lange nicht mehr untergekommen. Er musste sich beherrschen, um nicht wieder in Rage zu geraten. Deshalb wollte er Sattorinis Schauspiel nun ein für alle Mal ein Ende bereiten. Er gab Valentina ein Zeichen, das sie wiederum an Dino weitergab, der sofort aufstand und zu Valentinas Büro hinüberging.

„Wissen Sie, was eigenartig ist, *Signor* Sattorini? Die beiden genannten Tunesier kennen Sie sehr gut, sie haben uns sogar erzählt, dass Sie jedem von ihnen eintausend Euro gezahlt haben, damit sie zwei alte, böse Männer umbringen. Den einen sollten sie mit einer Flasche erschlagen und vom Balkon stoßen, den anderen sollten sie an einer Brücke aufhängen."

Sattorini schnappte nach Luft, was ihn aber nicht daran hinderte, verbal auf Max loszugehen.

„Jetzt sind Sie total übergeschnappt, oder? Was erzählen Sie hier für Märchen? Sie sollten dringend mal zum Arzt gehen, anscheinend haben Sie Halluzinationen."

Im selben Augenblick klopfte es.

„*Signor* Sattorini, hier haben Sie Ihre Halluzinationen."

Die Tür ging auf und Alessandro und Dino führten die beiden Tunesier, die immer noch mit Handschellen gefesselt waren, herein. Nun war Sattorini endgültig der letzte Rest Farbe aus dem Gesicht gewichen, leichenblass saß er da und starrte die beiden Gefesselten an. Valentina bat die beiden, zu wiederholen, was sie ihnen bereits gesagt hatten.

„Chef gesagt, er holen *Polizia* für Abschiebung nach *Tunisia*, wenn wir nicht machen seine Auftrag. Aber wenn machen Auftrag, er zahlen gut. Auftrag war, machen tot zwei alte Mann, weil böse alte Mann."

„Danke, *Signori*."

Valentina nickte Alessandro und Dino zu, die die beiden Tunesier in ihr Büro zurückbrachten. Angelo Sattorini saß stumm und völlig in sich zusammengesunken da. Max wollte Valentina nicht vorgreifen, sondern überließ ihr das Schlusswort.

„*Signor* Sattorini, neben den Beweisen, die wir Ihnen schon längst dargelegt hatten, haben wir nun also auch noch die Aussagen der beiden Tunesier, denen Sie den Auftrag erteilt haben, Oreste Spinea und Mattia Novello zu ermorden. Ich denke, Sie werden keinen Richter finden, der Ihnen dafür nicht lebenslänglich aufbrummt."

Von Sattorini kam keine Antwort mehr, er saß geradezu apathisch da und starrte ins Leere. Valentina rief nach Dino, zu dritt brachten sie den Stadtrat zu der zweiten Arrestzelle, wo er sich widerstandslos einsperren ließ. Dino ging anschließend sofort in sein Büro zurück, Valentina wollte sich mit Max noch einmal zusammensetzen.

In ihrem Büro ließ sie sich erschöpft auf ihren Schreibtischstuhl fallen und schnaufte tief durch.

„Das war der härteste Fall, den ich bisher hatte. Alleine, ohne deine Hilfe, deine Ideen und Vorschläge hätte ich das nie geschafft, Massimiliano. Vielen Dank dafür."

Max ging darauf nicht großartig ein, sondern dachte schon einen Schritt weiter.

„Habe ich doch gerne gemacht. Einen Punkt haben wir allerdings noch offen: Was machen wir mit Sanders? Schließlich hat er das Bestechungsgeld gezahlt, was doch genauso strafbar ist wie die Annahme des Geldes."

„Meinst du, dass er überhaupt in Venedig ist? Die Fotos von der Geldübergabe sind doch mindestens sechs Wochen alt, denn Novello hat das erste erpresste Geld vor ungefähr sechs Wochen auf sein Konto eingezahlt."

„Seine Yacht liegt jedenfalls die ganze Zeit an der *Riva delle Sette Martiri*. Sicher wird er nicht wochenlang hier sein, schließlich muss er sich auch um seine Reederei kümmern, aber nachsehen müssen wir, ob er derzeit auf seiner Yacht ist. An Interpol kannst du es hinterher immer noch geben."

„Du hast Recht. Ich rufe sofort Federico an, dann fahren wir mit dem Boot hinüber, das macht mehr Eindruck, als wenn wir nur zu Fuß dort aufmarschieren."

Sofort hatte sie den Telefonhörer in der Hand und forderte Federico an. Schon fünf Minuten später gingen sie zusammen mit Dino Verde und Enzo Stradona an Bord und fuhren los. Max stand links an der Reling und sah in Richtung *Riva delle Sette Martiri*.

„Ich glaube, die Yacht ist weg", rief er Valentina zu.

„Das gibt's doch nicht. Meinst du, dass ihn irgendjemand aus dem Umfeld von Sattorini gewarnt hat?"

„Das könnte natürlich schon ein, vielleicht hat noch einer der Stadträte, die im Wirtschafts- und Tourismusausschuss sitzen, Geld von Sanders bekommen. Und in der Stadtratssitzung haben doch alle mitbekommen, was los ist."

Valentina machte einen Schritt nach vorne und beugte sich zu Federico hinunter.

„Hast du ein Fernglas da, Federico?"

Er öffnete eine Lade neben seinem Kommandostand, griff hinein und reichte Valentina das Fernglas hinaus. Es dauerte nicht lange, dann hatte sie die Yacht entdeckt.

„Gib Gas, Federico", schrie sie, um den Motorenlärm zu übertönen. „Die Yacht kann erst vor wenigen Minuten abgelegt haben. Sie biegt bei *Sant'Elena* gerade nach links ab. Wir müssen sie erwischen, bevor sie aus der Lagune rausgefahren ist."

Max musste sich an der Reling festhalten, als Federico Vollgas gab und das blaue Boot der *Carabinieri* übers Wasser schoss. Trotzdem gab er Valentina einen Wink, damit sie ihm das Fernglas gab. Vergeblich versuchte er, die Yacht damit beobachten zu können, erst als sie *Sant'Elena*, die Südspitze der Lagunenstadt, erreicht hatten und Federico ebenfalls nach links schwenkte, konnte er sie entdecken. Trotz der unruhigen Fahrt konnte er erkennen, dass der Vorsprung der Yacht rasch kleiner wurde. Max setzte das Fernglas ab und sah im Vorbeifahren zum *Lido* hinüber. Sofort blickte er auf die Uhr und musste feststellen, dass die deutschen Nationalspieler in Brasilien seit wenigen Minuten dem Ball hinterher liefen, während Chiara in der *Villa Margherita* ohne ihn vor dem Fernseher saß.

„So ein Mist", fluchte er leise vor sich hin.

Als er wieder nach vorne sah, hätte er vor Freude beinahe einen Schrei losgelassen. In der Meerenge zwischen der Nordspitze des *Lido* und der *Isola di Sant'Andrea* kam ihnen ein riesiges Kreuzfahrtschiff entgegen. Der Steuermann der Hero of the sea machte keine Anstalten, das Tempo zu reduzieren, offenbar hatte man inzwischen auf der Yacht das Schnellboot der *Carabinieri*, das von hinten zügig näher kam, schon bemerkt.

„Was macht der Wahnsinnige da vorne?", rief Federico. „Das wird doch viel zu eng."

Die Yacht war mittlerweile fast auf Höhe des Bugs des entgegenkommenden Kreuzfahrtschiffes und wich mit gleichbleibendem Tempo immer weiter nach rechts aus.

„Das kann nicht gutgehen", rief Federico noch lauter, blieb aber auch voll auf dem Gas.

Auf der Yacht wurde der Motorenlärm plötzlich von einem lauten Krachen übertönt. Der Steuermann hatte in der Meerenge die Fahrrinne zu weit verlassen und war mit der Yacht auf den steinigen Boden aufgelaufen. Er gab immer noch Vollgas und bevor er realisieren konnte, was passiert war, wurde die Yacht herumgeworfen und raste unkontrolliert auf das Kreuzfahrtschiff zu.

„Nein", schrie Valentina, die ahnte, was gleich passieren würde.

Der Abstand zwischen der Yacht und dem Kreuzfahrtschiff war für den Steuermann zu gering, um auf den plötzlichen Richtungswechsel noch reagieren zu können. Ungebremst rammte die Yacht den Bug des riesigen Schiffes. Trotz des Motorenlärms des *Carabinieri*-Schnellbootes war deutlich zu hören, wie die Yacht zerbarst. Durch den Aufprall hob sich das Heck in die Höhe, bevor das Luxus-Gefährt von William Sanders in einem riesigen Feuerball explodierte. Instinktiv hielten sich Max und die *Carabinieri* die Hände vors Gesicht, kurz darauf wurde ihr Boot von zahlreichen, durch die Luft geschleuderten Teilen der Yacht getroffen. Sie gingen in die Knie, um selbst nichts abzubekommen. Als sich der Trümmerregen gelegt hatte und sie wieder zur Unfallstelle hinüberschauten, schwammen unzählige brennende Trümmerteile im Wasser, die nach und nach untergingen. An dem Kreuzfahrtschiff, das die Motoren gestoppt hatte, waren die Explosionsspuren deutlich zu erkennen, gravierender waren allerdings die Schäden durch den Zusammenstoß mit der Yacht.

„Max, du bist ja verletzt", rief Valentina besorgt und machte einen Schritt auf ihn zu.

Er griff sich an die rechte Schläfe und hatte die Finger sofort voller Blut.

„Ich habe gar nicht bemerkt, dass mich etwas getroffen hat. Ist aber nur ein Kratzer."

„Das ist schon bisschen mehr als ein Kratzer", meinte Valentina und forderte Dino auf, ihr den Verbandskasten zu bringen.

Während sie die Wunde etwas säuberte und mit einem großen Pflaster beklebte, griff Federico zum Handy und alarmierte die *Capitaneria di Porto,* auch wenn für die Besatzung und die Passagiere der Hero of the sea wohl jede Hilfe zu spät kam. Trotzdem steuerte er anschließend das Boot mit erheblich reduziertem Tempo genau hinein in das Trümmerfeld. Zwischen den verkohlten Resten der Yacht trieben vier leblose Körper im Wasser. Drei davon waren in weiße Fetzen gehüllt, das waren wohl die Reste von weißen Anzügen von Sanders' Dienerschaft. Der vierte Leichnam, dessen Gesicht nicht mehr zu erkennen war, hatte ein riesiges Neptun-Tattoo auf der Brust und das Stars-and-Stripes-Banner auf dem Oberarm.

„Sanders war tatsächlich mit an Bord", stellte Max entsetzt fest, als er die beiden Tattoos sah. „Ich habe im Internet ein Foto von ihm gesehen, als er auf der Yacht am Pool lag, das sind exakt seine Tattoos."

Valentina musste sich abwenden und hätte sich beinahe übergeben, nach ein paar tiefen Atemzügen fühlte sie sich aber wieder etwas besser.

Eine Viertelstunde später waren drei Boote der *Capitaneria di Porto* an der Unfallstelle, aber bis auf ein paar verkohlte Holzteile, die im Wasser schwammen, war von der Yacht nichts mehr übrig geblieben. Valentina erstattete dem diensthabenden *Ispettore* Enrico Gentiluomo einen ausführlichen Bericht, den sie am folgenden Tag auch noch schriftlich ausformulieren sollte. Die Kollegen von Gentiluomo hatten in der Zwischenzeit die vier Leichname aus dem Wasser geholt und anschließend die Schäden am Kreuzfahrtschiff inspiziert, die zwar erheblich waren, ein Schleppen des Schiffes bis zum Hafen von Venedig aber nicht unmöglich machten.

„Ich denke, wir brauchen Sie hier nicht mehr, *Maresciallo*. Für die Personen, die auf der Yacht waren, können wir leider ohnehin nichts mehr tun."

„Werden Sie nach den Überresten der Yacht im Wasser suchen?", wollte Max wissen.

„So einen Fall mit einem explodierenden Schiff hatten wir hier zum Glück noch nie, aber ich werde sicher morgen Früh unsere Taucher ins Wasser schicken, um nach Wrack-Teilen zu suchen. Solange werde ich die Meerenge hier auch für die Kreuzfahrtschiffe sperren müssen."

Valentina sicherte Gentiluomo noch einmal zu, ihm am Vormittag sofort den Bericht über den Unfall zu schicken, daraufhin verabschiedete sich der *Ispettore* und kletterte über die Reling des *Carabinieri*-Schnellbootes hinüber auf sein eigenes Schiff, das direkt daneben lag und mit mehreren Tauen festgebunden war. Enzo löste die Taue und Federico warf den Motor an.

Valentina und Max standen wieder vorne bei Federico im etwas tiefer liegenden Kommandostand, als das Boot die Unfallstelle langsam verließ.

„Das wollte ich nicht", sagte sie leise.

„Valentina, mach dir bitte keine Vorwürfe wegen des Unfalls, wir mussten Sanders doch verfolgen. Wer konnte denn ahnen, dass die mit der Yacht so ein waghalsiges Manöver veranstalten?"

„Trotzdem, Max. Überleg mal, mindestens vier Personen sind da grade ums Leben gekommen."

„Das ist wirklich furchtbar, vor allem weil die drei im weißen Anzug wahrscheinlich einfach nur das gemacht haben, was ihnen Sanders angeschafft hat. Aber die Tatsache, dass die um alles in der Welt abhauen wollten, lässt mich vermuten, dass

Sanders nicht nur Sattorini bestochen hat, sondern dass er ihn womöglich sogar dazu angestiftet hat, Spinea und Novello ermorden zu lassen. Bestätigen könnte uns das jetzt aber nur noch Sattorini selbst."

Valentina nickte.

„Interessant zu wissen wäre es schon, auch wenn wir Sanders nicht mehr zur Rechenschaft ziehen können."

„Ja, leider. Ich finde, es ist schon eine ziemliche Ironie des Schicksals, dass er nun ausgerechnet bei einem Zusammenstoß mit einem Kreuzfahrtschiff ums Leben gekommen ist."

Vor dem Losfahren hatte Valentina Federico gebeten, gleich zum Anleger *Lido – Santa Maria Elisabetta* zu fahren, um Max dort abzusetzen. Die restlichen Minuten, bis sie dort ankamen, herrschte auf dem Schnellboot Schweigen. Als Federico dann angelegt hatte, schüttelte Max ihm, Dino und Enzo die Hand, um sich von ihnen zu verabschieden. Als er dies auch bei Valentina tun wollte, sagte sie leise ihm zu, dass sie mit ihm kurz aussteigen würde. Max sprang mit einem Satz an Land und reichte dann Valentina die Hand, um ihr hinauf zu helfen. Sie gingen ein paar Schritte vom Boot weg, um wirklich ungestört reden zu können.

„Max, ich hoffe, die Wunde tut nicht mehr weh."

„Nein, das ist kein Problem, in ein paar Tagen sieht man davon bestimmt nichts mehr."

„Ich muss mich noch einmal bei dir bedanken, Max, auch wenn die Festnahme von Sanders schief gegangen ist. Ich hätte vorhin nicht sofort an ihn gedacht, ohne dich wäre er längst auf dem offenen Meer draußen und wäre uns sicher entwischt. Dann wäre ich aber ziemlich blöd dagestanden, trotz des Erfolges mit der Verhaftung von Sattorini, Fiorella und den beiden Tunesiern."

Max, der solche Lobhudeleien gar nicht mochte, meinte nur trocken:

„Siehst du, es ist manchmal gar nicht so schlecht, wenn man einen alten Kriminaler kennen lernt, selbst wenn er kein Italiener ist."

Beide lachten laut los.

„Ich habe in den letzten Tagen wirklich sehr viel von dir gelernt."

„Und mir hat es sehr viel Spaß gemacht, dir zu helfen, schließlich habe ich noch nie mit so einer jungen, hübschen Kollegin wie dir zusammengearbeitet."

Valentina sagte nichts, sondern grinste nur verlegen.

„Lass das aber bloß nicht meine Frau wissen, die ist in letzter Zeit ohnehin immer wieder mal ein bisschen eifersüchtig."

„Dann lass sie das aber auch nicht wissen."

Sie ging noch näher auf Max zu und drückte ihm einen Kuss auf die rechte Wange.

„*Ciao* Massimiliano, danke für alles."

Sie drehte sich um, blieb aber nach ein paar Schritten stehen und wandte sich ihm noch einmal zu.

„Bleibt ihr bis Sonntag hier am *Lido* oder kommt ihr noch einmal nach Venedig rüber?"

„Wir haben es noch nicht konkret besprochen, aber eventuell treffen wir uns morgen Abend noch einmal mit den Leuten von *Salvate Venezia*. Die werden auch froh sein, dass ich Ihnen die Verdächtigungen einer gewissen Valentina Cona vom Hals geschafft habe."

„Mach dich nur lustig über mich", erwiderte sie lachend. „Aber im Ernst, Massimiliano, ich würde mich freuen, wenn du mit deiner Frau noch einmal beim *Comando Provinciale* vorbeikommen würdest."

„Das können wir gerne machen. Lass uns doch morgen Vormittag mal telefonieren."

„Gut, das machen wir. *A domani, ciao*."

Sie drehte sich wieder um, lief ein paar Schritte und machte dann einen kleinen Sprung aufs Boot zurück. Federico warf den Motor an, Valentina winkte herüber und Max blieb noch solange stehen, bis das Boot abgelegt und Kurs auf *San Zaccaria* genommen hatte. Dann machte er sich über die *Granviale Santa Maria Elisabetta* auf den Rückweg zu seinem Hotel.

16

In der *Villa Margherita* saß in der Lobby niemand mehr vor dem großen Fernseher, als Max hereinkam, deswegen ging er sofort zu ihrem Zimmer hinauf.

„Das ist ja toll, dass du auch wieder einmal heimkommst", begrüßte ihn Chiara sichtlich verärgert.

Ihr Ärger war aber sofort verflogen, als sie das große Pflaster an seiner Schläfe sah.

„Um Himmels Willen, Max, was ist denn passiert?"

Max umarmte sie, gab ihr einen Kuss und ließ sich dann aufs Bett fallen.

„Jetzt erzähl schon", drängelte sie ihn.

„Entschuldige, Schatz, ich habe auch nicht erwartet, dass das heute so lange dauert, aber jetzt sind wir endgültig durch. Fiorella hat gestanden, die beiden Mörder von Oreste Spinea und Mattia Novello haben gestanden und gleichzeitig Sattorini schwer belastet, in dem sie bestätigt haben, dass sie von ihm beauftragt worden waren, Spinea und Novello zu ermorden. Und zuletzt sind wir mit dem *Carabinieri*-Boot auch noch der Yacht von Sanders hinterher gejagt."

Er machte eine kurze Pause und erzählte dann von dem Unfall der Yacht mit der gewaltigen Explosion. Chiara war sprachlos.

„Als da alles in die Luft geflogen ist, wurde mir wohl ein Stück von der Yacht an den Kopf geschleudert, ich habe das erst gar nicht gemerkt. Es ist aber halb so wild. Wie ist eigentlich unser WM-Spiel ausgegangen?"

„In der zweiten Halbzeit waren ungefähr zehn Minuten gespielt, da hat der Thomas Müller nach einer Ecke den abgewehrten Ball von der Strafraumgrenze aus zum 1:0 im langen Eck versenkt. Dabei ist es geblieben."

„Super, dann sind wir ja Gruppensieger. Hast du überhaupt schon ein Abendessen gehabt oder hast du damit die ganze Zeit auf mich gewartet? Ich habe jetzt einen Bärenhunger, ich habe seit dem Frühstück nur zwei *Panini* gegessen."

„Egal wie viel du tagsüber gefuttert hast, du hast doch immer Hunger wie ein Bär", konnte sie schon wieder lachen. „Ich habe am Spätnachmittag noch etwas Obst gegessen, mit dem Abendessen wollte ich auf dich warten. Vor lauter Ärger war mir eigentlich der Appetit vergangen, jetzt könnte ich aber doch noch etwas vertragen."

Max stellte sich noch schnell unter die Dusche, während sich Chiara schon fürs Abendessen umzog. Als sie wenig später im Außenbereich eines *Ristorante* an der *Granviale Santa Maria Elisabetta* saßen, wollte Chiara noch viel mehr Einzelheiten der Ermittlungen und Verhaftungen sowie des Unfalls wissen, deshalb war Max die meiste Zeit damit beschäftigt, ihr darzulegen, wie er sich Schritt für Schritt vorgearbeitet hatte.

„Mit entscheidend bei der Aufklärung waren aber die Fotos, die uns Mattia Novello auf Umwegen hat zukommen lassen. Damit konnten wir die Korruption nachweisen, die letztlich mit ein Auslöser für den Doppelmord war."

Nach dem Dessert fragte er Chiara nach ihren Plänen für den Freitagabend.

„Hast du dir schon überlegt, ob wir morgen zu dem *Salvate Venezia*-Treffen hinüberfahren sollen?"

„Ja, ich würde die alle schon ganz gerne noch einmal sehen, besonders Alessia. Hast du keine Lust dazu?"

„Doch, natürlich. Morgen können wir uns auch treffen, ohne dass ich ständig im Hinterkopf haben muss, dass einer von ihnen vielleicht doch in den Spinea-Mord verwickelt sein könnte. Valentina hat übrigens vorhin, als mich die *Carabinieri* hier am *Lido* abgesetzt haben, gemeint, dass sie sich freuen würde, wenn wir beide morgen auch bei ihr noch einmal vorbeischauen würden. Wir wollen aber deswegen morgen Vormittag noch einmal telefonieren."

Chiara nahm das kommentarlos hin, lieber schrieb sie sofort eine Nachricht an Alessia, dass sie mit Max am Freitagabend auch wieder ins *Casanova* kommen würde. Eine Antwort von Alessia ließ nicht lange auf sich warten.

„Super, ich freue mich. Wir treffen uns um sieben."

Nach dem vorzüglichen Abendessen machten sie noch einen kurzen Spaziergang, kehrten aber bald in ihr Hotel zurück. Wie fast immer schlief Chiara als erste ein, Max lag noch lange wach und hatte die meiste Zeit die explodierende Yacht und die im Wasser treibenden Körper vor Augen. Erst weit nach Mitternacht konnte auch er einschlafen.

Der Freitagmorgen begrüßte sie wieder mit einem strahlend blauen Himmel, sie genossen ihr Frühstück im Freien und gingen dann sofort an den Strand hinüber. Während Chiara zum ersten Mal im Wasser war, suchte Max auf seinem Tablet nach Zeitungsberichten zu den Ereignissen des Vortages. Auf den Internetseiten der großen, überregionalen Zeitungen war das Schiffsunglück in Venedig natürlich eine der großen Schlagzeilen, die Verhaftung Sattorinis war allerdings niemandem eine Zeile wert, es wurde auch keine Verbindung zwischen beiden Ereignissen hergestellt. Nur auf der Homepage der *La Nuova di Venezia* war ein längerer Artikel über die Verhaftung eines Stadtrates in Venedig, wobei über die Hintergründe kräftig spekuliert wurde. Ein Zusammenhang mit den beiden Morden wurde allerdings nicht hergestellt, es wurde nur erwähnt, dass ein Korruptionsverdacht gegen den Stadtrat im Raum stand. Der Aufmacher war aber auch hier die Explosion bei der *Isola di Sant'Andrea* mit vier Todesopfern. Nach dem Lesen genoss Max das Strandleben, ohne ständig die Ermittlungen im Hinterkopf zu haben, die Gedanken an den Unfall ließen ihn aber nicht so schnell los. Kurz vor zwölf rief ihn Valentina an.

„*Ciao* Massimiliano. Ihr seid bei dem herrlichen Wetter sicher am Strand, oder?"

„Ja, heute kann ich ihn zum ersten Mal einigermaßen genießen. Was hast du für Neuigkeiten?"

„Ich habe heute Früh gleich mit dem Richter telefoniert, er war einverstanden, um zehn nicht nur den Haftprüfungstermin von Fiorella, sondern auch von Sattorini und den beiden Tunesiern anzusetzen."

„Es gab hoffentlich keine negativen Überraschungen."

„Nein, im Gegenteil, es ist alles bestens gelaufen. Nach dem Geständnis von Fiorella und den beiden Tunesiern war ohnehin klar, dass sie nicht auf freien Fuß gesetzt werden. Bei Sattorini gab es darüber auch keine Diskussionen, er hat nicht einmal versucht, die Schuld Sanders in die Schuhe zu schieben, der ist wirklich fertig mit sich und der Welt."

„Selbst Schuld, der soll ruhig hinter Gittern schmoren und darüber nachdenken, was er angerichtet hat. Mitleid habe ich mit dem nicht. Höchstens mit den unschuldigen Angestellten von Sanders."

„Ja, die tun mir auch leid. Die Obduktion und Identifizierung wird noch etwas dauern, aber nachdem du die Tattoos von Sanders wiedererkannt hast, gibt es zumindest an seiner Identität keine Zweifel. Die Taucher haben übrigens gleich heute Früh Teile des Ruders gefunden. Es sieht ganz danach aus, dass die Yacht durch das Ausweichmanöver auf Grund gelaufen und dadurch das Ruder gebrochen ist. Deshalb ist sie wohl plötzlich so unkontrolliert zur Seite geschossen."

„So ungefähr habe ich mir das schon gedacht."

„Unser Bürgermeister hat mich übrigens spätabends auch noch angerufen und sich nach Sattorini erkundigt. Ich musste natürlich vorsichtig sein, was ich an Infos rausgebe, aber in Sachen Entscheidung pro Hafenausbau des Wirtschafts- und Tourismus-Ausschusses habe ich mir schon erlaubt, ihn aufzuklären, wie diese zustande gekommen war. Er war ziemlich entsetzt darüber und wollte gleich für heute Vormittag eine Sondersitzung des Stadtrates einberufen."

Abschließend fragte Valentina, ob Max und Chiara wie geplant am Abend nach Venedig herüberkommen würden.

„Ja, wir treffen uns um sieben im *Casanova* in der *Via Giuseppe Garibaldi*."

„Es wäre schön, wenn ihr vorher noch bei mir vorbeischauen würdet. Ich habe nämlich eine Überraschung für euch."

„Für uns?"

„Ja, für dich und deine Frau."

„Also jetzt machst du mich aber richtig neugierig, Valentina."

„Ich verrate jetzt aber trotzdem nichts", lachte sie. „Könntet ihr bis gegen sechs hier sein?"

„Kein Problem, das schaffen wir."

„Gut, bis später. *Ciao* Massimiliano."

„Was ist los, Max?", fragte Chiara sofort, als er sein Handy wieder beiseitegelegt hatte.

„Sie hat eine Überraschung für uns, mehr weiß ich aber auch nicht, sie hat keinerlei Andeutungen gemacht, was es sein könnte. Sie hat gefragt, ob wir bis um sechs dort sein könnten."

„Da müssen wir hier aber wieder zeitig aufbrechen."

„Ja, aber wir haben heute trotzdem einen ganzen Tag für uns am Strand."

Max wollte sich auf keine größere Diskussion einlassen, weil er merkte, dass es Chiara immer noch missfiel, wenn er sich mit Valentina treffen wollte, sogar wenn sie selbst auch mit dabei sein sollte.

Nach einem wunderbaren Strandtag bei sehr heißem Wetter machten sich Max und Chiara gegen halb sechs zu Fuß auf den Weg zum Anleger *Lido – Santa Maria Elisabetta* und fuhren nach *San Zaccaria* hinüber. *Vice Brigadiere* Mogliano sprang wie gewohnt sofort auf, als die beiden das *Comando Provinciale* betraten.

„Sie wollen sicher zu *Maresciallo* Cona, *Commissario.* Bitte gehen Sie durch, Sie kennen sich ja hier schon bestens aus."

Max bedankte sich bei ihm, steuerte schnurstracks auf Valentinas Büro zu und klopfte zweimal kräftig an.

„*Avanti*", hörte er von drinnen.

Er öffnete die Tür, ließ zuerst Chiara eintreten und ging hinter ihr auch hinein. Valentina kam sofort hinter ihrem Schreibtisch hervor, ging auf Chiara zu und schüttelte ihr die Hand.

„Hallo Chiara. Leider haben wir uns letzten Samstag unter etwas unglücklichen Umständen kennen gelernt, ich hoffe, du hast mir das nicht übel genommen."

Chiara wunderte sich zwar etwas, dass Valentina sie gleich duzte, ließ sich das aber nicht anmerken.

„Du hast doch nur deine Arbeit gemacht. Nach den ersten Erkenntnissen vom Samstag hätte es doch leicht sein können, dass einer aus der Gruppe etwas mit dem Mord an Spinea zu tun gehabt hätte."

Nun wurde auch Max mit einem kräftigen Händedruck begrüßt und alle drei nahmen an Valentinas Schreibtisch Platz.

„Als wir heute Mittag telefoniert haben, hatte ich nur einen Punkt, den ich mit euch besprechen wollte, mittlerweile ist aber etwas mehr zusammen gekommen."

Max und Chiara hörten erwartungsvoll zu.

„Also, zum einen habe ich am Nachmittag mit *Signora* Spinea telefoniert. Sie lässt dich grüßen, Massimiliano, und bedankt sich ganz herzlich bei dir für deine Ermittlungen. Außerdem wollte sie, dass ihr wisst, was mit dem Haus in *Dorsoduro* passieren wird. Für sie stand ohne Zweifel fest, dass Altino seine Bäckerei natürlich weiter betreiben und mit seiner Frau auch in der Wohnung bleiben kann. Sie wird sich eine neue Baufirma suchen und die jetzt leerstehenden Wohnungen sanieren lassen. Mit den Altinos hat sie schon gesprochen."

„Das wird die Mitglieder von *Salvate Venezia* auch freuen", warf Chiara ein.

„Zu *Salvate Venezia* komme ich hinterher auch noch einmal", erwiderte Valentina. „Mit *Signora* Novello konnte ich nicht sprechen, ihr Sohn Gabriele sagte mir am Telefon, dass ihr Hausarzt sogar darüber nachdenken würde, sie in eine Klinik einzuweisen, weil die Beruhigungsspritze gestern so gut wie gar nicht gewirkt hat und sie mit den Nerven völlig fertig ist."

„Die Arme, hoffentlich erholt sie sich bald wieder von den schrecklichen Ereignissen dieser Woche", wünschte sich Max.

„Gabriele hat mir noch erzählt, dass er mit seinem Bruder und seiner Tante heute den ganzen Vormittag in der Wohnung seiner Eltern aufgeräumt hat, inzwischen muss es dort wieder halbwegs bewohnbar aussehen."

Sie machte eine kurze Pause.

„So, aber nun zu der angekündigten Überraschung. Im Anschluss an den Haftprüfungstermin habe ich meinem Chef, *Colonello* Dardanelli, ausführlich Bericht erstattet. Trotz des Unfalls war er sehr zufrieden mit unserer Arbeit und hat dann explizit nach deinem Beitrag zu unserem Ermittlungserfolg gefragt, Massimiliano. Ich habe ihm ausführlich geschildert, was du seit Sonntag alles unternommen hast, wie oft du deine Frau deswegen alleine lassen musstest und dass du am Schluss sogar noch eine Verletzung davongetragen hast. Und weil dadurch eure Silberhochzeitsreise so sehr gestört worden ist, hat er sich dazu bereit erklärt, dass die beiden Hotelrechnungen für euren gesamten Venedig-Aufenthalt von den *Carabinieri* übernommen werden. Du brauchst mir die beiden Rechnungen nur mailen, dann wird euch das überwiesen."

Chiara und Max sahen sich mit offenem Mund an, Max war der erste, der dann reagierte.

„Das ist aber wirklich eine große Überraschung, denn bei dem knappen Budget der öffentlichen Haushalte wird doch auch bei euch gespart, wo es geht. So eine Zahlung ist alles andere als selbstverständlich. Vielen Dank, Valentina, dass du dich für uns eingesetzt hast."

„Ich weiß gar nicht, was ich sagen soll", stammelte Chiara. „Damit hätte ich nun wirklich nicht gerechnet."

Max fragte Valentina nach Dardanellis Telefonnummer, weil er sich bei ihm persönlich bedanken wollte. Sie schrieb ihm die Nummer auf und schob ihm den kleinen Zettel über den Schreibtisch.

„Nun habe ich nur noch eine Sache, die ich euch erzählen möchte, damit ihr auch noch eine positive Nachricht für die Mitglieder von *Salvate Venezia* habt. Wie erwähnt hat unser Bürgermeister für heute Vormittag eine Sondersitzung des Stadtrates einberufen. Im Laufe des Nachmittags hat er mich angerufen und mir erzählt, dass Sattorini jetzt auch noch ein Verfahren wegen Veruntreuung am Hals hat, weil er die Boots-Fahrbereitschaft offenbar laufend für private Zwecke missbraucht hat. Außerdem, was für uns alle noch viel wichtiger ist, hat der Stadtrat unter der Federführung des Bürgermeisters entschieden, dass der Beschluss des Wirtschafts- und Tourismus-Ausschusses bezüglich des Hafenausbaus wegen der Korruptionsaffäre Sattorini für ungültig erklärt wird. Im Stadtrat wurde ausführlich das Novello-Papier der *Capitaneria di Porto* diskutiert und auf der Grundlage dieser Ausarbeitung soll beim Hafen bis auf weiteres alles so bleiben wie bisher."

Chiara klatschte vor Freude in die Hände.

„Dann hat sich Novellos Einsatz für seine Heimatstadt also doch noch gelohnt. Schade, dass er diesen Erfolg selbst nicht mehr erleben durfte."

„Woran er mit seiner Erpressung allerdings auch nicht ganz schuldlos war", musste Max etwas Wasser in den Wein gießen.

Nachdem damit auch die letzten Einzelheiten des Falles besprochen waren, wollte Max versuchen, doch auch noch etwas Persönliches von Valentina zu erfahren.

„Beim Hereingehen habe ich Verde und Stradona gar nicht gesehen."

„Die haben heute etwas eher Feierabend gemacht."

„Nur dein *Vice Brigadiere* ist sofort von seinem Platz aufgesprungen, als wir hereingekommen sind. Und sobald dein Name fällt oder er ihn selbst erwähnt, hat er immer gleich ganz glänzende Augen."

Valentina schaute etwas verlegen.

„Das ist dir aufgefallen, Massimiliano? Ich weiß natürlich, dass er in mich verknallt ist, er weiß aber auch, dass ich mit meinem Freund schon seit einigen Jahren zusammen bin, leider sehen wir uns nur viel zu selten. Wir haben uns während unserer Ausbildung kennen gelernt, er ist mittlerweile in Rom stationiert und sobald es möglich ist, werde ich mich nach Rom versetzen lassen, obwohl mir der Abschied von Venedig schon schwerfallen dürfte."

Mit dem Stichwort Rom hatte sie bei Chiara natürlich genau den richtigen Nerv getroffen.

„Hat dir Max erzählt, dass ich in Rom geboren bin?"

Sofort wollte sie wissen, wo genau Valentinas Freund stationiert war, in welchem Stadtviertel er wohnte und was ihr selbst an Rom am besten gefallen würde. Max staunte, wie sich die beiden plötzlich wie zwei alte Freundinnen unterhielten und war froh, dass Chiara von Valentina selbst gehört hatte, dass es für sie keinerlei Grund gab, eifersüchtig zu sein.

„In der nächsten Woche habe ich ab Donnerstag frei und werde noch am Mittwochabend nach Rom fliegen", erzählte Valentina schließlich.

Weil es schon fast dreiviertel sieben war, wollten Max und Chiara aufbrechen. Valentina kam um ihren Schreibtisch herum und umarmte Chiara, die die Umarmung zum Erstaunen von Max ganz herzlich erwiderte.

„Vielen Dank, Chiara, dass dich Max in der letzten Woche so oft alleine lassen durfte. Ich glaube nicht, dass ich den Fall ohne seine Hilfe so umfassend hätte lösen können."

„Ich bin das leider schon gewohnt, dass er sogar im Urlaub nicht von seiner Arbeit lassen kann, aber ich muss auch gestehen, dass er diesmal sogar die Erlaubnis von mir hatte, weil du mich doch anfangs selbst zu den Verdächtigen gezählt hast und ich froh war, als er mithelfen wollte, die Unschuld der Mitglieder von *Salvate Venezia* zu beweisen."

„Apropos *Salvate Venezia*, auf die Gesichter der ganzen Gruppe freue ich mich jetzt schon, wenn ich nachher verkünden darf, dass der Hafenausbau abgeblasen ist", ergänzte Max.

Nun durfte auch er sich noch eine ganz herzliche Umarmung von Valentina abholen.

„Vielen, vielen Dank, Massimiliano, du hast mir nicht nur meinen Fall gelöst, sondern ich konnte von dir in den letzten Tagen auch unheimlich viel lernen. Wenn ihr wieder einmal in

Venedig seid, müsst ihr unbedingt vorbeischauen. Oder wir treffen uns irgendwann einmal in Rom, wenn ich zu meinem Danilo gezogen bin."

„Ich bin mir sicher, dass du den Fall auch ohne mich irgendwie gelöst hättest. Nachdem du am Anfang schon ziemlich skeptisch warst, was mein Engagement hier anging, finde ich, dass wir dann ganz schnell ein perfektes Team geworden sind. Dir auch vielen Dank dafür."

Valentina begleitete sie noch bis vor die Tür hinaus, Max verabschiedete sich im Vorbeigehen von Mogliano, der seine Chefin gleich wieder ganz sehnsüchtig anschaute. Vor der Haustür wünschte sie Max und Chiara einen schönen Abend und noch einen erholsamen letzten Tag am *Lido* und schüttelte beiden noch einmal die Hand.

„*Arrivederci.*"

Als Max und Chiara auf die *Riva degli Schiavoni* zurückkamen, herrschte dort ein unheimliches Gedränge, weil sich unzählige Tagestouristen eingefunden hatten, um mit den wartenden Schiffen an ihre Urlaubsorte zurückzufahren. Die beiden schlenderten die *Riva* entlang bis hinüber zur Gabelung zwischen *Via Giuseppa Garibaldi* und *Riva delle Sette Martiri*.

„Schau, Chiara, das ist das Eckhaus von Spinea mit der leer stehenden Wohnung im ersten Stock, von wo aus die Fotos geschossen worden sind, die der Ausgangspunkt für die Erpressung waren. Das bringt mich zu dem einzigen Punkt, den wir nicht klären konnten", musste sich Max eingestehen. „Woher wussten Spinea und Novello, dass Sanders Sattorini bestechen würde? Wer hat ihnen vielleicht den Tipp gegeben, sich dort oben in der Wohnung zu postieren, um die Fotos zu schießen, die sie dann für die Erpressung verwenden konnten?"

„Max, ich glaube nicht, dass das jetzt etwas bringt, wenn du dir darüber noch den Kopf zerbrichst. Naheliegend wäre doch, dass es von Novello selbst ausgegangen ist. Er wusste wahrscheinlich, dass Sanders am meisten von dem Hafenausbau profitiert hätte und ahnte vielleicht, dass er mit etwas Kohle beim Ausschuss-Vorsitzenden nachhelfen könnte. Wie dann Spinea mit ins Spiel gekommen ist, darüber können wir wirklich nur spekulieren, aber, wie gesagt, das bring nichts."

„Du hast Recht, mein Schatz, lass uns lieber feiern gehen."

Als sie beim *Casanova* eintrafen, waren alle Mitglieder von *Salvate Venezia* schon an zwei Tischen im Freien versammelt und Max ließ gleich vom *Cameriere* zwei Flaschen *Prosecco* bringen. Bis auf Chiara meinten alle, dass Max einfach nur den Ermittlungserfolg feiern wollte, und bis alle ein volles Glas hatten, ließ er sie auch in dem Glauben. Dann stand er mit seinem Glas in der Hand auf.

„Liebe Freunde, es ist genau eine Woche her, dass ich mit Chiara in Venedig angekommen bin und hier ganz in der Nähe zufällig den Info-Stand von *Salvate Venezia* mit Alessia und Gianni gesehen habe. Ein noch größerer Zufall war es, dass wir am nächsten Morgen Alessia in unserem Hotelzimmer angetroffen haben. Schon am Abend überschlugen sich dann die Ereignisse, die sich zu einem komplizierten Kriminalfall mit zwei Morden entwickelten. Wie ihr sicher mitbekommen habt, hat der Fall gestern Abend ein spektakuläres Ende gehabt, trotzdem habe ich noch zwei wichtige Informationen für euch."

Alle schauten ihn gespannt an.

„*Signora* Spinea hat angekündigt, dass sie die Altinos natürlich nicht aus der Bäckerei und der Wohnung vertreiben wird."

Die ganze Gruppe klatschte und jubelte.

„Moment, Moment", bremste sie Max. „Es kommt noch besser."

Es dauerte etwas, bis alle wieder leise waren.

„Weil der Beschluss des Wirtschafts- und Tourismus-Ausschusses nur durch Korruption zustande gekommen war, hat der Herr Bürgermeister mit dem zu einer Sondersitzung zusammengerufenen Stadtrat heute Vormittag diesen Beschluss für nichtig erklärt. Der Hafenausbau ist abgesagt."

Die letzten Worte von Max gingen im grölenden Jubel aller *Salvate Venezia*-Mitglieder unter. Alle sprangen auf, umarmten sich und ließen Max und Chiara hochleben. Pancrazio und Donato stimmten Jubelgesänge an, wie man sie sonst nur in Fußballstadien zu hören bekommt. Alessia kullerten die Freudentränen übers Gesicht, sie umarmte Chiara und Max gleichzeitig und drückte sie ganz fest. Als sich der Jubel etwas gelegt hatte und sich alle wieder hingesetzt hatten, stand Alessia noch einmal auf und klopfte an ihr Glas, damit alle ruhig waren.

„Liebe Chiara, lieber Max, ich kann gar nicht in Worte fassen, was ihr durch euren Einsatz und insbesondere du, Max, durch deine Ermittlungen, für unsere geliebte Heimatstadt Venedig und alle Venezianer geleistet habt. Tausendmal Danke ist noch viel zu wenig. Deswegen ernenne ich euch hiermit auf Lebenszeit zu Ehrenmitgliedern von *Salvate Venezia*!"

Es wurde ein feucht-fröhlicher Abend, bei dem noch die eine oder andere Flasche *Prosecco* folgte. Als sich Max und Chiara auf den Heimweg machen wollten, war es bereits nach Mitternacht. Von allen wurden die beiden umarmt und gedrückt, bei Chiara und Alessia, die sich besonders herzlich voneinander verabschiedeten, flossen sogar ein paar Tränen. Danach schlenderten Max und Chiara Arm in Arm in Richtung *Arsenale*, um von dort aus zum *Lido* zurück zu fahren. Weil sie ein *Vaporetto* gerade verpasst hatten, mussten sie fast zwanzig Minuten warten, deshalb setzten sie sich auf einen der steinernen Quader, die nahe am *Canale* aufgestellt waren. Chiara lehnte sich an Max und er legte seinen Arm um sie. Eine Zeit lang saßen sie stumm da und waren wieder fasziniert vom Anblick der beleuchteten Lagune mit der angestrahlten *Basilica Santa Maria della Salute*, der *Chiesa San Giorgio Maggiore* und den vielen Lichtern drüben am *Lido*.

„Schau, Max, der wunderschöne Sternenhimmel passt auch sehr gut dazu."

„Ein schöneres Ziel für unsere Silberhochzeitsreise hättest du wirklich nicht aussuchen können."

Chiara konnte sich eine spitze Bemerkung nicht verkneifen.

„Noch schöner wäre es gewesen, wenn du nicht wieder am Ermitteln gewesen wärst."

„Was uns alles erspart geblieben wäre, wenn du nicht gleich am zweiten Urlaubstag zur Venedig-Aktivistin mutiert wärst", schoss er sofort zurück. „Aber ich habe mich an mein Versprechen gehalten. Ich habe nur ermittelt, weil du es mir erlaubt hast. Wenigstens ist der Fall mit dem heutigen Abend endgültig abgeschlossen."

„Wunderbar", stichelte Chiara lachend weiter. „Kaum sind wir eine Woche hier, schon fängt der Urlaub richtig an."

„Immerhin haben wir noch zwei Nächte und den ganzen morgigen Tag", grinste Max.

Als kurz darauf ihr *Vaporetto* ankam, stiegen sie ein und setzten sich auf die vorderste Bank am Bug. Wieder lehnte sich Chiara an Max, sie genossen die Fahrt durch die romantisch beleuchtete Lagune und freuten sich auf die restliche Zeit ihrer Silberhochzeitsreise.

Anmerkungen des Autors

Dem erzählten Kriminalfall liegt keine wahre Begebenheit zugrunde, alle beteiligten natürlichen und juristischen Personen sind frei erfunden. Lediglich bei der zeitlichen Einordnung (z.B. die Fußball-Weltmeisterschaft in Brasilien 2014) sowie der Kreuzfahrtschiff-Problematik habe ich mich an realen Ereignissen orientiert. Zur Fertigstellung des Manuskriptes war ich im März 2017 in Venedig und habe sämtliche Schauplätze der Handlung aufgesucht und fotografiert. Die Fotos sind mit einer Angabe des Kapitels und der Seitenzahl sowie einer kurzen Beschreibung auf meiner Homepage zu finden:

www.andreasfranke-rosenheim.de

Dort sind auch einige Kochrezepte der im Text genannten Köstlichkeiten zu finden. *Buon appetito!*

Danksagung

Auch nach dem fünften Hartinger-Fall VERSCHOLLEN IM GARDASEE wurden von meinen Lesern ebenso wie nach den bisherigen vier Kriminalromanen ENDSTATION ISCHIA, RÖMISCHES LABYRINTH, BOMBA TROPEANA und MAX VON ASSISI zahlreiche Wünsche an mich herangetragen, an welchem Ort in Italien Max Hartinger seinen nächsten Fall lösen sollte. Ich danke meinen Lesern für die zahlreichen Anregungen, will meine Krimireihe natürlich gerne fortsetzen und in den nächsten Jahren versuchen, möglichst viele der Leserwünsche bei der Auswahl der Krimischauplätze zu berücksichtigen.

Mein besonderer Dank gilt auch beim sechsten Hartinger-Fall wieder meinen beiden Lektoren Claudia Bethke, München, und Bernhard Edlmann, Raubling, für die tatkräftige Unterstützung mit vielen guten Ratschlägen und Anregungen in allen Italien- und Konzeptionsfragen.

Printed in Poland
by Amazon Fulfillment
Poland Sp. z o.o., Wrocław

90254245R00197